Ich nicke, nehme die Tasche und verlasse die Zelle. Ich sehe mich nicht um.

Das Rolltor gleitet so sanft hinter mir zu, als bemühe es sich, meinen Aufenthalt augenblicklich vergessen zu machen. Eine solche Rücksichtnahme hat mir niemand mehr entgegengebracht seit jener Nacht vor zehn Jahren.

Auf dem beinahe leeren Parkplatz vor der Haftanstalt stehen meine Eltern an ihr Auto gelehnt. Meine Mutter kneift die Lippen zusammen und sie sieht aus, als würde sie gleich zu weinen anfangen. Mein Vater tut, als müsse er einen Fleck von seinem Mantelrevers kratzen. Ich weiß nicht, ob es das helle, beinahe gleißende Tageslicht ist, das mir klar macht, wie alt meine Eltern geworden sind. Älter, als das sonst in knapp einer Dekade üblich ist. Wir haben uns in der ganzen Zeit mehrmals pro Jahr gesehen und ich hatte immer den Eindruck, wenigstens sie verändern sich nicht. Aber das war wohl eine Wunschvorstellung. Meine Mutter kommt auf mich zu, nun rinnen die Tränen über ihre Wangen und sie legt ihre Arme um mich, drückt ihr Gesicht an meinen Brustkorb. Sie ist geschrumpft. Mein Vater betrachtet mich mit einem Gesichtsausdruck, der belegt, dass er krampfhaft über einem entkrampfenden Spruch nachdenkt. Doch es fällt ihm nichts ein.

»Willkommen«, sagt er stattdessen und nun muss ich lachen. Als sei ich aus einem fernen Land zurückkehrt, von einer Weltreise. Wobei – so ähnlich fühle ich mich, nur dass die Reise vor allem in mein Inneres führte und ich kein Andenken mitgebracht habe. Keines, außer den 379 eng beschriebenen Seiten, die allein für mich bestimmt sind. Er nimmt meine Tasche und legt sie in den Kofferraum.

»Komm«, sagt meine Mutter und schiebt mich zum Auto. »Wir können gleich in die Wohnung fahren. Es ist alles vorbereitet.« Sie lässt meine Hand nicht los und versucht, etwas fröhlicher dreinzuschauen.

»Danke«, sage ich, entziehe ihr meine Hand und setze mich auf den Beifahrersitz. Als ich die Tür schließen will, bemerke ich weiter entfernt ein Fahrzeug, aus dem jemand zu uns herüber starrt. Der Mann am Steuer trägt einen Vollbart und eine Kappe auf dem Kopf. Ich kann ihn nicht genau erkennen. Und dennoch kommt mir etwas in seiner Haltung vertraut vor.

»Kann's losgehen?«, fragt mein Vater und lässt den Motor an.

»Ja«, sage ich und versuche, im Seitenspiegel noch einen Blick auf den Mann im Wagen zu erhaschen. Das Einzige, was ich erkenne, ist, dass sich sein Auto in Bewegung setzt. Zufall, sage ich mir. Das ist ein Zufall.

Die Wohnung liegt im Norden der Stadt und ist winzig. Eigentlich ist es gar keine Wohnung. Es ist ein Appartement mit einem vielleicht zwanzig Quadratmeter großen Zimmer, einem sechs Quadratmeter großen Flur, in dem auf der einen Seite ein Einbauschrank, auf der anderen eine Küchenzeile untergebracht ist. Zudem gibt es ein winziges Bad mit Dusche, Toilette und Waschbecken. Aber es hat eine Tür. Und man kann es abschließen. Von innen. Und es gehört ganz allein mir.

»Es ist kein Palast«, sagt mein Vater. »Immerhin hast du einen Balkon.« Er geht zur Tür und öffnet sie. Kühle Morgenluft dringt herein und überlagert den Geruch nach frisch verstrichener Farbe. Im Grün zwitschert eine Amsel.

»Es ist wunderbar«, sage ich und da öffnet mein Vater seine Arme und ich lasse mich von ihm umfangen und ignoriere die Enge in meiner Kehle. Es macht mir nichts mehr aus, vor meinen Eltern zu weinen.

»Ich setz mal einen Kaffee auf«, sagt meine Mutter und verschwindet in den Flur. Ich trete auf den schmalen Balkon, spüre meinen Vater neben mir und blicke hinaus über Bäume, Müllcontainer und einen Fahrradabstellplatz im Hof. In der Ferne erkenne

ich den Olympiaturm und die Hochhäuser des Olympiadorfes. Es fühlt sich an, als sei ich in meine Heimat zurückgekehrt, obwohl ich sie doch nie verlassen habe. Stadelheim liegt keine fünfzehn Kilometer weit entfernt südlich.

Würde mich jemand fragen, wie es mir geht, wüsste ich nicht, was ich antworten sollte. Natürlich bin ich erleichtert und froh, dass dieser Albtraum endlich ein Ende hat. Aber genauso bin ich verunsichert und ängstlich vor dem, was kommt. Werde ich eine Arbeit ergattern? Werde ich Freunde finden? Werden meine Eltern so geduldig sein, mich in der nächsten Zeit zu ertragen? Werde ich sie nicht enttäuschen? Und vor allem – werde ich mich nicht enttäuschen? Mein wichtigster Vorsatz lautet: Ich lasse hinter mir, was war, ich schaue nur vorwärts. Nirgendwohin sonst.

Der Mann am Steuer des Wagens fällt mir ein. Als sei er ein Bote der Vergangenheit. Doch ich werde seine Botschaft nicht annehmen, sollte er hier auftauchen. Es muss Schluss sein. Mit allem.

Beim Kaffeetrinken versuchen wir, so zu tun, als seien wir eine normale Familie. Die Eltern im Rentenalter, die Tochter in den besten Jahren. In den zweitbesten eher, denn meinen vierzigsten Geburtstag habe ich schon letztes Jahr gefeiert. Wieder so ein Gedanke, den ich schnell mit einem Schluck Kaffee hinunterspüle. Ich konzentriere mich darauf, wie gut dieser Kaffee schmeckt, den meine Mutter aufgebrüht hat. Er schmeckt nicht mehr nach Luxus, sondern nach Freiheit. Und sei es nur die Freiheit, ihn zu verschwenden. Ihn kalt werden zu lassen und wegzukippen. Ihn nicht zu beachten. Höchstens als das, was er ist: eine schlichte Tasse Kaffee. Nicht mehr und nicht weniger.

Meine Mutter laviert sich in unserem Gespräch um alle Untiefen herum. Mein Bruder kommt nicht zur Sprache, auch Monika nicht und erst recht nicht die Kinder. Früher hätte ich mich über ihr Verdrängen aufgeregt, heute lasse ich sie großzügig gewähren. Ich bin froh, dass meine Eltern noch für mich da sind und dankbar

für das, was sie tun. Und wenn ihre Bedingung ist, dass wir nicht über Tobias und seine Familie reden, dann ist das in Ordnung für mich.

Dennoch bin ich erleichtert, als sie zum Gehen aufbrechen.

»Jetzt leb' dich erst mal ein«, sagt meine Mutter. »Und wenn du was brauchst ...« Ihre Stimme wird wieder kippelig.

»Sag Bescheid, wie der Termin beim Arbeitsamt gelaufen ist«, fordert mein Vater mich auf. Ich bedanke mich und drücke beide zum Abschied an mich. Dann schließe ich die Tür hinter ihnen. Jetzt beginnt sie, die Freiheit.

Unsicherheit überfällt mich, kaum ist die Tür geschlossen. Was soll ich nun tun? Ich öffne alle Schränke und entdecke, dass meine Eltern für eine zweckmäßige Erstausstattung gesorgt haben. Etwas Geschirr, Töpfe, zwei Pfannen, eine Kaffeemaschine, sogar der Kühlschrank ist mit Grundnahrungsmitteln gefüllt. Ein paar der Gegenstände erkenne ich aus meiner alten Wohnung wieder. Von den Möbeln und allem anderen, was man zu Geld machen konnte, ist längst nichts mehr da. Im Einbauschrank liegen neue Bettwäsche und Handtücher, Putzmittel und Klopapier. Einige nackte Bügel warten auf Kleidung, die ich mir erst noch besorgen muss. Es ist, als habe jemand die Reset-Taste gedrückt und außer dem Betriebssystem ist nichts vorinstalliert in diesem neuen Leben.

Ich lege meine Tasche auf den kleinen Esstisch im Wohnraum und öffne sie. In ein schmales Regal packe ich mein Manuskript. Es wird Wochen dauern, bis ich alles in einen Computer abgetippt haben werde. Ich bin froh über diese Aufgabe und hoffe, dass ich mir bald ein Laptop anschaffen kann. Alle übrigen Unterlagen verstaue ich in einem anderen Regalfach. Es sieht aus, als sei ich ein Hotelgast auf der Durchreise.

Ganz oben im Schrank entdecke ich drei übereinandergestapelte Briefablageboxen aus Plastik. Ich angle sie herunter und werfe einen

Blick hinein. Die Police meiner Lebensversicherung und ähnliche Unterlagen erkenne ich, ein paar Hefter, alte Zeugnisse und in der untersten: das Handy und ein Ladekabel. Beides sieht klobig und altmodisch aus. Ob es noch funktioniert? Der leuchtend rote Sticker mit dem Goldfisch wirkt noch immer wie frisch aufgeklebt. Ich traue mich nicht, es hervorzuholen. Vorwärts schauen, nicht zurück. Darunter liegt ein weiterer Hefter. Er ist orange, das durchsichtige Plastik des Deckblatts ist verkratzt und geknickt. Darin ein dicker Stapel Papier, genauso mit der Hand beschrieben wie meiner. Ich habe mir niemals vorstellen können, dass wir Gemeinsamkeiten haben würden. Seine Schrift ist hakelig und sehr unregelmäßig und die karierten Blätter sind an manchen Stellen eingerissen. Letzteres war schon so, als ich den Hefter damals in seiner Tasche fand. Ich kenne jedes Wort, jedes Detail dieser Geschichte, die darin festgehalten ist. Das Gewicht des Stapels liegt beruhigend in meiner Hand. Es stabilisiert mich. Nicht nur mir widerfuhr Unrecht. Der Daumen fährt über die Kanten des Papiers, ab und an erkenne ich ein Wort, weiß, auf welchen Teil des Dramas es sich bezieht. Obwohl es beinahe zehn Jahre her ist, dass ich die Geschichte gelesen habe. Ich bleibe einmal mehr an der ersten Seite hängen. Die Sätze lesen sich einfach, er bedient sich einer schlichten Sprache, vermutlich hatte er den Eindruck, so der Realität näher zu kommen. Wahrscheinlich konnte er es nicht anders.

Sie haben gesagt, wenn ich meine Geschichte aufschreibe, können sie mir schneller helfen. Ich soll einfach alles aufschreiben. Alles, woran ich mich erinnere. Auch an meine Kindheit. Das würde mir guttun. Ich hab keinen Schimmer, ob das stimmt. Aber ich habe sowieso nichts zu tun. Und die andern beachten mich vielleicht weniger, wenn ich einfach in einer Ecke hock' und vor mich hin kritzel.

Tja, woran erinner ich mich? Ich mein, von früher. Klingt komisch: früher. So alt bin ich jetzt auch noch nicht. Im Moment erinner ich

mich eh am besten an meinen Geburtstag. Ist ja auch noch nicht so lange her. Volljährig bin ich jetzt. Hurra! Und das coolste Geschenk war eindeutig das Abschlusszeugnis von der Hauptschule. Den Quali gepackt, yeah! Okay, es war auch das einzige Geschenk. Aber irgendwie bin ich schon stolz, dass ich das hingekriegt hab. Komisch, wenn einer wie ich stolz auf was ist. Aber, na ja, eigentlich bin ich echt stolz.

Als ich in die Schule kam, da kann ich mich dran erinnern, da hat die Mami zu mir gesagt, jetzt bin ich stolz auf dich. Ob der Papi auch stolz war, weiß ich nicht. Ich weiß gar nicht mehr genau, ob er überhaupt dabei war. Ich glaub, da haben wir schon in dem großen Haus gewohnt, wo ich das große Zimmer hatte. Das war klasse. In so einem großen Haus würd ich später auch gerne mal wohnen. Aber bei mir dürften die Kinder immer rumtoben und auch mal unordentlich sein

Ich lasse den Hefter sinken und schiebe ihn zurück in die Briefablage. Ich sehe dieses blasse, blonde Kind vor mir, diesen runden Jungen, der lautlos durch das teuer eingerichtete Haus schleicht, dem eingetrichtert wird, dass er nichts anfassen darf und der sich zu Tode langweilt. Ein Kind, das kaum mit Altersgenossen aufwächst und selbst Erwachsene selten zur Gesellschaft hat. Ein Kind, das sich selbst überlassen bleibt. Falls es geliebt wurde, dann so, dass es nichts davon bemerkte. Schluss damit.

Auf dem Balkon kann ich den Blick nicht abwenden von all dem Grün, von Häusern und ihren Fenstern, von der Stadt, die vor mir liegt und in die ich jederzeit gehen kann. Einfach so. Und obwohl mir dieser freie Blick Ruhe schenkt, wandern meine Gedanken sofort wieder in die Vergangenheit. An den Abend vor Prozessbeginn, als ich aus dem Fenster meiner weitläufigen, wunderschönen Wohnung sah, voller Hoffnung, dass noch irgendetwas geschehen könnte, um mein Schicksal abzuwenden. Ich rechnete mit einem Wunder. Wie naiv war ich.

Am nächsten Morgen würde ich meine Geschichte erzählen, nach einem halben Jahr Wartezeit, die ich unter strengen Auflagen und dank einer Kautionszahlung nicht in Untersuchungshaft hatte verbringen müssen. Ich fürchtete mich vor diesem Tag und ich sehnte ihn herbei. Bis dahin hatte ich den Bildern immer mehr vertraut als den Worten, vielleicht lag es an meinem Beruf. Ich war Cutterin beim Fernsehen. Ein wunderbarer Beruf, in dem ich nie wieder arbeiten werde, denn die Technik hat mich längst abgehängt und schlichte Cutter sind so gesucht wie Bergarbeiter – gar nicht. Heute muss man wenigstens Mediengestalter sein.

Damals war ich es gewohnt, Bilder so zu ordnen, aneinanderzureihen, dass sie zeigten, was geschehen war. Wie ich von den Dingen sprechen sollte, die sich ereignet hatten, wusste ich dagegen nicht. Noch dazu erwartete man von mir, dass sich durch die Worte ein Sinn ergeben würde, dass dann, wenn die Worte die Welt betreten haben würden, jedermann endlich nachvollziehen konnte, warum sich die Geschichte so und nicht anders abgespielt hatte. Ich lebte auf diesen Tag hin, als sei es ein Geburtstermin. Ich fürchtete mich vor den Schmerzen und vor dem Wortmonster, das ich gebären würde, hoffte jedoch auf Erlösung, sogar auf Freispruch, und dass ich das ungeliebte Baby nicht mit nach Hause nehmen müsste, sondern sich andere Menschen von da an um es kümmern würden.

Ich wollte mir nicht ausmalen, wie der Ort aussehen würde, an dem ich Zeugnis ablegen sollte von den Ereignissen und wo ich Alexander wiedersehen würde. Meine große Liebe. Einstmals. Früher. Als alles gut zu werden schien. Bevor das Gefühl des Ekels einsetzte, das bis heute nicht aufgehört hat.

Als ich dann durch die Tür des Gerichtssaals trat, mich den Anschuldigungen stellte, entgegenstellen wollte, erlebte ich, wie schrecklich es war, die Kameras auf mich gerichtet zu spüren. Und jede gespeicherte Sekunde Material demonstrierte mir in vierundzwanzig Einzelbildern geradezu penetrant *seine* Erfahrung mit dem

öffentlichen Leiden. Während ich die Objektive auf mir spürte, die Hitze der Scheinwerfer, die Kabel sah und sich mir die Mikrofone wie bei einem Spießrutenlauf entgegen reckten, lief in meinem Kopf der unvermeidliche Dialog der Kollegen ab, der sich zwei, drei Stunden später abspielen würde: »Komm, geh da rein, wo sie den Arm noch unten hat und man das verheulte Gesicht sieht. Ja, genau! Meinst du, wir sollen da 'ne Slowmo nehmen? Mann, das sieht richtig gut aus – aber lass' es zwölf Frames länger stehen.«

Zum ersten Mal blitzte in diesem Moment die Überlegung auf, ob er sich nur auf mich eingelassen hatte, weil er jemanden brauchte, mit dem er diese Erfahrung teilen konnte? Hatte er es von Anfang an darauf angelegt, dass alles, was geschah, nur geschah, damit ihn endlich ein Mensch verstand? War es reiner Zufall, dass ich dieser Mensch war? Oder wollte er mich, als Angehörige der Medienmeute, die er so hasste, bestrafen, ein Exempel an mir statuieren? Auch heute kann ich diese Fragen nicht beantworten. Ich weiß nur, sein Plan ist aufgegangen. Ich wurde bestraft. Ohne etwas verbrochen zu haben.

Ein Geräusch wie das Zirpen eines zu groß geratenen Insekts reißt mich aus dem Vergangenheitsstrudel, und auch wenn ich es nicht gleich einordnen kann, bin ich ihm dankbar für die Ablenkung. Es zirpt noch einmal und ich begreife, dass es die Türklingel ist. Sofort spüre ich eine Faust im Magen. Kommen sie und holen mich zurück, weil meine vorzeitige Haftentlassung ein Versehen war? Nein, nein, beruhige dich, wispere ich mir zu. Du hast einen Schein, der beweist, dass dir deine Freiheit rechtmäßig zusteht. Noch ein Fehlurteil werden sie nicht fällen. Hoffentlich.

Ich starre auf die Tür und brauche einen Moment, bis ich den Türöffner entdecke. Ich strecke den Finger aus, will darauf drücken, doch schon klopft es von außen. Ich fahre zurück.

»Christine?«, höre ich eine Männerstimme.

Mein Atem geht schneller, meine Finger zittern, als ich sie auf die Klinke lege. Soll ich ihm öffnen? Ja, er hat sich all die Jahre um mich bemüht – aber nicht, da bin ich ganz sicher, um mir zu helfen, sondern um sein schlechtes Gewissen zu entlasten. Und seine Versuche haben nichts gebracht. Gar nichts.

»Christine, bitte«, nun klingt er drängender. »Wir müssen reden. Ich habe einen Beweis.«

Dieses letzte Wort ist der Magnet, der meine bleischweren Finger dazu bringt, die Klinke zu drücken und die Tür zu öffnen. Der Mann mit dem Vollbart und dem Käppi schaut genauso ernst wie vor zehn Jahren. Vielleicht war es das, woran ich ihn vorhin im Auto erkannt habe, trotz der Entfernung. Seine Augen sind von vielen kleinen Falten umrahmt und in ihnen liegt etwas Flehendes. Ich trete einen Schritt zurück und lasse ihn herein. In meine Zelle, denke ich und korrigiere meinen Gedanken viel zu spät.

Ronald weiß nicht recht, wie er mich begrüßen soll. Er macht einen Schritt auf mich zu, hebt die Arme, lässt sie rasch sinken. Wir haben uns noch nie umarmt. Warum sollten wir es heute tun? Wir sind keine Freunde, waren es damals nicht und sind es jetzt nicht. Schließlich streckt er mir seine Hand entgegen und ich schlage ein. Doch ich bin froh, dass die Berührung schnell endet. Auch nach so langer Zeit fällt es mir noch schwer, sein Verhalten von damals mit einem gnädigen Blick zu betrachten.

»Komm rein«, sage ich und versuche, so zu klingen, als sei alles ganz normal. Er versucht, die Wohnung unauffällig zu mustern, als ob er nach Spuren meines gerade beendeten Lebens suche. Er stellt seinen Pilotenkoffer neben der Badezimmertür ab. Es ist derselbe Koffer wie vor zehn Jahren. Nur etwas abgewetzter wirkt er.

»Schöner Ausblick«, sagt Ronald und tritt ans Fenster neben der Balkontür. Er räuspert sich und sein Gesicht wird rot. Jeder Satz kann eine Sprengfalle sein.

»Wie geht es dir?«, fragt er und ich hebe die Schultern, starre auf den Boden, öffne die Handflächen.

»Gut«, sage ich schließlich. »Und dir?«

Er nickt und schafft es, ein klein wenig zu lächeln. Er nimmt die Kappe vom Kopf, der Haarschopf darunter hat sich deutlich gelichtet.

»Ich habe vor ein paar Tagen deine Doku über die Langzeitschäden bei Missbrauchsopfern gesehen. Sehr beeindruckend«, sage ich, um die Stille zu vertreiben.

»Danke. Ich ...« Er sieht sich um. »Können wir uns setzen?«

Das Sofa ist ein bisschen schmal und wir sitzen zu eng beieinander. Ich lehne mich zurück, versuche, Abstand zwischen uns zu bringen. Er mustert den Boden, als läge darauf ein verschwenderisch verzierter Perserteppich. Dabei ist dort nur billiges Laminat verlegt.

»Christine, ich will gar nicht lange drumrum reden.« Er scheint sich gefangen zu haben. Andererseits war er schon immer so: Small Talk war nie sein Ding, es ging immer nur um das Wesentliche. Das für ihn Wesentliche.

»Ich habe für diese Missbrauchs-Doku sehr aufwändig recherchiert und es war schwierig, Betroffene zu finden, die zu reden bereit waren.«

Warum erzählt er mir das? Meine Erwähnung seines Films war nur dazu gedacht, die angespannte Atmosphäre zu lockern.

»Ich habe im Verlauf der Recherchen auch einen Täter getroffen. Es war zu spät, um ihn und seine Geschichte in den Film mitaufzunehmen. Aber ich habe ihn aus einem anderen Grund befragt und seine Aussage liegt mir als Audiodatei vor.«

Ich schiebe die Hände unter meine Oberschenkel. Ist es plötzlich kälter geworden im Raum? Ronald sieht mich unbeirrt an, sein Gesicht ist so beherrscht, dass ich es nicht schaffe, eine Gefühlsregung daraus abzulesen.

23. April, 2018, 9.00 Uhr

Ich hatte neun Jahre Zeit, um meine Geschichte aufzuschreiben. An der ersten Fassung arbeitete ich kaum vier Monate. Tag für Tag, wann immer ich dazu kam. Die Krämpfe in den Fingern ließen bald nach. Ich schrieb wie besessen, es gab kein Zögern, kein Abwägen, kein Nachdenken. Ich kotzte die Worte aufs Papier. Doch Sinn ergab nichts davon. Meine Sätze mäanderten, verloren sich, knüpften an ausgetrockneten Enden an und versickerten schließlich im Unverständlichen. Es war mir egal. Denn ich schrieb, um mein Leben nicht beenden zu müssen. Schreiben oder sterben – das schienen mir die Alternativen zu sein. Papier und Stifte waren das Einzige, woran mir nicht mangelte. Vielleicht hätte ich mir mit der Miene des Bleistifts die Pulsadern aufschlitzen können – aber wenn jede Viertelstunde eine Vollzugsbeamtin einen Blick in die Zelle wirft, ist diese Vorgehensweise ungeeignet. Und zu anderen Methoden fehlte mir der Mut. Also schrieb ich.

Nun, vierzehn Fassungen später, nach fast genau neun Jahren, lege ich 379 eng beschriebene Seiten in meinen Koffer. Andere persönliche Gegenstände nehme ich nicht mit. Nicht einmal die Zahnbürste, die erst wenige Tage alt ist. Ich habe genug zu tragen an den 387 Seiten und an den Unterlagen, die mich hinaus begleiten werden. Der Haftentlassungsschein. Der vorläufige Personalausweis, der den alten, längst abgelaufenen, vorübergehend ersetzt. Die Telefonnummer meiner Bewährungshelferin. Die Telefonnummer des Haftentlassenenvereins. Die Bestätigungen über die Arbeiten, die ich verrichtet habe. Den Zettel mit dem Termin beim Arbeitsamt.

»Frau Winterall«, ruft mich die Vollzugsbeamtin und sie lächelt. Ich habe sie nie lächeln sehen, in all den Jahren nicht. Sie scheint es für diejenigen zu reservieren, die das Privileg haben, freizukommen. »Es geht los.«

Wenn nichts süßer ist ...

»Es gibt keine Erklärung für das Böse.
Es ist wohl ein notwendiger Bestandteil
in der Ordnung der Dinge.
Es zu ignorieren ist kindisch,
es zu beklagen sinnlos.«

Sommerset Maugham

Bettina Brömme

Des Glückes dunkle Seele

Thriller

»Er hat mit mir gesprochen, weil seine Tat gerade verjährt ist. Er ist bei einer damals Vierzehnjährigen übergriffig geworden. Er hat versucht, sie zu vergewaltigen. Vor ein paar Tagen ist sie dreiundzwanzig geworden und damit ist seine Tat verjährt.«

»Warum erzählst du mir das?«

»Damit du verstehst, warum ich dir nicht früher helfen konnte.«

»Was hat der Mann mit mir zu tun? War es Alexander?« Ich traue ihm alles zu, auch eine Vergewaltigung.

»Nein. Aber er hat seine Tat an einem Abend im Oktober 2008 begangen. Auf dem Parkdeck eines Einkaufszentrums.«

Ehe ich etwas tun kann, rutsche ich vom Sofa hinunter auf das Laminat. Ich starre Ronald an, bringe keinen Ton über die Lippen.

»Er hat euch gesehen – euch alle drei. Er sagt, der Ablauf stehe ihm vor Augen wie ein Film, den er selbst gedreht und hunderte Male angeschaut habe.«

Ich fange an zu wimmern. Unkontrollierbar dringen kleine, stachelige Laute aus meinem Mund. Ein Auto. Es stand ein Auto auf dem Parkdeck. Ich erinnere mich genau. Es war leer. Es sah leer aus.

Ronald rutscht dichter an mich heran und legt mir eine Hand auf die Schulter. »Möchtest du ein Glas Wasser?«

Ich kann keine Antwort geben und er steht einfach auf, findet im Schrank über der Spüle ein Glas und füllt es. Ich trinke in gierigen Schlucken.

»Der Mann sagt«, fährt Ronald fort, als er wieder neben mir sitzt, »dass es keinen Tag in seinem Leben gab, an dem er nicht bereut hat. Ein paar Mal wollte er sich das Leben nehmen, aber dann hielt ihn der Gedanke zurück, dass er nach der Verjährung reden würde. Er wollte nicht sterben mit dieser Schuld.«

Soll ich dafür dankbar sein? Wie könnte ich!

»Und war er schon bei der Polizei?«, frage ich.

»Er wollte zuerst mit dir sprechen«, antwortet Ronald. »Wenn du willst, bringe ich dich zu ihm. Noch heute.«

Ich nicke, ich rapple mich hoch und fange an, durch das Zimmer zu laufen. Es fühlt sich an wie die Zelle, die ich gerade verließ.

»Immerhin konnte das Mädchen damals entkommen«, berichtet Ronald. »Er war abgelenkt von dem, was vor sich ging, und es hat die Tür seines Wagens geöffnet und ist fortgelaufen, halb nackt. Kurz darauf zog sie mit ihrer Familie in eine andere Stadt. Sie hat ihn nie angezeigt. Aber weil er der Vater einer damaligen Freundin war, hat sie seinen Namen nie vergessen. Nachdem sie mir diesen anvertraute, war es nicht mehr allzu schwer, ihn zu finden.«

»Und hat sie auch etwas gesehen?«

»Nein, hat sie nicht. Sie hat Stimmen gehört, aber sie ist einfach nur gelaufen. Vielleicht ist ihr später klar geworden, was dort passiert ist – aber sie hat versucht, den Übergriff zu verdrängen, sie wollte nichts mehr damit zu tun haben. Vermutlich hätte sie auch nichts sagen können, was den Richter zu einem anderen Urteil bewogen hätte. Sie hat die Tat nicht gesehen.«

Ich könnte wütend sein auf die junge Frau, weil sie mir vielleicht neun Jahre in einer Haftanstalt erspart hätte, wenn sie ihn angezeigt hätte und er schon damals seine Aussage hätte machen müssen. Aber es taucht ein Gedanke auf, der mich mehr und mehr ausfüllt: Sie konnte entkommen. Meinetwegen. Wenn die Geschehnisse damals ansonsten nur Unglück hervorgebracht haben, dann taucht dieser eine Strahl, diese eine positive Folge die Welt in ein versöhnlicheres Licht.

Ich setze mich auf das Sofa und sehe Ronald fest an.

»Wann können wir ihn treffen? Und wo?«

»Ich schicke dir eine *Whatsapp*«, sagt er. »So eine Nachricht aufs Handy.« Ich lächle ihn an, die Muskelbewegung ist ungewohnt.

»Ich weiß, was eine *Whatsapp* ist«, sage ich. »Ich habe es im Fernsehen gesehen. Aber ich habe kein Smartphone.«

Ronald nickt und steht auf. Kurz darauf kommt er mit seinem Pilotenkoffer zurück, den er auf den kleinen Esstisch legt und öffnet. Er holt ein Smartphone heraus und streckt es mir entgegen.

»Hier«, sagt er. »Ich habe einen Vertrag dafür abgeschlossen. Es ist für dich. Du solltest dich schnell an die Gegenwart gewöhnen. Ich hoffe, ich kann damit etwas helfen.«

Ich nehme das Telefon in die Hand. Das letzte, das ich besaß, konnte man aufklappen. Und man konnte SMS-Nachrichten damit verschicken.

»Ich weiß nicht ...«, hebe ich an.

»Doch, bitte, ich bestehe darauf.« Er kneift die Lippen zusammen, duldet keinen Widerspruch. Kurz erklärt er mir, wie ich *Whatsapp* bediene, er demonstriert mir, wie ich ins Internet komme und wo ich Anleitungen dafür finde, was das Handy alles kann.

»Woher wusstest du, dass ich heute entlassen werde?«, frage ich ihn und umschließe das ungewohnte Mobiltelefon mit beiden Händen.

»Ich bat deine Eltern darum, mich zu informieren. Ich habe ihnen versprochen, dir bei der Jobsuche behilflich zu sein. Und das werde ich auch tun.«

»Aha.« Mehr kann ich dazu nicht sagen. Noch immer unterstelle ich Ronald, dass er nur Dinge tut, die auch für ihn einen Nutzen haben.

Er zeigt mir, wo die Audiodatei mit dem Geständnis des Zeugen auf dem Handy abgespeichert ist.

»Für alle Fälle«, sagt Ronald. »Pass gut darauf auf!« Sein Blick macht mich unsicher. Verbirgt er etwas?

»Ich melde mich. Vermutlich am späten Nachmittag«, fügt er an. Dann wendet er sich zum Gehen. Er ist noch nicht ganz an der Tür, da dreht er sich um.

»Eine Frage, die ich mir gestellt habe: Warum bist du nicht schon letztes Jahr freigekommen? Da waren doch zwei Drittel der Strafe verbüßt.«

Ich blicke kurz aus dem Fenster, als wolle ich mich vergewissern, dass dort wirklich keine Wachtürme stehen.

»Wenn du die Tat nicht zugibst, lassen sie dich nicht raus«, erkläre ich. »Was hätte ich zugeben sollen?«

»Und jetzt?«

»Mir wurde klar, dass ich weitere drei Jahre nicht überstehen würde. Ich habe die meiste Zeit in der Zelle damit zugebracht, meine Geschichte aufzuschreiben. Aber damit war ich fertig. Alles war niedergeschrieben. Was hätte ich die nächsten Jahre tun sollen? Da habe ich die Tat eingeräumt, habe bereut und mich in die Hände der Psychologin begeben, die mir schließlich Einsichtsfähigkeit und eine gute Zukunftsprognose attestiert hat. Tja, und da öffneten sich die Tore. Wer lügt, wird belohnt.«

»Verstehe!« Er nickt, aber ich denke, er hat es nicht verstanden, denn wer kann schon nachvollziehen, wie es ist, einen Mord – halt, nein, einen Totschlag – zuzugeben, den man nicht begangen hat. Einen Totschlag, für den es nun einen Zeugen gibt.

1

Als meine Großmutter im Frühjahr 2008 starb, war ich 31 und die Mutter meiner Mutter die erste Leiche, die ich je zu Gesicht bekam. Die Tote war in einer winzigen, düsteren Kammer aufgebahrt und der Bestattungsunternehmer hatte mir mit den Worten, es sei ja nur die Oma, Mut machen wollen, den engen Raum zu betreten. Also stand ich dort und starrte auf die leblosen Finger, die schneeweiß waren, weiß wie ein Blatt Papier, unbeschreiblich weiß und wächsern, und die an Kerzen für eine Geburtstagstorte erinnerten. Ich vergaß, dass dort die tote Großmutter lag, weil mich der Anblick dieser unwirklichen Finger so irritierte. Erst als meine Mutter neben mir schluchzte, sah ich der Toten ins Gesicht. Ich hätte nicht sagen können, was ich erwartet hatte, aber sicher nicht, einen fremden Menschen im Sarg liegen zu sehen, eine Frau, die ich nie zuvor gesehen hatte. Es hätte auch ein alter Mann sein können, der dort lag, so hart und verzerrt waren die Gesichtszüge. Doch das Weinen meiner Mutter bewies mir, dass es sich bei der Leiche tatsächlich um meine Großmutter handelte. Rückwärts ging ich zur Tür, weil ich meinte zu ersticken, wenn ich noch länger in der engen Kammer bleiben würde. Als ich viel später die zweite und die dritte Leiche meines Lebens sah, begriff ich, was mich so erschreckt hatte. Der Tod an sich überwältigte mich nicht, vielmehr war es die Erkenntnis, dass der Tod die Lebenden und die Toten sofort voneinander trennt, sie restlos entfremdet. Dass da wirklich nichts bleibt. Nicht einmal vertraute Gesichtszüge.

Schneeregen wehte in eisigen Böen fast waagerecht über den kargen Vorstadtfriedhof. Meine Mutter klammerte sich an meinen Vater, Tobias hatte den Arm um die mittlerweile schon deutlich schwangere Monika gelegt, ihre zwei Kinder drängten sich an die Wintermäntel der Eltern. Nur ich stand allein und gefasst da und sorgte später – nach dem üblichen, wortlos auffordernden Blick meines Vaters – für die übrigen, recht alten Trauergäste. Ich nahm ihnen ihre Mäntel und Jacken ab, orderte koffeinfreien Kaffee und zündete Kerzen an. An jeden Platz legte ich die Erinnerungskarte, die mit einem der letzten Fotos meiner Großmutter bedruckt war: schon deutlich gezeichnet vom Alter und ihrem schwachen Herzen, aber noch immer mit diesem etwas spitzbübischen Lächeln, das bis in ihre hellblauen Augen strahlte. *Das Meer der Zeit ist nur eine Woge auf dem Meere der Ewigkeit*, stand darunter, ein Zitat ihres Lieblingsdichters Jean Paul. Meine Mutter sah mir beim Verteilen zu, während sie ihre Hände auf den Schultern ihres bereits am Tisch sitzenden Sohnes abstützte, als sei er der Einzige, der ihr Halt bot. Dabei flüsterte Tobias Alina, seiner Vierjährigen, kleine Witzchen ins Ohr und bemerkte die Berührung kaum. Wie immer bemühte ich mich, diese Szene zu ignorieren: Mutter und ihr perfekter Sohn.

Natürlich hätte ich den Abend bei den Eltern verbringen können, wie sie es vorschlugen, aber ich verspürte einen Widerwillen, mir alte Fotoalben anzuschauen, Schinkenbrote aufgenötigt zu bekommen und mitzudiskutieren, wie der Grabstein aussehen sollte. Außerdem hatte ich schon am Morgen das Aufziehen einer Erkältung gespürt und wollte in die Badewanne.

Vier Jahre lebte ich nun in dieser großen Wohnung. Ich zog ein, als ich, nach der langen Ausbildungszeit, meine Festanstellung bekam. Wie froh war ich, dass mein Gehalt zum ersten Mal einigermaßen ausreichend war und der Vermieter zu den wenigen sozial eingestellten gehörte. 75 Quadratmeter mitten im Münchner

Glockenbachviertel für mich alleine. Es hatte keine Woche gedauert, bis ich die Zimmer voll geräumt hatte, obwohl ich vorher ein Appartement von kaum zwanzig Quadratmeter bewohnt hatte.

Als ich nach Hause kam, fand ich eine Nachricht auf meinem Anrufbeantworter, die ich insgeheim ersehnt hatte, auch wenn ich sie für diesen Tag als unpassend empfand. Ich wusste, dass Stefan am Abend in München sein würde, aber ich hatte es dem Schicksal oder besser ihm selbst überlassen, ob er sich bei mir melden würde. Tatsächlich hatte er mir mit gewohnt knappen Worten den Treffpunkt mitgeteilt. Um halb acht erwarte er mich in seinem Hotelzimmer, freudig, wie er sagte, allerdings mit der Einschränkung, dass ich nicht die ganze Nacht bleiben könne, da er am nächsten Morgen den ersten Flieger um 6.50 Uhr erwischen müsse. Seine Redaktion in Berlin hatte ein wichtiges Meeting am frühen Vormittag anberaumt.

Ich überlegte nicht. Die Zeit reichte gerade, um heiß zu duschen und mit nassen Haaren zum Hotel zu fahren. Unsere Affäre hatte vor etwa zehn Wochen begonnen, kurz nach Neujahr, als die meisten Kollegen im Urlaub waren. In die Spätschicht hatte er eine Flasche Champagner mitgebracht, die angeblich von Silvester übrig war. Ich hatte vor ein paar Monaten schon einmal mit ihm geschnitten, da war er mir steif, reserviert und sehr ernst vorgekommen. Keiner, der mir auf Anhieb sympathisch war. Als er aber diesmal den Schneideraum betrat, war sein Hemdkragen geöffnet, er zwinkerte mir zu, als seien wir alte Freunde, und entschuldigte sich für sein frostiges Verhalten beim letzten Mal, er sei einfach gestresst gewesen. Ich war sprachlos. Seit ich als Cutterin arbeitete, und das waren immerhin drei Jahre Ausbildung und vier Jahre Berufserfahrung, hatte sich noch nie irgendein Journalist für sein Benehmen entschuldigt. Im Gegenteil: Unhöfliche, hektische Kollegen waren die Regel. Stefan aber war in Plauderlaune. Der Schnitt verlief unkompliziert. Er hatte hervorragendes Bildmaterial, eine ausgefeilte

Schnittliste und sein Konzept war stimmig. Für die sechs Minuten zum Thema Genforschung benötigten wir gerade mal vier Stunden. Er lobte überschwänglich meine schnellen Finger und mein gutes Gespür für Bilder. Dann erzählte er von seinem Berufsalltag, davon, dass seine Hauptredaktion in Berlin saß. Da er sich aber schon als Hospitant im hiesigen Sender einen guten Ruf erworben hatte, arbeitete er gelegentlich für die Wissenschafts-Redaktion in München. Das Pendeln zwischen den beiden so verschiedenen Großstädten gefiel ihm und brachte nicht nur beruflich Abwechslung, sondern hielt auch sein Eheleben spannend. Ein bisschen Sehnsucht ab und an fördere die Beziehung ungemein.

Als wir mit der Arbeit fertig waren und er den Champagner öffnete, fand ich ihn ausgesprochen attraktiv. Ich war noch nie auf die Idee gekommen, mich mit einem Kollegen einzulassen, zudem mit einem verheirateten. Ich ließ mich sowieso selten mit Männern ein. Als Teenager war ich durchgängig unglücklich verliebt gewesen, hatte aber auch so etwas wie eine große Befriedigung verspürt, als Trauernde durchs Leben zu schlingern. Ab Beginn des Kunstgeschichtsstudiums, das ich nach vier Semestern abbrach, hatte ich eineinhalb Jahre lang eine Beziehung zu einem Assistenten meines Professors gehabt. Ich war nicht glücklicher als in den Tagen meines Alleinseins und hatte für mich beschlossen, dass ich mich nicht für eine feste Partnerschaft eigne. Später, wenn ich spürte, dass ein Mann etwas von mir wollte, hatte ich mich darauf eingelassen, einfach weil ich dachte, es gehöre dazu. Verliebt war ich immer nur in Männer gewesen, die unerreichbar blieben. Mit Stefan entwickelte es sich anders. Ich hatte es mir nicht vorstellen können, aber nachdem wir uns ein paar Mal getroffen hatten, um miteinander zu schlafen, hatte ich mich tatsächlich ein wenig in ihn verliebt. Er hatte es so einrichten können, dass er beruflich öfter in München zu tun hatte – ein Interview hier, ein Rechercheternin dort.

An diesem Abend in seinem Hotelzimmer küsste ich ihn zur Begrüßung nur flüchtig. Ich wollte ihm von der Beerdigung erzählen, von der Einsamkeit, die mich angesichts meiner Familie überfiel, ich brauchte ein wenig Trost.

Er streichelte unkonzentriert meine Hand und drängte mich zum Bett. Ohne viel Vorspiel kam er gleich zur Sache und ging dieses Mal auf meine Bedürfnisse nicht ein. Mit einem flapsigen Spruch wollte ich ihn darauf hinweisen, doch bevor mir etwas Passendes einfiel, verschwand er im Bad und die Dusche begann zu rauschen. Ich spürte, wie Ärger in mir hochstieg. So musste ich mich nicht behandeln lassen. Wenn es schon nur *Spaß* mit ihm sein sollte, dann wollte ich den wenigstens auch haben. Ich angelte nach einer Packung *Kleenex* auf dem Nachttisch und stieß dabei seine Ledermappe herunter. Als ich sie vom Boden aufhob, rutschte etwas heraus. Ein Foto. Eine schöne, blonde Frau – seine Frau, wie ich wusste – saß in einem Krankenhausbett und an ihrer Brust lag ein Kind mit vielen schwarzen Haaren. Neben ihr saßen stolz seine zwei älteren Söhne. Keine Frage – dieses Foto musste sehr aktuell sein.

»Herzlichen Glückwunsch«, sagte ich, kaum hatte er die Badezimmertür geöffnet. »Mit so einem Säugling bekommt man ja immer viel zu wenig Schlaf. Besser, ich gehe jetzt. Dann kannst du dich mal so richtig ausschlafen.« Ich sprang aus dem Bett und suchte meine verstreuten Klamotten zusammen.

»Christine, warte! Ich kann alles erklären.«

Ich musste mir ein hysterisches Lachen verkneifen.

»Lass gut sein«, antwortete ich und während ich schon die Zimmertür öffnete, zog ich noch den Reißverschluss meiner Jeans nach oben.

Wie hatte ich so blöd sein können? Mir hätte gleich klar sein müssen, dass er viel zu oberflächlich war, nicht an mir interessiert und vor allem: nicht längerfristig verfügbar. Hoffentlich würde er in der nächsten Zeit selten auftauchen.

Als ich zu Hause meine Wohnungstür hinter mir abschloss, sperrte ich ihn aus. Gestrichen, dachte ich.

Am folgenden Morgen erwachte ich viel zu früh – ich hätte ausschlafen können, weil erst die Spätschicht auf mich wartete – mit einem Kratzen im Hals, die Nase war völlig verstopft und die Augen waren verklebt.

Weil ich einen Arzttermin erst für den frühen Nachmittag bekam, schleppte ich mich pflichtbewusst in Großmutters Wohnung, die wir auflösen mussten. Meine Mutter hatte schon einige Müllbeutel mit nun Überflüssigem gefüllt und drückte mir den nächsten wortlos in die Hand.

»Hilft Tobias nicht?«, fragte ich.

Meine Mutter hob irritiert die Augenbrauen.

»Du weißt doch, wie hart dein Bruder arbeiten muss. Nach dem Büro geht er auf die Baustelle, sonst wird das Haus ja nie fertig. Und Monika – in ihrem Zustand. Das kann ich ihr nicht zumuten.«

Widerwillig sah ich die Unmengen von Modeschmuck aus vier Jahrzehnten durch. Alles Imitate und billiges Plastikzeug in grellen Farben, von dem ich mir nicht vorstellen konnte, dass meine Großmutter es jemals getragen hatte. Doch auf manchen der Geburtstags-, Weihnachts-, oder Einschulungsfotos auf der Anrichte vor mir waren eine Kette, ein protziger Ring oder eine unförmige Brosche zu entdecken. Wohin nur mit all dem Zeug?

Ich ließ mich auf den Klavierhocker sinken und sah mich um. Alles war wie immer. Dort stand das Piano, auf dem ich die ersten abgehackten Melodien geklimpert hatte. Über dem Klavier hing die Reproduktion des *Mondaufgangs am Meer* von Caspar David Friedrich. Vor dem Fenster blühten die Alpenveilchen. Auf der Anrichte lag die Tischdecke, die meine Großmutter selbst mit blauem und rotem Garn bestickt hatte und die nur zu besonderen Gelegenheiten benutzt worden war. Bald würde dies alles Erinnerung sein. Schon jetzt ließen sich meine Großeltern nur noch schwerlich einfügen.

Als ich vor ein paar Tagen hier gewesen war, hatte ich mich noch über jede Kleinigkeit gefreut, die ich für meinen eigenen Haushalt gebrauchen konnte. Endlich ein Pürierstab, eine gusseiserne Pfanne, ein Toaster, der neuer war als mein eigener – als hätte ich einen Einkaufsgutschein für ein Haushaltswarengeschäft gewonnen. Aber ich hatte kein schlechtes Gewissen. Sie wäre einverstanden gewesen. »Christinchen, nimm mit«, hätte meine Großmutter mit ihrer weichen Stimme gesagt und kaum merklich das linke Auge zusammengekniffen. »Mutter, lass doch«, hätte meine Mutter vorwurfsvoll eingeworfen, aber Großmutter und ich, wir waren immer zwei Verschworene gewesen. Meine Großmutter hatte mich verwöhnt, sie hatte nie gesagt, ich solle vernünftig sein und Rücksicht nehmen auf meinen kleinen Bruder. Sie hatte mich behandelt, wie es einem Kind guttat. Voller Liebe und Aufmerksamkeit und Zärtlichkeit. Nur bei ihr war ich die Nummer eins gewesen. Vielleicht hatte sie in mir sich selbst erkannt – ich hatte ihre lange, schmale Nase geerbt, ihr dünnes, hellbraunes Haar und sogar den dunklen Sprenkel quer durch mein linkes blaues Auge. »Der macht die Männer verrückt«, hatte sie mir zwinkernd prophezeit, doch ich war peinlich berührt ausgewichen, wenn sie darauf zu sprechen kam.

Natürlich hatte sie Tobias auch geliebt, aber insgeheim hatte er sie genervt. Er hatte uns immer alle Aufmerksamkeit abverlangt, auf eine hinterhältige, manipulative Weise, der man sich kaum entziehen konnte. Schon als Dreijähriger hatte er mit dem Kopf gegen die Wand oder den Türrahmen geschlagen, nur ein wenig, nur so, dass es aussah, als habe er sich verletzt. Meine Mutter hatte er damit sofort dazu gebracht, in ihrem Tun innezuhalten, um ihn zu trösten. Sie hat es bis heute nicht durchschaut.

Meine Großmutter, nahe dem östlichsten Ostseestrand geboren, hatte zeit ihres Lebens für alles, was mit dem Meer zu tun hatte, und insbesondere für Bernstein, geschwärmt. Deshalb fand ich die perlenbesetzte Goldbrosche, die ich nun zwischen dem Modeschmuck fand, untypisch für sie. Ich erinnerte mich nicht daran, sie je an ihr gesehen zu haben. Sie war groß, fast wie ein Handteller, aber fein gearbeitet, leicht ziseliert. Wie aus Goldfäden gesponnen wirkte der Körper und unsymmetrisch rund war er, als wäre der Goldschmied zu ungeschickt gewesen. Später entdeckte ich, dass die Künstlerin es zu ihrem Erkennungszeichen erhoben hatte, eine perfekte Form zu vermeiden. Auf dem durchbrochenen Goldgrund saßen kleine eingefasste Perlen, die hellblau oder grünlich schimmerten. Mondstein, nichts besonders Wertvolles, aber es verlieh der Brosche etwas Filigranes, was ein notwendiges Gegengewicht zur Größe darstellte. Ich steckte sie ein, denn sie war das einzige Stück, das mir einigermaßen gefiel, und die Perlen erschienen mir als Laien durchaus wertvoll zu sein. Eine Sekunde blitzte der Gedanke auf, dass ich es sein könnte, die etwas Kostbares zwischen all dem billigen Alltagskrimskrams gefunden hatte. Denn auf dem Konto meiner Großmutter war gerade genug geblieben, um die Beerdigungskosten zu decken. Nicht einmal die Seebestattung, die sie sich gewünscht hatte, war bezahlbar.

2

Früher dachte ich immer, es gebe keine Zufälle. Es war so ein beruhigendes Gefühl, den Geschehnissen eine Bedeutung zu verleihen, indem man sie als schicksalhaft bezeichnete. Als ob jemand existiere, dem man so wichtig sei, dass er Ereignisse für einen arrangierte. Inzwischen wünsche ich mir aus tiefstem Herzen, dass das Leben aus Zufällen besteht. Ich will nicht nach der Sinnhaftigkeit von Ereignissen forschen, will kein Opfer eines grausamen Schicksals sein. Allein dem Zufall vertraue ich mich an in der Hoffnung, es geht irgendwie weiter.

Damals jedoch hätte ich es als schicksalhaft bezeichnet, dass mich die Arzthelferin trotz Termin um etwa eine Stunde vertröstete. Weil ich keine Lust hatte, in dem engen Wartezimmer voller niesender und hustender Patienten zu sitzen, beschloss ich, einen Spaziergang zu unternehmen. Außerdem fühlte ich mich nicht so krank, wie ich dann werden sollte. Ich würde den Arzt nur um ein paar Medikamente bitten, Krankschreiben kam sowieso nicht infrage. Man hätte die Schneideräume rund um die Uhr besetzen können – die Termine reichten damals für die anfallenden Produktionen kaum aus.

Ich kannte Untergiesing nur wenig. Den Arzt hatte ich auf Empfehlung meiner Freundin Anna ausgewählt und weil er halbwegs auf dem Weg zum Sender lag. Viele Altbauten standen hier, riesige Klötze aus der Zeit um die Jahrhundertwende, mit abblätterndem Putz und angesplitterten Holztüren. Kleine Gemüseläden wechselten sich mit Stehausschänken und Bäckereien ab, eine der letzten Gegenden, die damals noch nicht der Gentrifizierung zum Opfer gefallen waren.

Ich blieb an einem Juweliergeschäft stehen, aus dem einzigen Grund, weil das Schaufenster mit Fischen dekoriert war und ich Fische liebe. Einfach so. Oder weil sie mich an das Meer und damit an meine Großmutter erinnern. Ansonsten habe ich keine Ahnung von Fischen, ich esse sie gern und finde ihre Gestalt hübsch. Hier hingen ziemlich kitschige, leicht stilisierte Pappmachéfische in einem Schaukasten. Goldene Armbänder quollen aus den Mäulern, ihre Flossen waren mit Perlenketten umwunden und ihre Körper von Ohrringen gepierct. Ganz sicher verbarg sich hinter der Eingangstür keiner dieser cool und schick gestylten Läden, die in meiner Ecke überall aus dem Boden sprossen. Aber nach dem Verkauf von eigenen, alternativ angehauchten Goldschmiedearbeiten sah er auch nicht aus. Auf eine gewisse Art wirkte der Laden altmodisch und passte damit in die Gegend.

Ich wollte schon weitergehen, da fiel mein Blick auf eine Goldkette mit Amulett, die von keinem Fisch gehalten wurde, sondern auf einem winzigen, samtenen Kissen etwas abseits ruhte. Verblüfft starrte ich das Amulett an. Es passte perfekt zur Brosche meiner Großmutter. Der Korpus war aus verschlungenen Goldfäden gefertigt und wirkte zierlich und zerbrechlich. Kleine gefasste Mondsteine schienen ihn zu umtanzen. Ich suchte in meiner Tasche nach der Brosche. Meine Mutter hatte mir geraten, sie aufarbeiten zu lassen, und ich hatte sie eingesteckt, um sie bei passender Gelegenheit bei einem Juwelier abzugeben. Ein wenig ungelenk hielt ich den Schmuck so dicht wie möglich ans Schaufensterglas und es sah tatsächlich so aus, als ob die beiden Stücke aus ein und derselben Kollektion stammten.

Kurz entschlossen drückte ich gegen den handtellergroßen, mattgoldenen Türgriff, trat ein und blickte mich verwundert um. Niemand zu sehen. Der mit dunklen Schieferplatten verkleidete kleine Raum gab mir das Gefühl, in das Innere einer Grabkammer getreten zu sein. Nur zwei kerzenförmige Lampen rechts und links der Tür zum Hinterzimmer streuten etwas diffuses Licht über die Preziosen, die in einer hüfthohen Vitrine in der Mitte des Raumes aufbewahrt oder eher *aufgebahrt* lagen. Mir kam es vor, als näherten sich die Wände mit jedem Atemzug millimeterweise. Als hätte ich kein Recht, mich hier aufzuhalten. Schon hatte ich die Hand wieder auf der Türklinke. Da raschelte ein schwarzer Samtvorhang und der Juwelier erschien. Hinter dem Vorhang erkannte ich ein kleines Büro, einen überquellenden Briefkorb, ein Faxgerät, die Ecke eines Monitors.

»Kann ich Ihnen helfen?« Seine Stimme war hell, als sei er noch jung. Überhaupt wirkte der große Mann jung, obwohl sein dunkles Haar schon grau durchsetzt war. Vielleicht strichen ihm ein paar Pfund Übergewicht die Falten aus dem Gesicht, vielleicht war es auch der leicht sommersprossige Teint, der ihm den Eindruck des großen Jungen verlieh. Das Schönste an ihm waren seine leuchtend blauen Augen, umrahmt von langen Wimpern, darüber dichte, dunkle Brauen. Als er zaghaft lächelte, bildete sich ein Grübchen, links neben dem Mundwinkel. Außer der Stimme, die für seine Statur zu hoch war, bemerkte ich in diesem Moment nichts Ungewöhnliches an ihm. Am ehesten noch den mutlosen Ausdruck, den er selbst mit einem Lächeln nicht beseitigen konnte und der mich schreckte. Es lag etwas so Geducktes und Flehendes darin, dass ich mich an seiner statt schämte. Als erwarte er von vornherein, dass ich ihn schlecht behandelte, egal, was ich tun würde. Vielleicht wollte ich ihm in diesem Moment schon beweisen, dass ich ihn *nicht* schlecht behandeln würde. Vielleicht legte ich die Brosche einzig aus diesem Grund auf die Glastheke. Ich ertrug seinen Blick nicht.

Während ich redete, betrachtete ich zwei weitere Ausstellungsvitrinen an der Wand hinter ihm.

»Ich wollte die Brosche ein bisschen aufarbeiten lassen«, sagte ich und spürte, wie mein Hals kratzte. Sein Räuspern ließ meinen Blick zu ihm zurückkehren. »Keine Ahnung, ob die was wert ist, aber, na ja ...«

Es hatte keinen Sinn, den Satz zu beenden. Kaum lag die Brosche da, hatte er sie schon zwischen den Fingern, drehte und wendete sie, öffnete den Verschluss, räusperte sich erneut, strich sich mit der Hand kurz übers Haar, schüttelte sacht aufstöhnend den Kopf. Dann traf mich sein trauriger Blick, um ein Vielfaches potenziert und so zwingend, dass ich dies Mal nicht wegschauen konnte. Ich knetete meine Finger hinter dem Rücken, spitzte die Lippen und hätte am liebsten auf und ab gewippt. Was sollte das Theater? Er hustete, die Hand behutsam um das Schmuckstück gelegt.

»Wo haben Sie die denn her, die Brosche?« Seine Stimme zitterte und schien sich an den Worten festklammern zu wollen. Ich zog die verschnupfte Nase lauter als nötig hoch und fuhr mit dem Mantelärmel durchs Gesicht, um meine Verwirrung zu kaschieren.

»Erbstück. Von meiner Großmutter. Ist die was wert?« Er breitete ein Stück schwarzen Samt auf seiner Theke aus und legte die Brosche darauf. Mit einem Mal wirkte sie richtig edel. Er versank in ihrem Anblick. Irgendwann, kurz bevor das Schweigen peinlich wurde, schüttelte er unmerklich den Kopf, räusperte sich ein weiteres Mal, und als er mich wieder ansah, meinte ich, seine Augenbraue kurz unkontrolliert zucken zu sehen. Vielleicht war meine Großmutter ja im Besitz einer blauen Mauritius unter den Goldbroschen gewesen?

»Nein«, sagte er dann. »Der materielle Wert dieses Stücks ist nicht allzu hoch. Aber ...« Sein Kopf wanderte zwischen mir und der Brosche hin und her – war der Mann nervenkrank?

»Aber vom Künstlerischen her ist ihr Wert ganz beträchtlich. Zumindest sehe ich das so.« Ich hatte nicht die leiseste Ahnung, wovon er sprach. Dass Schmuckstücke auch einen künstlerischen Wert hatten – nun ja, natürlich mussten sie originell designed sein, doch bis dato hatte ich immer geglaubt, nur die Anzahl der Brillanten sei entscheidend.

»Was heißt das?«, hakte ich aus reiner Höflichkeit nach. Am liebsten hätte ich ihm das Ding aus der Hand genommen und schnurstracks diesen kleinen, einsamen Raum verlassen.

»Vielleicht haben Sie das Amulett in meinem Schaufenster gesehen.«

Ich nickte.

»Ich verkaufe es nicht, es ist ein reines Ausstellungsstück, ein persönliches Erinnerungsstück. Ich könnte mir vorstellen, dass die Brosche und das Amulett die gleiche Heimat haben.«

Ratlos sah ich ihn an. Mir war, als übersetze er ein wenig schief aus einer fremden Sprache.

»Okay, wie dem auch sei. Ich hab's ein bisschen eilig«, log ich. »Können Sie mir die Brosche zurechtmachen? Der Verschluss ist ausgeleiert und die Perlen sehen matt aus. Was würde das kosten?«

Aus weiter Ferne kehrte sein Blick zurück. Hatte er Tränen in den Augen? Er gab sich sichtlich einen Ruck, holte ein kleines Papierbeutelchen unter der Theke hervor, in dem die Brosche verschwand, notierte Namen und Telefonnummer, versprach, den Preis gering zu halten und anzurufen, wenn er fertig sei. Aufatmend verließ ich das schwarze Ladenkabuff, und als ich wieder auf der Straße stand, hätte ich am liebsten gegen ein Auto getreten, so sehr hatte mich dieser Typ genervt. Wieso wirkte ein Geschäftsmann so völlig verstört? Als sei er erstaunt, dass es eine Außenwelt gab. Als hätte ich ihm das Gralsschwert vorgelegt. Was gibt es für weltfremde Kreaturen, dachte ich, während ich zurück zur Arztpraxis ging und mich plötzlich wunderte, wieso ich mich über diesen Mann so aufregte.

Ein paar Tage später ereilte mich Ronald Schneider. Jeder wusste, dass er keinen Sinn für Humor hatte. Er arbeitete immer an ernsten Themen, war zu Small Talk nicht fähig und fragte nie, ob er einem einen Kaffee aus der Kantine mitbringen könne. Deswegen versuchten wir alle, die Chefdisponentin zu bestechen, um nur nicht mit ihm schneiden zu müssen.

Elvira Barasof wirkte manchmal wie eine gutmütige Mädchenpensionatsleiterin – aber nur uns Cutterinnen gegenüber. Zu den Redakteuren, Journalistinnen und Autoren war Elvira streng, wortkarg und unerbittlich, während sie uns – »meine Küken« – zu schonen, zu unterstützen und zu verwöhnen versuchte, wo es nur ging. Sie war die Schnittstelle zwischen Technik und Inhalt, zwischen Körper und Kopf, und sie wusste genau, welche Seite arroganter, wessen Ansehen von Natur aus größer war – und so bevorzugte wenigstens sie die andere Seite.

Aber an diesem Tag hatte ich trotz immer noch rot geränderter Augen, einer durchs viele Schnauben angeschwollenen Nase und einer rauen Stimme keine Chance bei ihr. Ich hatte Katastrophen-Ronald zugeteilt bekommen.

»Arbeitslose Minenopfer oder unhaltbare Zustände in Tierheimen?«, fragte ich resigniert und meine Kollegin Yvonne grinste mich über Elviras Kopf hinweg an.

»Ich tippe auf missbrauchte Meerschweinchen!«, rief sie, und Elvira warf ihr einen Blick zu, der nur halb so böse gemeint war, wie er aussah.

»Kindersoldaten«, eröffnete sie dann, und ich rollte genervt die Augen. Yvonne kicherte, schnappte sich den Schlüssel zu ihrem Schneideraum und verschwand nicht ohne den Hinweis, dass sie mit dem attraktiven Kollegen Jan jetzt einen netten Beitrag zu einer neu anlaufenden Kinokomödie schneiden würde.

Ronald lief bereits unruhig vor der verschlossenen Tür auf und ab. Seine blaugrauen Augen waren wie immer von dunklen Tränensäcken untergraben. Noch ehe ich die Tür aufgeschlossen hatte, erläuterte er in knappen Worten das Konzept seines Beitrags.

»Das klingt ja alles niederschmetternd«, kommentierte ich. »Kannst du nicht mal was über Brautmodenschauen oder lustige Singlepartys machen?«

Er sah mich verständnislos an und ließ seinen Pilotenkoffer auf den Tisch knallen. Niemals – es war mir noch niemals gelungen, ihm auch nur ein Lächeln abzuringen.

Ich griff zum Telefonhörer, um bei Yvonne nachzufragen, ob sie schon wisse, wann sie mit dem Kollegen Jan zum Mittagessen ginge und dass ich mich gerne anschließen würde. Ronald sortierte Kassetten aus dem Archiv und vom Dreh – eine Pressekonferenz von *Amnesty International* – baute sein Laptop auf und entwarf flüsternd die ersten Kommentarsätze.

Wir kamen mäßig voran. Ronald war nicht nur für seinen mangelnden Humor, sondern auch für seine Unentschlossenheit bekannt. Welche Szene sollte länger stehen? Welches Statement war am aussagekräftigsten? Musikeinsatz? Oder doch reportagehaft, dokumentarisch? Am schlimmsten waren seine Versuche zu texten. Seine Augen bekamen einen stieren Blick auf den Monitor und ich musste das bisher Geschnittene ein ums andere Mal ablaufen lassen, während er probierte.

»Mehr als 300.000 Kinder im Alter von manchmal gerade erst sieben Jahren kämpfen in 41 Ländern auf der Welt als Soldaten.«

»In 41 Ländern der Welt werden Kinder als Soldaten eingesetzt – manche von ihnen ...«

»Sie sind erst sieben Jahre alt und doch schon ...«

»300.000 ... Schneid die letzte Szene nochmal weg, wir brauchen nach dem Wüstenlager die Nahe von diesem einen Jungen und ein paar Einstellungen von den Waffen.«

Stumm führte ich seine Befehle aus. In den Pausen, während er nachdachte, zählte ich homöopathische Tropfen für meine lädierten Schleimhäute ab, sah der Zeit beim Verrinnen zu und dachte daran, was ich am Samstag zum Tanzen anziehen könnte, Schnupfennase hin oder her. Nach dem letzten Treffen mit Stefan vor einer Woche – das das letzte bleiben sollte – wollte ich mich mit Ausgehen von meiner leeren Wohnung ablenken.

»Kinder sind gehorsamer als Erwachsene, hinterfragen Befehle nicht und sind leichter zu manipulieren. Vor allem die Jüngeren schätzen Gefahren nicht richtig ein«, riss mich Ronald aus meinen Gedanken.

»Auf welches Bild?«, fragte ich recht pampig, und er dirigierte mich zu einer Szene, die wir gerade erst rausgeschmissen hatten. Man sah einen vielleicht zehnjährigen, schwarzen Jungen, der sich halb hinter einer Barriere aus Sandsäcken versteckte. Das Weiße in seinen dunklen Augen leuchtete und über die Sandsäcke ragte ein Gewehrlauf. Plötzlich war der Junge weg, wie ausradiert.

»Hey, was ist mit dem Material?«, fragte ich überrascht und spulte ein wenig zurück. Der Junge blieb verschwunden. Ich blinzelte.

»Wieso? Was soll sein? Ist doch eine perfekte Einstellung«, antwortete Ronald und tippte seine Textfragmente in den Laptop.

Ich beugte mich vor, um das Bild genauer anzuschauen. Da bemerkte ich, dass der rechte Rand des Monitors ebenfalls fehlte. Und den Player, der danebenstand, sah ich auch nicht mehr. Ruckartig bewegte ich den Kopf von links nach rechts, aber alles, was rechts von meiner Nasenspitze hätte zu sehen sein müssen, war einfach nicht da. Ich bekam eine Gänsehaut. Ich fuhr mir mit dem Zeigefinger ins Auge, als müsse dort eine Wimper festhängen, als jucke es fürchterlich, aber nichts geschah. Mein Gesichtsfeld hatte sich von einer Sekunde zur nächsten um die Hälfte verkleinert. Völlig schmerzlos.

»Ronald«, sagte ich zitternd, doch er blickte nicht einmal zu mir herüber. »Mein Auge«, stammelte ich weiter.

»Bist gestern zu spät ins Bett?«, fragte er und in diesem Moment bemerkte ich nicht, dass er eine ungewöhnlich persönliche, fast schon intime Bemerkung gemacht hatte. »Können wir jetzt weiterarbeiten?«

»Nein!«, schrie ich ihn an. »Ich sehe nichts mehr. Da rechts von mir – da ist gar nichts mehr.« Für einen Moment dachte ich, ich würde verrückt. Das Blut pulsierte hinter meinen Schläfen. Ich rannte an den Spiegel, der über dem Waschbecken in der Zimmerecke hing, riss das rechte Auge weit auf und versuchte, etwas zu erkennen. Nichts – das Auge sah ganz normal aus. Aber nichts mehr, was ich sah, war normal.

Es dauerte nicht lange, bis die Schmerzen kamen. Jede Bewegung des rechten Auges ließ mich zusammenzucken, und das Schlimmste war dieses Druckgefühl, als ob jemand das Auge von innen aus seiner Höhle herauspressen wollte.

»Sie haben eine Entzündung des Sehnervenkopfes«, teilte mir der Augenarzt nach langwierigen Untersuchungen mit ernster Miene mit, und ich konnte nicht ahnen, dass dieser Diagnose die bis dahin schrecklichsten Wochen meines Lebens folgen sollten. Er erklärte, dass eine solche Entzündung die unterschiedlichsten Ursachen haben könne und diese in den seltensten Fällen völlig zu klären wären. Eine Menge Untersuchungen bei verschiedenen Ärzten würden nun auf mich warten, um wenigstens einige Krankheiten auszuschließen. Von der Pilleneinnahme über eine Nasennebenhöhlenentzündung bis zu Malaria, Diabetes, Hirnhautentzündung oder gar Multipler Sklerose – vieles konnte schuld sein und vieles klang unvorstellbar schrecklich. Außerdem musste ich ein starkes Kortisonpräparat einnehmen, von dem ich Schlafstörungen und ein aufgequollenes Gesicht bekam. Ich war bis dahin selten krank gewesen, nie im Krankenhaus gelegen, und außer Erkältungen und einem gebrochenen Finger gab es nichts Erwähnenswertes. Die gesunden Augen des Arztes fixierten mich sorgenvoll.

»Eine Sehnerventzündung kann zu starken Einschränkungen der Sehkraft führen.« Pause. Räuspern. »Bis zum irreparablen Verlust der Sehkraft auf diesem Auge.« Er schrieb etwas auf einen Zettel, während ich nicht wusste, welchem Gefühl ich die meiste Aufmerksamkeit schenken sollte. Dem Schmerz, der rein körperlich schien? Der Angst? Der Wut? Das geht nicht, wollte ich ihn anschreien. Ich verdiene mein Geld mit der Kraft meiner Augen. Ich brauche sie. Machen Sie das wieder heil, das Auge. Aber alles fühlte sich dumpf an, Reden kam mir unsinnig vor. Nicht einmal vor mich hinstarren wollte ich. Als er fertig geschrieben hatte, wandte er sich mir zu und mit dem zaghaften Versuch eines Lächelns erklärte er, eine rechtzeitig erkannte Entzündung könne jedoch auch wieder ganz abheilen, ich solle mir nicht zu viele Sorgen machen. Er habe einige Kollegen aufgeschrieben – Neurologen, Internisten, die die möglichen Ursachen abklären sollten. Da ich meine Augen so wenig wie möglich anstrengen sollte, würde er mich krankschreiben.

»Wie lange?«

»Erst einmal vier Wochen.« Das saß.

Das Halbdunkel ertrug ich am besten. So verarbeitete das Auge und damit der Sehnerv weniger Reize, und der Druck war zu ertragen. Natürlich konnte ich weder lesen oder fernsehen noch draußen spazieren gehen. Was, wenn die Entzündung auf das gesunde Auge übergreifen würde? Keiner hatte mir gesagt, ob so etwas geschehen könnte. Außerdem machte das kranke Auge jeden Blickwechsel des gesunden automatisch mit und ich stöhnte vor Schmerz auf. So fing ich an, beide Augen so oft wie möglich zu schließen.

Ich fühlte mich schlapp, war nervös, gereizt und oft völlig verängstigt, weil ich ständig eine andere Krankheit als Ursache in Betracht zog. Die erste Woche lag ich abwechselnd auf dem Sofa oder dem Bett, dämmerte vor mich hin und wartete auf den nächsten Arztbesuch, das Einzige, was meine Tage strukturierte. Die Ärzte sahen mich alle sorgenvoll an, machten ihre Untersuchungen und teilten irgendwann mit, der Befund sei negativ. Vielleicht ging die Entzündung mit dem grippalen Infekt einher, genau ließe sich das aber nicht sagen. Ich bekam Medikamente und war der festen Überzeugung, dass es Placebos sein müssten. Es gab schließlich keinen erkennbaren Grund für die Krankheit. Ich kam mir betrogen vor, als litte ich völlig ungerechtfertigt. Ohne Ursache. Einfach so. Nur um des Leidens willen. Und daher konnte es keine Gegenmaßnahmen geben.

Ich goss die Zimmerpflanzen nicht mehr und ging selten ans Telefon. Es rief ab der zweiten Woche sowieso kaum noch jemand an. Ich hatte keinen Appetit und wimmelte meine Mutter ab, die Einkäufe für mich erledigen wollte. Ihr Mitleid für uns kranke Kinder war mir schon immer der größte Gräuel gewesen. Wenn ich dieses lang gedehnte »Och, mein Schätzchen« nur hörte, krampfte sich mein Magen zusammen.

Von Tag zu Tag wurde es schlimmer. Nicht nur die Angst machte mich völlig fertig – würde ich wieder gesund werden? –, sondern die Schizophrenie meiner Situation. Ich ertrug keinen Menschen um mich herum, alle machten mich aggressiv. Ich beschimpfte meine Mutter, maulte mit Anna, blaffte Yvonne durchs Telefon an und schwieg mich meinem Vater gegenüber beleidigt wie ein kleines Kind aus. Gleichzeitig sehnte ich mich nach der Gesellschaft von Menschen. Ich wollte abgelenkt werden. Ich wollte, dass man mir sagte, alles würde wieder gut. Und ich hätte jedem ein Messer zwischen die Rippen gerammt, der einen solchen Satz von sich gegeben hätte. Ich kotzte mich selbst an. Mein Haar stand struppig ab, tagelang trug ich den gleichen, verschwitzten Schlafanzug. Warum war niemand da, in dessen Schoß ich meinen Kopf betten konnte? Der mich wiegte, streichelte?

Freiwillig war ich gerne alleine gewesen. Aber jetzt fühlte ich mich einsam. Niemandem zugehörig. Zum ersten Mal gestand ich mir ein, dass ich mich danach sehnte, in einer Partnerschaft zu leben. Ich war unruhig, wusste nichts mit mir anzufangen. Wenn dieses Gefühl mir früher aufgelauert hatte, war ich ausgegangen. Ich war sehr oft ausgegangen, ins Fitnessstudio, ins Kino, mit Freundinnen zum Essen, zum Tanzen. Gelegentlich hatte ich Männer abgeschleppt und nicht darauf geachtet, welche Spuren der schnelle Einmal-Sex in mir hinterlassen hatte. Ich liebte mein unabhängiges, fröhliches Leben und glaubte, dass ich es im Griff hätte. Ich hatte keine Scherereien mit den ewigen Themen Mülleimer, Elternbesuche und Urlaubsziele. Mit meinen vielen Unternehmungen betäubte ich Gefühle wie Einsamkeit, Sehnsucht nach Nähe und all den Plunder auf abwechslungsreiche Weise.

In den sechs Wochen, die ich alles in allem in meiner Wohnung kaltgestellt war, in der ich zu vegetieren anfing, begegnete ich der Frau, vor der ich immer Abscheu empfunden hatte. Diese Frau war schwach, sie war traurig und ängstlich, sie war alleine und hässlich, sie war unfähig, ihre Lage zu ändern, und voller widerwärtigem Selbstmitleid. Sie war ein bloßes Bündel Zellenansammlung, sie war schlecht, bösartig, neiderfüllt, oberflächlich und sie war ich selbst. Ich hasste sie. Ich wollte etwas zerstören, was diese Frau ausmachte. Aber als ich schließlich auf dem Küchenfußboden hockte, eine Schere in der Hand, und ein teures Designer-T-Shirt zerschnitt, kam ich mir so lächerlich vor, dass ich das Shirt – fast noch intakt – in die unterste Ecke des Wäschekorbes stopfte.

Am Ende der vierten Woche, als die Schmerzen im Auge allmählich nachließen, der Augenarzt mich aber trotzdem vierzehn weitere Tage krankschrieb und immer noch niemand endgültige Aussagen darüber traf, ob ich je wieder zu hundert Prozent würde sehen können, am Ende der vierten Woche hörte ich auf, über mich und mein bisheriges Leben nachzudenken. Es ödete mich an und ich war mir sicher, dass ich nichts mehr damit zu tun haben wollte. Was anstelle dessen kommen sollte, wusste ich nicht, aber ich verdrängte jede Vermutung. Wäre ich gläubig, hätte ich gedacht, die Krankheit wäre eine Strafe oder eine Prüfung Gottes gewesen für mein bisher so unbekümmertes Leben.

3

Als ich das Haus verlassen konnte, blinzelte ich, unsicher über die Beständigkeit der zurückgewonnenen Gesundheit, in die warme Maisonne. Der Augenarzt hatte versichert, dass die Entzündung komplett abgeheilt sei und keine Spätfolgen zu befürchten wären. Mit dem Sender hatte ich vereinbart, die erste Woche halbtags zu arbeiten, um meine Augen nicht zu überlasten.

Ich merkte schnell, dass das eine gute Entscheidung gewesen war, denn schon nach vier Stunden war ich müde und unkonzentriert. Zu Beginn der Krankheit hatte ich mir vorgestellt, wie ich gleich in der ersten Arbeitswoche jeden Abend ausgehen und meine Freunde mit ein paar spendierten Prosecco-Flaschen zurückerobern würde. Aber in dem Maße, wie sich mein Zustand besserte, verflog die Sehnsucht nach dem alten Leben.

Und tatsächlich hatte ich am Ende der ersten Arbeitsstunden nur ein Bedürfnis: nach Hause zu gehen und niemanden mehr zu sehen. Natürlich hatten die Kolleginnen gefragt, wie es mir gehe, hatten beteuert, wie schön meine Rückkehr sei, aber keine einzige von ihnen hatte die Bereitschaft erkennen lassen, wirklich mit mir über meine Erfahrungen zu reden. Eine berichtete von ihrer Mutter und derer Grauer-Star-Operation, ein anderer erzählte eine wenig amüsante Anekdote über eine Begebenheit beim derzeitigen In-Optiker der Stadt. Mich ermüdete das Gerede nicht nur, es langweilte mich. Selbst Yvonne, mit der ich bisher gerne mal einen Abend verbracht hatte, ging mir schnell auf die Nerven. Welcher Journalist wieder abfällige Bemerkungen über Technikerinnen hatte fallen lassen, wer erst in letzter Sekunde seinen Beitrag fertigbekommen hatte – es interessierte mich nicht.

»Puh, du bist ja noch ganz schön fertig«, hatte Yvonne mein abweisendes Verhalten kommentiert und ich widersprach ihr nicht.

»Du musst wieder unter Leute«, forderte sie und überredete mich, am Wochenende mit auf eine Party zu kommen. Um das Gespräch rasch zu beenden, sagte ich zu.

»Hey Chrissie, sieht man dich auch mal wieder?«, begrüßten mich einige Bekannte auf dem Fest und es klang wie ein Vorwurf. Wer sich unserer Welt entzieht, und sei es durch eine Krankheit, der ist selbst schuld, wenn er keinen Anschluss mehr findet, schienen sie zu sagen. Ich aß wenig, trank viel und endete schließlich mit einem jungen Typ in schwarzer Lederjacke auf dem Rücksitz seines Autos. Alles hinterließ ein so leeres Gefühl, dass ich es am liebsten ausgekotzt hätte.

Den Sonntag verbrachte ich bei meinen Eltern, auch Tobias, seine Frau Monika, nun schon hochschwanger, und die zwei Kinder waren da. »Du bist blass, Mädchen«, hatte meine Mutter zur Begrüßung gesagt und mir eine große Portion Rinderroulade aufgetan. Ich kam mir auch hier wie ein Fremdkörper vor. Monika rannte während des Essens mit ihrem dicken Bauch hinter Alina und Max her und versuchte, sie mit Fleischbrocken zu füttern. Meine Mutter verdrehte die Augen, wagte aber nicht, etwas über die schlechten Manieren der Enkelkinder zu sagen.

»Friedrich«, zischte sie ihrem Mann zu. »Sag doch du mal was.« Aber mein Vater war jemand, der nie zu irgendetwas viel sagte. Er schwieg lieber, gab sich beleidigt und flößte seiner Familie auf diese Weise ein so schlechtes Gewissen ein, dass wir ihm jede Menge Aufmerksamkeit, Respekt und Freundlichkeit entgegenbrachten. Hätte man uns gefragt, weswegen wir ein schlechtes Gewissen hatten, wäre uns nichts eingefallen. Aber eine solche Frage stellte natürlich niemand.

Meine Mutter und Monika schienen sich immer mehr zu ähneln. Vielleicht reagierte meine Mutter deswegen besonders gereizt auf Monikas laxen Erziehungsstil. Wenn ich zusah, wie Monika sich bemühte, Max mit seinen sieben Jahren zu füttern, weil er keine Lust hatte, am Tisch zu sitzen, dann fiel mir ein, wie meine Mutter früher hinter Tobias her gewesen war. Nicht um ihn zu ermahnen, sondern um ihn zu verwöhnen: Sie räumte hinter ihm auf, sie brachte ihm zu trinken, zu essen, sie ließ sich völlig von ihm versklaven. Ich dagegen – zwei Jahre älter als mein Bruder – hatte immer als die Große gegolten, deren Selbstständigkeit gerne hervorgehoben wurde, oft genug, um die mangelnde Aufmerksamkeit, die man mir entgegenbrachte, zu kaschieren. Wie an dem Abend, als ich in einer Schultheateraufführung meine erste größere Sprechrolle hatte. Während sich meine Eltern für das Ereignis fertigmachten, sprang Tobias beherzt vom Apfelbaum im Garten – blieb mit dem Unterschenkel an einem Ast hängen und zog sich eine solch tiefe Schnittwunde zu, dass sie genäht werden musste. Die Nachbarn berichteten meinen Eltern am nächsten Tag, wie gelungen mein Auftritt gewesen sei.

Ich kann nicht sagen, dass ich meinen Bruder deswegen hasste. Als wir Kinder waren, hatte er so etwas wie Welpenschutz genossen. Mittlerweile war sein Leben zwischen Familie, Hausbau und seinem Banker-Dasein so weit von meinem entfernt, dass wir Geschwister uns gleichgültig geworden waren. Und wenn sich Monika in ihrer Schwiegermutter spiegelte, dann nahm Tobias das Gebaren seines Vaters an. Der Sohn hatte einfach das erfolgreiche Muster übernommen und ließ seine Frau und die beiden Kleinen mit beredtem Schweigen nach seiner stummen Pfeife tanzen. Tobias war schon immer verschlossener als ich gewesen, hatte als Teenager manchmal tagelang kein Wort hervorgebracht, und meine Mutter und ich hatten oft wie die Klassenclowns agiert, um ein bisschen Lebendigkeit ins schweigsame Haus zu bringen. Dabei wirkten sowohl Vater als auch Sohn auf Außenstehende eher gutmütig denn berechnend und herrisch.

»Hast du eigentlich die Brosche aufarbeiten lassen?«, riss mich meine Mutter aus den Gedanken. »Tante Berta hat erzählt, dass Oma sehr an der Brosche hing. Ich glaub das ja nicht, sie hat das Ding fast nie getragen.«

Ich berichtete ihr von dem kleinen Juwelierladen mit dem seltsamen Besitzer und nahm mir vor, bald vorbeizufahren. Schon vor Wochen, als ich noch unter meiner deprimierenden Krankheit gelitten hatte, hatte er mir auf den Anrufbeantworter gesprochen, dass das Schmuckstück abholbereit sei.

Es vergingen noch vier Tage, bis ich wieder daran dachte, den Schmuck zu holen.

»Ich habe schon gehofft, dass Sie die Brosche vergessen und ich sie sozusagen als Dauerleihgabe bei mir behalten kann«, begrüßte er mich und grinste breit. Ich schmunzelte. War dies der gleiche Mann, dem ich vor ein paar Wochen den Schmuck gebracht hatte? Er wirkte heute so ... lässig, so entspannt.

»Ich muss Sie enttäuschen. Ich komme einfach erst jetzt dazu, sie abzuholen.«

»Waren Sie im Urlaub? Sie sehen so erholt aus.« Ich spürte, wie leichte Röte mein Gesicht überzog. Ich stützte mich auf dem Tresen ab und schüttelte langsam den Kopf.

»Danke, nein, leider keine Reise. Ich war krank.«

Kurz sah es so aus, als wolle er seine Hand auf meine legen. Aber er trippelte nur mit den Fingern auf der Verkaufstheke. »Hoffentlich nichts Ernstes?« Seine Augen fixierten mich auf eine Weise, dass ich nicht anders konnte, als den Mund zu öffnen und zu erzählen, wie es mir in den letzten sechs Wochen ergangen war. Ich war nur das Behältnis, aus dem die Worte schlüpften. Und er stand ruhig da, konzentriert, nahm den Blick nicht von mir und hörte zu. Gelegentlich nickte er, ansonsten spiegelte sein Ausdruck genau die Gefühlslage, von der ich gerade berichtete. Allein seine stille Aufmerksamkeit gab mir Trost. Ich spürte, wie eine unbekannte Energie in meinen Adern zu pochen begann. Als ich geendet hatte, sah er mich einen Augenblick stumm an. Schließlich sagte er: »Es müssen entsetzliche Wochen für Sie gewesen sein. Ich bin froh, dass mir das Leben solche Erfahrungen bisher vorenthalten hat. Aber ich kann mir vorstellen, dass Sie auch an Reife und Tiefe gewonnen haben durch Ihr Leiden. Ich wünsche es Ihnen – dann wäre es wenigstens nicht umsonst gewesen.«

Ich nickte und spürte, wie mir Tränen in die Augen traten. Am liebsten wäre ich dicht vor ihn getreten und hätte mich in die Arme nehmen lassen.

Doch er nestelte an der Schublade unter dem Tresen, fischte dann ein Tütchen hervor und ließ die Brosche auf die Samtunterlage gleiten. Schweigend betrachteten wir den frisch aufpolierten Schmuck. Der Juwelier nahm ihn vorsichtig in die Hand und fuhr liebevoll mit seinen kurzen, kräftigen Fingern darüber. Regungslos sah ich zu. Mein Kopf war mit einem Mal leer, aber auf eine wohltuend schläfrige Weise. Ich hörte, dass Regen an das Schaufenster pochte und in mir stiegen Gefühle von Behaglichkeit hoch, wie ich sie seit Jahren nicht mehr gespürt hatte. Eine Sehnsucht war beigemischt, nach Einigeln, nach Abstand zur Welt, und dieser kleine Laden schien genau der richtige Ort für einen Rückzug zu sein. Ich räusperte mich und sah ihn an.

»Ich würde Ihnen die Brosche ja verkaufen, sie scheint Ihnen zu gefallen. Aber das Ding ist sozusagen ein Familienerbstück. Von meiner verstorbenen Großmutter. Und ich hänge daran.« Überrascht stellte ich fest, dass stimmte, was ich sagte. Er nickte verständnisvoll.

»Wissen Sie zufällig, woher Ihre Großmutter diese Brosche hatte?«

Ich verneinte.

»Schade. Verstehen Sie ...« Er blickte mich unsicher an, als müsse er gut überlegen, ob er weiterreden sollte. »Meine Mutter war Goldschmiedin. Wenn ich mich nicht vollkommen täusche, dann hat sie diese Brosche gefertigt. Vielleicht erinnern Sie sich an das Amulett in meinem Schaufenster? Das ist auch von ihr. Und sehen Sie hier, auf der Rückseite.« Er drehte die Brosche herum, nahm eine Lupe und ließ mich hindurchschauen. »Dieses V steht für ihren Vornamen. Viola. Ihre Signatur.«

»Wirklich? Das ist ja irre.« Ich grinste von einem Ohr zum anderen. Der Juwelier strahlte zurück.

»Ja, nicht wahr?« Wieder sahen wir schweigend auf das Schmuckstück, beinahe so, wie Eltern ihr Baby betrachten. Voller Stolz und Verbundenheit. Schließlich suchte ich mein Portemonnaie hervor und fragte nach dem Preis für das Aufarbeiten. Er hob abwehrend die Hände – ihm sei es eine Ehre gewesen, und wenn ich mal wieder in der Gegend sei mit der Brosche, dann solle ich doch vorbeikommen. Ich bedankte mich und verließ den Laden. Auf dem Weg zum Auto spiegelte sich in den Schaufensterscheiben eine Frau, deren Lächeln tief aus dem Herzen kam.

4

Beinahe hätte Monika das Kind verloren. Die Fruchtblase war geplatzt, aber die Wehen hatten nicht ausgereicht. Der Herzton des Kindes war immer schwächer geworden, und als sich die Ärzte endlich zu einem Kaiserschnitt entschlossen, war es fast schon zu spät. Eine Erklärung oder gar Entschuldigung hatten sie dafür nicht, schließlich sei ja alles gutgegangen und der kleine Tim hatte überlebt. Monika ging es den Umständen entsprechend. Tobias und die beiden Kinder ließen sich von meiner Mutter kräftig bekochen, um über die angstvollen Stunden hinwegzukommen. Als ich mit einem zotteligen Teddybären im Krankenhaus eintraf, fand ich meinen Vater am Bettchen des Neugeborenen vor. Regungslos starrte er auf den kleinen Menschen mit der winzigen Nase, den flaumigen dunklen Haaren und der durchscheinenden Haut.

»Er schläft«, sagte er, ohne aufzuschauen. Dann erhob er sich, legte mir den Arm um die Schulter und wir gingen hinaus.

»Als ich dich das erste Mal gesehen habe, habe ich mir überhaupt nicht vorstellen können, dass du mein Kind bist. Ein Stück von mir.« Er starrte aus dem Fenster auf den grau-weißen Himmel. »Ich glaube fast, bei den Enkelkindern ist das einfacher. Da ist das Risiko nicht so groß, wenn sie zu einem gehören. Schließlich hat man die Verantwortung nicht mehr.«

Ich fuhr meinen Vater nach Hause, der stumm auf die Straße blickte. Auch beim Abendessen schwieg er, überhaupt wollte keine

Feierstimmung aufkommen. Meine Mutter sagte immer wieder mit zittriger Stimme: »Stellt euch mal vor, was passiert wäre …«, ohne den Satz jemals zu beenden. Ich streichelte ihr über den Unterarm und flüsterte: »Schon gut, Mama.« Nur Alina und Max stritten sich wie üblich, wer mehr zu trinken hatte und die dickere Wurstscheibe. Tobias sah ihnen unbeweglich zu, als seien sie kleine Außerirdische, auf die man keinen Einfluss nehmen könne.

»Ist das Omas Brosche?«, fragte meine Mutter plötzlich und beugte sich zu mir vor, um sie besser anschauen zu können. In der letzten Zeit hatte ich mein Erbstück beinahe jeden Tag getragen. »Hat sich gelohnt, das Aufarbeiten. Sieht wieder richtig schmuck aus. Ach, da fällt mir was ein.« Und sie verschwand in meinem alten Kinderzimmer, das seit der Pensionierung meines Vaters als »Arbeitszimmer« diente. Hauptsächlich wurden hier Fotoalben, Diakästen, alte *Geo-* und *Brigitte*-Hefte aufbewahrt. Nach kurzer Zeit kam sie mit einem schmalen Bündel Briefe wieder, das von einer gelben Schleife zusammengehalten wurde. »Hab ich dir gesagt, dass Tante Berta meinte, Oma habe den gekannt, der die Brosche gemacht hat?« Ich schüttelte den Kopf. Warum klopfte mein Herz schneller? Meine Mutter fuhr fort: »Ich hab neulich mal die Ordner und Dokumentenmappen von Oma und Opa durchgeschaut, und da hab ich die Briefe hier gefunden. Und mir ist auch wieder eingefallen, dass die Oma mal eine Freundin gehabt hat, die Goldschmiedin war. Oma hat kurz nach dem Krieg bei einer Professorenfamilie als Köchin gearbeitet. Und die Tochter von denen, das war die Viola, und die war ein bisschen älter als die Oma, und die beiden haben sich angefreundet. Die Viola hat sehr an der Oma gehangen, die war wie eine jüngere Schwester für sie. Ihre Mutter und ihre Schwester waren im Krieg umgekommen.«

»Die Ärmste!« Ich hing wie gebannt an den Lippen meiner Mutter.

»Dann hat Viola Ende der Fünfzigerjahre nach dem Tod ihres Vaters einen reichen Kaufmann geheiratet«, fuhr sie fort. »Sie ist weggezogen, und sie und Oma haben sich noch ein paar Jahre lang Briefe geschrieben. Violas Ehe mit dem Kaufmann war wohl nicht allzu glücklich. Und als Oma 62 das zweite Mal geheiratet hat, da kam auch Viola zur Hochzeit, das fiel mir wieder ein. Ich war da gerade zehn. Und da hat sie Oma die Brosche geschenkt. Ich kann mich erinnern, dass ich Viola geheimnisvoll und faszinierend fand, sicher auch, weil sie einen Hut mit Schleier trug und viel Schmuck – selbergemachten, sehr extravaganten Schmuck für die Zeit damals. Und obwohl es ja die Hochzeitsfeier von der Oma war, saßen die beiden Frauen lange in einer Ecke und haben getuschelt. Viola hatte etwas Melancholisches. Heute würde man sagen, sie sei depressiv gewesen, aber ich weiß nicht, ob das stimmt.« Meine Mutter zupfte an der Schleife, die die Briefe umschloss.

»Und was ist aus ihr geworden?«, fragte ich.

»Ich bin nicht sicher. Einige Zeit nach Omas Hochzeit hat Viola wohl ein Kind bekommen, da war sie schon fast vierzig. Nach der Geburt hat Oma nur noch selten von ihr gehört. Sie hat noch recht lange immer wieder an Viola geschrieben, aber die Briefe wurden irgendwann nicht mehr beantwortet.«

»Jetzt lass mal die alten Geschichten, Ingeborg«, unterbrach mein Vater sie ungehalten. »Alina und Max müssen endlich ins Bett, die sind doch todmüde.« Tatsächlich hatten die beiden schon ihre Köpfe auf der Tischplatte liegen und zeichneten mit ihren Buntstiften apathisch Linien aufs Papier.

»Ja, dann bring ich euch mal ins Bett«, stimmte meine Mutter zu, während sich Ehemann und Sohn auf einen Grappa ins Wohnzimmer zurückzogen.

»Kann ich die Briefe mitnehmen?«, rief ich ihr hinterher.

»Ja, natürlich«, antwortete sie und ich steckte die Briefe ein. Wie schwer sich diese wenigen Blätter anfühlten.

4. März 1958

Liebe Lotti,

nachdem die so genannten »Flitterwochen« vorbei sind, habe ich Zeit, dich noch mehr zu vermissen. Leider ist unsere eigene Köchin jung und tatkräftig, und ich könnte Vinzent nie dazu bewegen, sie gegen dich auszutauschen. Außerdem magst du ja aus M. nicht weg, was ich gut verstehen kann. So muss ich mir unsere vielen, langen Gespräche und deine schöne, warme Stimme ins Gedächtnis rufen, damit ich wenigstens in meinen Gedanken einen Rückzugsort und eine Heimat habe.

Von K. habe ich noch nicht viel gesehen. Es scheint eine graue Stadt zu sein mit wenig Bäumen und noch immer sehr vielen Baulücken. Die Leute sind nicht so herzlich und offen wie in M., zumindest habe ich bisher diesen Eindruck. Vinzent ist den ganzen Tag in der Firma, und wenn er abends heimkommt, ist er abgespannt und müde und noch schweigsamer als sonst. Immerhin ist das Haus recht hübsch. Habe ich es dir schon beschrieben? Das Schönste ist der große, halbrunde Erker, in dem ich jetzt zum Frühling Pflanzen aufstellen darf. Der Garten ist riesig und prächtig gepflegt, und sogar einen kleinen Teich gibt es. Nicht, dass man darin schwimmen könnte, das Vorrecht haben nur die Goldfische. Aber ich schaue gern auf die Wasserfläche, denke an die Sommertage an »unserem« See, an unsere Wettschwimmerei zu der Insel und das Faulenzen in der Sonne. Hier soll ich mich am besten gar nicht im Garten blicken lassen, wie mir gleich nachdrücklich mitgeteilt wurde, das sei allein Sache des Gärtners. Ja, so hält man mich hier an der kurzen Leine, und ich weiß nicht, was ich tun soll, damit die Tage schneller vorbeigehen. Vielleicht wäre es wirklich gut, wenn ich bald schwanger werden würde, dann hätte ich wenigstens eine Beschäftigung.

Heute hat mich Vinzent der Belegschaft vorgestellt. Alle waren sehr höflich zu mir, aber auch zurückhaltend. Ich glaube, sie meinen, ich bin ein verwöhntes Püppchen, mit dem man nicht normal reden kann. Ich hoffe, dass ich dem einen oder anderen den übertriebenen Respekt noch austreibe. Vinzents Sekretärin scheint mir eine recht patente und nette Person zu sein. Aber wahrscheinlich werde ich dann wieder angeschnauzt, ich soll mich mit meinesgleichen abgeben und nicht dem Personal nachhängen. Gerade so, als lebten wir noch im Kaiserreich. Na ja, ich muss dankbar sein, dass ich nach dem Tod meines Vaters so gut untergekommen bin. Ich mag gar nicht daran denken, was aus mir geworden wäre, wenn sich Vinzent nicht der verarmten Professorentochter erbarmt hätte ... Manchmal kommt mir mein Leben wie ein Roman vor, kennst du das, liebe Lotti?

Wie geht es denn meiner süßen Inge? Ich hoffe doch, die Schule macht ihr noch immer so viel Spaß wie am Anfang.

Ich trage mich mit dem Gedanken, Vinzent zu bitten, dass ich in der alten, unbenutzten Gartenlaube ein kleines Atelier einrichten darf. Dort könnte ich in Ruhe meine Jazzmusik hören, die ihm so zuwider ist. Der Schmuck fehlt mir sehr. Ich muss Vinzent nur in einem günstigen Moment erwischen. Manchmal scheint er ja doch empfänglich zu sein für meinen »mädchenhaften Charme«, wie er es nennt. Ich habe die Befürchtung, er will mir damit nur sagen, dass er mich für naiv hält. Ach, liebe Lotti, jetzt habe ich dir wie immer mein Herz ausgeschüttet und dich von deiner vielen Arbeit abgehalten, bitte sei mir nicht böse. Aber so habe ich den Eindruck, dass du noch ein wenig bei mir bist und ich nicht so ganz allein in dieser großen, unwirtlichen Welt bin. Bitte schreib mir sehr bald und viel zurück. Ich umarme dich fest, sei geküsst und gegrüßt von Deiner Freundin

Viola

Es war schwer, die schnörkelige Schrift zu entziffern. Ich war froh, dass ich mir als Schülerin von meiner Großmutter hatte beibringen lassen, Sütterlin zu lesen, und es noch immer halbwegs konnte. Nachdenklich strich ich den kleinen Stapel Briefe glatt. Sie hatten keinen Umschlag mehr und wirkten zum Teil verblasst. Gerade mal fünfzig Jahre waren die Briefe alt, mitten aus der Wirtschaftswunderzeit, und doch schienen sie aus einer schon lange untergegangen Welt zu stammen. Verarmte Frauen, die Kotzbrocken heiraten mussten!

Was wohl der Juwelier für eine Kindheit gehabt haben mochte? Ein Frösteln, ein freudiges Frösteln überlief mich, als mir plötzlich klar wurde, dass ich nun etwas hatte, um wieder in Kontakt mit ihm zu treten – die Briefe seiner Mutter. Ich musste zugeben, dass ich in den letzten Tagen häufig darüber nachgedacht hatte, wie ich es anstellen konnte, ihn wiederzusehen. Ich weiß nicht, wie es passiert war, aber ein fremder Mensch hatte angefangen, in meine Gedankenwelt einzudringen.

Auch in der Abendschicht ertappte ich mich dabei, wie sich ein dünnes, sehnsüchtiges Lächeln in den Scheiben der Monitore spiegelte, und ich merkte, ich dachte schon wieder an diesen Mann. Einmal noch die Wärme spüren, die von ihm ausging, als er mir zuhörte. Den klaren Blick sehen, der unerwartet aus seinen Augen hervorbrach, als er mir von seiner Mutter erzählte. Wie gerne wäre ich es, die diesen Ausdruck bei ihm hervorriefe.

Meine sehnsuchtsvollen Gedanken wurden von Stefan unterbrochen, der nun meinen Schneideraum mit einem Stapel Kassetten unterm Arm betrat. Ich hatte in den letzten Wochen tatsächlich kaum an ihn gedacht, und nun war es mir unangenehm, als er so überraschend vor mir stand. Ich bekam ein schiefes Grinsen hin, als er aber meine Schulter tätscheln wollte, wich ich aus.

»Mal wieder in München?«, fragte ich dann, das Belangloseste, was mir einfiel. Er schien nicht so recht zu wissen, was er sagen sollte.

»Ja, ausnahmsweise. Eine alte Geschichte, die ich noch fertigmachen muss.«

Ich nickte ihm zu. »Okay, gehen wir's an.«

Er gab sich einen Ruck, öffnete seine Tasche und legte weitere Bänder auf den Schneidetisch. Wortkarg arbeiteten wir nebeneinander her, gaben beide große Konzentration vor. Seine Anweisungen klangen kalt und präzise, und ich hatte den Eindruck, ihm war es problemlos gelungen, sich auf die neue Situation einzustellen. Als er mir eine Kassette reichte, streiften sich kurz unsere Hände, und ich verspürte den Wunsch, diese Berührung schnell fortzuwischen.

Als wir gegen halb elf fertig waren, gab ich vor, noch ein paar Arbeiten erledigen zu müssen. Ich wollte nicht mit ihm zusammen durch die dunklen, kahlen Gänge des Senders hinaus in die Mainacht treten. Er schloss die Tür hinter sich und während seine Schritte leiser werdend durch den Flur verhallten, rollten mir die Tränen über die Wangen. Ärgerlich wischte ich sie fort und schrieb weiter an meinem Wochenbericht. Schließlich legte ich erschöpft den Kopf auf die Tischplatte, so wie es Alina neulich bei ihren Großeltern gemacht hatte, und ließ den Tränen endlich freien Lauf. Meine Schultern zuckten, meine Finger verkrampften sich zu Fäusten. Es war still, ich schien der einzige Mensch im ganzen Senderkomplex zu sein. Mir war klar, dass ich Stefan nicht wollte. Und doch kränkte es mich, dass er einfach so gegangen war, dass er meine Distanz akzeptiert hatte, dass er nicht den leisesten Impuls zeigte, um mich zu kämpfen. Und dass es auch sonst niemanden gab, der um mich kämpfen würde.

Als ich den Schneideraum endlich hinter mir verschloss, fühlte ich mich auf eine seltsame Art erleichtert. Ich hatte das Gefühl, Stefan von nun an wieder offen in die Augen schauen zu können. Er hatte mich verletzt, aber nur, weil ich es zugelassen hatte. Es hatte wehgetan, aber es würde genauso heilen wie die kleine Schnittwunde, die ich mir neulich an einem zersprungenen Glas zugezogen hatte. Außerdem wollte ich einen ganz anderen Namen aussprechen, einen, den ich noch gar nicht kannte. »A. Helin« hatte am Laden gestanden. Mehr nicht. Würde ich ihn eines Tages im Schlaf buchstabieren, seinen Namen?

Aus reiner Höflichkeit ging ich am folgenden Samstag zu Annas Geburtstagsfest. Ich hatte die Gastgeberin vor einigen Jahren auf einer dieser dämlichen Fisch-sucht-Fahrrad-Parties kennengelernt, und weil in dem langweiligen Laden nur absolut unmögliche Männer herumgelaufen waren, hatten wenigstens wir zwei Frauen zueinandergefunden. Anna war die ideale Begleiterin für Szene-Bars und Diskothekenbesuche. Mit ihrer blonden Lockenmähne, der weiblichen Figur und ihrer schrillen Stimme fiel sie überall auf. Anna wusste nicht, wozu Zurückhaltung nötig sein sollte, und Dezenz hielt sie für das Gleiche wie Demenz. Während also Anna diejenige war, die sofort die Blicke aller auf sich zog, erschien ich neben ihr wie die klassische Pferdestehlerin, mit der so mancher Mann dann nur zu gerne zum Striegeln in den Stall gegangen wäre. Gelegentlich hatte ich mich mit ihr auf eine nachmittägliche Latte macchiato verabredet, dann aber feststellen müssen, dass Anna mich ohne die übliche Entourage von Männern langweilte. Sie erzählte haarklein jedes Detail – sexueller, psychologischer und banalster Art – über ihre jeweiligen Liebhaber, ab und an gespickt mit neuesten Anekdoten aus dem Kolleginnenkreis. Anna war Grundschullehrerin, und wie das hatte passieren können, hatte ich nie verstanden.

So traf ich bei Annas Geburtstag auf eine absonderliche Melange aus Lehrerkolleginnen, abgelegten, gegenwärtigen und zukünftigen Lovern sowie Annas Familie, bestehend aus einem nervös-rotwangigen Vater und einem umso farbloseren Bruder, dessen Aufgabe offensichtlich darin bestand, das Büffet leer zu essen. Kurze Zeit unterhielt ich mich mit Annas Ex Hanno, von dem ich wusste, dass er nur einen Hoden hatte. Ich konnte mich nur schwer auf das Gespräch konzentrieren, verstand aber, dass Hanno meine Einschätzung bezüglich seiner derzeitigen Chancen bei Anna wünschte. Ich bekleckerte mich absichtlich mit Kartoffelsalat und flüchtete ins Bad. Auf dem Wannenrand saßen drei Grundschullehrerinnen, rauchten mit bedröppelten Mienen zum kleinen Fenster hinaus und ich entnahm ihrem Gespräch ungewollt, dass es um die einfach nicht zustande kommende Schwangerschaft von einer der drei ging. Die Küche schien mir ein möglicher Rückzugsort. Wehmütig dachte ich an früher, als in den Partyküchen immer die aufregendsten Abenteuer ihren Anfang genommen hatten. Aber dort fand ich nur Annas Vater, der sich ein kariertes Küchentuch in die Anzughose gestopft hatte und so den Abwasch erledigte. Er lächelte mir schüchtern zu, reichte wortlos ein Handtuch herüber, und ich rieb den fettigen Kartoffelsalat ab. Mein eigener Vater kam mir in den Sinn, der höchst selten in der Küche stand. Er betrat sie nur, um Wein-, Bier- oder selten einmal Champagnerflaschen für Gäste zu öffnen. Hin und wieder hatte ich ihn überrascht, wie er im kalten Licht des Kühlschranks eine nächtliche Fressorgie veranstaltet hatte – ausgerechnet er, der oft und gerade von mir Disziplin und Zurückhaltung in Sachen Ernährung gefordert hatte.

Mir war nicht im Geringsten danach zumute, höfliche Gespräche mit älteren Herren zu führen, und daher verließ ich mit einem knappen »Dankeschön« die Küche. Weil ich in keinen der übrigen Räume zurückkehren wollte, entschied ich mich, zu gehen.

Ich hatte bereits drei Mal die Straße nach dem geparkten Auto abgesucht, bis ich merkte, dass ich eine Seitenstraße zu früh abgebogen war. Erleichtert kehrte ich um, als eine große Gestalt so dicht vor mir zwischen zwei Lieferwagen hervortrat, dass ich heftig zusammenzuckte. Ärgerlich sah ich dem Mann ins Gesicht, der mich noch gar nicht bemerkt hatte.

»Haben Sie mich erschreckt!«, entfuhr es mir, doch mein Körper entspannte sich, als ich erkannte, wer da vor mir stand. Gleichzeitig schlug mir das Herz bis zum Hals.

»Oh, hallo, tut mir leid«, sagte der Juwelier. Mit einer eckigen Bewegung winkte er mir knapp zu. »Wohnen Sie auch hier in der Gegend?«

Ich verneinte und erzählte von der misslungenen Party. »Und Sie – wohnen Sie hier?«

Er machte eine vage Geste. »In der Nähe.«

Ich nickte und blieb stehen, als sei ich hier mit ihm verabredet gewesen. Es war mir unmöglich, einen Schritt zu tun. Ich hatte das Gefühl, ein unsichtbares Band schlinge sich um uns.

»Ich will Sie nicht aufhalten«, sagte er und das Band löste sich.

»Nein, nein.« Ich wusste, dass ich es war, die den Anfang machen musste. »Hatten Sie wenigstens einen netten Abend?«

Er hob die Schultern, ohne dabei die Hände aus den Manteltaschen zu nehmen.

»Wie man's nimmt. Nichts Besonderes.«

Ich schluckte. In seinem Laden war er mir so weich erschienen, fast kindlich, doch nun wirkte er unnahbar. Vielleicht war ich ihm nicht sympathisch?

»Um ehrlich zu sein, suche ich mein Auto«, sagte ich und wunderte mich, dass meine Stimme beinahe zitterte. »Ich dachte, ich hätte es in dieser Straße abgestellt, aber hier ist es nicht.«

»Was haben Sie denn für ein Auto?«

Ich strich mit unsicheren Fingern eine Haarsträhne hinters Ohr. Kategorie »Unerreichbar«, durchzuckte ein kleiner Gedanke meinen Hinterkopf.

Mein schwarzer *Golf* unterschied sich in nichts von all den anderen und ich wusste, dass es keinen Sinn hatte, ihn näher zu beschreiben. Er wies mich auf verschiedene Läden und andere auffällige Merkmale in der Umgebung hin, anhand derer ich mich vielleicht erinnern konnte, und bot schließlich an, mich einmal um den Block zu begleiten.

»Eine schöne Gegend«, sagte er, während wir nebeneinander her gingen. »Aber die Parkplatzsituation ist grauenhaft. Ich bin froh, dass ich kein Auto mehr habe.«

»Zu Ihnen hätte so eine Familienkutsche gepasst, ein Kombi oder ein Van.« Jeder Idiot hätte begriffen, warum ich diesen Satz so formulierte, aber er ließ mich abblitzen.

»Ja«, sagte er. »Was macht die Brosche?«

»Oh, ich bin schon häufig auf sie angesprochen worden.«

»Sie tragen sie oft?«

Ich nickte und probierte ein mädchenhaftes Lächeln. Aber ich wollte nicht von mir reden. Ich wollte mehr über ihn erfahren, wollte spüren, dass er mich vielleicht doch mögen könnte. »Sind Sie von hier?«, fragte ich. Er hatte keinen Dialekt, aber seine Sprachmelodie war weich. Wieder fiel seine Antwort vage aus. Er sei vor ein paar Jahren hierher gezogen, in die Heimatstadt seiner Mutter.

Seine Mutter, durchzuckte es mich. Sollte ich ihm jetzt von den Briefen erzählen? Etwas in mir sperrte sich dagegen. Ich wollte, dass er Interesse an meiner Person bekam. Nicht an den Briefen. Denn dass ich ihn damit ködern könnte, war mir klar. Nein, dachte ich mir, diesen kleinen Joker spare ich mir auf. Ich atmete tief die kühle Nachtluft ein und mir fiel plötzlich auf, wie still es war. Nirgends ein Auto oder Lachen, das aus einem Kneipenfenster drang. Ich tat einen Schritt auf die Straße, um zur anderen Seite zu gelangen. Seine Hand packte mich fest an der Schulter. Als ich mich verblüfft zu ihm umsah – schon voller Erwartung, dass er sich mir ganz plötzlich zu nähern beschlossen hatte –, deutete er nur schweigend auf die rote Fußgängerampel und ich blieb automatisch stehen. Er schwieg.

»Kommen Sie«, sagte ich nach ein paar Sekunden. »Es ist nicht mal ein Radfahrer zu sehen.« Ich ging auf die andere Straßenseite, musste aber warten, bis er mir – als die Ampel endlich grün zeigte – folgte.

»Schlechte Erfahrungen?«, fragte ich vorsichtig.

»Nein, gar nicht«, sagte er eine Spur zu laut. »Ich finde nur, wissen Sie, es sind die kleinen Sachen, mit denen es losgeht. Bei Rot über die Ampel, am Zebrastreifen nicht gehalten, im Supermarkt die Plastiktüte mitgehen lassen – na ja, und irgendwann gibt man keinen Pfifferling mehr auf die Dinge, die menschliches Miteinander doch erst möglich machen. Und die so wichtig sind. Elementar geradezu.«

Ich nickte verstehend, wusste aber nicht, was ich entgegnen sollte. Er bemühte sich um ein Lächeln, das ich mit erhobenen Augenbrauen und etwas krampfhaft erwiderte.

Wir waren schweigend weitergelaufen. Ihn schien das nicht zu stören. Wie so oft fühlte ich mich mit einem Mal unbehaglich, weil ich mich verantwortlich für das Gespräch sah. Außerdem wollte ich zu einer entspannten Stimmung zurückfinden. Also plapperte ich los. Dass ich in München aufgewachsen sei, ein echtes Vorstadtgewächs, nicht mal das Studium habe mich woanders hingeführt und als Festangestellte beim Fernsehen hätte ich so was wie einen Beamtenjob.

»Fernsehen«, sagte er nachdenklich. »Sie sind doch eine sympathische Person.« Ich sah, wie seine Miene sich bei den Worten verfinsterte. Er war wohl einer dieser Kulturpessimisten, die den modernen Massenmedien die Schuld am Verfall sämtlicher Sitten und dem endgültigen Untergang des Abendlandes gaben. Solchen Vorwürfen sah ich mich öfter ausgesetzt und ich erklärte dann gerne, dass nicht die Medien selbst die Ursache seien, sondern die Menschen, die sie übermäßig und unreflektiert nutzten.

»Wie meinen Sie das?«, fragte ich.

»Die Sensationslust der Medien, die Geilheit nach Erniedrigung unschuldiger und wehrloser Menschen – das ekelt mich an.« Er sah mich dabei nicht an. »Wie kann sich eine Gesellschaft zivilisiert nennen, die solch ein Verhalten zulässt?«

»Ich verstehe nicht ganz«, versuchte ich, ihn zu unterbrechen, aber er schien mich gar nicht zu hören.

»Nirgendwo ist man sicher, immer muss man darauf gefasst sein, dass sie eindringen in den innersten Raum, dass sie ...« Plötzlich hielt er inne und richtete seinen Blick auf mich. Ich muss ihn mehr erschrocken als verständnislos angesehen haben. Er fuhr sich mit der Hand über die Haare, schloss kurz die Augen und berührte dann leicht meine Schulter.

»Entschuldigen Sie«, sagte er. »Ich bin es nicht gewohnt, viel mit Menschen zu reden. Ich bin – ich sage es Ihnen offen – ein komischer Kauz.« Ein kehliges Lachen schlich sich aus seinem schmalen Mund. Ich fiel in sein Gelächter ein, froh, dass er keine Antwort von mir erwartete.

»Da ist es ja«, rief ich und war ein wenig erleichtert, als ich mein Auto endlich entdeckte. Er schien vergessen zu haben, dass dies der Grund unseres Spazierganges gewesen war. »Wie heißen Sie eigentlich?«, fragte ich zum Abschied, in der Hoffnung, ein Name würde ihm festere Konturen geben.

»Oh, ja, äh, Alexander Helin.« Er nickte steif, griff dann nach meiner Hand und ich glaubte, niemals zuvor einen so warmen Händedruck gespürt zu haben. Verwirrt stieg ich in mein Auto und wusste nicht, was ich denken sollte.

Vielleicht würden mir die Briefe helfen, ihn besser zu verstehen. Vielleicht fand ich darin einen Hinweis auf ihn. Eine Erklärung. Und gleich am Montag würde ich ihn anrufen und ihm von den Briefen erzählen.

19. September 1959

Liebe Lotti,

Dir sei tausendfach gedankt für deine aufmunternden Worte und deine guten Ratschläge. Du hast ja recht – ich sollte mir nicht jedes seiner Worte so zu Herzen nehmen, mich besser abschotten gegen sein böses Gerede und die Sticheleien. Ich sollte ihn mit liebenden und verzeihenden Augen betrachten und denken, es gibt andere Gründe, warum er so ist. Es bin nicht ich, die die Bösartigkeiten in ihm hervorholt. Es ist keine gerechte Strafe für mich, dass er so ist mit mir. Aber dann frag ich mich sofort: Vielleicht ist es richtig von ihm, vielleicht bin wirklich ich schuld, weil ich ihn nicht genug liebe …

Ach Lotti, es fällt mir so schwer, immer gelassen zu bleiben. Das geht einfach nicht. Gerade heute Morgen ist er noch vor dem Frühstück in mein Zimmer gekommen. Ich weiß schon, dass er schlecht gelaunt ist, wenn er nicht wartet, bis wir uns am Esszimmertisch treffen. Also kam er wieder mit dieser Miene eines besorgten Pfarrers zu seinem größten Sorgenkinde. Ich frisierte mich gerade, als er hinter mich trat, mir die Bürste aus der Hand nahm und begann, mich zu kämmen. Vielmehr – er riss an meinem Haar, als sei ich ein Pferd oder ein Schaf, er bohrte mir die Spitzen der Borsten geradezu in die Kopfhaut und bewegte sie dann kreisförmig, so dass meine Haare sich ineinander verhakten und ich später die kleinen Knötchen herausfisseln musste. Und dabei sprach er mit leiser, kummervoller Stimme, als würde er sich sorgen – nicht, als wolle er mich bestrafen. Mein Jammern ob des Malträtierens meiner Kopfhaut scheint ihm gar nicht zum Bewusstsein zu kommen. Mit der Zeit wird er lauter. Er wettert, dass ich mich am Vorabend wieder unmöglich benommen hätte. Ich hätte dem Doktor Weinmüller schöne Augen gemacht und in einem Ton gelacht, der sich für eine anständige Frau nicht ziemt. Und mein Aussehen! Viel zu aufgetakelt sei ich gewesen. Immer dieses Schmuckbrimborium, als hätte ich den ganzen Tag nichts zu tun, als mich um mein eigenes Äußeres zu kümmern. Lotti, ich sage dir, nach jedem gesellschaftlichen Anlass, dem wir beiwohnen, sei es bei uns zu Hause oder auswärts, kommt er mit diesen Vorwürfen! Aber ich weiß genau, dass er es nur sagt, damit er mich seine Wut spüren lassen kann, von deren wahren Grund er keinen Ton über die Lippen bringt. Er ist so böse, weil ich immer noch kein Kind bekomme. Weil er Monat für Monat hofft, dass etwas passiert, dass ich mit der Neuigkeit komme und er endlich Ruhe hat. Damit er endlich den Anforderungen genügt, die seine Familie von ihm erfüllt haben will: einen Nachfahren gezeugt zu haben, damit all das Geld nicht umsonst gescheffelt ist. Er ist geradezu besessen von der Idee, dass seine Familie ihn endlich in

Ruhe lässt, wenn er einen Erben vorzeigen kann. Dass seiner dicken, dämlichen Mutter dann die anzüglichen Bemerkungen vergehen, dass sich in den Blick seines Vaters endlich Milde mischt, dass seine faule Schwester dann nicht länger mit ihren verfetteten Blagen prahlt. Aber, Lotti, sag mir – was soll ich denn TUN? Je mehr ich meinem Körper einrede, endlich, endlich schwanger zu werden – umso weniger spüre ich ihn. Nur wenn meine Hände das Metall berühren, das sich unter der Glut des Lötkolbens verformt, weich und formlos wird, bis ich ihm eine Form zurückgebe –, nur dann spüre ich meinen Körper, spüre ich, dass ich noch lebendig bin. Wenn dagegen er mich anfasst, dann wird meine Haut kalt und gefühllos wie ein Klumpen Silber. Ich weiß nicht, wie es weitergehen soll, Lotti. Aber sorge dich nicht um mich, du weißt, dass ich vieles verkrafte. Wenn er mir nur meine Arbeit lässt. Schreib mir bald zurück, liebste Lotti! Und erzähle mir dann, wie es mit Inge und ihrem Klavierunterricht geht! Herzlichst grüßt dich deine

Viola

Ich hatte den Brief wahllos aus der Kiste genommen und gelesen. Sollte ich Alexander Helin diese Zeugnisse der problematischen Vergangenheit seiner Mutter wirklich einfach so um die Ohren hauen?

»Übrigens, ich weiß nicht, ob Sie es wissen, aber Ihr Vater muss ein grauenvoller Mensch gewesen sein. Ähneln Sie ihm?«

Das war unzumutbar. Zuerst musste ich herausbekommen, welches Verhältnis er zu seinen Eltern hatte. Ihn behutsam auf die Briefe vorbereiten. Ob sie noch lebten? Spaßeshalber gab ich die Namen im Internet ein, fand aber weder einen Hinweis auf eine Goldschmiedin, noch auf Alexander.

Verdammt, überlegte ich. Warum beschäftige ich mich überhaupt damit? Er ist ein kauziger Juwelier, der in Rätseln spricht, scheinbar in einer anderen Welt lebt, keinen einzigen Anhaltspunkt dazu geliefert hat, ob er an mir interessiert sein könnte, und ich fühle mich schon wie seine Familientherapeutin. Es ist Samstagabend kurz vor zwölf – warum bin ich nicht im *Harry Klein* und halte nach einem interessanten Typen Ausschau? Ich zappte nervös durchs Fernsehprogramm, aber auf allen Sendern schien die gleiche Schautafel eingeblendet zu sein: »Weil es dich nicht interessiert, Christine Winterall« stand da.

»Ach, leckt mich!«, schrie ich in die leere Wohnung und ging zu Bett.

5

Am Montagabend fand ich folgende Nachricht auf dem Anrufbeantworter: »Ich wollte mich für Samstag auf der Straße entschuldigen – Sie müssen mich für einen kompletten Idioten halten, aber manchmal befinde ich mich in merkwürdigen Stimmungen. Da bin ich niemandem zumutbar. Geben Sie mir eine Chance, Ihnen zu beweisen, dass ich auch normal sein kann. Rufen Sie mich zurück!« Ich musste vor Freude kichern und war gleichzeitig verblüfft, nicht über den Inhalt, sondern über den Ton der Nachricht. Wenn ich nicht sicher gewusst hätte, dass ich am Samstagabend nur ihn getroffen hatte, wäre ich ins Zweifeln gekommen, ob es überhaupt Alexander Helin war, der mir aufs Band gesprochen hatte. Er hatte so warmherzig geklungen, mit einer Prise Selbstironie gewürzt, so verbindlich und charmant, dass ich sofort zum Hörer griff und zurückrief. Diesen Alexander Helin wollte ich unbedingt wiedersehen. Auch jetzt war er eloquent, wirkte selbstsicher und gelassen. Ich spürte, dass er sich wirklich über meinen Anruf freute, und das erste Mal bemerkte ich eine Offenheit an ihm, die ich ihm nicht zugetraut hätte. Fast erleichtert, dass er meiner Zuneigung doch wert schien, nahm ich seine Einladung an, am nächsten Abend ein Glas Wein mit ihm zu trinken.

Es wurde ein ganz normaler Abend, ein typischer Abend für zwei Menschen, die das erste Mal Zeit miteinander verbringen. Mit dem

Unterschied, dass ich seit Langem nicht eine solche Aufregung vor dem Treffen mit einem Mann verspürt hatte. Früher hatte ich mich selten gezielt mit jemandem verabredet. Ich hatte Typen auf Partys oder bei ähnlichen Gelegenheiten kennengelernt. Wir hatten geflirtet, waren manchmal im Bett gelandet und spätestens am nächsten Morgen war klar, ob wir uns wiedersehen würden oder nicht. Meist sahen wir uns nicht wieder. Diesmal, das wusste ich schon vorher, würde ich den Mann in jedem Fall gerne wiedersehen. Und das war ein unbekanntes Gefühl. Etwas flüsterte mir zu, mach alles ganz anders. Geh nicht am ersten Abend mit ihm ins Bett. Produziere dich nicht, aber zeig ihm, dass du intelligent und unterhaltsam bist. Lass ihn spüren, dass er dir gefällt. Sei offen. Ich wollte höhnisch über diese lehrbuchhafte Stimme lachen; so hatte es noch nie geklappt. Ich ging nur mit den Männern ins Bett, die mich nicht interessierten, und diejenigen, die ich attraktiv fand, hatten kein Auge für mich. Warum sollte es diesmal anders sein?

Er hatte etwas Geheimnisvolles und das reizte mich. Ich habe immer schon den Wunsch in mir verspürt, Männer von dem Übel – welchem auch immer – zu erlösen. Vielleicht glaubte ich, erst wenn mir das gelänge, wäre ich ihrer Liebe wert. Ich musste mich verdient machen, musste beweisen, dass ich liebenswert war. Dieser Mann hier, Alexander Helin, das spürte ich genau, gierte danach, erlöst zu werden. Und ich würde ihn erlösen und als Dank nicht nur seine Liebe, sondern die wunderbarste Beziehung der Welt bekommen.

Er hatte mich in ein kleines, stilvolles und dunkles Bistro gebeten, hatte meinen Mantel an die Garderobe gebracht, den Wein ausgesucht und sich sichtlich bemüht, Konversation zu pflegen. Ich hatte das Gefühl, ich träfe mich zum ersten Mal in meinem Leben mit einem Erwachsenen. Gelegentlich verstummte das Gespräch, dann sahen wir einander an, häufiger aber etwas verlegen in die Kerzenflamme zwischen uns. Alexander erzählte ein paar Anekdoten aus seinem Juweliersalltag über ältliche Damen, die für junge

Männer protzige Siegelringe suchten, und Pärchen, die in Streit gerieten bei der Auswahl der Eheringe. Lieber aber fragte er mich aus; er wollte alles wissen darüber, wie es beim Sender zuging, das schien ihn enorm zu faszinieren. Und diesmal kam kein böses Wort über die Medien aus seinem Mund. Er gestand, selbst praktisch nie fernzusehen, nicht einmal die Nachrichten, er sei schon immer mehr ein Büchermensch gewesen. Ich forderte ihn auf, mir seine Lieblingsautoren zu nennen – es waren beinahe ausschließlich mir völlig unbekannte Philosophen. Ich wechselte das Thema, machte Späße und buhlte um seine Zuneigung. Wenn ich nicht weiter wusste, erzählte ich ein paar der üblichen Kindheitsgeschichten über Zahnspangen, meinen kleinen Bruder und frühe Streiche und fasste sie im Erzählen immer kürzer zusammen, sie kamen mir mit einem Mal unwichtig und unpassend vor. Stattdessen flocht ich Einschübe ein, in der Hoffnung, er würde sie aufgreifen und mehr über sich erzählen. Dass er nicht verheiratet oder liiert war, schloss ich aus der Tatsache, dass er sich überhaupt mit mir traf. Seine Finger waren zudem ringlos. Sein Mund umspielte den ganzen Abend ein feines Lächeln und ich vermutete, er machte sich einen Spaß daraus, so wenig über sich zu verraten.

Als wir das letzte Glas aus der Weinflasche tranken, bot ich ihm, so spontan, dass ich selbst überrascht war, das »Du« an. Ich hatte mich nie mit einem Mann gesiezt, mit dem ich ausgegangen war, aber ihm gegenüber war es ganz selbstverständlich. Er wirkte ebenfalls verblüfft, doch es schien ihm wohl unhöflich, abzulehnen, und so stieß er schnell und ein wenig zu schwungvoll mit mir an. Wir lachten verlegen, auch weil wir beide nicht wussten, ob wir uns über den Tisch beugen und Wangenküsse austauschen sollten. Wir ließen es. Nach einer kurzen Pause sagte ich: »Ich glaube, wir haben überhaupt nichts gemeinsam.«

Er nickte freundlich. »Ja, ist das nicht schön?« Er wirkte regelrecht euphorisch.

Ich lachte und ließ den Bodensatz meines Weinglases im Kreis schwappen.

Als wir uns eine halbe Stunde später auf dem Gehweg trennten, war ich fast so irritiert wie bei dem zufälligen Treffen am letzten Samstagabend. Über seine Eltern hatte ich nichts erfahren und daher auch die Briefe nicht angesprochen. Ich hatte den Eindruck, den Abend mit dem Phantom eines Menschen verbracht zu haben. Seinen Äußerungen war zu entnehmen gewesen, dass er erst seit ein paar Jahren in der Stadt lebte, und die Tatsache, dass er Juwelier war, hatte wohl etwas mit seiner Mutter zu tun. Zu mehr Erkenntnis reichte es nicht. Und trotzdem kribbelte mein Magen, wenn ich an ihn dachte. Mir vorstellte, wie er mich berühren würde. Unwillkürlich malte ich in meinem Inneren ein Bild von ihm. Ob ich die richtigen Farbtöne verwendete, wusste ich nicht. Alles hatte eine gedeckte, aber hoffnungsfrohe Note. Ich machte mir nicht klar, dass ich zu wenig Schwarz auf meiner Palette hatte. Ich tupfte begeistert helle Akzente, es strengte mich ein wenig an, aber ich dachte, das wäre schon in Ordnung so. Was will man erwarten nach einem Abend? Dass mir das Bild vollständig misslingen könnte, kam mir nicht in den Sinn.

Ich hatte nicht verstanden, warum Tobias und Monika ihre Kinder taufen ließen. Keiner in der Familie war gläubig, ich war schon lange aus der Kirche ausgetreten. Vermutlich bestanden Monikas Eltern auf dieser Tradition und niemand wollte sich mit ihnen anlegen.

Als ich Monika damals kennengelernt hatte, war ich fast schockiert gewesen – wie wollten diese brave, stille, einzige Tochter aus gutem Hause und der grüblerische, in sich gekehrte Tobias ein gemeinsames Leben führen? Beide waren ein wenig linkisch in ihren Bewegungen, vor allem Monika wirkte unsicher und sehr schüchtern. Wer von ihnen würde sich dem Alltagsleben stellen? Mit der

Zeit bemerkte ich aber, dass Monika pragmatisch war in ihrer unauffälligen Art und meinem Bruder so etwas wie eine Richtschnur lieferte, an der entlang er sein Leben führen konnte. Sie bot ihm die Mütterlichkeit, auf die er immer angewiesen sein würde, gleichzeitig war sie äußerlich ein mädchenhafter, zarter Typ, der in ihm eine Art Beschützerinstinkt hervorrief.

Um Unabhängigkeit, so wie ich sie mir erstritten hatte, hatte er sich nie bemüht. Er war schon als Kind ein Stubenhocker gewesen, der hinter unserer Mutter herrannte, sobald sie das Zimmer verließ. Monika behandelte ihn mit der gleichen Geduld wie ihre Kinder. Ich war mir im Klaren, dass sie und ich extrem verschiedene Frauen waren, aber mittlerweile wusste ich diese Andersartigkeit meiner Schwägerin zu schätzen. Monika strahlte etwas Verlässliches aus, als würde es sie in hundert Jahren noch geben. Mit der Zeit war sie viel stärker zu meinem Bezugspunkt geworden, als es Tobias jemals hätte sein können.

Monikas Eltern waren kurz nach der Pensionierung des Vaters nach Mallorca ausgewandert. Sie hatten schon früher jede Urlaubswoche dort zugebracht, und als Monikas Vater von seinem Prokuristenposten in einer Spirituosenfirma zurückgetreten war, hatten sie in den Bergen eine Finca gekauft, abseits des Trubels natürlich, und lebten ganzjährig auf der Insel. Vielleicht liebten sie deshalb Familienfeste: Die schienen ein guter Grund zu sein, um für kurze Zeit nach Deutschland zu kommen, dort ihr scheinbar illustres Leben vorzuzeigen und hinterher schnell wieder abzureisen.

Ich war überrascht, als Monika und Tobias mich baten, Taufpatin von Tim zu werden. Sie hatten sich sogar beim Pfarrer dafür eingesetzt, dass er mich, die aus der Kirche ausgetreten war, als Patin akzeptierte, und er hatte zugestimmt. Bisher hatte ich immer überall lautstark verkündet, dass ich mich nicht zur Patin eigne und mir kleine Kinder eher suspekt seien. Insgeheim hatte ich auf Widerspruch gehofft und freute mich auf die Taufe.

So hielt ich nun Tim, der mich aus seinen blauen Babyäuglein irgendwie neugierig ansah, über das Taufbecken, und verspürte leichte Rührung. Sei nicht albern, Chris, dachte ich. Du hast nie Kinder gewollt, du wirst nie Kinder wollen und das Geschrei gleich wird dir tierisch auf die Nerven gehen. Aber Tim blieb ruhig und schien eher amüsiert zu sein, als er mit dem kalten Wasser bespritzt wurde. Ich atmete erleichtert auf. Mein Blick fiel auf die stolzen Eltern, die ebenfalls gerührten Großeltern und all die mehr oder minder geduldigen Verwandten und Freunde. Die Taufe eines Säuglings war sicherlich ein alltägliches Ereignis. Ständig wurden Kinder geboren, Kinder waren doch etwas, das wie selbstverständlich dazu gehören sollte. Aber ich hatte den Eindruck, dass der Nachwuchs schon lange nichts Alltägliches mehr war. Standen wir früher auch so im Mittelpunkt unserer Familie? Wenn mein Bruder mit den Kindern bei den Großeltern zu Besuch war, dann war kein normales Gespräch möglich. Meine Mutter schaute grundsätzlich verklärt und sagte: »Schau mal, sind die Kleinen nicht putzig?« Monika gab entrüstende Geschichten aus dem Kindergarten- und Schulalltag zum Besten und die Männer stierten wortlos auf die Jüngsten, als seien die eine gute Entschuldigung, sich nicht über ein erwachsenes Thema unterhalten zu müssen. Nicht, dass sie mit ihnen gespielt hätten – allein wenn man ihnen zuschauen konnte, war das schon so etwas wie ein Alibi.

Ich vermutete, dass Max kein Wunschkind gewesen war, schließlich war Monika mitten in ihrem BWL-Studium gewesen, das sie kurz nach Max' Geburt endgültig abgebrochen hatte. Dass sie damit eine größere Karriere aufgegeben hatte, als Tobias sie jemals machen wollte, wunderte mich heute noch. Natürlich verdiente Tobias als Kreditanalyst in einer Bank nicht schlecht. Er war in einem altehrwürdigen Institut tätig, wo er den ganzen Tag wenig sprechen musste, kaum gestört wurde und am Computer herumtippen konnte, was er sowieso am liebsten tat. Monika hatte aus ihrer Situation das Beste herausgeholt. Sie backte Brot selbst, bastelte Nachmittage lang mit den Kindern, fuhr sie von der frühkindlichen Musikerziehung zum Turnen und zur Spielgruppe und veranstaltete regelmäßig Feste für Max, Alina und ihre Freunde. Als Ausgleich zu den Kindern gab sie an einem Abend der Woche einen Single-Kochkurs bei der Volkshochschule. Sie hatte kämpfen müssen, damit Tobias sich bereit erklärt hatte, an diesem einen Abend keine Überstunden zu machen, sondern schon um sechs nach Hause zu kommen. Monika wirkte nicht unglücklich, aber sie war oft angespannt und fast immer müde. Seit Alina endlich einen Kindergartenplatz bekommen hatte, war es besser geworden, doch mit Tim ging alles von vorne los. Trotzdem echauffierte sich Monika, als wir beim Kaffee zusammensaßen, und erzählte, wie eine Arbeitskollegin von Tobias sie gefragt hatte, ob sie denn nicht wisse, wie die Pille funktioniere. Drei Kinder müsse heute niemand haben. Alle am Tisch gaben sich empört, aber ich vermutete, insgeheim waren sie gottfroh, keine drei Kinder großziehen zu müssen.

»Dabei ist das heutzutage viel einfacher als damals«, sagte Monikas Mutter abwinkend. »Wir hatten ja anfangs nicht mal eine Waschmaschine!«

Monika verkniff sich sichtlich eine böse Bemerkung und wischte einen Sahneklecks von Alinas Samtkleidchen. Ich lächelte meiner Schwägerin besänftigend zu. Am liebsten hätte ich das luxuriöse Essgedeck, das ich meinem Patenkind mitgebracht hatte, eingepackt und stattdessen seiner Mutter ein Wellness-Wochenende geschenkt. Ihr Haar wirkte strohig, unter den Augen hatte sie dunkle Ringe, sie war durch das Stillen noch dünner als früher. Tobias kümmerte sich nun zwar um den weinenden Tim und versuchte, ihn durch Wiegen und Schaukeln zu beruhigen, aber obwohl er sein drittes Kind im Arm hielt, wirkte er nicht routiniert.

Nach dem Kaffeetrinken fuhr die ganze Gesellschaft zur Baustelle hinaus, und Tobias verkündete, dass spätestens im Juni Richtfest gefeiert werden könne, wenn er ein paar Wochenenden durcharbeiten würde. Auf die Bauarbeiter sei kein Verlass. Monikas Eltern würdigten das künftige Haus ihrer Tochter mit kaum einem Blick, sondern erzählten laut und sich gegenseitig unterbrechend von den schwierigen Umbaumaßnahmen auf ihrer Finca. Die spanischen Bauarbeiter hätten ja eine andere Mentalität als die Deutschen und man müsse da viel geduldiger sein als hier zu Lande. Immerhin sei der Swimmingpool jetzt endlich fertig gefliest und mit den Installationen würde es sicher zügig vorangehen. Eduard habe aber schon so manches Scheinchen in Bauarbeiter-Hosentaschen stecken müssen, bekannte seine Frau und kicherte flatterig.

Als ich gegen neun in meine leere Wohnung kam, verspürte ich das unbezähmbare Verlangen, Alexander anzurufen. Ich sehnte mich nach seiner warmen, weichen Stimme, die mein Ohr streicheln würde.

Er war tatsächlich zu Hause und schien sich über meinen Anruf nicht weiter zu wundern. Ich hatte zunächst etwas nervös nach einem Grund für das Telefonat gesucht, was mir schnell lächerlich vorkam. Ich erzählte ihm von der Taufe und meinen widersprüchlichen Gefühlen, und es kam mir ganz normal vor, ihn über meinen Alltag zu informieren.

»Hast du Kinder?«, fragte ich, ohne zu überlegen.

Er hustete kurz, dann sagte er: »Nein.«

»Ich auch nicht. Und mir ist wieder klar geworden, warum ich keine will. So viele Bereiche im Leben sind einfach durch die Kinder festgelegt. Ich hätte den Eindruck, ich würde meine komplette Freiheit aufgeben. Und vielleicht würde ich ihnen das irgendwann vorwerfen. Und das wäre unfair.«

»Ich weiß nicht«, antwortete er nach kurzem Zögern. »Man würde durch Kinder viele Dinge kennenlernen, die man sonst nicht einmal erahnt. Und sicher durchaus kostbare Dinge.«

»Vielleicht. Warum hast du keine Kinder?«

»Es hat sich nie ergeben.«

Eine kurze Pause entstand. Dann sagte er: »Ich bin am Mittwoch zu einer Galerie-Eröffnung eingeladen. Möchtest du mitkommen?«

»Ja«, antwortete ich und hatte den Eindruck, ich flötete wie ein Backfisch. Bis Mittwoch war es eine schrecklich lange Zeit. Drei Tage. Ich hatte mich wirklich verliebt. Nur irritierte mich, dass er heute Abend wieder so weit entfernt wirkte. Nicht, als ob wir in der gleichen Stadt lebten, sondern als stehe er in einer Telefonzelle im südlichen Patagonien. Er klang brüchig und unsicher. Die Langsamkeit, mit der er die Worte hervorpresste, machte mich nervös. Ich brauchte heute Wohlklang, Vertrautheit, einen Raum des Verständnisses. Aber darauf hoffte ich vergebens.

6

Beim Mittagessen sagte Yvonne: »Jan nimmt mich heute Abend zu einer Galerie-Eröffnung in der Nähe des Gärtnerplatzes mit, das muss irgend so ein Super-In-Event sein. Ich habe nicht die leiseste Ahnung, was ich anziehen soll.«

Ich kaute so unauffällig wie möglich an meinem pappigen Gemüseburger weiter. »Wusste gar nicht, dass Jan und du schon so intim seid.«

Yvonne verdrehte kokett die Augen. »Bis jetzt sind wir das nicht. Aber was nicht ist, kann ja noch werden ...« Sie schob ihre Klein-Mädchen-Haarklammer fest und sah mich dann ernst an. »Ich finde, du musst auch endlich mal wieder unter Menschen. Was ist denn los mit dir? Seit du so lange krank warst, bist du irgendwie – anders.«

Ich tätschelte meiner Kollegin den Unterarm. Sollte ich ernsthaft darauf antworten? »Ich genieße meine kuschelige Wohnung. Und meine Familie spannt mich ein wenig ein in letzter Zeit.«

»Deine Familie? Von der habe ich ja noch nie ein Sterbenswörtchen gehört! Und Anna hat erzählt, dass du neulich so schnell von ihrem Geburtstag abgehauen bist.« Anna und Yvonne waren sich mehrmals auf irgendwelchen Partys begegnet, aber es überraschte mich, dass die beiden auch ohne mich Kontakt miteinander hatten.

»Ich war müde. Mehr nicht. Mit mir ist alles bestens. Und vielleicht treffen wir uns ja heute Abend ...« Ich zwinkerte Yvonne zu, stand auf und brachte mein Tablett zum Geschirrwagen. Ohne mich noch einmal umzudrehen, ging ich in den Schneideraum zurück. An diesem Tag hatte mich einmal mehr Ronald ereilt und ich wusste, dass er die Pause pünktlich beendete.

Der Kollege tat sich mal wieder schwer mit dem Texten. Diesmal ging es um die Haftstrafe für einen Sexualverbrecher, dessen Zurechnungsfähigkeit nur sehr schwer hatte festgestellt werden können. Ronald probierte und probierte, aber seine Sätze glichen immer mehr Zungenbrechern. Einmal hatte ich es gewagt, einen Textvorschlag zu machen, doch er hatte mich nur böse aus den Augenwinkeln angefunkelt und weiter mürrisch vor sich hin gemurmelt. Während er herumstotterte, lehnte ich mich zurück und überlegte, wie ich den heutigen Abend angehen sollte.

Dass Yvonne mit einem Kollegen dort auftauchen würde, passte mir überhaupt nicht. Die Begegnung mit Alexander war mir zu kostbar, um sie vor anderen zur Schau zu stellen. Ich wunderte mich, dass er zu einer so schicken Einladung ging, denn wenn selbst Yvonne von »In-Event« sprach, musste es schon etwas Besonderes sein. Welche Rolle sollte ich an diesem Abend spielen? Wie würde er mich vorstellen? Ronald probierte ein weiteres Mal eine frische Textzeile und wiegte dann besorgt den Kopf.

Ich musste schmunzeln. »Sag mal, Ronald, macht dir dein Job eigentlich Spaß?«

Ronald drehte sich mir erstaunt zu. Er musterte mich und sagte: »*Spaß* ist nicht die Kategorie, nach der ich mir meinen Job ausgesucht habe.« Das Wort »Job« sprach er abfällig aus.

Ich ließ mich nicht aus der Ruhe bringen, auch wenn ich merkte, dass er rasch weiterkommen wollte. »Okay, also: Befriedigt dich deine Arbeit? Macht sie dich glücklich? Es muss doch einen Grund geben, warum du ausgerechnet Journalist geworden bist? Das passiert einem doch nicht einfach.«

Ronald schien zu spüren, dass meine Fragen ernst gemeint waren. Er lächelte vorsichtig, fast entschuldigend. »Ich wollte schon immer die Wahrheit über alles herausfinden. Mich interessiert, was der Hintergrund einer Geschichte ist. Warum passiert etwas genau so, wie es passiert? Meistens sind nicht die Dinge, die man sieht, dafür ausschlaggebend, sondern der ganze zeitliche, räumliche, psychologische Kontext – und den will ich aufdecken.«

»Warum bist du nicht Jurist geworden?«

»Mein Vater war Richter. Das hat gereicht. Können wir weitermachen?«

Ich nickte, rollte mit meinem Schreibtischstuhl an das Schneidepult und sah ihn erwartungsvoll an. Seine Ernsthaftigkeit wurde mir mit einem Mal verständlicher. Er schien zu glauben, dass er hier in diesem Schneideraum die Wahrheit zusammenschnitt, die man den Menschen draußen präsentieren konnte.

»Meinst du, dass du in zwei Minuten dreißig die Wahrheit erzählen kannst?«

»Nicht die ganze. Aber den wichtigsten Teil. Fahr doch bitte auf 3:14, die Szene, wo er aus dem Gerichtssaal kommt.«

Ich war viel zu spät dran. Der Nagellack auf den Fußzehen war noch nicht trocken, als Alexander klingelte. Die Galerie war gar nicht weit von meiner Straße entfernt und so hatte er angeboten, mich abzuholen. Ich drückte auf den Türöffner, da fiel mir ein, dass im Wohnzimmer die Briefe seiner Mutter verstreut herumlagen. Ich hetzte durch den langen Flur, zögerte nervös, wo ich die Schriftstücke hinlegen sollte, und schob sie dann schnell unters Kopfkissen im Schlafzimmer nebenan. Ich hörte ihn schon an die Tür klopfen, ging ihm lächelnd entgegen, aber ich musste mich zwingen, ihn freudig zu begrüßen. Die Worte, die ich kurz zuvor gelesen hatte und die schuld an meiner Verspätung waren, wichen nicht aus meinem Kopf. Ich war erstaunt gewesen, dass ich unter den unsortierten Briefen einen fand, der nach Alexanders Geburt geschrieben worden war.

19. April 1965

Liebe Lotti,

tausend Dank für den wunderhübschen Strampelanzug! Du sollst dir nicht immer solche Mühe und Kosten machen – noch dazu, wo ich so lange nichts von mir habe hören lassen. Es ist unentschuldbar, doch seit der kleine Alexander da ist, fällt es mir schwer, freie, unbeobachtete Zeit für mich zu finden. Sei mir bitte nicht böse! Aber das bist du ja glücklicherweise nie!

Ja, so viele deiner Fragen muss ich beantworten! Wo fange ich nur an? Ist es nicht ein unglaublicher Zufall, dass du ausgerechnet meinen Cousin P. auf der Straße triffst, wo er doch nur einen Tag in M. zu Besuch war? Er hat mir erzählt, wie wunderbar du dich um das Grab meiner Eltern kümmerst. Auch dafür kann ich dir gar nicht genug danken! Ich denke so oft an deine Hochzeit im Frühjahr vor drei Jahren, oder ist es gar vier Jahre her? Du sahst so schön und so glücklich aus in deinem hübschen Kleid. Ich hoffe, du bist mit Heinz noch immer so zufrieden und Inge kommt mit ihm zurecht!

Ja, was soll ich dir über mein Leben als Mutter sagen? Wie schwer es mit einem Säugling ist, das weißt du ja selber, liebe Lotti. Die Geburt war außerordentlich kompliziert und langwierig. Als man mir das kleine Wurm am Ende zeigte, da war ich so erschöpft, dass ich ihn gar nicht richtig sehen konnte. Er wurde sofort auf die Kinderstation gebracht, weil der Verdacht auf eine Infektion bestand, und ich durfte ihn erst nach drei Tagen auf den Arm nehmen. Das war fürchterlich. Vinzent war sehr besorgt und ernst, und er hielt ständig Rücksprache mit den Kinderärzten. Und ich lag da, wartete ab, kam mir winzig und unwichtig vor. Wie habe ich mir gewünscht, du wärst bei mir, um mir die schwere Zeit leichter zu machen. Ich hielt mich an einem Satz fest, mit dem du mir früher immer Mut gemacht hast, wenn ich verzagt war. »Du kannst das Meer nicht durchkreuzen, indem du am Strand stehst und es anstarrst«, hast du gesagt. Und so versuchte ich, mich als Mutter zu fühlen.

Vinzent hat für Alexander ein Kinderzimmer einrichten lassen, in dem es an nichts fehlt, Spielsachen hat der Kleine schon für die nächsten paar Jahre! Leider hat er in den ersten Monaten sehr viel geschrien und war selten zu beruhigen. Manchmal, wenn ich am Ende war mit den Nerven, hätte ich ihm am liebsten ein Kissen auf den Mund gedrückt, damit er endlich – einmal nur – Ruhe gibt. Aber das bekenne ich nur dir gegenüber, liebe Lotti, und du weißt ja, dass ich so etwas nie wirklich tun würde. Als ich neulich erwähnt habe, dass eine Kinderfrau für Alexander sicher gut wäre, fuhr mir Vinzent erbost über den Mund: Ein Kind gehöre zu seiner Mutter und zu sonst niemandem. Ihm käme keine Fremde ins Haus. Und ich hätte ja auch nichts zu tun und solle mich über das bisschen Geschrei nicht so aufregen. Er selbst kam natürlich immer nur dann, wenn das Baby gerade friedlich war, was nicht oft vorkam. Der Arzt sagte, die Schreierei sei normal, vor allem bei Jungen, und manchmal müsse man eben hart sein und das Kind schreien lassen. Einmal habe ich es versucht, ich bin in mein Atelier gegangen, um zu arbeiten – seit Wochen endlich wieder! Aber ich bin nur am Fenster gestanden und habe zu Alexanders Zimmer hinauf geschaut und diese Schreie gehört, die so viel lauter sind, als man es dem kleinen Körper zutraut! Und ich konnte nicht einen Moment ans Arbeiten denken.

Langsam wird es besser, und wo jetzt die ersten Reaktionen des Kindes kommen, wo er anfängt, mich zu erkennen, da fühle ich mich ein wenig gefestigter. Aber ich muss dir ehrlich sagen, liebe Lotti, ein zweites Kind möchte ich unter keinen Umständen. Und ich bin froh, dass auch Vinzent kein Interesse daran zu haben scheint. Seine Familie ist furchtbar stolz auf den Stammhalter und die Schwiegereltern sind noch öfter bei uns zu Gast als sonst. Immer wenn ich sehe, wie seine Mutter ihre Hand in den Kinderwagen streckt, wird mir übel. Sie soll mein Kind nicht anfassen mit ihren vom Geldzählen verkrüppelten Fingern! Und sein Vater erst! Der redet die ganze Zeit wie ein Schwachsinniger auf den Kleinen ein.

Doch es scheint so, als ob ich den bösen Geist in Vinzents Inneren gezähmt hätte, seit Alexander da ist. Zwar ist es kaum höflich zu nennen, wie er sich mir gegenüber benimmt, aber immerhin lässt er mich meistens in Ruhe. Manchmal denke ich, er vergisst völlig, dass ich mit im Haus lebe. Wir sehen uns oft den ganzen Tag nicht und in der Nacht ja sowieso nicht.

Liebe Lotti, ich muss dir noch etwas beichten und ich schäme mich so dafür, aber es muss einmal heraus. Ich liebe mein Kind, dessen kannst du dir sicher sein. Ich möchte niemals, dass ihm etwas zustößt oder es unglücklich ist. Es ist ja so ganz unschuldig. Aber manchmal kann ich in ihm nur das Kind von Vinzent sehen – dem Mann, der mich hier ankettet und demütigt. Und dann denke ich, wenn das Kind nicht wäre, könnte ich einfach weglaufen von hier. Aber so – bin ich gefangen, auf immer. Und dann möchte ich das Kissen nehmen, nicht nur, damit er zu schreien aufhört. Sondern damit er nicht existiert und ich die Zeit zurückdrehen kann und wieder das fröhliche junge Mädchen bin, das du gekannt hast. Ich möchte in deine warme Küche laufen, dich an den Hüften packen und mit dir um den Tisch tanzen, während der alte B. schimpft, weil ich meine dreckigen Schuhe nicht ausgezogen habe und er mir hinterherkehren muss. Und dann möchte ich in den Garten meines Elternhauses treten, mich unter den Apfelbaum setzen und von meiner Zukunft träumen: Von einem Mann, der mich liebt, und von einem Kind, das ich immer lieben kann. Und wenn ich aus meinem Traum aufwache, weil Alexander schreit und seine Mutter für sich haben will, kann ich manchmal nicht anders und renne fort, eile durch die Straßen von K., als hätte ich ein Ziel, und zum Schluss stehe ich doch nur wieder am hohen Eisentor der Villa und hoffe, dass Vinzent meinen Ausflug nicht bemerkt hat.

Liebe Lotti, ich hoffe, dass der Frühling alles besser macht, dass ich Alexander bald in seinem Kinderwagen in die Sonne vor das Atelier stellen kann und er nicht mehr so viel weint. Aber wenn es nicht besser wird, liebe Lotti … Es wird besser, ich will ganz fest daran glauben!

Deine Viola

Ich musste auf dem kurzen Weg in die Galerie sehr auf seine Worte achten und mich zusammenreißen, um Antworten zu finden, die Sinn ergaben. Verstohlen sah ich aus den Augenwinkeln zu dem großen Mann hinauf und versuchte, die Züge des Kindes darin zu sehen, das in seiner Mutter solche Gewissenskonflikte ausgelöst hatte. Es war unmöglich, ihm die Briefe zu geben. Es hatte sicher seine Gründe, warum Alexander bisher keine Familie gegründet hatte. Bevor ich nicht mehr Details über seine Kindheit wusste, war es ausgeschlossen, die Briefe auch nur zu erwähnen. Gerne hätte ich meine Hand in seine geschoben, hätte lieber noch seine Faust geborgen, gestreichelt, festgehalten, gestützt. Er schien von meiner Verwirrung nichts mitzubekommen, denn er plauderte ausgelassen in die laue Mailuft.

»Ich hasse ja solche Aktivitäten, da warne ich dich schon mal vor! Ich geh' da nur hin, weil der Geldgeber der Galeristin ein Bekannter von mir ist. Wunder dich nicht, wenn ich, kaum treten wir durch die Tür, verstumme!«

Ich lächelte. »Du hast mich also nur mitgenommen, damit ich die ganze Konversation für dich erledige!«

»Richtig«, er schmunzelte, legte dann die Hand auf meinen Rücken und schob mich durch eine Toreinfahrt. Der Innenhof war in der einbrechenden Dämmerung von Fackeln erhellt, an den gekalkten Wänden hingen unzählige Lichterketten, sogar in den Bäumen. In den Innenhof ragte von einer der Hauswände ein riesiger Wintergarten, der den Eingang zum Ausstellungsraum bildete. Der Wintergarten selbst ging in einen mindestens sechs Meter hohen, rotgeziegelten Raum über, den auf halber Höhe eine kleine Empore zierte. Dort oben war das Büro untergebracht, unten hingen die Kunstwerke.

Es standen sicher schon vierzig oder fünfzig Leute mit Prosecco-Gläsern in den Händen herum, und ehe ich mich einmal umgeschaut hatte, kam Yvonne auf mich zugerannt. Sie schlug sich mit der einen Hand im Gehen auf den Oberschenkel, die andere presste sie an ihren Mund und kicherte.

»Na, so eine Überraschung!« Sie umarmte mich stürmisch. Dann sah sie auffordernd zu Alexander, der die Szene amüsiert beobachtet hatte.

»Alexander Helin«, sagte ich artig. »Das ist meine Kollegin Yvonne Peisenberg.«

Die beiden begrüßten sich, und Yvonne holte schon wieder geziert tief Luft.

»Oh, dann sind Sie derjenige welcher ...«

Alexander hob abwehrend die Hand und schüttelte den Kopf. Ich sah irritiert von einem zum anderen. Mir war klar, dass ich nicht nachfragen konnte, um was es hier ging. Eine Frau mit einem geblümten Tuch als Turban kam mit langen Schritten auf uns zu. Bevor Alexander sich wehren konnte, hatte sie ihn auf die Wangen geküsst, am Arm gepackt und in den hinteren Teil des Raumes gezogen. Er zwinkerte mir kurz zu, dann war er verschwunden.

»Na, da hast du dir aber einen aufregenden Verehrer angelacht!« Yvonne zog die Augenbrauen hoch.

»Wieso? Was plaudert man denn so über ihn?« Ich gab mich eine Spur gelangweilt.

»Na ja, ich meine, innenarchitektonisch hat er ja wirklich was drauf – schau dich hier doch nur um! Vielleicht kannst du mir ja erklären, warum er sich in seinem Beruf so rar macht. Oder ist er einfach so reich, dass er es nicht nötig hat und nur noch für Freunde arbeitet?« Ich ließ den Blick langsam über die Wände streifen und nahm wahr, dass dort Bilder hingen. Aber ich konnte im Moment nicht erfassen, um was für eine Art Kunst es sich handelte. Die Gedanken wirbelten in meinem Kopf. Wieso galt er hier als Innenarchitekt? Warum hatte er davon nichts gesagt? Jeder schien ihn zu kennen – nur mir sagte sein Name nichts.

»Ich glaube, ihm ist einfach sein Juweliergeschäft wichtiger«, entgegnete ich wie nebenbei. Yvonne zerrte mich ans kalte Büffet, wo sie, ohne sich einen Teller zu nehmen, kleine Häppchen von den Platten naschte.

»Ach, ein Juweliergeschäft hat er auch noch? Und hast du schon einen Brilli bekommen?«

Ich musste nun wirklich lachen.

»Sei nicht albern! Wir kennen uns ja grad mal zwei Wochen oder so.«

»Und ist es was Ernstes?«

»Ist es mit Jan und dir was Ernstes?«

»Schauen wir mal. Aber sag, ist er nicht ein bisschen alt für dich? Der ist doch glatt zehn Jahre älter als du.«

Bevor ich mir die nächste unverfängliche Antwort zurechtlegen konnte, wurde ich am Ellenbogen gefasst.

»Ich hätte gerne von diesen kleinen Fischpastetchen«, flüsterte Alexander in mein Ohr und er schien den Duft meines frisch gewaschenen Haares aufzusaugen. Ich gönnte Yvonne einen spöttischen Blick und wandte mich Alexander zu.

»Vielleicht auch noch ein paar von den Büffel-Mozzarella-Kügelchen, Herr Innenarchitekt?« Alexander ließ meinen Arm los und deutete in eine ruhige Ecke.

»Ich sichere uns mal den Platz dahinten.«

Nachdem er gedankenverloren die Dinge in den Mund geschoben hatte, die ich für ihn am Büffet ausgesucht hatte, erklärte er, er hege eine große Leidenschaft für Inneneinrichtungen, aber er sei beileibe kein Innenarchitekt. Er habe der Galeriebesitzerin nur einige Tipps gegeben, ein paar Entwurfszeichnungen gemacht, sich ansonsten jedoch völlig aus der Gestaltung herausgehalten. Außerdem sei ein Raum wie dieser ein so dankbares Objekt, das jeder Schaufensterdekorateur daraus etwas machen könne. Ich gab mich mit der Erklärung zufrieden.

»Wie alt bist du eigentlich?«, fragte ich dann übergangslos und im gleichen Moment wurde mir klar, dass ich anhand des Briefes ja schon längst wusste, wie alt er war.

»43. Und du?« Ich lachte und verriet ihm mein Alter. Zwölf Jahre Unterschied lagen zwischen uns. Ich kam mir unreif und unwissend vor, wenn ein Mann so viel älter war als ich. Diesmal war es mir egal. Wie hatte ich neulich schon festgestellt – wir passten überhaupt nicht zusammen. Wieso sollten wir es altersmäßig tun?

»Hast du ein Faible für jüngere Frauen?«, fragte ich weiter.

»Nicht grundsätzlich«, er machte eine Pause und sah mich einen Moment zu lange an. »Aber für dich könnte ich eins entwickeln.«

Ich streichelte mit der Faust über seinen Oberarm, flüsterte »schön« und stand auf. »Ich hole mir noch etwas zu trinken.« Ich spürte, wie mein Kopf glühte, während ich mich durchs Gedränge schob. Wie mein Magen bebte, als hätte ich zu viel getrunken. Wie meine Hände zitterten, als ich dem Barkeeper mein Glas hinstreckte. Und ich wusste genau, warum der Mann hinter der Theke mich so anlächelte: weil er eine glückliche Frau vor sich sah.

Als ich wenige Minuten später zurückkam, saß eine kleine Blondine neben Alexander, hatte die Arme auf den Knien abgestützt, drehte mir den Rücken zu und ihre Haltung zeigte, wie sehr sie seine Worte aufsog. Sofort verspürte ich den Drang, nach draußen zu verschwinden. Wie konnte ich ernsthaft annehmen, er hätte irgendwelche Absichten. Hier drinnen wimmelte es von tollen, charismatischen und kreativen Frauen. Doch ehe ich mich umdrehen konnte, stand er auf, kam mir entgegen und griff nach meiner Hand. Die Blondine erhob sich ebenfalls und musterte mich unverhohlen.

»Barbara, das ist Christine«, stellte er uns einander vor. »Barbara gehört die Galerie.« Wir schüttelten uns knapp die Hände, dann wandte sie sich wieder Alexander zu. Jede Pore an ihr signalisierte, dass sie kein Interesse an mir hatte.

»Und komm bitte vorbei, am besten gleich in den nächsten Tagen, um deinen Lohn abzuholen«, sagte Barbara. Das Wort »Lohn« betonte sie beinah lasziv. Alexander grinste schief, nickte, doch bevor er etwas sagen konnte, war sie zwischen den anderen Gästen verschwunden. Ich drehte verlegen mein Weinglas. Wen hatte ich hier an seiner Seite gesehen? Eine Verehrerin? Er schien durchaus begehrt zu sein, er hatte eine sonderbare Aura, als wisse er über alles Bescheid. Über die Beziehungen der Menschen hier im Raum zueinander, ihre Geheimnisse, Ängste und Wünsche – er selbst war kaum greifbar, als vergesse man augenblicklich, was man über ihn erfahren hatte. Kein Mann ohne Eigenschaften, aber ein Mann, der die Umwelt zu absorbieren schien, ohne dabei beängstigend zu wirken. Geborgen kam man sich bei ihm vor, man konnte ihm alles anvertrauen und wenn man Geduld hatte, würde er einen im nächsten Augenblick sicher überraschen. Kein Wunder, dass er anziehend war – noch dazu als gut aussehender Mann, der frei und ungebunden war.

»Kaum lass ich dich zwei Minuten aus den Augen, musst du schon wieder Small Talk machen«, sagte ich möglichst unbefangen.

»Warum gehen wir nicht irgendwohin, wo wir keinen Small Talk machen müssen? Meiner Anwesenheitspflicht habe ich genüge getan«, verblüffte er mich.

Gerade als wir die Galerie verlassen wollten, hörten wir das verzweifelte Schreien eines kleinen Kindes aus dem Innenhof. Eine Frau stürzte an uns vorbei, drängte sich durch die Menge und als wir nach draußen folgten, sahen wir einen etwa zweijährigen Jungen, der sich den Kopf hielt und lauthals heulte. Neben ihm lag ein umgekipptes Laufrad, und eine der Kübelpflanzen stand bedenklich schief. Die Mutter nahm ihren Sohn in die Arme, tätschelte ihm tröstend den Rücken und flüsterte ihm Worte der Beruhigung ins Ohr. Alexander hatte die Szene starr beobachtet, drängte mich nun aber seitlich an den beiden vorbei.

»Ich finde es unmöglich, wenn sich Eltern nicht um ihre Kinder kümmern«, zischte er. »Dann sollen sie sich keine anschaffen, wenn sie lieber auf Vernissagen ihren Prosecco trinken, anstatt auf sie aufzupassen.«

»Vielleicht hat sie ihn nur kurz aus den Augen gelassen. War grad auf Toilette oder so.«

Er schüttelte den Kopf.

»Kein Grund«, sagte er. »Um diese Uhrzeit gehören Kinder nach Hause ins Bett.« Damit schien das Thema für ihn beendet.

Ein wenig beklommen ging ich neben ihm her, die inzwischen dunkle Straße entlang. Es war einer der ersten warmen Abende dieses Frühlings und auf den Balkonen saßen Menschen. Schmunzelnd blieb ich mit ihm an einer roten Fußgängerampel stehen und wir starrten weiter schweigend auf die leere Fahrbahn. Als es grün wurde und wir uns in Bewegung setzten, seufzte er.

»Manchmal fühle ich mich wie ein Gefangener meiner selbst. Nein, nicht meiner selbst – sondern als ob da einer neben meinem Selbst lauern würde, der mich argwöhnisch und ohne Unterbrechung bewacht. Und ich kann nicht ... « Er brach ab. Ich ahnte nicht, dass er sich mir nie wieder so öffnen würde. Ich strich über die wenigen, hellen Haare auf seinem Arm. Sie waren weich und seine Haut fühlte sich warm und lebendig an.

»Wie warst du als Kind?«, fragte ich. Er machte sich ganz steif, zog seinen Arm weg und ging ein wenig schneller.

»Keine Ahnung.« Er sprach atemlos. »Ich habe praktisch keinerlei Erinnerungen an meine Kindheit. Wirklich, da ist nichts zurückgeblieben. Die ersten Geschichten, die ich noch weiß, sind aus der Zeit, als ich aufs Internat kam, mit zehn. Da setzen meine Erinnerungen ein. Davor: alles schwarz.«

»Das klingt aber bedrohlich.«

»Ich kenne es nicht anders. Soll ich dich nach Hause bringen?«

Ich nickte und wir gingen wortlos nebeneinander her. An der Haustür streckte er mir seine Hand entgegen, um sich zu verabschieden. Ich nahm sie, ließ sie aber nicht wieder los, sondern schloss die Tür auf und zog ihn in den Hausgang. Es war ganz einfach. Er wehrte sich nicht.

»Auf deine Verantwortung«, sagte er fast unverständlich leise und wir stiegen die Treppen hinauf.

Als er die Tür zu meiner Wohnung hinter sich geschlossen hatte, küsste ich ihn. Ich musste mich recken, weil er so groß war, und einen Moment hatte ich Angst, er würde den Kopf nach oben wegdrehen, wenn ihm klar wurde, was ich tat. Er aber küsste mich zurück, als sei es das Selbstverständlichste der Welt. Er kicherte ein bisschen, entledigte sich umständlich seiner Jacke und folgte mir ins Wohnzimmer.

Es ging mir nicht um Lust. Meine Verliebtheit in Alexander war bisher nicht an sexuelle Wünsche gekoppelt gewesen. Als ich krank gewesen war, hatte ich mir zum ersten Mal in meinem Leben meine Einsamkeit eingestanden, eine Einsamkeit, die mich begleitet, seit ich denken kann. Vor meiner Krankheit hatte es wenige Momente gegeben, nachts meistens, in denen war mir für einen Sekundenbruchteil klar, wie ich lebte. Nicht unabhängig, sondern einsam, nicht frei, sondern eingesperrt in diese Konstruktion, die ich mir von der Wirklichkeit zurechtgezimmert hatte und die meinen wahren Bedürfnissen und Sehnsüchten niemals standhalten würde. Eilig hatte ich in diesen Nächten die Erkenntnis weit weggeschoben, panisch dem Gefühl der völligen Überflutung davonrudernd, hatte weitergemacht wie bisher. Ich hatte gelegentlich Männer konsumiert, war kurze Zeit zufrieden über das neueste Erlebnis, bestärkt auch von Freundinnen, die genauso lebten. Doch seit ich krank gewesen war und die Einsamkeit Tag für Tag an meinem Bett gesessen hatte, wusste ich, dass ich innen nackt war, und dass es darum gehen musste, die Scham zu verlieren, diese innerliche Blöße zu zeigen. Und ich wollte, dass Alexander meine inwendige Nacktheit kennenlernte. Zum ersten Mal vertraute ich darauf, dass ich jemanden getroffen hatte, der etwas mit sich führte, womit er mich wärmen könnte.

Als er seine Arme um mich legte, wusste ich plötzlich, was der Unterschied war. Alexander suchte einen Menschen, keine Sexualpartnerin. So wie ich einen Menschen suchte, dem ich all meine Liebe dafür gab, dass er mich von meiner Einsamkeit befreite.

Es war keine ekstatische Liebesnacht. Er brauchte geraume Zeit, bis er so erregt war, dass er in mich eindringen konnte. Aber das Zusammenspiel unserer Körper schien seit Jahren choreographiert zu sein, hundert Mal schon vollzogen und doch eine Premiere. Nur einmal zwischendrin dachte ich, mir bliebe das Herz stehen. Als ich mich am Bettrahmen festhielt, meinen Körper lustvoll recken wollte, damit er so viel Oberfläche wie nur möglich berührte, da hörte ich neben meinem Kopf etwas knistern. Die Briefe! Seine Lippen arbeiteten sich meine Haut entlang, er nagte an meiner Hüfte, mir schauderte. Was sollte ich tun? Ich tastete unter das Kopfkissen, aber schon wandten sich mir seine fragenden Augen zu. Ich schubste ihn sanft von mir, sorgte dafür, dass er am Fußende des Bettes zu liegen kam, und während ich seinen Schwanz in den Mund nahm, trat ich mit dem Fuß vorsichtig nach den Briefen. Er stöhnte abwesend und die Briefe rutschten endlich in die Ritze zwischen Bett und Wand. Kurz bevor er kam, machte er sich los von mir, drang in mich ein und gemeinsam schaukelten wir dem Höhepunkt entgegen.

Nun hatte er mir den Rücken zugewandt, schnarchte leise, und ich sah auf diese unglaublich weiße und makellose Haut. Noch nie hatte ich einen Mann mit einer solchen Haut gesehen. Kein Muttermal, keine Warze, kaum Haare unterbrachen den Fluss. Als ich mit der Fingerspitze sein Rückgrat entlang fuhr, sah ich, wie ihn eine Gänsehaut überlief. Er schnaufte wohlig, drehte sich zu mir und streichelte mein Gesicht mit geschlossenen Augen. Das war das Schönste: das Gesicht gestreichelt zu bekommen.

7

Unsere Beziehung bekam bald eine Routine, die uns glücklich machte, die wir beide benötigten. Meist fuhr ich nach der Arbeit zu Alexanders Laden und holte ihn dort ab. Ich arbeitete weniger in der Abendschicht, damit wir Zeit miteinander verbringen konnten. Selten gingen wir essen, oft igelten wir uns in meiner Wohnung ein, wo Alexander aus Resten Köstlichkeiten kochte. Am Anfang schämte ich mich, dass ich meine Freundinnen vernachlässigte, dass ich plötzlich zu einem Pärchentier mutiert war, das nur im Doppelpack daherkam. Mehr noch: dass wir uns in die Höhle zurückzogen, wo die zwei Hälften dieses seltsamen Wesens als Einheit existieren konnten und die Außenwelt nicht benötigt wurde. Alexander schien daran nichts Ungewöhnliches zu finden und so gab ich mich zufrieden.

Woran ich mich nicht gewöhnte, war die Tatsache, dass Alexander nie die ganze Nacht bei mir blieb. Er könne nicht schlafen, wenn er nicht das Bett für sich allein hätte, sagte er knapp. Unsere erste Liebesnacht, nach der er am Morgen an meiner Seite aufgewacht war, sei eine Ausnahme gewesen. Ich hatte mir nicht eingestehen wollen, dass es mich gestört hatte, wie schnell er verschwunden gewesen war. Er hatte so nervös und unsicher gewirkt, dass ich geglaubt hatte, ich würde ihn nie wiedersehen. Doch kaum war er in seiner Wohnung angekommen, hatte er mich angerufen und mir für die Nacht gedankt mit Worten, die mich gerührt hatten. Ich hatte ihm verziehen, dass er so schnell gegangen war. Und so verzieh ich ihm immer wieder, dass er ging, bevor der Morgen kam. Man muss die Männer lassen, sagte ich mir. Kann ich mit dieser Eigenheit leben? Ja, dachte ich glücklich, natürlich. Denn wenn er bei mir war, dann stand ich im Mittelpunkt und sein Dasein konzentrierte sich auf mich.

Es vergingen ein paar Wochen, bis ich bemerkte, dass ich noch nie bei ihm zu Hause gewesen war. Alexander hatte anfänglich ganz selbstverständlich meine Wohnung angesteuert, und ich hatte das praktisch gefunden, weil ich keine Zahnbürste, Nachthemden oder Kosmetikartikel durch die Gegend schleppen musste. Als ich das erste Mal gefragt hatte, wann ich seine Wohnung anschauen dürfe, hatte er gelacht und gesagt: »Tu dir das nicht an. Das ist eine klassische Junggesellenbude, unaufgeräumt, verstaubt und nur provisorisch eingerichtet. Angeblich habe ich ja Fähigkeiten als Inneneinrichter, aber für meine eigene Wohnung habe ich nie die Geduld aufgebracht.« Mehr war nicht aus ihm herauszubekommen. Ich dachte, ich müsse nur warten, streute gelegentlich kleine, liebevoll-ironische Bemerkungen, doch er überhörte meinen Wunsch weiterhin.

Als ich ihn an einem regnerischen Frühsommerabend wieder einmal am Laden abholte und er ins Auto eingestiegen war, machte ich keine Anstalten zu starten.

Er streichelte mir über den Hinterkopf. »Was ist?«

»Ich mach den Motor nur an, wenn wir zu dir fahren. Kein Erbarmen.«

Er verschränkte die Arme, lehnte den Kopf seitlich ans Fenster und schaute in den Regen. Ich sah ihn fragend an.

Er zuckte mit den Schultern und sagte: »So ein Abend im Auto kann auch ganz schön sein.«

Ich spürte, dass es keinen Sinn hatte und fuhr los. Er benahm sich in meiner Wohnung, als sei nichts geschehen, aber ich war kurz angebunden, mürrisch und froh, als er ging. Am nächsten Mittag rief er mich im Sender an und sagte, er habe abends keine Zeit für mich. Ich nahm es hin, tat gleichgültig und redete mir ein, ein paar Stunden allein dringend zu benötigen. Vor dem Schlafengehen meldete er sich erneut, freundlich und liebevoll, als sei nie etwas zwischen uns vorgefallen, und bat mich, am nächsten Abend um halb acht zu ihm zum Essen zu kommen. Übertrieben glückselig schlief ich ein.

Als ich pünktlich bei ihm klingelte, rührte sich nichts. Ich schaute an der Fassade des trübgrauen Wohnblocks hinauf, konnte jedoch nicht einmal erahnen, welche Fenster die seiner Wohnung sein könnten. Ich ging ein wenig auf der Straße auf und ab. Sicher hatte er nur eine U-Bahn verpasst, überlegte ich und blieb geduldig. Als eine alte Frau mit einem Dackel im Schlepptau die Haustür aufschloss, schlüpfte ich mit ins Treppenhaus. Ich klingelte oben an der Tür, lauschte, ob ich irgendwelche Geräusche hörte, aber es war alles leise.

»Wollen Sie zu dem Herrn Helin?«, fragte plötzlich hinter mir die alte Frau mit einer kratzigen Stimme. Ich fuhr erschrocken herum und starrte die Alte irritiert an, die knapp hinter mir stand. Wortlos nickte ich.

»Wenn der da wär', tät man's hören«, sagte die Frau in einer seltsam monotonen Stimmlage.

»Wieso?«

»Na, den halben Tag hat er so eine schreckliche Musik laufen, so ein ›Rumtata, Rumtata‹, fürchterlich. Und dann poltert er über den Boden, der Mensch kann anscheinend nicht normal gehen. Als ob er mit einem Krückstock auf das Parkett eindrischt. Sogar in der Mittagszeit zwischen eins und drei macht er das. Und wenn man klingelt, um sich zu beschweren, macht nie einer auf. Schrecklicher Mensch ...« Hinter der alten Frau erschien nun Alexanders Gesicht.

Er lächelte mir zu und pochte sich mit dem Zeigefinger gegen die Stirn, dann sprach er seine Nachbarin sehr laut an: »Na, Frau Kreitmayr, sind Sie wieder ein Stockwerk zu weit hochgegangen? Soll ich Sie zu Ihrer Wohnungstür bringen? Kommen Sie, ich nehme Ihre Einkaufstasche.« Frau Kreitmayr fuhr erschrocken herum, aber bevor sie etwas sagen konnte, hatte Alexander ihren Arm genommen und sie den Treppenabsatz zu ihrer Wohnung hinunter bugsiert. Zwei Stufen auf einmal nehmend, kam er dann zu mir gelaufen und schloss mich fest in die Arme.

»Die U-Bahn hatte mal wieder einen Schaden«, entschuldigte er sich. »Ich hoffe, du musstest nicht zu lange warten. Hat dich die Kreitmayr sehr belästigt?« Er öffnete die Tür und zog mich hinter sich her in die Wohnung. »Die ist schon ein bisschen verkalkt. Was hat sie über mich gewettert? Dass ich ihr die Zeitung klaue oder dass die Musik so laut ist?«

Ich lachte und erzählte von der Begegnung.

»Na egal«, sagte er. »Jetzt erst mal: Willkommen in meinem Reich.«

Ich sah mich zögernd um. Dass ich von der Vorstellung einer großzügigen Altbauwohnung mit Parkett und Stuck, mit Ledersofa von Corbusier und modernster *Bulthaup*-Küche, ein paar originalen Bildern an den Wänden und teuren Teppichen vor einem offenen Kamin abrücken musste, war mir spätestens klar geworden, als ich das Haus gesehen hatte. Aber Alexander wohnte regelrecht miserabel. Die schlecht geschnittene Zwei-Zimmer-Wohnung ging zur lauten Straße hinaus. Der Flur war mit einem riesigen, alten Eichenschrank verbaut, ein paar windschiefe Garderobenhaken stakten leer aus der Wand. Im Schlafzimmer standen um ein durchgelegenes Doppelbett unausgepackte Kartons voller Staub, ein Ficus Benjamini fristete sein klägliches Dasein auf der Fensterbank. Nur der Uralt-Plattenspieler, der auf einer windschiefen Anrichte thronte und von Schallplattenstapeln umrankt war, schien regelmäßig benutzt zu werden. Kein Schmutzpartikel klebte an ihm. Im Wohnzimmer erwarteten mich ein abgesessenes Sofa, das in den Neunzigern modern gewesen sein musste und viel zu groß für den Raum war, sowie ein plumper Holztisch. In einem *Ikea*-Regal, das größtenteils vollgestopft mit Büchern war, stand eine teure *Bang & Olufsen*-Musikanlage, über und über staubbedeckt. Das einzige interessante Möbelstück war ein schmales Acrylglasregal links neben dem Fenster, in dem aufwändig gearbeitete Miniatur-Nachbildungen von Stuhl-Klassikern drapiert waren. Ich entdeckte den Corbusier-Stuhl, den ich als »echtes« Möbelstück erwartet hatte, und wusste nicht so recht, ob ich darüber schmunzeln sollte. Ganz unten stand ein kleiner Stuhl, der aus Streichhölzern und Zahnstochern ungelenk zusammengeklebt war. Er erinnerte entfernt an den Rietveld-Klassiker, zumindest war er farblich – schwarz, rot, gelb, blau – so gehalten. Die Beine waren unterschiedlich lang, die Sitzfläche schief und eine Sprosse der Rückenlehne hatte sich gelöst. Ein durchsichtiger Klebstoff-Faden ragte wie ein Spinnenbein in die Luft. Als ich danach greifen wollte, legte mir Alexander die Hand auf die Schulter und streckte mir ein Glas Rotwein entgegen.

»Was ist das?«, fragte ich und deutete auf den kleinen Streichholzstuhl.

»Hat mir der Sohn eines Bekannten mal zu Weihnachten geschenkt«, sagte er. Und: »Ich hab dich gewarnt.«

Ich lächelte und legte einen Arm um seinen Hals. »Ich weiß schon, Männer haben nicht so den Nestbautrieb.« Ich lachte und küsste ihn. »Aber ich verspreche dir, ich werde mich nicht einmischen. Schließlich bist du es, der hier leben muss. Und ich verspreche dir noch was: Wir können in Zukunft gerne die Abende in meiner Wohnung verbringen!«

Trotzdem grübelte ich auf dem Heimweg – mir war schnell klar geworden, dass ich hier, in diesem Schlafzimmer, nicht übernachten wollte –, was ich von alldem zu halten hatte. Ich hatte gelegentlich

Liebhaber gehabt, die in seltsam perfekt und unpersönlich gestylten Wohnungen gelebt hatten, wo sie die Wochenenden vor Computerspielen und ausgeliehenen Filmen verbrachten, ansonsten dreizehn, vierzehn Stunden am Tag arbeiteten und es ungeheuer zu schätzen wussten, dass ich nicht mehr von ihnen wollte als eine kurze, sexuelle Begegnung. Die Männer hatten kaum Freunde, und wenn doch, wohnten diese in weit entfernten Städten oder Ländern und sie führten mit ihnen selten, dann aber stundenlange Telefonate. Es waren sozial völlig ungebundene Männer, die autistisch vor sich hinlebten und nur gelegentlich zu einer Gefühlsregung neigten, vor allem, wenn sie zu viel teuren Wein getrunken hatten.

Dann kannte ich Kerle, die fest eingebunden waren zwischen Familie, Freunden, Hobbys, erträglichem Job, und die mich brauchten, um ab und an auf eine Insel ohne Verpflichtungen zu flüchten. Aber Alexander gehörte zu keiner dieser Sorten Männer. Er schien keine Freunde, sondern höchstens ein paar Bekannte zu haben, er liebte die Einsamkeit offensichtlich, denn er lenkte sich von ihr nur durch Bücher oder Schallplatten ab. Sein Arbeitsalltag war eher überschaubar. Über seine finanzielle Situation war ich mir nicht im Klaren. Sein Juweliergeschäft warf vermutlich nicht allzu viel ab, er leistete sich keinen besonderen Luxus, wie schon seine Wohnung bewies, aber er jammerte auch nie darüber, dass sein Geld nicht ausreiche. Geizig konnte er nicht sein, sonst hätte es keine Blumensträuße für mich gegeben und so teuren Wein zum Essen. Vielleicht, mutmaßte ich, gehörte er zu jenen seltenen Exemplaren von Menschen, die sich bescheideten, die gelernt hatten, zufrieden zu sein, und die gelegentliche Extravaganzen besonders zu schätzen wussten. Als ich ihn danach fragte, hatte er nur abgewinkt. Geld sei in seiner Familie immer so wichtig gewesen, dass er schon als Jugendlicher beschlossen hatte, sich nicht weiter darum zu kümmern, sondern nur dafür zu sorgen, dass es zum Leben reichte – zu dem Leben, dass er sich vorstellte.

»Aus was für einer Familie kommst du?«, hatte ich gefragt, erfreut, endlich einen Aufhänger gefunden zu haben. Die Briefe seiner Mutter lagen immer noch in einer meiner Schreibtischschubladen.

»Kaufmannshaushalt«, hatte er gesagt und mir einen Löffel mit Pastasauce in den Mund geschoben. »Gut?«

Ich hatte genickt, meine Nase an seinem Hals vergraben, den leichten Knoblauchduft seiner Fingerkuppen gerochen, als er mir durchs Gesicht fuhr, und meine Neugier vergessen.

8

Meine Mutter war nicht zu täuschen. »Irgendetwas ist mit dir«, sagte sie am Telefon, und ich hörte den detektivischen Unterton. Sie würde sich nicht abspeisen lassen. »Hast du dich verliebt? Ist es was Ernstes?« Ich war erleichtert gewesen, als ich meiner Mutter vor ein paar Jahren endgültig und erfolgreich ausgetrieben hatte, in meinem Liebesleben herumzuschnüffeln. Eine auch nur knappe Bemerkung über eventuell zu erwartende Enkelkinder hatte ich so lange mit tagelangem Nichtbeantworten von Telefonanrufen quittiert, bis meine Mutter es aufgegeben hatte. Aber nun musste ich selbst lachen, als ich sie mir mit neugierig vorgeschobenem Kinn am anderen Ende der Leitung vorstellte.

»Schauen wir mal«, sagte ich gnädig.

»Christine«, jetzt klang meine Mutter energisch. »Ich würde nicht nachbohren, wenn ich nicht den Eindruck hätte, dass ...« Sie holte kurz Luft. »Ich habe das Gefühl, du hast dich in letzter Zeit verändert. Du bist so ...« Wieder machte sie eine Pause.

Weich und sanft, dachte ich.

»Du bist irgendwie anders. Und das ist nicht negativ gemeint. Sagen wir so: Du hast dich zu deinem Vorteil verändert.«

Ich schwieg, es war das erste Kompliment, das ich seit Jahren von ihr zu hören bekommen hatte. Aber nun wusste ich nichts damit anzufangen. Ein wenig war ich verlegen, was sollte ich darauf antworten? Zugleich ärgerte ich mich, dass es für sie mal wieder eines Mannes bedurfte, um an mir positive Veränderungen zu bemerken. Ich hatte mich schließlich alleine geändert, noch bevor ich Alexander näher kennen gelernt hatte. Er war nur das Resultat meiner Veränderung.

»Christine, bist du noch da?«

»Hm, ja.« Und warum musste meine Mutter – wenn sie schon ein Kompliment aussprach – so vage bleiben, als rede sie mit der Cousine einer Nachbarin? Glaub ja nicht, dass du mir nahe kommen kannst, nur weil ich dir meine Empfindungen mitgeteilt habe, schien das zu sagen.

»Dürfen wir ihn mal kennenlernen?«

»Ja, ja, irgendwann«, nuschelte ich, »etwas Geduld«, und meine Stimme klang wieder so wie sonst, wenn ich meine Mutter spüren ließ, wie sehr sie mich nervte.

Nachdem ich aufgelegt hatte, schämte ich mich, dass ich unsouverän wie ein Teenager war, dass ich nicht großzügig sein und meiner Mutter verzeihen konnte, wenn sie mich immer wieder in das kleine Mädchen zurückverwandeln wollte. Ich würde Alexander nichts von dem Telefonat erzählen und diese Entscheidung bewies mir, wie ungern ich mich der Tatsache stellte, dass ich unfähig war, mit meiner Mutter zu streiten, wenn ich es sollte, und stattdessen zu schweigen vorzog.

Zwei Tage später lag ich mit Alexander auf dem Sofa. Es war früh am Abend und wir schauten fern. Wir folgten dem Neunzigerjahrefilm um unglückliche Teenager in der französischen Provinz kaum, alberten herum, fütterten uns gegenseitig mit Erdnüssen und tranken aus einem Glas. Früher waren Fernsehabende für mich Manifestationen der Einsamkeit gewesen, inzwischen aber spürte ich, wie befreiend es war, nicht mehr jeden Abend ausgehen zu müssen.

»Komisch«, sagte ich und ließ Alexander eine Erdnuss aus meiner Handfläche schnappen. »Nur weil wir jetzt zu zweit hier hocken, kommt es mir gar nicht lästerlich vor, so einen langweiligen, faulen Fernsehabend zu verbringen. Ich meine, wir könnten doch auch zusammen joggen gehen oder uns fortbilden oder so was.« Alexander lutschte das Salz von meiner Hand und die sanfte Berührung seiner Zungenspitze erregte mich.

»Bin ich dir nicht die ganze Welt?«, fragte er und blickte mir von unten bewusst hündisch ergeben in die Augen. Ich küsste ihn und umschlang seine Beine mit meinen, so dass er fast vom Sofa rollte. Nachdem wir uns wieder hochgerappelt hatten, kicherte ich mit einem Seitenblick auf den Fernseher plötzlich los: »Schau mal, genauso sah ich in dem Alter damals auch aus – diese Scheiß-Fönwelle und dieser abartig hellblaue Lidschatten. Mann, und diese quietschbunten Hosen! Bei uns haben manche Mädels sogar zum Tanzstundenabschlussball solche Dinger angehabt. Unfassbar!«

Alexander betrachtete mich liebevoll. »Es hat deinem Geschmack auf Dauer nicht geschadet.«

Ich schmunzelte und fragte: »Anfang der Neunziger – wo hast du dich da herumgetrieben? In Yuppie-Bars oder in Studentenkneipen?«

Er sah kurz zum Fenster hinaus, als müsse er prüfen, ob die Außenwelt noch vorhanden sei. »Ach, Studium beendet, die ersten Praktika, die erste feste Freundin, das Übliche eben.«

»Wie war die?«

»Die Freundin?« Er zerkaute langsam eine Erdnuss. »Die war zäh. Sehr anhänglich, das konnte ich damals gar nicht gut ab. Aber sie ließ sich nicht abwimmeln. Sie hatte die Tendenz, sich so lange zum armen Opfer meiner Vernachlässigung zu stilisieren, bis ich mich aus schlechtem Gewissen tatsächlich wieder um sie kümmerte.«

Ich nickte. »Wie hieß sie?«

»Jutta.«

»Was ist aus ihr geworden?«

»Keine Ahnung. Hausfrau und Mutter. Ich habe keinen Kontakt zu ihr, schon ewig nicht mehr. Letztlich war ich viel zu lange mit ihr zusammen, ich hätte mich schneller trennen sollen. Na ja, alte Geschichten, wen kümmert's.« Mich, wollte ich sagen, mich kümmert alles, was dich betrifft, ich möchte über jede Sekunde deines Lebens Bescheid wissen. Und dir jede Sekunde meines Lebens erzählen. Aber ich spürte, dass er begann, eine Wand zwischen uns hochzuziehen. Wie immer, wenn ich zu viel fragte, zu sehr nachbohrte. Dann wurde sein Blick still, seine Arme suchten die Nähe zum eigenen Körper und er krümmte sich ein wenig zusammen. Ich bin nicht da, ich bin nicht weiter interessant, schien er zu sagen und oft folgten Sätze wie »Lass uns lieber über dich reden, mein Leben kenn' ich ja schließlich« oder »Was ist mit dir – wie hast du ...?« Ich hatte schnell verstanden, dass es keinen Sinn hatte zu insistieren, weil er sonst einfach aufstehen und den Raum verlassen würde. Das hatte er bereits drei, vier Mal getan und mich damit fast in einen Schockzustand versetzt. Ich war mir wie das kleine Mädchen vorgekommen, das einen Fehler begangen hatte und nun mit Missachtung gestraft wurde, ganz so, wie ich es bei meinem Vater gelernt hatte. Aber diesem hier, diesem Mann, in den ich verliebt war, dem wollte ich nicht trotzen, wie ich es daheim getan hatte, dessen Liebe wollte ich sofort wieder spüren, aus Angst, sie sonst für immer zu verlieren. Doch im Gegensatz zu früher bei meinem Vater war alles vergessen, wenn er zurück ins Zimmer kam. Er alberte mit mir wie vorher, war zärtlich und aufmerksam. Mit der Zeit redete ich mir ein, seine Reaktion werde zwar von mir ausgelöst, aber er mache mich nicht dafür verantwortlich. Und das war mir eine große Hilfe, gelassener mit seinen »Aussetzern«, wie ich das bei mir nannte, umzugehen. Darauf angesprochen, was mit ihm in solchen Situationen passierte, hatte ich ihn nicht. Ich konnte mir nicht vorstellen, dass er antworten würde.

»Können wir nicht mal zusammen wegfahren?«, fragte ich nun, auch um ihm klar zu machen, dass ich das Thema Vergangenheit für heute abgehandelt hatte. Ich kuschelte mich an seine Brust und kraulte seinen Nacken. »Irgendwohin ans Meer. Einfach am Strand sitzen, den kleinen Kindern beim Sandburgenbauen zuschauen, frischen Fisch essen. Nur für ein paar Tage. Gerne an die deutsche Nordseeküste oder so. Ganz harmlos.«

»Ich finde die Nordsee furchtbar, scheißlangweilig da.« Er schob mich von sich und angelte nach den Erdnüssen. Jetzt klangen seine Worte unvermittelt hart. Hart und kalt.

»Na, dann halt die Ostsee, auch recht. Meine Kollegin kennt ein süßes, kleines Hotel auf Usedom.«

»Das müssen wir ja nicht jetzt entscheiden, oder?«

Ich war irritiert. Hatte ich ihn verärgert? War ich zu vorschnell? Ich richtete mich auf und versuchte, ihm in die Augen zu schauen. Eine Hand lag über seiner Stirn, doch nun folgte er meiner Bewegung, richtete sich ebenfalls auf und streichelte mein Haar.

»Schon gut, entschuldige«, flüsterte er und kam näher, um mich zu küssen. Das Klingeln der Türglocke ließ ihn innehalten, und ich war froh, aufstehen zu können.

»Meine Eltern«, sagte ich tonlos, als ich zwei Minuten später ins Wohnzimmer zurückkam. Auf den Armen trug ich Tim, meine Mutter folgte. Es war so typisch, dass sie ihre Neugier nicht in Zaum hielt. Aber mir war nichts eingefallen, um sie abzuwimmeln. Alexander stand auf, räusperte sich und wirkte verlegen wie der Schulfreund, der nach 22 Uhr im Mädchenzimmer entdeckt wird. Das Baby beachtete er nicht.

»Angenehm, Alexander Helin«, stellte er sich artig vor.

»Wir waren gerade in der Nähe«, erklärte meine Mutter. Sie waren nie zufällig in der Nähe – und sie wusste genau, dass ich das wusste, doch es kümmerte sie offensichtlich nicht. »Und weil Christine ihren kleinen Patensohn so lange nicht gesehen hat, dachten wir, wir kommen mal mit ihm vorbei.« Nun kam mein Vater herein, der mit dem Zusammenlegen des Kinderwagens gekämpft hatte, musterte Alexander eine Spur zu deutlich und gab ihm dann erst die Hand.

»Wenn du schon nicht zu Tim kommst, kommt Tim eben zu dir«, sagte er vorwurfsvoll zu mir, beugte sich über das Kind und sprach wie zu einem Idioten: »Gell, mein Schätzchen, wenn deine Patentante sich gar nicht um dich kümmert ...«

»Ach, Friedrich, lass das doch«, ermahnte ihn meine Mutter. »Ist kein Problem. Du weißt, wie beschäftigt Christine immer ist. Entschuldigung«, wandte sie sich dann an Alexander, der wie versteinert mitten im Raum stand. »Großväter eben. Er meint es nicht so. Aber er kann nicht verstehen, wieso man sich nicht freiwillig achtundzwanzig Stunden am Tag um so ein süßes Würmchen kümmert. Dabei – seine eigenen Kinder damals, die hat er gerade mal gesehen, wenn sie zum Gute-Nacht-Sagen im Schlafanzug vor ihm standen.«

»Ach, Ingeborg, das waren doch ganz andere Zeiten.« Mein Vater klang erbost. »Meine Frau behauptet immer, ich hätte mich nie um die Kinder gekümmert. Aber das ist überhaupt nicht wahr. Ich war immer ein guter Vater.« Alexander sah ratlos zwischen dem Ehepaar Winterall hin und her.

»Hör auf, das interessiert den Herrn Helin gar nicht.« Meine Mutter tätschelte Alexander den Unterarm und drückte ihn sanft zum Sofa. Ich holte eine Flasche Wein und ein paar Gläser aus der Küche.

»Wir stören euch doch nicht?«, fragte meine Mutter pro forma, und dann saß sie auch schon neben meinem neuen Freund. Tim wurde von seinem Großvater im Kreis durch den Raum gewirbelt und quietschte vor Vergnügen. Mein Vater nutzte die Freude des Enkels, um seiner Frau einen triumphierenden Blick zuzuwerfen.

»Tim ist recht häufig bei euch, oder?«, fragte ich bemüht neutral. Wenn es nicht um mich ging, riskierte ich es eher, meine Mutter aus der Reserve zu locken.

»Das lass mal unsere Sorge sein«, antwortete sie und wandte sich Alexander zu.

»Und ist es nicht schon ein bisschen spät für ihn?«, insistierte ich.

»Er hat noch nicht so feste Schlafenszeiten«, erklärte meine Mutter. »Und du kennst doch deinen Bruder. Monika und er verbringen praktisch jeden Abend auf der Baustelle. Gerade wo es jetzt abends länger hell ist! Alina und Max können da ja mit hin. Aber der Kleine!« Sie machte einen Kussmund zu ihrem jüngsten Enkel hinüber. »Tobias sieht aus wie ein Schatten seiner selbst, morgens um sieben hockt er schon in der Bank, und dann fährt er immer sofort auf die Baustelle – nach zehn, elf Stunden Arbeit. Der macht sich kaputt!«

Mein Vater hatte sich in einen Sessel gesetzt und schaukelte Tim sanft. Alexander hielt sein Weinglas verkrampft in der Hand, sah von einem zum anderen, sagte jedoch kein Wort. Ich bemerkte, dass er nervöse rote Flecken am Hals hatte.

»Was müssen die auch ein so riesiges Haus bauen!«, warf ich ein.

»Na ja, sie sind ja eine große Familie. Und wie froh warst du, als wir damals umgezogen sind und du ein eigenes Zimmer bekommen hast.«

Darin war meine Mutter perfekt: Mir zu verstehen zu geben, dass meine Meinung völlig falsch und unerheblich war. Ich brodelte. Ich wollte sie nicht hier auf meinem Sofa sitzen und meinen Freund unverhohlen neugierig anstarren sehen. Ich wollte, dass sie wieder gingen, alle drei.

»Mama, da war ich dreizehn und das Zimmer hatte kaum elf Quadratmeter. Tobias war schon immer so: Er musste immer alles haben. Und das gleichzeitig. Ein großes Auto, ein eigenes Haus, Ballettunterricht für Alina und Fechten für Max und seine Frau muss selbstverständlich nicht arbeiten ..«

»Wie soll sie denn auch mit drei Kindern?«

»Wieso muss er drei Kinder haben?«

»Also bitte«, schaltete sich jetzt mein Vater ein und bettete Tim auf seinen Unterarm. »Du mit deinem Single-Leben tust ja gar nichts für die zukünftigen Renten.«

»Friedrich!« Meine Mutter schüttelte so schnell den Kopf, dass es fast wie ein nervöser Tick wirkte. »Der arme Herr Helin. Sie müssen ja glauben, wir sind so eine Horrorfamilie, wo einer ständig über den anderen meckert. Kommen Sie denn von hier?«

Alexander nahm einen tiefen Schluck aus seinem Glas und erklärte dann, er lebe erst seit drei Jahren in der Stadt, weil es sich beruflich so ergeben hatte.

»Was machen Sie beruflich?« Ich hasste es, wenn mein Vater klang, als halte er ein Verhör ab.

»Ich habe ein kleines Juweliergeschäft.« Er hatte die Worte noch nicht ausgesprochen, da lief es mir eiskalt den Rücken herunter. Doch es war zu spät.

»Ach, sind Sie der Juwelier, der die Brosche von meiner Mutter aufgearbeitet hat? Das ist ja nett!«

Alexander nickte kurz und bemühte sich um ein Lächeln. Ich wünschte mir, ich sei nur Zuschauerin in einem Kino und der Film würde genau jetzt reißen. Aber es gab keine Chance, die Spule drehte sich weiter und weiter.

»Wissen Sie, meine Mutter hat die Frau gekannt, die den Schmuck gemacht hat. Ich habe sie einmal gesehen, als Kind. Eine faszinierende Person.«

Alexander schluckte und sah für den Bruchteil einer Sekunde zu mir, während ich die Hand von seinem Rücken nahm. »Sie haben meine Mutter gekannt?«, fragte er dann und saß kerzengerade.

»Die Frau war ihre Mutter? Das ist ja unglaublich! Hast du ihm denn die Briefe nicht gegeben?« Meine Mutter lachte. »Christine, dass du uns da nichts von erzählt hast!«

»Und mir auch nicht«, fügte Alexander kalt hinzu.

Ich fühlte mich komplett überfordert. Ich sah wortlos von einem zu anderen, und schließlich war es Tim, der mich rettete. Von einer Sekunde zur nächsten fing er lauthals zu schreien an.

»Er hat Hunger«, sagte mein Vater.

»Seine Windel ist voll«, sagte meine Mutter.

»Er ist müde und muss ins Bett«, sagte ich, stand auf und machte eindeutig klar, dass meine Eltern doch besser gehen sollten.

»Aber da müssen wir uns demnächst noch ausführlich unterhalten«, sagte meine Mutter, völlig unempfänglich für die Verstörung, die sie in ihrem Gegenüber ausgelöst hatte. Alexander schüttelte den beiden wortlos die Hand, und ich komplimentierte meine Eltern samt dem schreienden Tim zur Tür hinaus.

Der lange Gang hätte dreimal so lange sein dürfen. Was sollte ich ihm sagen? Doch bevor ich das Wohnzimmer erreichte, blickte mir sein graues Gesicht entgegen.

»Von was für Briefen hat sie gesprochen?« Der Zug um seinen Mund war wieder so hart wie vorhin, als ich ihn gebeten hatte, mit mir wegzufahren.

Ich stöhnte auf. »Meine Großmutter und deine Mutter scheinen befreundet gewesen zu sein. Meine Großmutter war im Hause der Eltern deiner Mutter Köchin. Als deine Mutter deinen Vater heiratete und wegzog, hat sie meiner Großmutter ein paar Briefe geschrieben. Das ist alles.«

Alexander zitterte am ganzen Körper.

»Hey, beruhige dich doch.« Ich wollte ihn in die Arme nehmen, aber mit fester Hand schob er mich von sich weg.

»Kann ich die Briefe haben? Ich denke, ich habe ein Anrecht darauf.«

»Ja, natürlich«, sagte ich und sprach sanft, um ihm zu zeigen, dass seine Härte mir gegenüber keinen Sinn machte. »Allerdings sind die Briefe bei meinen Eltern, aber ich kann sie in den nächsten Tagen für dich holen.« Ich brauchte ein wenig Aufschub. Wollte sie fertiglesen.

Er nickte. »Bitte. Tu das. Bald.« Er sah kurz in die Dunkelheit vor dem Fenster. »Ich muss jetzt heim«, sagte er dann und ich wusste, dass ich ihn besser nicht aufhielt.

12. November 1964

Liebe Lotti,

es ist mir so unangenehm, weil ich dir immer nur schreibe, wenn es mir schlecht geht. Als wärst du mein zweites Tagebuch. Selbst auf deiner Hochzeit habe ich nichts getan, als dir mein Leid geklagt! Das wirkt so, als würde ich hier gar keine guten Zeiten erleben. Dabei gibt es sogar hier in K. Lichtblicke zwischen all dem Grau, das der Herbst in diesem Jahr besonders dicht ausschüttet. Mir geht es gut, das Kind entwickelt sich prächtig, sagt der Arzt, auch wenn mir der immer näher rückende Geburtstermin Angst macht. Natürlich fällt alles schwerer, das Bücken, das Atmen, der Rücken tut mir weh und ich weiß nicht, wie ich liegen soll. Als es so heiß war, hatte ich Wasser in den Beinen und wusste gar nicht, wie ich es in meinem Körper aushalten sollte. Vor drei Wochen hatte ich dann auch noch so etwas wie vorzeitige Wehen und der Arzt verdonnerte mich zu Bettruhe. Vierzehn lange Tage durfte ich nicht aufstehen, lag nur auf meinem Bett, starrte an die Decke und unsere Wirtschafterin versorgte mich mit dummen Heftchenromanen – alles andere sei zu schwer für mich und ich müsse unbedingt vermeiden, mich aufzuregen. Was habe ich über sie geflucht! Vinzent kam morgens und abends für nicht länger als fünf Minuten, um nach mir zu sehen, aber ich habe den Eindruck, seine einzige Sorge gilt dem Kind, nicht mir. Solange das Kind durchkommt, scheint ihm egal zu sein, wie es mir geht. Oh Gott, Lotti, wie kann ich nur denken, dass mein Mann so fühlt? Wieso kann ich mir nicht einreden, dass er viel Arbeit hat, überlastet ist, seine Gefühle nicht zeigen kann, dass er mir durch seine scheinbare Sorglosigkeit sogar Mut machen will, meine Lage als nicht weiter tragisch einzuschätzen? Aber ich kann nicht anders, als schlecht von ihm denken. Weißt du, er tut mir nicht das Geringste Gute. An meinem Geburtstag im Juli, da musste er plötzlich geschäftlich verreisen, da ließ er mir – durch die schreckliche Hauswirtschafterin, ein spindeldürres, altjüngferliches Geschöpf mit arroganter Geisteshaltung

– eine silberne Brosche überreichen, die an Hässlichkeit ihresgleichen sucht. Hätte er mir ein Buch geschenkt, einen Konzertbesuch versprochen, irgendeine Kleinigkeit – ich wäre zufrieden gewesen. So aber musste ich mir die Lobpreisungen seiner Mutter über den großzügigen Sohn anhören, denn er hatte dafür gesorgt, dass ich nicht alleine feiern müsse, sondern seine »liebenswerte« Verwandtschaft mir den Tag versüßte. Lotti, du kannst es dir nicht vorstellen, wie es mit ihnen ist. Sie schaffen es, einen ganzen Nachmittag und Abend in meinem Haus (das ich natürlich nie, niemals so bezeichnen dürfte) zu sitzen und mich nicht einmal anzusprechen oder mir eine Frage zu stellen. Wenn ich etwas sage, wird es überhört oder belächelt wie der Beitrag einer Geistesgestörten. Nur Vinzents jüngste Schwester Sonja bringt gelegentlich einen Hauch von Interesse für mich auf. Aber ich glaube, sie will eines von meinen Schmuckstücken in ihren Besitz bringen – das Einzige, was ihr an mir zu gefallen scheint, ist mein Geschmack.

Natürlich kann ich jetzt auch nicht mehr arbeiten. Vinzent hat es mir untersagt, es sei zu gefährlich, wenn ein Unfall geschähe. Was für ein Unfall beim Entwerfen und Herstellen von Schmuckstücken passieren könnte, hat er mir nicht gesagt. Aber ich merke, je fester er mich in der Hand zu haben meint, umso freundlicher ist er zu mir. Heute Morgen saß er an meinem Bett und war aufgeräumt wie lange nicht. Er wusste, dass ich nicht aufstehen darf, weil es unter meiner Bauchdecke wieder zwickt, was es ja nicht soll, und so plauderte er ausführlichst von der netten Abendgesellschaft, der er gestern beigewohnt hatte. Irgendwelche famosen Sängerinnen, Pianistinnen und vielversprechende Lyrikerinnen hatte er getroffen und er war ganz erhoben von dem Erlebnis, »begabte Frauen« gesprochen zu haben, die für und durch die Kunst lebten. Du Krämerseele, dachte ich mir nur, du weißt doch gar nicht, was Kunst ist. Vor dem Krieg waren seine Eltern Besitzer eines kleinen, jämmerlichen Lebensmittelgeschäfts gewesen – und zwei, drei Jahre nach Kriegsende hatten sie es mit seiner Hilfe auf fünfundzwanzig Filialen hier und im Umland gebracht. Und das, obwohl er so jung war! Zweiundzwanzig erst! Kannst du mir sagen, wie man in diesen schlechten Zeiten so gute Geschäfte machen konnte? Mir hat er es nicht verraten. Sicher, er arbeitet viel und ist fleißig, clever auch, ja. Aber wenn einer so herzlos zu seiner eigenen Frau ist – wie soll er dann zu seinen Angestellten großzügig und gütig sein? Und wenn ich an meine geldgierige, geizige Schwiegermutter denke, …

Ach Lotti, ich wollte dir doch schreiben, was schön ist in meinem Leben, aber ich schweife zu schnell ab. Ich habe für das Kind eine Kette hergestellt, ohne dass ich Vinzent davon erzählt habe. Eine goldene Kette mit einem Amulett, in das ich ein Bild von mir stecken werde, damit das Kind, was immer auch geschehen mag, sich anschauen kann, wie seine Mutter aussah. Oh je, das klingt alles sehr verzweifelt, nicht wahr? Ich wünschte, die Geburt läge schon hinter mir! Und noch schöner wäre es, wenn du bei mir sein könntest. Aber Vinzent würde sagen, hier gibt es genügend qualifiziertes Personal für die Versorgung von Mutter und Kind, da muss er sich keine Fremde ins Haus holen. Dabei bist du der mir am wenigsten fremde Mensch auf der ganzen Welt! Schreib mir schnell!

Deine Viola

Ich redete mir ein, er müsse wissen, wie es um seine Eltern gestanden hatte. Keinem Kind blieben die Spannungen verborgen. Ob er ein Mutterkind gewesen war oder ob der Vater ihn von Viola ferngehalten hatte? Und dann fiel mir sein Blick ein, seine Reaktion, als ich ihm die Brosche meiner Großmutter entgegengestreckt hatte und er aus Zeit und Raum zu fallen schien. Und wie er mir erklärt hatte, er habe keine Erinnerungen an seine Kindheit. Ob er das ernst gemeint hatte? Ich legte die Briefe zurück in den Karton und verließ mit ihm die Wohnung. Ich wusste, dass er die Briefe würde lesen müssen.

Zuerst nahm ich an, er würde mir einfach nicht die Tür aufmachen, aber dann wurde mir klar, dass er tatsächlich nicht zu Hause war. Wir hatten bisher nie darüber nachgedacht, uns Schlüssel unserer Wohnungen auszuhändigen, vielleicht weil das Gefühl so schön war zu klingeln und zu wissen, dass dieses Geräusch das Herz des anderen zum Hüpfen brachte. Nun ärgerte ich mich und nachdem ich eine halbe Stunde in der kühlen Nachtluft vor seinem Haus auf und ab getigert war, fuhr ich nach Hause. Ich machte mir keine Sorgen um ihn, schließlich vertraute ich ihm und war überzeugt, dass er nur einen seiner nächtlichen Spaziergänge unternahm.

Er blieb drei Tage verschwunden. Vom Erdboden verschluckt, in Luft aufgelöst, untergetaucht. Ich bin schuld, hämmerte mein Herz und ließ mich nicht schlafen, nicht essen, nur grübeln.

Dann stand er vor meiner Tür. Er wirkte übernächtigt und hatte einen Drei-Tage-Bart. Ich hatte mir vorgenommen, ihn nicht mit offenen Armen zu empfangen, denn diese drei Tage waren purer Horror gewesen. Ich war zwischen seiner Wohnung und dem Laden hin- und hergefahren, doch beide waren verwaist. Nirgends fand ich eine Nachricht, und ich fluchte einmal mehr, dass ich keine Menschenseele aus seinem Umfeld kannte, keine Freunde, Bekannten, Verwandten. Ich fuhr sogar an der Galerie vorbei, zu deren Eröffnung er mich mitgenommen hatte. Aber dann kam ich mir albern vor, hinein zu gehen und zu sagen: »Hallo, ich vermisse meinen Freund. Sie, deren Namen ich längst vergessen habe, haben ihn nicht zufällig gesehen, oder?!« Tausend Begründungen gingen mir durch den Kopf, wichtige berufliche Termine, das Geschäft seines Lebens, Katastrophen im Familienkreis, die ihn fortriefen. Und zwischendurch sagte der gesunde Menschenverstand, auf den ich mir sonst so viel einbildete, immer wieder: »Überall gibt es Telefone – und seien es dreißig Sekunden.« Ich hasste meine rationalen Anteile. Yvonne hatte versucht, mich auf andere Gedanken zu bringen, mich auf eine Party mitzuschleppen, aber ich hatte abgelehnt.

»Du klammerst dich zu sehr an diesen Mann«, hatte mir Yvonne vorgehalten. »Es gibt andere Dinge in deinem Leben, Mensch, vernachlässige die doch nicht so!«

»Was gibt es noch für Dinge in meinem Leben?«, hatte ich biestig gefragt.

»Uns zum Beispiel, deine Freunde«, hatte Yvonne erwidert, aber sie klang selbst nicht sehr überzeugt.

»Hm«, sagte ich nur und wandte mich zum Gehen.

»Du solltest deine Liebenswürdigkeit nicht nur bei ihm ausleben!«, rief sie mir hinterher. Ich streckte den Mittelfinger aus, ohne mich noch einmal umzudrehen. Ihr habt doch alle keine Ahnung!, dachte ich. Ihr wisst gar nicht, wie sich Liebe anfühlt. Echte, wahre Liebe, die einen überflutet und mitreißt und einen neuen Menschen aus einem formt.

Nun lehnte er im Türrahmen und ich wusste, dass ich ihn hereinbitten musste. Sein Anblick rief Mitleid in mir hervor, keinen Zorn, keine Wut, wie ich es mir gewünscht hatte.

»Du siehst müde aus«, sagte er. »Bin ich daran schuld?«

Ich nickte wortlos, ließ mich von ihm in die Arme nehmen und spürte, dass ich die Tränen nicht zurückhalten konnte. Nun ließ ich ihnen freien Lauf. Es war mir peinlich und ich versuchte, mein Gesicht vor ihm zu verbergen.

Früher hatte ich nie geweint, wegen eines Mannes gleich dreimal nicht. Aber nun drehte mich Alexander am Kinn zu sich, sah mich forschend an und flüsterte: »Jemand hat mal gesagt, man weine nur in guten Zeiten, in schlechten trocknet der Tränenkanal aus.«

Ich musste lächeln, wollte etwas sagen, doch mein Unterkiefer zitterte. Ich schluckte und lehnte mich gegen seine Brust.

»Wo warst du?«, brachte ich hervor, als wir umschlungen auf dem Sofa saßen. Ich spürte, dass er versuchte, mich noch fester zu halten. In mein Haar nuschelte er: »Ich musste ein paar Dinge erledigen. Bitte frag mich nicht weiter.« Und nach einer Pause: »Ich will dich mit all dem nicht belasten.«

»Was ist ›mit all dem‹?«, wollte ich wissen. Er wiegte mich wie ein Kind, hielt meinen Nacken aber so umklammert, dass ich an seine Brust gepresst wurde, unfähig fast, mich zu bewegen. Er bemerkte es gar nicht. Schließlich machte ich mich behutsam von ihm los.

»Genau aus dem Grund, weil ich nicht das erleben wollte, was ich die letzten Tage erlebt habe, hatte ich früher nie den Mumm, mich auf eine Beziehung einzulassen«, erklärte ich. »Wenn du ernsthafte Probleme hast, dann werden sie unsere Beziehung in jedem Fall belasten. Erzähle mir davon und ich werde dein Verhalten besser einordnen können. Aber bitte, lass mich nie wieder so unwissend hängen. Okay?«

Er strich Haarsträhnen aus meinem Gesicht, ohne dass es nötig gewesen wäre. Er besah seine Finger, die makellos manikürt waren. Er schwieg.

»Alexander!«

Er fuhr mit den Handflächen über seine Jeans, hin und her, hin und her. Dann holte er tief Luft.

»Okay«, sagte er. »Okay. Pass auf. Ich war mal ein anderer Mensch, ich habe ein anderes Leben gelebt, andere Dinge getan, ein paar unschöne Erfahrungen machen müssen. Aber das ist seit einigen Jahren vorbei. Ich habe es im Griff und am besten geht es mir, wenn ich im Hier und Jetzt leben kann. Mit dir. Wirklich, das musst du mir glauben. Manchmal, selten, kommt es vor, dass Dinge aus diesem alten Leben das jetzige berühren, damit muss ich mich dann kurzzeitig auseinandersetzen, doch es ist schnell wieder vorbei.«

»Darf ich von den schlechten Erfahrungen etwas wissen?«

»Warum willst du das?«

»Um dich besser zu verstehen. Um nicht zu glauben, du hast plötzlich kein Interesse mehr an mir oder ich habe irgendetwas völlig falsch gemacht. Auf alles, was du tust, reagiere ich; so wie du auf mein Verhalten reagierst. Und ich werte eben von meiner Perspektive aus. Falls du es nicht weißt: Die meisten von uns sind so. Wir beziehen die Geschehnisse auf uns. Wir glauben, wir sind die Triebfeder der Handlung anderer.«

Er schmunzelte und sah mit einem Mal unglaublich alt aus. Die Schatten unter seinen Augen vertieften sich, die Längsfalten zwischen Nase und Mund zeichneten sich scharf ab.

»Aber, mein Schatz, du hast noch nie irgendetwas falsch gemacht. Wirklich! Es tut mir leid, jeder von uns hat nun mal seine Geschichte, und manche eignen sich eben nicht dazu, erzählt zu werden. Oder sind es gar nicht wert.«

»Hat es etwas mit deinen Eltern zu tun?«

»Du solltest die Seiten wechseln und Journalistin werden.«

Jetzt kam die Wut hoch, nachdem ich in Sicherheit war und wusste, dass ich keinen Anlass zu seinem Verhalten geliefert hatte. Diesmal würde er mir nicht davonkommen.

»Immer lenkst du ab, sobald es um deine Person geht. Wenn das so weiter geht, denke ich eines Tages, ich bin mit einem Frauenmörder zusammen, der sich das Gesicht hat operieren lassen und abgetaucht ist. Alexander, verstehst du das?! Wie kann ich dir vertrauen, wenn ich gar nicht weiß, wer du bist?«

Er schien erschrocken von meiner Vehemenz. Und er schien genau zu wissen, dass ich recht hatte.

»Wie oft hast du schon so dagesessen, mit anderen Frauen, und hast dann alles hingeschmissen? Bist rausgerannt und hast dich nie wieder blicken lassen?«

»Noch nie«, sagte er traurig. »Ich hatte seit mindestens fünf Jahren keine Beziehung mehr. Du bist die erste seitdem.«

»Seit was?«

Er senkte den Blick. Schwieg.

Ich stand auf, ich wusste nicht so genau, ob ich noch wütend sein sollte, er rührte mich auch, dieses großes Kind, das da auf meinem Sofa hockte, mein Mitleid erregte und meine Wut gleichermaßen. Er sah mich ängstlich an.

Ich kramte in einer Schublade und streckte ihm dann das Bündel Briefe entgegen.

»Vielleicht geht es ja so«, sagte ich und spürte, wie mir die Röte ins Gesicht schoss. Was ich vorhatte, konnte man getrost unfair nennen. Oder Erpressung. »Für jeden Brief beantwortest du mir eine Frage. Die Vergangenheit deiner Mutter gegen deine Vergangenheit.«

Er stand halb auf, um mir die Briefe aus den Händen zu nehmen, aber ich hielt sie hinter den Rücken.

»Ich meine es ernst. Ich kenne die Briefe sowieso, ein wenig kann ich mir schon zusammenreimen, was das Drama deines Lebens ist.«

Alexander ließ sich wieder aufs Sofa fallen. Dann fing er an zu lachen. Im ersten Moment klang es wie ein Schluchzen, aber er öffnete den Mund immer weiter, wurde lauter und lachte und lachte, bis ihm die Tränen liefen. Als er sich beruhigt hatte, sah er mich durchdringend an. »Wo sind wir hier eigentlich? Auf einer Schultheaterbühne?«

Wortlos legte ich die Briefe vor ihn auf den Tisch und setzte mich ihm gegenüber. Über den kleinen Stapel hinweg griff er nach meiner Hand, zog meine Finger an seinen Mund und küsste jeden einzelnen. Er wanderte über meine Pulsader den Unterarm entlang, in die Ellenbeuge und die kleinen, flaumigen Härchen standen kopf. Ich setzte mich rittlings auf seinen Schoß und unsere Münder fielen übereinander her, schmatzend, stöhnend, verschlingend.

»Wenn du willst, bleibe ich bis morgen früh«, keuchte er und statt einer Antwort küsste ich ihn nur begieriger.

Später, als wir im Bett lagen und ich schon fast eingeschlafen war, spürte ich seine Nase an meiner Wange. Wie ein Hund schnüffelte er. Er rückte noch enger an mich heran und flüsterte: »Endlich hat die Nacht wieder einen Duft.«

Schlaftrunken wankte ich am nächsten Morgen zur Toilette, es war kaum sechs, und erst auf dem Rückweg sah ich ihn auf dem Wohnzimmerteppich kauern, das rechte Knie hochgestellt, den linken Fuß quer darunter durchgestreckt, die Arme fassten eng um das Bein und in den Händen hielt er einen der Briefe. Die übrigen lagen ordentlich, einer neben dem anderen, vor ihm. Helles Sonnenlicht fiel auf die Blätter, das Fensterkreuz warf einen scharfen Schatten. Er weinte lautlos, ich bemerkte seine Tränen erst, als ich mich zu ihm setzte. Vorsichtig legte ich eine Hand auf seinen Rücken, sagte aber nichts. Er zuckte nicht zusammen, er reagierte nicht und las fieberhaft über die eng beschriebenen Seiten hinweg, gierig wie ein Ausgehungerter. Jedes Wort schien ihm eine Offenbarung. Einmal lachte er kurz auf, es klang bitter.

Später, als wir beim Frühstück saßen, war er immer noch schweigsam.

»Ich weiß nicht, wie ich mit dir umgehen soll«, sagte ich und versuchte, nicht vorwurfsvoll zu klingen. »Soll ich dich in Ruhe lassen? Willst du meine Anteilnahme?« Er rührte in seiner Kaffeetasse.

»Sei, wie du bist. Tu, was du für richtig hältst.«

»Okay, dann will ich wissen, was dich so erschüttert hat an den Briefen.«

»Wie soll ich dir das erklären? Ich meine, es ist, als ob ich in einem Fotoalbum blättere. Durch ihre Zeilen wird ... etwas ... etwas in mir kehrt zurück. Und doch bin ich nicht sicher, ob es zuverlässige Erinnerungen sind, meine eigenen, verstehst du? Sie ist so lebendig in den Briefen. Nie hat mir jemand meine Mutter beschrieben, wie sie war. Und jetzt spricht sie hier plötzlich zu mir.«

»Sie lebt nicht mehr?«

»Nein, mein Vater auch nicht.«

»Kannst du dich denn jetzt an Geschehnisse aus deiner Kindheit erinnern?«

»Nichts Konkretes. Keine Geschichten. Nur an Gefühle, wie es war, von ihr herumgetragen zu werden. Solche Sachen.« Er nickte sacht und sah dann zum Fenster hinaus. Er schien nichts weiter hinzufügen zu wollen. Ich sprach ihn noch einmal an, aber er reagierte nicht. Ich hatte den Eindruck, er sei gar nicht mehr anwesend.

Vielleicht war es ungerecht, aber mit einem Mal machte es mich so ungeduldig, ihm jeden Satzfetzen aus der Nase zu ziehen, dass ich wütend wurde. Sollte er seine Familiengeschichte doch für sich behalten, sie konnte nicht schlimmer als die vieler anderer Menschen sein. Ich tat, was ich für richtig hielt, wie er es gesagt hatte. Ich ging.

»Ich muss los«, rief ich ihm von der Tür zu. »Wir wollen das Feature heute fertig schneiden und da müssen wir uns mächtig ins Zeug legen.«

»Alles klar«, nickte er. »Frag doch mal, ob du nächste Woche ein paar Tage frei bekommst, dann fahren wir an die Ostsee. Da wolltest du doch hin, oder? Und frag deine Kollegin, wie das Hotel heißt! Ich glaube, wir können beide ein bisschen Ruhe vertragen.«

Ich nickte und ging verblüfft die Treppe hinunter.

9

Am Abend vor unserer Abreise fand das Richtfest statt. Es war das erste Mal, dass ich Alexander offiziell als meinen Freund mit in die Familie brachte. Mein Bruder hatte uns sogar ausdrücklich zu zweit eingeladen, und ich hatte den Eindruck, aus Tobias' Worten sprach so etwas wie Neugier auf den neuen Partner der Schwester. Ausdruck eines Interesses, das er mir seit Jahren nicht entgegengebracht hatte.

Alexander war nicht noch einmal auf den Inhalt der Briefe zurückgekommen. Er hatte sich in den folgenden Tagen fast unterwürfig freundlich verhalten und hatte alles getan, um das Thema zu vermeiden.

Und ich ging zur Tagesordnung über.

Monika war noch dünner geworden, als sie es bisher schon gewesen war, und ihr Lächeln wirkte maskenhaft. Sie hantierte ungeschickt mit Krügen, in die sie Bier aus dem Fass abfüllte. Auf einer Holzbank war ein kaltes Büfett lieblos angerichtet worden, und ich war erstaunt, als ich erkannte, dass das Essen anscheinend nur danach ausgesucht worden war, ob es wenig kostete. Immerhin trug Tobias seinen jüngsten Sohn auf dem Arm, während er den ankommenden Gästen den Rohbau zeigte. Alina und Max spielten an einer Pfütze im Garten und winkten kurz, als ich sie begrüßte.

»Nein, du bist die gefangene Prinzessin, die vom Räuberhauptmann befreit wird – nicht ich!«, meckerte Max dann schon wieder seine jüngere Schwester an, die sich nur protestierend die Hände mit einem dünnen Seil zusammenbinden ließ.

Meine Mutter hatte Alexander sofort in ein Gespräch verwickelt und von meiner Seite getrennt. Ich hatte den Eindruck, sie musste jedem beweisen, dass sie einen guten Draht zum Freund ihrer Tochter hatte. Und dass Alexander in seinen etwas zu spießigen Kleidern – dunkelblaue Stoffhose, dezent gemusterter, dunkelblauer Pulli mit V-Ausschnitt, abgetragene Segelschuhe – so ehrbar und fast schon gesetzt aussah, schien ihr erst recht zu gefallen. Ich schmunzelte. Wenn man mir gesagt hätte, ich würde mich in einen Mann verlieben, der die Zustimmung meiner Mutter finden würde ...

Monika hatte den ganzen Tag gezittert, ob das Wetter halten würde. Dunkle Wolken hatten sich zusammengeballt und waren wieder verweht. Nun sah es ganz danach aus, als würde es trocken bleiben, und die Gäste saßen auf schmalen Bierbänken, an der Stelle, wo später einmal die Terrasse sein sollte.

»Wie lange rechnet ihr denn noch bis zum Einzug?«, fragte ein lässiger Jung-Manager-Verschnitt in teurem Anzug quer über den Tisch und zog an einer langen Zigarre.

»Na ja, Weihnachten wollen wir schon hier feiern«, sagte Tobias und seine Stimme klang, als glaube er seinen Worten nicht recht.

»Wenn's nicht klappt, kommt ihr einfach in unser Loft, gell, Spatzl?!«, lachte der Schmierige und zog seine Freundin so energisch an sich, dass ihr Lederkleid knarrte.

»Was ist das denn für ein Kotzbrocken?«, raunte ich meiner Schwägerin zu. Monika sah kaum vom Bierfass auf.

»Tobias' Chef.«

»Der?« Monika nickte und warf dem Lässigen einen bösen Blick zu.

»Hat der überhaupt schon Abitur?«

»Angeblich ist er schon 38 – ein Methusalem in der Branche. Hat angeblich jahrelang an der New Yorker Börse gearbeitet und dort mit verwegenen Deals richtig Geld gemacht. Warum er dann hier in einer normalen Bank arbeitet, weiß keiner so genau.« Monika versuchte, das Fass zu kippen, um das letzte Bier herauslaufen zu lassen.

»Ob der verantwortungsbewusst mit seinen Leuten umgeht – und dem Geld der Kunden?«

»Ich hoffe es schwer«, sagte sie. »Aber wer will das heute schon so genau wissen. Angeblich tüftelt er ein neues System aus, mit dem Anleger ein Vielfaches verdienen können. Das bedeutet bisher allerdings nur, dass Tobias noch mehr als sonst arbeiten muss.«

Ich tätschelte ihr die Schulter und sah sie sorgenvoll an.

»Monika, ich weiß ja, dass es mich nichts angeht, aber, übernehmt ihr euch nicht ein bisschen?«

»Ein bisschen? Du kennst doch deinen Bruder. Immer alles und alles sofort und von allem das Beste. Nur kosten darf's nichts. Die Handwerker hat er so schon alle vergrault. Die haben es nicht nötig, sich hier anmachen zu lassen bei den vollen Auftragsbüchern. Aber Tobias kann ja sowieso alles besser als die. Meint er.« Ihre Augen füllten sich mit Tränen. »Und mein Haushaltsgeld reicht vorne und hinten nicht. Ich weiß nicht, wie das weitergehen soll.«

»Aber redest du nicht mit ihm darüber?«

Sie schniefte und wischte sich mit dem Handrücken unter den Augen entlang.

»Wann denn? Morgens beim Frühstück, während ich stille und Schulbrote für Max schmiere und Alina sage, was sie anziehen soll? Oder abends, wenn wir auf der Baustelle sind und er Sandsäcke schleppt? Bliebe noch nachts, im Schlafzimmer. Aber ich kann sein Schnarchen so schlecht übertönen. Und Tims Geschrei auch nicht.«

»Aber ...« Ich stockte und sah Monika ratlos an.

»Wenn wir erst mal umgezogen sind, wird es sicher besser. Das kann ja nicht ewig so gehen. Alina hat mich neulich gefragt, ob sie im neuen Haus ein Kaninchen und einen eigenen Schreibtisch bekommt, an dem sie später mal ihre Hausaufgaben machen kann.

Weißt du – mit drei Kindern in der kleinen Wohnung, da bleibt dir irgendwann die Luft weg! Seit Tim da ist, haben wir unser Schlafzimmer in die Putzkammer verlegt, damit die beiden Großen nicht noch weniger Platz haben. Ich komm' mir darin vor wie in einem Sarg. Lebendig begraben.«

»Stör ich euch?«, fragte Alexander, der sich aus den Fängen meiner Mutter befreit hatte. Ich schüttelte den Kopf.

»Nein, Monika hat mir nur gerade ... na ja, Frauengespräche eben.« Ich spürte, wie Wut in mir hochkam, Wut auf meinen Bruder, der einfach blindlings drauflos lebte, ohne die Verantwortung für seine Familie überhaupt wahrzunehmen.

»Soll ich mal mit ihm reden?«, fragte ich Monika.

»Mit Tobias?« Monika zuckte mit den Schultern. »Entschuldige, aber ich glaube, auf dich hört er am allerwenigsten.«

Ich nickte.

»Ich weiß zwar nicht, worum es geht«, schaltete sich Alexander ein. »Aber wenn ihr wollt, kann ich auch ...«

Ich streichelte ihm über die Wange. »Das ist lieb von dir! Aber lass lieber.«

»Mama!«, drang es nun bitterlich weinend zu uns herüber. Aus der Dunkelheit tauchte Alina auf, die Arme nach vorne gestreckt, die Augen voller Tränen und den Mund weit geöffnet. »Mama, der Max!«, schrie sie, bevor ihre Mutter sie fest in die Arme zog und der kleine Körper von Schluchzern geschüttelt wurde. Ich betrachtete mitleidig die Mutter-Kind-Statue, bis ich sah, wie sich Monikas Bluse an der Schulter, dort wo Alinas Hand lag, dunkel verfärbte.

»Oh Gott, Alina!«, schrie ich und löste das Kind von seiner Mutter. Die Kleine schrie nun ebenfalls und erst jetzt wurde uns klar, warum sie so weinte. An ihrem Handgelenk, dicht neben der Pulsader, klaffte ein breiter Schnitt, aus dem das Blut floss.

»Einen Krankenwagen, schnell«, presste ich hervor und blickte auffordernd zu Alexander. Der große Mann starrte mich unbeweglich an.

»Alexander! Bitte, ruf einen Notarzt«, rief ich, während Monika die Wunde mit Küchentüchern umwickelte, abdrückte und versuchte, beruhigend auf Alina einzureden. Sie wirkte erstaunlich gefasst.

Alexander bewegte sich noch immer nicht, er schien wie in Trance, sein Gesicht war völlig leer.

Inzwischen hatten sich uns die anderen Gäste genähert und nachdem Tobias begriffen hatte, was passiert war, telefonierte er eine Ambulanz herbei. Alle standen im Kreis um Monika und Alina, die an der Schulter ihrer Mutter wimmerte.

»Wo ist eigentlich Max?«, fragte plötzlich meine Mutter und erst jetzt fiel auf, dass er fehlte.

»Max!«, riefen einige laut, aber nirgends war der Junge zu sehen.

»Kannst du mir sagen, wie das passiert ist?«, fragte Monika ihre Tochter vorsichtig, aber noch ehe diese etwas herausbrachte, schnürten ihr die Tränen wieder den Hals zu.

»Ist schon gut, meine Süße, ist schon gut.«

Endlich kam der Krankenwagen und Tobias fuhr mit Alina ins Krankenhaus. Zu allem Unglück hatte Tim, der den ganzen Abend friedlich in seinem Kinderwagen geschlafen hatte, nun zu schreien begonnen und musste gestillt werden. Meine Eltern suchten weiter nach Max, der sich irgendwo in der Dunkelheit versteckt hatte.

»Bitte, feiert weiter«, hatte Tobias die Gäste aufgefordert. »Es wird nicht so schlimm sein und in einer Stunde sind wir bestimmt wieder da.«

Ich wollte Alexander bitten, dass wir nach Hause fuhren, doch ich entdeckte ihn nirgends.

»Alex?«, rief ich in die Nacht, aber ich hörte nur das Gemurmel der Gäste, die schnell zu ihren Gesprächen und Bierkrügen zurückgefunden hatten. Ich ging um den Rohbau herum, ich musste im Dunkeln aufpassen, denn abseits der Terrasse war alles unbeleuchtet und ein knietief mit Grundwasser gefüllter Graben umfing drei Seiten des Hauses.

Schließlich fand ich Alexander auf der Vordertreppe sitzend. Zwischen seinen Beinen saß Max, der schniefend die Nase hochzog und die Augen fest geschlossen hielt, als sei die Welt eine andere, wenn er sie nicht sah. Alexander wirkte noch immer unbeweglich, aber mechanisch streichelte er Max' Oberarm.

»Hier seid ihr!«, sagte ich erleichtert. »Ich dachte schon, du bist ohne mich heimgegangen.« Er verzog den Mund zu einem starren Lächeln. Ich kniete vor den beiden nieder und fuhr Max über die Beine.

»Hey, Mäxchen, was ist denn passiert?« Max öffnete langsam die Augen und gleichzeitig den Mund.

»Muss Alina jetzt sterben?«, fragte er tonlos.

»Nein, natürlich nicht«, sagte ich. »Dafür ist Alina doch noch viel zu klein. In hundert Jahren vielleicht, aber nicht jetzt.« Alexander ließ Max los.

»Erzählst du mir, was passiert ist?«, fragte ich.

Max sah auf seine Schuhspitzen. »Es war nicht absichtlich«, fing er an. »Ich bin abgerutscht.«

»Wo bist du abgerutscht?«

»Mit dem Messer.«

»Ich geb mal Monika Bescheid, dass wir Max gefunden haben«, sagte Alexander und stand auf. Mit steifen Schritten verschwand er.

»Wieso hast du denn ein Messer gehabt, Max?«, hakte ich nach. Je mehr er redete, desto mehr beruhigte er sich. Alina und er hatten gespielt, dass der Räuberhauptmann die Prinzessin befreit, die natürlich nur befreit werden kann, wenn sie gefesselt ist. Weil Max den eigenen kunstvollen Knoten um die Handgelenke seiner Schwester aber nicht aufbekommen hatte, hatte er ein Cutter-Messer genommen, das, wie er wusste, zwischen all dem Werkzeug seines Vaters lag, und versucht, die Fesseln damit zu lösen. Alina hatte währenddessen ungeduldig herumgehampelt und er war abgerutscht. Der Knoten war zwar aufgegangen, aber das Messer hatte Alina verletzt.

»Und dann hast du dich versteckt und Alexander hat dich hier gefunden?«

»Nein, er hat sich hier auf die Treppe gesetzt. Ich war da unten am Wasser, siehst du«, er deutete zu dem schmalen Graben, der zum Keller hinab führte. Mir lief ein Schauder über den Rücken.

Max Stimme klang schon etwas fester. »Er sah so traurig aus und als der Krankenwagen vorbeigefahren ist, da hat er den Kopf auf seine Knie gelegt. Ich hab mich erschreckt, als der Krankenwagen seinen Lautsprecher angemacht hat. Und da bin ich zu ihm hingelaufen.«

Monika kam um die Ecke geschossen, meine Mutter und Alexander im Schlepptau, und als Max sie sah, fing er wieder zu weinen an.

»Ich hab's nicht mit Absicht getan«, jammerte er und versteckte sich hinter mir.

»Wie oft haben wir dir gesagt, dass du die Finger vom Werkzeugkasten lassen sollst«, schrie Monika, zerrte ihn zu sich und einen Moment lang sah es so aus, als wolle sie ihn ohrfeigen. »Ich hab' gedacht, du bist mein großer Junge, auf den ich mich verlassen kann!«

»Monika«, sagte ich vorsichtig. »Er hat doch wirklich ...«

»Halt du dich da raus«, schrie Monika mich an. »Du hast von Kindern überhaupt keine Ahnung! Dich interessieren die doch gar nicht.« Dann drehte sie sich um und ging eilig zurück zu den Gästen. Max steckte sich den Daumen in den Mund und sah wieder zu Boden. Seine Großmutter kniete sich zu ihm hinunter und schlug vor, dass er heute bei ihr übernachten könne. Verstört legte der Junge seine Arme um ihren Hals und ließ sich von ihr davon tragen.

»Komm, wir gehen«, sagte ich, fasste nach Alexanders Hand, die eiskalt war, und zog ihn die dunkle Einfahrt entlang zu meinem Auto.

Wenn nichts süßer ist
als die Erinnerung ans Glück ...

23. April 2018, 14.00 Uhr

Ich habe das Bett bezogen und Handtücher ins Bad gehängt. Ich habe mit meiner Bewährungshelferin telefoniert und ihr meine neue Handynummer gegeben. Ich habe es tatsächlich geschafft, über das Smartphone ins Internet zu gelangen und mich zu informieren, wie ich mit diesem Ding umgehe. Aber was tue ich jetzt? Das einzig Positive im Knast war, dass die Tage ihre Routine hatten. Natürlich hat das oft genervt, aber ich musste nicht darüber nachdenken, was zu erledigen war. Der Tag verstrich, auch ohne mein Zutun. Hier draußen ist das anders. Es sind erst wenige Stunden vergangen, seit sich Ronald verabschiedet hat.

Ich habe längere Zeit auf das Symbol der Audiodatei gestarrt, aber ich habe es nicht über mich gebracht, es anzuklicken. Ich möchte dem Mann in die Augen schauen, der meine Unschuld bezeugen kann.

Gegen Mittag habe ich mir etwas zu essen gemacht und es war eine Offenbarung, alleine zu entscheiden, welche Nahrung ich meinem Körper zuführe. Meine Eltern haben – zufällig oder mit Absicht – viele Dinge eingekauft, die ich liebe und die ich in den zurückliegenden Jahren nur selten zu essen bekam. Frisches Gemüse. Ein Vollkornbrot. Richtige Butter. Käse am Stück. Wurst von der Metzgertheke. Ein Glas selbstgekochte Himbeermarmelade. Ich dankte ihnen bei jedem Bissen.

Doch nun tigere ich durch die Wohnung und weiß nicht weiter.

»Ruhen Sie sich erst mal aus. Kommen Sie an«, hat mir die Bewährungshelferin geraten. »In ein paar Tagen fühlen Sie sich bestimmt sicherer in der neuen Umgebung.«

Ich räume ein paar Dinge aus dem Wandschrank im Flur in das Regal im Wohnzimmer, damit es belebter aussieht. Dabei stürzt der halbe Manuskriptstapel ab, die Blätter lagen nur lose aufeinander. Mein Blick verfängt sich in den Buchstaben und ich kann ihn nicht losreißen. Sofort erkenne ich, es geht um die Zeit kurz vor dem Prozess. Als noch ein kleiner, naiver Funke Hoffnung in mir glomm, Alexander würde die Schuld auf sich nehmen.

»Und wenn ich Alexander noch einmal anrufe? Wenn ich ihm klarmache, dass er sich nur retten kann, wenn er morgen bei Gericht die Wahrheit sagt? Dass es seine letzte Chance ist, ein Mensch zu werden? Doch schon beim Gedanken daran, seine Telefonnummer zu wählen, zittern meine Finger. Ob er überhaupt noch in seiner Wohnung lebt? Vielleicht hat er einmal mehr seine Identität abgestreift, ist fortgegangen, hat wieder nur die Scherben und den Schmutz zurückgelassen. Aber nein, er ist ja als Zeuge geladen und er wird eine fantastische Vorstellung abliefern. Jeder wird ihm glauben. Wie lange habe ich ihn nicht gesehen? Ich weiß es nicht. Seine Stimme breitet sich in meinem Ohr aus, in meinem Kopf, ich muss sie dafür nicht wirklich hören. Ich habe das Gefühl, dass er im Laufe unserer Beziehung immer lauter sprach. Am Anfang, im Juwelierladen, als ihm fast die Luft wegblieb angesichts der Brosche seiner Mutter, da war er ganz leise. Dann, als sich unsere Beziehung gefestigt hatte, sprach er in normaler Zimmerlautstärke. Später fing er zu schreien an. Zum Schluss brüllte er, es passt zu seiner Statur. Ich habe nie über seinen kräftigen Körper und warum er ihn hat nachgedacht. Was ich an ihm wahrnahm, war seine Seele und die kam mir sanft und leise vor. Aber er wurde lauter und lauter. Sein Körper ist eine schützende Hülle, wie ein Gasballon, der ihn aufrecht hält, damit er unter all der Last, die ihn beschwert, nicht auf den Boden gedrückt wird, das Gesicht voran. Seine anfangs so zarte Stimme lenkte mich von seinem Körper ab. Spaßhaft habe ich ihn manchmal – völlig übertrieben – ›mein Dickerchen‹ genannt, er konnte nie darüber lachen, für ihn war die Fülle überlebenswichtig. Er nährte sich dadurch und sie sorgte dafür, dass keiner zu dicht an ihn herankam. Und ich fand seine weiche Haut, die man in

Falten gegeneinander schieben konnte, herrlich, es war ein schönes Spiel mit seinem Körper, und ich war froh, einen Mann zu haben, der so gut anzufassen war. Sein Körper gab mir das Vertrauen in die Stabilität der Dinge, während seine leise Stimme direkt dorthin durchdrang, wo meine Gefühle beheimatet sind.

Mir treten Tränen in die Augen und ich möchte einen dieser Momente noch ein einziges Mal erleben dürfen. Dabei weiß ich, ich weiß es so genau, wie die Tatsachen vom Tag und von der Nacht, vom Leben und vom Sterben, ich weiß, dass ich einen Augenblick der Ruhe, der Liebe, der Zärtlichkeit nie wieder erleben werde. Ich kann nicht einfach zurückspulen, ich habe kein Material, das ich digitalisieren, kopieren, archivieren kann. Wenn ich an ihn denke, weiß ich genau, dass und wie sehr ich ihn geliebt habe. Wie nie einen Menschen zuvor. Und ich dachte sogar, er liebt mich auch. Dabei hat er nur gut mitgespielt, da bin ich sicher. Einmal hat er mir erklärt, es sei für ihn faszinierend zu beobachten, dass es Menschen wie mich gibt. Menschen von einer so ungeheuerlichen Harmlosigkeit. Ich war nicht einmal beleidigt, als er das sagte. Ich dachte, du armer Mann, du hast nur nie die richtige Frau getroffen, komm, ich werde dich erlösen, was immer das Übel sein mag. Ich werde dir Gutes tun. Dazu kam es nicht. Stattdessen tat er mir Böses.«

Das Handy gibt einen Ton von sich und ich schiebe mein Manuskript beiseite. Etwas ungeschickt tippe und wische ich auf dem Display herum, bis mir endlich die Nachricht von Ronald angezeigt wird.

»Sei um 17.00 Uhr in der Roten Stadt.«

Unter der Nachricht befindet sich ein Link auf eine *Google Maps*-Seite, die mir die Lage der Roten Stadt anzeigt. Es ist nicht weit entfernt, ich kann zu Fuß hinlaufen.

Fasziniert betrachte ich das Luftbild auf dem kleinen Handybildschirm, verschiebe es nach rechts und links, oben und unten.

Ich entdecke den riesigen Häuserriegel, in dem sich meine Wohnung im siebten Stock befindet, gleich neben der stark befahrenen sechsspurigen Moosacher Straße und umgeben von Lastwagenparkplätzen und Gewerbebauten. Aber vermutlich muss ich froh sein, dass ich hier leben darf.

Ich lege das Smartphone nicht fort, sondern probiere alles Mögliche aus. Ich schicke über *Whatsapp* ein schlichtes »Hallo« an meine Eltern – sogar sie sind damit auf ihren Handys erreichbar. Ein merkwürdiges Gefühl, wenn die eigenen Eltern sich ganz selbstverständlich einer Technologie bedienen, die ich bisher nicht kannte.

Als der Ladebalken anzeigt, dass das Gerät bald leer ist, hänge ich es zum Aufladen ans Netz. Ich stelle mir den Handy-Wecker und versuche, so etwas wie einen Mittagsschlaf zu machen. Es gelingt nicht, ich wälze mich hin und her, das Bett ist zu breit, zu bequem, die Unruhe wächst. Einigeln oder nach Auslauf suchen? Ich starre wieder ewig aus dem Fenster, bis ich einem spontanen Impuls folge. Ich werde meine Turnschuhe anziehen – ein anderes Paar Schuhe besitze ich sowieso nicht – und nach einer Joggingstrecke Ausschau halten.

An mindestens vier Tagen in der Woche habe ich den Hofgang mit Joggen verbracht, fast eine Stunde lang lief ich um das kleine Sportfeld mit dem Volleyballplatz, bis ich alle Gedanken hinter mir ließ. Jeden Sportkurs, den ich genehmigt bekam, habe ich wahrgenommen, sogar Selbstverteidigung geübt und in meiner Zelle, so gut es eben ging, Liegestütze, Kniebeugen und andere Übungen absolviert, für die man keine Geräte braucht. Körperlich bin ich fitter aus der Haft gekommen, als ich hineingegangen bin. Ohne die Bewegung hätten mich meine Gedanken aufgefressen, wäre ich schon vor Jahren vor die Hunde gegangen. Der Sport hat mich eine innere Freiheit finden lassen. Er war das Einzige, was ich allein bestimmt habe: Wenn ich mich, schweißnass und keuchend, noch zu einem weiteren Liegestütz gezwungen habe, dann habe ich mir dies selbst befohlen. Und keine Beamtin konnte Einfluss darauf nehmen.

Ich verlasse die Wohnung und starre irritiert auf meine Hand, die den Schlüssel ins Schloss schiebt und abschließt. Ich schließe meine Wohnung selbst von außen ab. Meine Kehle wird eng, als mir dieser Vorgang bewusst wird, ich atme schnell ganz tief und gehe den dunklen Flur entlang bis zum Aufzug. Während ich darauf warte, dass er kommt, sehe ich die Tür zum Treppenhaus. Milchiges Licht fällt durch die matte Scheibe. Ich lasse den Aufzug Aufzug sein und gehe zu Fuß hinunter, sieben Stockwerke abwärts.

Obwohl auf der breiten Straße vor dem Haus der Verkehr dröhnt, sauge ich die Luft ein wie eine Ertrinkende. Dann setze ich mich in Bewegung, werde schneller und schneller und laufe einfach geradeaus. Runden bin ich genug gelaufen.

Früher bin ich in den Isarauen gejoggt, vor dem Prozess immer häufiger. Damals schon hat mir die Bewegung geholfen, die wachsende Unruhe in den Griff zu bekommen.

Es dauerte ein gutes halbes Jahr, nein, ein schreckliches, bis die Gerichtsverhandlung endlich begann, und ich kann heute noch nicht sagen, was die Tage bis dahin dazu bewogen hatte, weiter zu fließen. Die ersten Wochen verflogen noch. Sie waren vollgestopft mit den Trümmern, die zu beseitigen waren. Erst die Verhöre. Dann die zwei Beerdigungen, ohne mich, versteht sich. Die Entlassung aus der Untersuchungshaft mit all den quälenden Auflagen. Dazu die Zeitungsschlagzeilen, Fernsehteams und Reporter, die vor dem Haus lungerten und denen ich nur mit Mühe entkam. Die Gespräche mit dem Anwalt, mit dem Personalchef. Man hat mir unbezahlten Urlaub gegeben. Bringen Sie Ihr Leben wieder in Ordnung und dann werden wir weitersehen, hieß es. Der verzweifelte Versuch der gesamten Familie, wenigstens an den Weihnachtsfeiertagen wieder etwas Normalität zu finden. Das vollkommene Scheitern dieses Versuchs.

Im Januar, so meine Erinnerung, habe ich nur geschlafen. Meinen Geburtstag ignoriert, so gut es ging. Den Besuch meiner Mutter werde ich nie vergessen. Einen Kuchen brachte sie und vorwurfsvolle Blicke. Keine Grüße von meinem Vater. Insgeheim gaben sie doch mir die Schuld. Nicht Tobias. Natürlich nicht Tobias. Angeblich habe ich Monika aufgestachelt gegen meinen Bruder. Und das hätte alles ins Rollen gebracht. Zwar hat die Untersuchung ergeben, dass es ein Unfall war, zu dessen Zeitpunkt ich weit entfernt war. Und doch gaben sie mir die Schuld. Die Perversität meiner Situation ergab sich auch aus der Tatsache, dass meine Schuld in den Augen meiner Familie kleiner wurde, als man mich schließlich verurteilte.

Wenn ich gekonnt hätte, wäre ich in der Wartezeit gerne weit fortgefahren, ans Meer. Ich habe das Meer immer geliebt, das habe ich vermutlich von meiner Großmutter geerbt, die als junges Mädchen in den letzten Kriegstagen ihre Heimat an der Ostsee hatte verlassen müssen. Ihr Leben lang hatte die Sehnsucht einen festen Platz in ihrem Herzen und wann immer sie mir einen Ratschlag geben wollte, sprach sie vom Meer. »Zwischen Reden und Tun liegt das Meer«, sagte sie etwa, wenn sie meinte, ich solle mich nicht vor einem gegebenen Versprechen drücken. Wenn ich verzagt war, versuchte sie, mir Mut zu machen und an mein Selbstbewusstsein zu appellieren: »Wind und Wellen sind immer auf der Seite des besseren Seefahrers.«

Ich selbst betrachte das Meer immer voller Dankbarkeit. Es vermittelt Weite und Ereignislosigkeit, es ist glatt, dann kräuselt es sich, und ab und an schlägt es Wellen. Ansonsten lässt es einen in Ruhe.

Statt ans Meer zu reisen, bestieg ich für lange Zeit keinen Zug. Nicht einmal an die deutsche Ostsee, so wie auf meiner ersten und gleichzeitig letzten Reise mit Alexander. Niemals wieder werde ich mich in das kleine Hotel einmieten, werde im Wind am Strand spazieren gehen und so tun, als sei ich eine beliebige Touristin, die alte Urlaubstage loswerden muss. Schon beim Gedanken daran spüre ich noch heute eine Faust im Magen und merke, wie mir alle Farbe aus dem Gesicht schwindet.

Keuchend bleibe ich stehen und fühle starkes Seitenstechen. Ich muss viel zu schnell gelaufen sein. Für heute ist es genug. Ich kehre um.

Ich weiß nicht, wie lange ich unter der Dusche stehe. Eine halbe Stunde? Eine dreiviertel? Fasziniert blinzle ich zu dem Wasserstrahl aus dem Brausekopf hinauf. Er ist warm. Er bleibt warm. Niemand stellt ihn ab.

Eingekuschelt in meinem Bademantel sitze ich auf dem Sofa und lasse den Blick über die Einrichtung schweifen, zum Fenster hinaus und wieder zurück. Obwohl man meinen sollte, ich hätte genug davon, von Wänden umzingelt zu sein, bin ich froh, hier drinnen zu sitzen. Würde es nach mir gehen, würde ich die Wohnung heute nicht mehr verlassen. Vielleicht sollte ich mich an meine Abmachung mit mir selbst halten und die Vergangenheit wirklich ruhen lassen. Aber andererseits ... vielleicht finde ich meinen Seelenfrieden, wenn ich ihr ein letztes Mal die Chance gebe, sich mit mir zu versöhnen.

Die Kirchturmuhr in der Nähe schlägt fünf Mal und ich muss mir eingestehen, dass ich nicht genau weiß, wo ich bin. Die Reihen der Häuser gleichen sich, die Wege durch den kleinen Park sind verschlungen und mittlerweile hat Regen eingesetzt, so dass ich versuche, unter den Bäumen zu bleiben.

Doch endlich sehe ich durch das Gebüsch Mauern voller Graffiti – genau wie auf dem Foto, das ich im Internet gesehen habe. Das muss sie sein, die Rote Stadt. Viele Informationen habe ich nicht gefunden. Früher waren die Mauern rot, daher der Name. Heute ist vor lauter Sprayfarbe davon nichts mehr zu erkennen und irgendwie stehen die Wände, zum Teil mit Betondecken versehen, nutzlos in der Gegend herum. Gelegentlich treffen sich hier Jugendliche zum Parkour – eine Sportart, die ich googeln musste. Doch dank des Regens ist es menschenleer. Ich hoffe, man kann sich unterstellen. Ich hoffe, Ronald und der Zeuge sind schon da.

Ich rufe den Namen meines früheren Kollegen und erschrecke vor meiner Stimme. Ich bin es nicht mehr gewohnt, laut zu reden. Alles bleibt ruhig.

Buchstaben, Strichmännchen, wildes Gekritzel – sie überlagern sich auf den bunten Mauern. Die Kuben sind unterschiedlich groß, stehen kreuz und quer durcheinander und mir erschließt sich nicht, was ihr ursprünglicher Zweck gewesen sein soll. Ich suche vor dem Regen Schutz und stelle mich unter eine der Betondecken. Wie still es hier ist.

Blöderweise habe ich mein Handy nicht eingesteckt – ich bin es nicht mehr gewohnt, etwas bei mir zu führen – und so weiß ich nicht, wie spät es inzwischen ist. Vielleicht verspäten sich die beiden Männer im Feierabendverkehr.

Der Regen tröpfelt nur noch spärlich und ich komme aus meinem Unterstand hervor. Wenn ich auf eine der Betondecken hinaufklettere, kann ich die Männer vielleicht kommen sehen. Ich gehe hinaus, umrunde die Seite der längsten Mauer und überlege, wo ich am einfachsten hinaufkomme. Mit Anlauf springe ich an einer brusthohen Mauer empor, will mich hochziehen, da fällt mein Blick auf den dunklen Raum unterhalb. Ich sehe zwei Füße.

Als verließen mich alle Kräfte, lande ich auf dem Boden. Ich muss mich versehen haben. Wieso liegt dort jemand? Langsam spähe ich um die Mauer herum ins Halbdunkel. Und zucke sofort zurück. Dort liegt tatsächlich jemand. Ein Mann. Sein dicker Bauch steht grotesk in die Höhe. Mit wenigen Schritten bin ich bei ihm. Ich will ihn am Arm packen, will ihn rütteln, da sehe ich das Blut. Es quillt unter seinem Kopf hervor. An seiner Schläfe ein

Einschussloch. Es sieht aus, als habe ihn jemand hingerichtet. Ich taumle rückwärts, pralle gegen die Wand, kippe fast nach vorne, auf die Leiche zu. Irgendwie korrigiere ich meine Richtung und wanke nach rechts fort, hinaus aus diesem Verlies.

Ich sollte nach Ronald schreien, nach der Polizei, nach irgendwem, aber meine Kehle ist wie zugenäht, nichts dringt hinaus. Ich stütze mich mit der Hand gegen die nächste Mauer und versuche, meine Atmung in den Griff zu bekommen. Es kann doch nicht sein! Es kann doch nicht sein, dass ich keine zwölf Stunden nach meiner Haftentlassung schon wieder über eine Leiche stolpere. Die Stimme des Richters, die ich viele Jahre verdrängt hatte, hallt in meinem Kopf. Schuldig, schuldig, schuldig, sagt sie, nur dieses einzige Wort. Ich renne los, ich muss fort von hier, ich hechte zwischen den zwei nächsten Wänden hindurch und ehe ich merke, was passiert, finde ich mich auf dem Boden wieder, im Sand. Ich bin gestolpert, aber worüber?

Ich gehe in die Knie, hocke mich auf meine Fersen und stütze mich beim Aufstehen an der Wand ab. Ich kann nicht glauben, was ich sehe. Hier liegt ein zweiter Körper, ebenso ruhig und statisch wie der erste. Ich muss nicht dicht herangehen, um zu erkennen, dass es Ronald ist. Seine offenen Augen starren an die graue Betondecke über sich. Auch aus seinem Kopf tropft Blut.

Am liebsten würde ich meine Stirn gegen die Betonwände stoßen, um aus diesem Albtraum aufzuwachen. Aber es gibt nichts, woraus ich aufwachen kann.

Hinter mir knirscht etwas, als bewege sich jemand durch den Sand. Ich drehe mich um. Ich sehe in den Lauf einer Pistole.

»Willkommen in der Freiheit«, sagt der große, kräftige Mann. »Verrückt, wie schnell neun Jahre umgehen, findest du nicht?«

»Alexander«, stottere ich.

»Oh, du hast meinen Namen nicht vergessen«, sagt er und grinst. »Und jetzt gib mir dein Handy – oder soll ich dich erst erschießen und dann durchsuchen?«

»Ich … ich«, stammle ich und mir fällt nicht das Geringste ein, das ich sagen könnte. Eine Leere breitet sich in meinem Inneren aus. Ich verharre und staune. Wieso steht dieser Mann mit einer Pistole vor mir?

Er kommt auf mich zu, umfasst meine Taille und presst die Mündung der Waffe an meine Schläfe. Jetzt erst wird mir klar, warum die Pistole so riesig wirkt: Sie ist mit einem Schalldämpfer versehen.

»Wo ist es?«, fragt er ungeduldig. Mit der freien Hand tastet er meinen Körper ab, da, wo er hinkommt. Ein feines Netz von Narben zieht sich über diese Hand, die Haut sieht aus wie blasses, löchriges Vulkangestein.

»Ich habe keins dabei«, flüstere ich.

Er reißt meinen Arm, den er mir auf den Rücken gedreht hat, nach oben, und der Schmerz fährt mir über die Schulter bis in den Kopf. Ich versuche, mich zusammenzukrümmen, aber er hält mich aufrecht.

»Wirklich nicht. Es liegt in der Wohnung.«

Sein Atem trifft meine Wange. Er riecht vertraut, so wie früher, als es schön war mit ihm. Dennoch habe ich das Gefühl, ich muss mich gleich übergeben.

»Oh, lass uns in deine Wohnung gehen. Früher war ich gerne in deiner Wohnung. Da war alles immer so wunderbar … ordentlich. Alles an seinem Platz. Das ganze Leben.«

»Bis du kamst.« Die Worte brechen hervor, ehe ich sie verhindere. Er reißt wieder an meinem Arm und ich höre, wie ich wimmere. Er stößt mich vorwärts, steckt die Pistole in seine Jackentasche und von Weitem wirkt es vermutlich, als seien wir ein Liebespärchen, eng umschlungen. Eines von der Sorte, wo der eine nicht genug vom anderen kriegen kann.

Ich senke den Blick, ich habe nicht die Hoffnung, dass ich irgendeinen Passanten auf meine Lage aufmerksam machen kann, dass ihn irgendwer überwältigt. Hier ist ganz einfach niemand, die Gegend liegt wie ausgestorben da. Erst an der großen Straße nördlich des Parks zeigt sich Leben. Aber niemand nimmt Notiz von uns, niemand sieht die Eisenhand, mit der Alexander meinen Arm umklammert und mich zum Gehorsam zwingt. Mein Kopf ist noch immer wie leergefegt. Ich kann nur daran denken, dass ich ihm das Handy gebe und er dann geht und wir alles vergessen. Alles. Einander. Die Toten. Die Haft. Meine Unschuld.

»Was hast du getan all die Jahre?« Meine Frage ist ernst gemeint, es interessiert mich brennend. Ich will wissen, ob der Zweifel weiter an ihm genagt hat, seine Innereien aufgefressen hat, sein Herz, das sowieso nur noch ein fühlloser Klumpen war.

»Geht dich nichts an«, sagt er. Zittert seine Stimme oder bilde ich mir das nur ein? Seine Schritte werden schneller, ich muss aufpassen, dass ich nicht strauchle, dass ich mithalte mit ihm.

Endlich nähern wir uns dem Hochhaus, in dem ich wohne. Seit ein paar Stunden erst und dennoch schon wieder unfrei, dem Willen eines anderen ausgeliefert. Er schubst mich in den Fahrstuhl, schweigend fahren wir nach oben. Noch im Aufzug tastet er nach dem Schlüssel in meiner Hosentasche. Er sperrt auf. Er ist der Herr im Haus.

10

Je weiter wir die Stadt hinter uns ließen, desto entspannter wurde Alexander. Er summte vor sich hin, sah aus dem Fenster und nahm seine Hand nicht von meinem Oberschenkel. Ich hatte bemerkt, dass er sich die ganze Nacht unruhig hin und her gewälzt hatte und heute Morgen noch dunklere Ringe als sonst unter seinen Augen zu sehen waren. Inzwischen kam es öfter vor, dass er bei mir übernachtete. Als ich ihn beim Frühstück auf das Richtfest am gestrigen Abend ansprach, ließ er mir keine Chance. Er tat, als sei alles normal gewesen und seine seltsame Abwesenheit angesichts von Alinas Unfall nur von mir eingebildet. Schnell griff er nach der Zeitung und blätterte sie raschelnd auf.

Weil er wohl nicht den Eindruck erwecken wollte, sich dahinter zu verstecken, las er mir kleine, absonderliche Meldungen vor. Ich lachte gequält und fragte, seit wann er denn morgens die Zeitung lese. Er faltete die Seiten zackig zusammen und warf sie hinter sich.

»So besser?«, fragte er, beugte sich über den Tisch und küsste mich. Dann sprang er hektisch auf und verkündete, der Urlaub sei so kurz, wir müssten uns beeilen, dürften keine Sekunde ungenutzt verstreichen lassen. Ich hatte ihn beobachtet, wie er meine und seine Reisetasche hinunter getragen und verstaut hatte, versunken in die Aufgabe, als transportiere er ein fragiles Kunstwerk, das der kleinste Windhauch zerstören könne. Diesen Zug hatte ich schon öfter an ihm bemerkt: Wie er in einer Sache aufgehen konnte, so belanglos und alltäglich sie auch war. Eine Tomate klein schneiden, mit dem Staubsauger hantieren, die Blumen gießen – er wirkte eins mit dem Hier und Jetzt. »Das habe ich mir hart antrainiert«, hatte er erklärt. »Früher war ich mit meinen Gedanken immer schon in der nächsten Stunde, Woche, im nächsten Jahr. Wenn, wenn, wenn waren meine wichtigsten Bezugspunkte.«

Mit kurzen Seitenblicken beobachtete ich den Mann auf dem Beifahrersitz, dessen Haar, vom Wind zerzaust durch das offene Schiebedach, den sonst so artigen Sitz aufgegeben hatte. Ich spürte, dass ich ihn liebte, auch wenn es immer noch vieles gab, was fremd an ihm war. Aber das war mir in diesem Moment egal, er saß nicht nur dicht neben mir, ich fühlte mich ihm so nah, dass alles Fremde doch vertraut war. Vielleicht ist es gut, das Unbekannte nicht zu vertreiben, das hält die Spannung, dachte ich. So werde ich immer neugierig auf ihn sein – mein Leben lang.

Wir genossen beide das Schweigen, und die immer leerer und flacher werdende Landschaft unterstützte die Stille. Auf nichts galt es hinzuweisen. Über nichts musste man staunen.

Das Gespräch kehrte zurück, als wir die Halbinsel erreichten. Die Sonne ging schon langsam unter und die vielen Jugendstilvillen, die seit der Wiedervereinigung eine nach der anderen mühsam restauriert worden waren, strahlten im roten Abendlicht um die Wette. Ich kam aus den Ahs und Ohs nicht mehr heraus und war glücklich, dass mir Alexander enthusiastisch Bautypen, Entstehungsjahre und architektonische Besonderheiten wie Erker, Sprossen oder Dachkonstruktionen erläuterte. Die schönste all der Villen lag am Ortsrand, versteckt hinter einer gepflegten Hecke, und beherbergte unser Hotel.

»Deine Kollegin hat einen guten Geschmack«, sagte Alexander lachend.

»Und einen spendablen Freund«, antwortete ich und stieg aus dem Auto aus. Alexander blieb sitzen und sah weiter auf die erleuchtete Fassade.

»Was ist? Kommst du?«

Er nickte, machte aber keine Anstalten, sich zu bewegen.

»Hallo!?«

»Ja, schon gut.« Er sprach eine Spur zu laut. Ich ging auf das Haus zu. Nachdem er endlich ausgestiegen war, beeilte er sich zwar, mich einzuholen, trottete aber stumm neben mir her. Langsam dämmerte mir, was ich mit meinem dahingesagten Satz bewirkt hatte.

»Ich habe nicht gemeint, dass ich mir wünsche, von dir eingeladen zu werden«, sagte ich bemüht locker. »Es ist für mich selbstverständlich, dass wir uns die Kosten teilen.«

»Na dann.«

Er hielt mir die Tür auf und machte eine übertriebene Verbeugung.

»Nach Ihnen, Gnädigste«, versuchte er zu scherzen.

Wir taten nicht viel die nächsten Tage, schlafen, spazieren gehen, aufs Meer schauen, essen und lesen. Einen Nachmittag liehen wir uns Fahrräder und erkundeten die Halbinsel. Dank der Vorsaison waren die Strände leer. Meist wehte ein Wind, der immer von vorne kam und das Radfahren anstrengend machte. Alexander hielt meine Hand und zog mich hinter sich her, ein zerzauster Don Quichote mit seiner Dulcinea. Wir rasteten in einem Café, das am Ende einer Mole errichtet war. Ringsum verglast bot es Schutz vor dem kühlen Wind und Aussicht gleichermaßen. Zwar musste man seinen Kaffee selber holen und die belegten Brötchen schmeckten nach Gummi, aber das war mir egal.

»So schweigsam habe ich dich noch nie erlebt«, sagte Alexander erstaunt, aber ich küsste ihn nur und sah dann weiter aufs Meer.

»Du passt gut zu denen hier, die kriegen alle den Mund nicht auf.«

Beim Essen am Vorabend hatten wir uns über die mürrische Bedienung amüsiert und den wässrig-süßlich angemachten Salat. Die wenigen Touristen schafften es nicht, die Einheimischen aus ihrem

Inselschlaf zu wecken. Anscheinend lebte man hier nur im Hochsommer. Selbst die Hausfrauen in den Geschäften schienen keinen Tratsch auszutauschen, sondern drehten nur lange die Dinge in der Hand, die sie kaufen wollten. Die Jugendlichen, die heruntergekommene Tischtennisplatten besetzt hielten, rauchten gemeinsam schweigend ihre Zigaretten. Das Einzige, was von Lebendigkeit zeugte, waren die getunten und tiefergelegten *Opel* und *Golf*, die mit waghalsigen Überholmanövern die schmalen Alleen entlangbretterten. Der jüngste Sohn des Hoteliers war ein Vierteljahr nach der Führerscheinprüfung bei einer nächtlichen Spritztour ums Leben gekommen. Keine zwei Kilometer vom Haus entfernt stand ein schmales, braunes Holzkreuz am Straßenrand, das an seinen unnötigen Tod erinnerte.

Als wir am nächsten Tag, dem letzten, am Strand saßen, Rücken an Rücken gelehnt, begann Alexander ohne Vorwarnung zu reden.

»Meine Mutter starb, als ich sieben Jahre alt war.« Ich drehte mich abrupt zu ihm herum, so dass er sich mit dem Arm abstützen musste, um nicht in den Sand zu fallen.

»Kein Grund zur Aufregung«, sagte er und es sollte vermutlich heiter klingen. Aber ich hatte bemerkt, wie seine Stimme zitterte. Ich lehnte meinen Rücken wieder an ihn und streichelte seine Finger, die sich neben mir in den Sand gruben.

»Es war im Sommer und in drei Wochen sollte mein zweites Schuljahr beginnen. Es hatte wochenlang geregnet und ich hatte immer nur im Haus spielen können. Ich hatte kaum Spielkameraden damals, angeblich mochte meine Mutter die Leute nicht, die gelegentlich in unser großes Haus kamen, und so wollte sie auch nicht, dass ich Kontakt zu deren Kindern hatte. Das Verhältnis meiner Eltern war – wie du ja aus den Briefen an deine Großmutter weißt – nicht unbelastet. Mir ist seit dem Lesen der Zeilen so einiges wieder eingefallen. Aber an Streitszenen meiner Eltern kann ich mich nicht erinnern. Sie gingen höflich, wenn auch sehr distanziert miteinander um. Ich habe nie gesehen, dass meine Eltern sich berührt hätten. In jeder Bedeutung des Wortes. Mein Vater war viel auf Reisen, er baute das »Imperium«, wie er es mit einer Prise Ironie nannte, weiter aus, auch meine Mutter sah ich selten. Sie war meist in ihrem Atelier hinten im Garten und arbeitete an ihren Schmuckstücken. Sie trug sie kaum, verkaufte sie nicht. Ich glaube, sie hat sie nur angefertigt, um sich zu beweisen, dass sie existierte, um einen greifbaren Beweis ihres Daseins auf Erden zu haben. Ich denke, heutzutage hätte ein Psychiater eine handfeste Depression diagnostiziert. Sie selbst hätte sich nie getraut, ihre seelischen Qualen jemandem offiziell anzuvertrauen, und mein Vater hätte es als Affront verstanden, wenn seine Frau zu einem Seelenklempner gegangen wäre. So litt sie still in ihrem Atelier und versuchte, niemanden zu stören. Sie hat nie mit mir gespielt oder mir vorgelesen, ihre Zuneigung zeigte sie mir allein dadurch, dass sie gelegentlich, aus heiterem Himmel, in mein Kinderzimmer stürmte, mich an sich riss und mich eine ganze Zeit umarmte, abküsste, wiegte, als sei ich noch ein kleines Baby. Wenn es ihr besonders gut ging, dann kitzelte sie mich, wir jagten uns durchs Zimmer und schrien um die Wette. War sie dann müde, ging sie wieder, so schnell wie sie gekommen war, und blieb für den Rest des Tages verschwunden. Sie tat das nie, wenn mein Vater im Haus war.

An dem Tag, als sie starb, schien zum ersten Mal seit Tagen wieder die Sonne. Es war so warm, dass ich barfuß im Garten herumlief, obwohl das streng verboten war, denn die Haushälterin hatte immer Sorge, ich könnte an einer Lungenentzündung erkranken. Doch an diesem Tag hatte sie frei, sie war zu ihrer Schwester gefahren, die ein Baby bekommen hatte. Ich war übermütig, vergnügt, keiner beobachtete mich, keiner hielt mich zurück, mein Vater war unterwegs, meine Mutter saß in ihrem stickigen Atelier hinter verdunkelten Fenstern. Also tat ich, was ich sonst nie tun durfte: Ich zwängte mich durch einen schmalen Spalt im Zaun hinter dem Haus und entwischte in den Wald. Ich hatte gerade Karl May entdeckt und obwohl die Bücher anstrengend zu lesen waren, quälte ich mich geduldig durch endlose Landschaftsbeschreibungen, weil irgendwann wieder vom Leben der Indianer die Rede war. Allein, unbeaufsichtigt im Wald wurde ich zu Winnetou. Ich hatte in der Küche ein Messer gestohlen, das ich seitlich am Gürtel trug und mit dem ich gegen Tiger, Löwen und Bären kämpfte. Und ich würde meinen Freund Old Shatterhand im Wald treffen, an einem verborgenen Ort, den nur wir beide kannten. Ich kletterte auf Bäume, ich wühlte in überwucherten Höhlen, ich watete den kleinen Bach entlang, der sich hinter unserem Grundstück vorbei bis zum See schlängelte. Ich versuchte, Vogelstimmen nachzuahmen, und ich knotete ein Seil an Äste, damit ich mich über gefährliche Fallgruben hinwegschwingen konnte. Kurzum: Ich hatte einen herrlichen Tag. Als ich sah, dass die Sonne tiefer sank, wollte ich mich auf den Rückweg machen, aber ein letztes Abenteuer musste ich noch wagen. Ich würde an den See gehen und auf den Steg klettern, was mir unter Androhung von schlimmsten Strafen wie Stubenarrest und Streichung aller Weihnachts- und Geburtstagsgeschenke verboten worden war. Aber es war ja niemand da. Wer sollte mitbekommen, dass ich den Steg betrat? Immer wieder zurückblickend, um potentielle Verfolger rechtzeitig zu entdecken, lief ich an den See. Er war von hohen Schilfgräsern umwachsen, Libellen surrten vorbei und Schwalben flogen tief über ihn hinweg. Ich hörte Frösche quaken und sah am Horizont schon wieder dunkle Wolken. Sicher würde es noch ein Gewitter geben. Vorsichtig auf gefährlich weichen Uferschlamm achtend, in dem ich hätte versinken können, schlich ich gebückt bis zu dem Holzsteg hinüber. Einmal hatte mich unser Chauffeur sonntagmorgens in einem kleinen Ruderboot mit auf den See hinaus genommen und wir hatten geangelt. Auch er war ein schweigsamer Typ, alle Menschen um mich herum damals waren schweigsam. Mit Leo saß ich drei Stunden auf dem See, wir fingen einen einzigen, winzigen Fisch, aber es war das Tollste, was ich bis dahin erlebt hatte. Ich wollte nur auf den Steg, wollte nur aufs Wasser schauen und davon träumen, wie ich als Erwachsener mit einem eigenen Ruderboot, wann immer ich wollte, über den See fahren würde. Ich ging über die schwankenden Holzplanken bis zum Ende. Das Wasser kräuselte sich, und ich hörte das Rauschen der Bäume. Da bemerkte ich, dass das Ruderboot nicht fest vertäut am Steg lag, sondern ungefähr einen Meter davon entfernt frei im Wasser dümpelte. Mit einem kräftigen Ast, den ich schon im Wald mit mir herumgetragen hatte, angelte ich nach dem Ruderboot und schaffte es schwitzend und schnaufend, es zu mir herzuziehen. Im Boot lagen die Ruder und eine Haarspange, eine rote Haarspange. Ohne lange zu überlegen, sprang ich ins Boot und bückte mich nach der Spange. Ein paar lange Haare hatten sich darin verfangen, sehr helle Haare, so wie die meiner Mutter. Ich hatte mich zu schnell aufgerichtet und das Boot kippelte ein wenig, so dass ich mich erschreckt auf die Sitzbank fallen ließ. Ich wartete, bis das Boot wieder ruhig lag, und sah mich unsicher um. Ich wusste, dass ich hier nichts zu suchen hatte, aber es kümmerte mich in dem Moment nicht. Ich streckte mich ein wenig, stützte mich dann mit den Händen auf der hinteren Sitzbank ab, blickte zum immer düsterer werdenden Himmel, sah auf das gegenüberliegende Ufer, das eng von dunklen Bäumen bewachsen war, und beobachtete die letzten Sonnenstrahlen, die langsam hinter dem Wald versanken. Und dann sah ich auf dem schwarzen Wasser etwas Helles treiben. Zuerst dachte ich, es sei ein Brett oder ein Holzstamm. Dann holte mich mein Indianerleben wieder ein, und ich war sicher, dass es eine Schatzkiste sein musste. Ich vergaß alle Vorsicht, die Angst vor Bestrafung und die dunklen Wolken und begann zu rudern. Ich war erstaunt, wie einfach es ging. Am Anfang drehte ich mich ein wenig im Kreis, aber bald durchschnitten die Ruder gleichmäßig die Wasseroberfläche. Ich musste mich immer wieder umdrehen, um zu sehen, wohin ich ruderte, und es dauerte lange, bis ich endlich an dem Treibgut ankam.

Es war meine Mutter. Ich erkannte sie sofort. Ihr Gesicht zeigte ins Wasser. Ihre blonden Haare schwammen ausgebreitet wie ein dünnmaschiges Fischernetz um sie herum, in ihrem Nacken sah ich die feingliedrige, goldene Kette, die sie immer trug, die mit dem Amulett, in dem sie Babybilder von mir verwahrte. Ich weiß nicht mehr genau, was ich dachte. Ich spürte auf einmal, dass mir eiskalt war, ich hörte mich selbst mit den Zähnen klappern. Und dennoch war ich ganz klar. Ich versuchte, einen Arm meiner Mutter zu packen. Ich sah, dass sie ein helles Kleid trug und Sandalen. Ich konnte ihren kalten Arm fassen, ihre Hand zog ich zu mir ins Ruderboot, so dass die Finger gegen die Holzbretter pochten. Aber dann ging mir die Kraft aus. Ich weinte, weil ich mich so schwach fühlte. Ich dachte immer nur, ich muss sie ins Boot ziehen, damit sie wieder aufwachen kann und gleichzeitig wusste ich genau, dass sie tot war. Kinder nehmen immer sofort an, dass jemand stirbt, wenn etwas passiert. Sie wissen, wie fragil das Leben ist. So wie Max neulich. Und ich wusste damals einfach, dass ich recht hatte. Mein Vater hatte meine Mutter in dem einzigen gemeinsamen Urlaub, den wir je gemacht haben, verspottet, weil sie nicht mit uns zum Schwimmen ging. Er hatte sie ausgelacht, weil sie ein Angsthase sei, wie er sagte, eine wasserscheue Diva. Und ich überlegte, was der Grund sein könnte, warum sie an diesem Tag schwimmen gegangen war.

Dann spürte ich, dass das Boot zu schaukeln anfing, dass der Wind mir die Haare zerzauste, und ehe ich etwas tun konnte, war die Hand meiner Mutter zurück ins Wasser geglitten. Boot und Leiche trieben auseinander, gleichermaßen dem Spiel der Wellen ausgesetzt. Ich wusste, dass ich Hilfe holen musste. Erst nach einer gefühlten Ewigkeit hatte ich es zurück ans Ufer geschafft, meine Hände schmerzten, ich hatte schon Blasen und über mir zuckten die ersten Blitze. Die Bäume bogen sich im Sturm und dünne Ästchen stieben durch die Luft. Ich rannte los. Ich rannte über den knarzenden Steg, ich rannte in den Wald, stolperte über Wurzeln, blieb an Büschen hängen und knickte in Kaninchenlöchern um. Als ich daheim ankam, war ich vollkommen nass, verdreckt und hatte so starkes Seitenstechen, dass ich mich einen Moment ins Gras knien musste, um wieder zu Luft zu kommen. Links vor mir ragte das große, ziegelsteinerne Haus meines Vaters auf, nur in wenigen Fenstern brannten Lampen. Rechts hob sich das Atelier meiner Mutter vor der dunklen Hecke ab und unter den Vorhängen sah ich sanftes Licht hervorlugen. Ich wollte schon aufspringen und ins Atelier stürzen, wo meine Mutter saß, über ihre Goldklumpen und Silberfäden gebeugt, den Lötkolben in der Hand, eine Zigarette im Mundwinkel, die Haare aufgelöst und mit einem Fleck auf dem Ärmel ihrer Bluse. Papier mit zarten Bleistiftentwürfen lag um sie auf dem Fußboden verstreut. Ich wollte zu ihr rennen und sie am Arm packen und sie zum See zerren, damit sie sich ansehen könnte, was passiert war. Aber über die Papierberge auf dem Boden kam ich nicht zu ihr hinüber und dann sah ich ihre bleiche, weiße Hand vor mir, die mir kalt übers Gesicht strich und ich hörte sie dicht an meinem Ohr flüstern: ›Mein Kleiner, mein Liebling, mein Schatz, lass mich nicht hier im Wasser liegen, es ist so dunkel und klamm und ich höre die Fische flüstern, die mir die Haut vom Leibe pflücken wollen.‹ Und da rannte ich weiter und vermied jeden Blick zum Atelier. Ich stürmte ins Treppenhaus, wo es dunkel war und still, und dann sprang ich die breiten Stufen hinauf, lautlos, meine Schritte vom dicken, roten Läufer gedämpft und schließlich stieß ich mit Leo, dem Chauffeur, zusammen, der mich verstört ansah, als wisse er schon, was passiert sei. Und dann geschah das Merkwürdige, etwas, was ich komplett vergessen hatte, wie alles andere auch übrigens, und worüber ich nachgrüble, seit ich letzte Woche die Briefe gelesen habe und mir alles wieder einfiel. Besonders hell war die Szene, als mein Vater plötzlich vor mir stand und mich anschrie: »Wo ist deine Mutter? Das darf sie nicht tun!« Gestikulierend, stotternd, schluchzend, erklärte ich, wo und wie ich sie gefunden hatte. Die Männer stürzten davon, die Köchin zog mich ins Badezimmer, steckte mich in die Wanne, dann ins Bett, flößte mir eine heiße Suppe ein, mit irgendeinem Mittel darin, von dem ich sofort einschlief.«

Ich sah, dass ich seine Hand nicht mehr hielt, dass es nun meine Finger waren, die den Sand durchpflügten. Mein Nacken war steif, aber ich traute mich nicht, eine andere Haltung anzunehmen. Er sollte spüren, dass ich bei ihm war. Er nahm einen Schluck aus der Wasserflasche, die wir bei uns hatten, dann redete er weiter, ohne mich anzuschauen.

»Am nächsten Morgen, als ich aufwachte, saß mein Vater an meinem Bett. Er sah grau und alt aus, er hatte sicher die ganze Nacht nicht geschlafen. Und er wirkte ernstlich betrübt. Streng sah er oft aus, ungeduldig oder verärgert. Aber nicht traurig. Er strich über meine Hand, was er vorher nie getan hatte. Ich sah ihn schweigend an und betete, dass er endlich etwas sagte. Doch er betrachtete mich lange mit seinem undurchdringlichen Blick, so wie er bisher immer meine Mutter angesehen hatte.

Schließlich sagte er: »Du hast keine Schuld.« Und ich wusste, dies ist mein Schuldspruch. Er erklärte, sie hätten die Ereignisse des frühen Abends zu rekonstruieren versucht und seien zu dem Schluss gelangt, dass meine Mutter nach mir gesucht habe. Am Loch im Zaun hätten sie einen Fetzen meiner Hose gefunden und ihnen war klar, – so wie es auch meiner Mutter klar gewesen sei –, dass ich verbotenerweise in den Wald gegangen war. Meine Mutter hätte also nach mir gesucht, sei schließlich an den See gekommen, wo sie die Angst gepackt habe, dass ich schwimmen gegangen wäre. Sie hätte sich in das Ruderboot gesetzt, wäre hinausgerudert, irgendwie sei sie mit dem Boot nicht klargekommen und ins Wasser gefallen, das

Boot sei weggedriftet. Keiner hatte sie gesehen oder gehört und ihr sei die Kraft ausgegangen.

›Hätte ich ihr nur Schwimmen beigebracht‹, fügte er hinzu. Und: ›Es ist ein tragisches Unglück, aber keiner kann etwas dafür und du am allerwenigsten. Jetzt schlaf, schlaf dich gesund, mein Junge.‹ Dann ließ er mich allein. Die Tür schloss er so sanft, als sei da gar keine Tür, als hätte er mich mit einer magischen Geste eingemauert in mein Zimmer. Ich lag da und starrte an die Decke und die Tränen liefen ins Kopfkissen, sie kitzelten an meinen Schläfen, aber ich konnte mich nicht rühren. Ich hatte meine Mutter umgebracht. Meinetwegen hatte sie sterben müssen. Ich hatte nicht verdient, noch länger zu leben. Ich versuchte, nicht mehr zu atmen, doch es gelang mir nicht. In meiner Erinnerung ist es so, als ob ich tagelang alleine in diesem Zimmer gelegen hätte, aber sicher kam ab und an jemand, um nach mir zu sehen, und ich war auch nicht eingesperrt. Alle flüsterten und trugen schwarz. An die Beerdigung kann ich mich immer noch nicht erinnern. Auch nicht an die Zeit danach. Langsam fallen mir Einzelheiten ein, jeden Tag ein paar. Ich weiß, mein Vater nahm sein normales Leben schnell wieder auf, er behandelte mich genauso, wie er es vorher getan hatte, das heißt, vor allem distanziert. Das Einzige, was sich verändert hatte, war, dass er plötzlich mild und liebevoll über meine Mutter sprach. Mit einem Mal wurde sie zur Heiligen, zur Unfehlbaren, über die niemand ein negatives Wort sagen durfte. Er stritt sogar mit seiner Mutter ihretwegen – wo er doch früher immer zu seiner Familie gehalten und seiner Frau nie den Rücken gestärkt hatte. So hatte ich also nicht nur meine Mutter umgebracht, sondern gleich eine Heilige.

Woran ich mich klar erinnere, ist, dass ich als Kind gedacht habe, mit seinem Satz, diesem ›Das darf sie nicht tun!‹, meine er, sie dürfe ihn – den liebenden Ehemann – nicht verlassen, auch nicht unfreiwillig. Und je mehr er sie zur Heroine unserer familiären Unglückschronik stilisierte, umso sicherer wurde ich, dass meine

Interpretation stimmte. Aber jetzt, nachdem ich die Briefe gelesen habe, glaube ich immer mehr, dass er genau wusste, dass sie sich umgebracht hat. Und, dass er sie in den Tod getrieben hatte. Kein Wunder, so ekelhaft, wie er sie behandelt hatte. Gequält, gedemütigt. Aber seine Schuld – die hat er auf mich abgewälzt. Widerwärtig! Weißt du, was ich mir so sehnlich wie nichts anderes auf der Welt wünsche?«

Er drehte sich zu mir um und ich schüttelte stumm den Kopf.

»Dass ich dafür einen Beweis finde. Einen Abschiedsbrief, eine Tagebuchnotiz, irgendwas. Damit ich beweisen kann, dass sich meine Mutter tatsächlich das Leben genommen hat und es nichts mit mir zu tun hatte. Das wünsche ich mir. Sehnlicher als alles. Verstehst du das?«

Durch einen Tränenschleier nickte ich ihm zu. Ich wollte nicht weinen, wollte nicht, dass er sich verpflichtet fühlen würde, mich zu trösten. Mit brüchiger Stimme fragte ich leise: »Ist dir noch mehr eingefallen, von damals?«

Er sah übers Meer und nickte. »Was mit dem Atelier und dem Schmuck geschehen ist, zum Beispiel. Und wie ich mich als Junge gefragt habe, was passiert war, und mir niemand eine Antwort gegeben hat. Mein Gott, ich verstehe gar nicht, wie ich das vergessen konnte! Aber vielleicht hat es mein Bewusstsein verdrängt, gerade, weil ich mir keinen Reim darauf machen konnte, der in die offizielle Geschichte gepasst hätte.« Alexander sah aufs Meer, einer Möwe hinterher und schließlich mich wieder an. »Weißt du, als du damals mit der Brosche vor mir im Laden standst, da kamen Bilder in mir auf, die ich überhaupt nicht einordnen konnte. Ich sah ... ich sah plötzlich diese völlig verwüstete Werkstatt vor mir. Ich konnte mir nicht erklären, was für ein Ort es war, den ich da in meinem Inneren sah, geschweige denn, was er mit mir zu tun hatte. Mittlerweile kann ich mir die Ereignisse zusammenreimen: Mein Vater und ein paar Angestellte betraten erst einige Wochen nach der Beerdigung das Atelier, um es auszuräumen. Ich schlich ihnen hinterher, spähte durchs Fenster und erkannte, dass alle Schmuckstücke zerstört waren. Sie waren eingeschmolzen, die Perlen und Steine waren abgelöst und in kleine Tüten verpackt worden, das Gold und Silber lag in unförmigen Klumpen auf dem Arbeitstisch, der Lötkolben – zerbrochen. Mein Vater entdeckte mich, wie ich durchs Fenster sah, aber er drehte mir einfach den Rücken zu und tat, als existiere ich gar nicht. Er räumte alles in eine Kiste, ließ sie fest verschließen und bei nächster Gelegenheit aus dem Haus schaffen. Ich glaube, ich dachte, er hätte den Schmuck in einem Anfall von trauriger Wut zerstört. Aber so war es nicht. Das einzige Schmuckstück, das mir geblieben war, war die Kette mit dem Amulett, die ich im Wasser an ihr gesehen hatte. Der Arzt, der gerufen worden war, als sie meine Mutter vom See nach Hause gebracht hatten, hatte sie ihr abgenommen, der Köchin in die Hand gedrückt, die sie mir gegeben hat. Erst nachdem das Atelier leer geräumt war, fiel sie mir wieder ein, ich holte sie hervor und öffnete das Amulett zum ersten Mal. Ich staunte, denn keine Bilder von mir, sondern zwei Fotos meiner lächelnden Mutter sahen mir entgegen. Ich klappte es ganz schnell zu und versteckte es in der hintersten Schreibtischschublade. Als ich mit achtzehn von daheim auszog und meine Sachen zusammenpackte, fiel es mir wieder in die Hände. Ich weiß noch, dass ich die Kette, ohne lange nachzudenken, umlegte, dass ich mich wohlfühlte mit ihr. Aber ich weiß auch, dass ich mit den Fotos meiner Mutter darin nichts verband, keine Gefühle, keine Erinnerungen. Ich merkte nur, mein Vater ärgerte sich, als er mich mit dem Schmuck sah, und weil er ihn ›weibisch‹ nannte, behielt ich ihn erst recht. Ich habe das Amulett lange getragen, aber seit ich den Laden habe, finde ich es schöner, den Schmuck wie ein kostbares Ausstellungsstück zu behandeln und zu zeigen.«

Seine Stimme klang, als habe er die Geschichte eines Fremden erzählt. Alexander rutschte näher heran, spreizte die Beine rechts und links von mir und zog mich in die Arme. Gemeinsam sahen wir aufs Meer.

»Die Brosche deiner Großmutter ist das einzige Schmuckstück, das sie jemals verschenkt hat. Alle anderen hat sie selber eingeschmolzen, bevor sie sich umbrachte. Nicht mein Vater hat das getan, sondern sie selbst.«

»Wieso kannst du dich plötzlich daran erinnern?«, fragte ich leise und löste mich aus seiner Umarmung. Er hob eine Muschel auf und warf sie von einer Hand in die andere und zurück. Endlich ließ er sie fallen.

»Als ich die Briefe las, war es, als würden sich Fenster in meine Vergangenheit öffnen. Plötzlich stand alles wieder ganz klar vor mir. Nein, nicht alles, aber sehr vieles. Deshalb musste ich mich auch erst mal für ein paar Tage aus dem Verkehr ziehen. Die Erinnerungen prasselten plötzlich auf mich nieder wie ein Funkenregen. Ich habe im ersten Moment geglaubt, sie erschlagen mich. Vieles war ungeordnet. Und mir fällt es immer noch schwer, zu überblicken, was wann geschehen ist, was vielleicht schon in meiner Kindheit Phantasie war und was Realität.«

»Dir ist erst jetzt klar geworden, dass deine Mutter Selbstmord begangen hat?«

Er nickte und ließ Sand durch die Finger rieseln. Mich fröstelte.

»Ich bin mir jetzt zumindest sicherer. Aus den Briefen geht hervor, dass meine Mutter eine sehr gute Schwimmerin war. Sie hat mit deiner Großmutter Wettschwimmen veranstaltet. Mit meinem Vater ging sie nicht ins Wasser, weil sie wusste, dass sie ihm überlegen war und damit nur wieder Demütigungen und Streit provozieren würde.«

»Hat dein Vater geglaubt, dass es ein Unfall war?«

»Nein, ich denke nicht. Vielleicht gab es sogar einen Abschiedsbrief, ich weiß es nicht. Ich bin sicher: Meinem Vater war von Anfang an klar, dass sie sich umgebracht hat. ›Das darf sie nicht tun!‹ bezog sich einzig und allein darauf, dass sie es gewagt hatte, eigenmächtig etwas gegen seinen Willen zu tun – sich das Leben zu nehmen. Das Leben mit meinem Vater muss ihr Leiden, ihre Depressionen unglaublich potenziert haben. Es war der einzige Weg für sie, von ihm loszukommen. Mein Vater war so skrupellos, seinen eigenen Sohn als Sündenbock hinzustellen. Damit konnte er immer wunderbar verdrängen, dass er mitverantwortlich an ihrem Tod war. Denn eigentlich wusste er ganz genau, dass er sie in den Tod getrieben hatte. Wenn du die Briefe liest, merkst du, wie sehr er sie gequält hat. Aber weißt du, als Kind habe ich ihm jedes Wort geglaubt. Ich dachte wirklich, ich bin schuld. Mein Vater hat mir die Geschichte eines Unfalls erzählt – an dem ich die Hauptschuld trug. Das hätte er natürlich nie so gesagt – aber die Art, wie er es erzählte, ließ keinen anderen Schluss zu. Und um mich völlig zu verunsichern, hat er mir die Geschichte immer wieder anders erzählt. Irgendwann lautete die offizielle Version schließlich: Es war ein Verkehrsunfall. Damit meinte er wohl, jeden Verdacht Außenstehender ausschalten zu können, dass es sich um Selbstmord gehandelt haben könnte. Und auch ich glaubte schließlich an den Verkehrsunfall. Ich meinte sogar, die rote Ampel vor mir zu sehen, über die ich sträflicherweise gerannt sei, und dass sie meiner Mutter zum Verhängnis geworden sei, als sie hinter mir herlief, um mich zu schützen. Es hat nie eine rote Ampel gegeben – aber bis heute würde es mir im Traum nicht einfallen, einfach bei Rot über die Straße zu gehen. Letztlich war es völlig egal, wie die offizielle Unfallfassung lautete – mein Vater stellte es immer so dar, als trüge ich die Schuld für das Geschehen.«

Ich konnte nur den Kopf schütteln über das unmenschliche Verhalten eines Vaters seinem Kind gegenüber.

»Dabei behandelte er mich nie wirklich schlecht, aber stets herablassend, so als traue er mir nichts zu. Er sprach mit mir wie mit einem bemitleidenswerten Idioten – genau so, wie er vorher oft mit meiner Mutter gesprochen hatte. Nach meinem Auszug dann habe ihn jahrelang nicht mehr gesehen. Es gab Zeiten, da habe ich mir vorgestellt, er hätte meine Mutter umgebracht. Ich war felsenfest davon überzeugt. Mir fehlten nur die Beweise. Dass sie es selber getan haben könnte, habe ich niemals in Betracht gezogen. Meine heilige Mutter hätte mich doch unter keinen Umständen im Stich gelassen – meine einzige Partnerin im Leiden an meinem Vater.«

Ich fühlte mich ganz leer. Die Geschichte hatte mir alle Kraft entzogen. Wie konnte man sein eigenes Kind so behandeln? Ich konnte keinen Ausdruck für meine Empörung finden und schwieg fassungslos. Alexander schloss die Arme fest um mich und wiegte mich hin und her. Ich schämte mich, dass ich kein tröstendes Wort fand. Schließlich stotterte ich: »Ich bin froh, dass du mir deine Geschichte erzählt hast. Ich glaube, ich verstehe dich jetzt viel besser. Siehst du, es ist doch gut, wenn man redet miteinander.« Ich klang wie eine Schwachsinnige.

»Ja«, sagte er. »Das ist gut. Noch besser wäre nur, wenn ich einen endgültigen Beweis finden könnte, dass sie wirklich Selbstmord begangen hat. Dann würde ich vielleicht Ruhe finden. Diese Ungewissheit bringt mich fast um. Seit über dreißig Jahren.«

Am Abend besuchten wir zum letzten Mal das kleine Fischrestaurant mit den weißgestrichenen Holzstühlen und Tischen, das mehr an Griechenland als an Usedom erinnerte. Wir waren noch lange am Strand spazieren gegangen und ich war froh gewesen, dass er keine klugen Sätze von mir erwartet hatte. Über seine Schulter hinweg sah ich nun durch das offene Panoramafenster hinaus auf die beleuchtete Uferpromenade und hörte das Meer rauschen.

Mit einem Mal kamen die Tränen. Von einer Flutwelle wurde ich mitgerissen, unfähig, mich zu wehren. Ich gab mir keine Mühe, hielt die Gabel fest umklammert, sah aus dem Fenster und ließ die Tränen laufen. Alexander sah mich mitleidig an, er streichelte mein Handgelenk, aber ich wusste, dass ich so, in dieser

Haltung, für mich bleiben musste. Die Kellnerin war mir egal, die anderen Gäste waren mir egal. Es musste raus. Und je klarer mir wurde, warum ich so weinte, umso stärker wurde das Würgen im Hals und ich musste meinen Mund öffnen, damit die angestaute Luft in kleinen Krächzern entweichen konnte. Diese Ungerechtigkeit und Lieblosigkeit, die man dem Kind entgegengebracht hatte, dem Mann, den ich liebte, entrüstete mich, gepaart mit der plötzlich tief empfundenen Sehnsucht nach Liebe, nach guten, warmen Gefühlen, die mich genauso überwältigte wie meine Tränen. Und dann stand diese große Einsamkeit neben mir am Tisch, die Einsamkeit, die über Jahre in meinem Herzen gezüchtet worden war, die ich weggesperrt hatte, bis sie fast verwest war und stank, die mein ganzes Leben vergiftet hatte – bis zu der Begegnung mit Alexander. Endlich konnte ich zu der Einsamkeit hinschauen, sie ansehen und erkennen, dass ich einmal zu ihr gehört hatte, aber sie nun nicht mehr war als ein alter Rock, aus dem ich längst herausgewachsen war. Jetzt machte mir die Einsamkeit keine Angst mehr und in meine Tränen mischte sich das Glück, diesen Mann kennengelernt zu haben. Einen Menschen, den das Schicksal längst nicht so gut behandelt hatte wie mich. Der es doch so sehr verdient hatte, geliebt zu werden. Ich allein wollte all das an ihm gutmachen, was seine Eltern an ihm verbrochen hatten. Mit der Liebe durchfuhr mich die Bewunderung für ihn, dass er alles so trug, dass er sich mir anvertraute, dass er wohl so etwas wie Hoffnung und Frieden sah und dass er mir die Liebe geben konnte, die er doch selbst so bitter benötigte.

Ich zog die Nase hoch, es war mir einerlei, ob man das tat oder nicht, und er reichte mir ein Taschentuch herüber. Als ich mir die Nase geputzt hatte, atmete ich wieder gleichmäßiger, tiefer als gewöhnlich, freier.

»Ich liebe dich«, sagte ich. Es war das erste Mal in meinem Leben, dass ich diese drei Worte aussprach, die mir immer so unwahr vorgekommen waren, so angefüllt von all den kitschigen Bildern, die ich im Kopf hatte, so milliardenfach besetzt von all den Anderen, Fremden, die das gleiche zu Anderen, Fremden gesagt hatten, obwohl es ganz um dieses individuelle Gefühl ging, das nur ich für Alexander hatte. Und doch konnte ich in diesem Moment nicht anders. Mein Empfinden für ihn war allein mit diesen drei Worten zu beschreiben. Verschmelzen, verglühen, verbrennen kam mir in den Sinn und die vielen abgedroschenen Begriffe, aber ja, sie stimmten. Für einen Bruchteil eines Augenblicks wusste ich, was Liebe ist.

»Deshalb musst du doch nicht weinen«, sagte er und seine Lippen lachten mehr als seine Augen. Ich lächelte vorsichtig und bekam einen Schluckauf. Alexander sah mich unentwegt an und die Welle rollte und rollte ohne Unterlass über mich hinweg, nur unterbrochen von den seltsamen kleinen Hicksern, die unter meinen Rippenbögen aufstiegen. Schließlich musste ich selbst so laut lachen, dass mir erneut die Tränen flossen und Alexander nach einem zweiten Taschentuch suchte. Ich ließ meine Stirn auf die Tischplatte sinken und lachte meinen Bauch an. Doch mittendrin wurde ich ganz ernst. Ich sah die Falten meines Rockes, das karierte Muster im Tweed, ich spürte, wie der Rockbund mich kniff in dieser Haltung. Da setzte ich mich wieder aufrecht hin, griff nach dem Taschentuch, rieb mir Augen und Nase und war mit einem Mal völlig klar. Das Unwetter war weiter gezogen und ich sagte: »Der Fisch hat das letzte Mal aber frischer geschmeckt, findest du nicht?«

11

Es geschah kurz vor der Abfahrt. Wir hatten uns lange geliebt in dieser Nacht, dann ausgeschlafen, in Ruhe gefrühstückt und die Reisetaschen bereits im Kofferraum verstaut. Ich war es, die einen letzten Spaziergang unternehmen wollte, dem Meer zum Abschied winken.

Wir redeten nicht viel, während wir auf das kleine Kiefernwäldchen zusteuerten, das auf der einen Seite einen Hügel emporkletterte, auf der anderen steil zum Wasser abfiel. Es gab keinen Strand, nur einen schmalen, steinigen Uferstreifen. Die Bäume standen in großem Abstand, rote Nadeln bedeckten den Waldboden. Hier und da waren Holzhütten errichtet, bei einigen waren die Fensterscheiben eingeschlagen, bei anderen sogar die Türen aus den Angeln gebrochen. Wir passierten einen verwahrlosten Grillplatz. Gemauerte Feuerplätze waren verfallen und Roste aus der Verankerung gerissen. Sie lagen nutzlos herum. Alles war wie ausgestorben und still und nichts deutete daraufhin, dass sich dies in absehbarer Zeit ändern würde. Das Waldstück war von einem Maschendrahtzaun umgeben, aber über den Uferweg konnte man es ohne Einschränkungen durchqueren. Der Bungalow des früheren Campingplatzverwalters war verrammelt und dünstete eine Leere aus, die mich frösteln ließ. Ich wandte mich ab, hockte mich auf einen querliegenden Baumstamm und schaute aufs Meer. Die grauen Wellen wurden weit draußen eins mit dem Horizont. Und schienen sich nie mehr von ihm trennen zu wollen.

»Warum habe ich kein Meer vor meiner Haustür?«, fragte ich. Alexander stand hinter mir, ich lehnte meinen Kopf an seine Oberschenkel und er streichelte meine Wange. »Damit wir immer einen Grund haben zu verreisen.«

Ich lachte zu ihm hoch und versank wieder im Anblick des Wassers, das still dalag.

»Mit vollen Segeln lief ich in das Meer des Lebens«, zitierte ich Schiller, so wie es meine Großmutter immer getan hatte, wenn sie sich, entgegen den Bedenken anderer, auf etwas angeblich Unvernünftiges eingelassen hatte. Die Schiffsreise zum Nordkap kurz nach dem Tod meines Großvaters etwa, von der sie so lange geträumt und für die sie schließlich einen großen Teil ihrer Ersparnisse ausgegeben hatte.

Plötzlich platschte ein großer Stein durch die ruhige Oberfläche der See und seine Wellen brachten das Uferschilf zum Wippen. Mit einem Mal waren da Stimmen und ich erkannte durch die Bäume hindurch, ein Stück rechts von uns, Menschen, die am Ufer standen. Junge Männer waren es, eindeutig zu erkennen. Sie trugen olivgrüne Jacken und schwarze Ledermäntel. Die, deren Schädel nicht von einem Käppi bedeckt war, hatten Glatzen oder kurz geschorene Haare. Ihre Gesichter waren glatt rasiert und wirkten kantig. Sie stocherten mit Ästen im Wasser herum, warfen weitere Steine, und lautes Lachen und ein paar Rufe drangen bis zu uns herüber. Ich stand auf und machte Alexander auf sie aufmerksam.

»Lass uns lieber gehen, ich habe keine Lust, denen zu begegnen«, sagte ich. Alexander stierte die Typen mit einem Ausdruck von Abscheu an. Einer kickte eine leere Bierdose ins Wasser.

»Die Kerle sind noch halbe Kinder«, sagte er. »Es ärgert mich, wenn mich solche Typen vertreiben wollen.« Ich fasste ihn am Oberarm. Alexander reagierte nicht. Sein Gesicht hatte sich rot verfärbt, ich bemerkte zum ersten Mal eine pulsierende Ader, die seitlich an seiner Stirn hervortrat.

»Komm, bitte«, forderte ich, hatte aber den Eindruck, er hörte mich schon gar nicht mehr. Einer der Jugendlichen hatte uns nun entdeckt. Er machte die fünf anderen auf uns aufmerksam. Langsam kamen die Jungen näher. Sie redeten nicht dabei.

»Also, ich geh jetzt«, sagte ich, drehte mich um und machte versuchsweise ein paar Schritte. Alexander sah nicht einmal hinter mir her. Nach ein paar Schritten blieb ich stehen. »Komm doch, bitte!«

Die sechs liefen nun in weiterem Abstand zueinander direkt auf uns zu. Einer grinste erwartungsvoll, ein anderer trank im Gehen aus seiner Bierdose. Ein dritter trug auf den Schultern einen Ghettoblaster, den er nun voll aufdrehte. Bassgitarren-Gejaule zerfetzte die Stille des Waldes und vertrieb das Wellengeplätscher. Ich war stehengeblieben und beobachtete angstvoll die Szenerie. Alexander stand wie ein Baum.

Es waren noch ein paar Meter zwischen ihm und ihnen. Sie blieben stehen und stellten den Ghettoblaster auf den Waldboden. Sie waren fünfzehn, sechzehn, der Älteste vielleicht neunzehn Jahre alt. Einer spielte Luftgitarre und machte eckige Tanzschritte. Sie gaben sich unbeschwert, als seien sie unter sich. Der mit der Bierdose legte die leere Büchse auf den Boden, trat zurück, nahm Anlauf und kickte sie in Alexanders Richtung. Sie flog knapp neben seinem Kopf vorbei. Ich drehte mich um und lief los. Ich wollte zurück zum Auto, und wenn er nicht mitkam, dann machte ich mich eben alleine aus dem Staub. Doch kaum hatte ich ein paar Meter hinter mich gebracht, hörte ich Schritte. Die von Alexander waren es nicht. Ich tat, als bemerke ich nichts. Einer der Typen überholte mich keuchend. Er rannte knapp an mir vorbei, blieb dann abrupt vor mir stehen, baute sich auf, legte die Arme vor der Brust zusammen und grinste mich an. Ich spürte einen Stich im Unterbauch, die Angst war so groß, dass ich beinahe die Kontrolle über meine Blase verloren hätte. Instinktiv presste ich die Knie aneinander und ging leicht in die Hocke. Der Junge hatte blondes Stoppelhaar, unzählige Sommersprossen und strahlend blaue Augen. Er sah aus wie ein freches Kind, doch die Narbe, die sich quer über die linke Wange spannte, machte ihn alt. Vielleicht war er siebzehn. Ich sah ihn an, unerschrocken, wie ich hoffte, trotzig, und versuchte, in einem Bogen um ihn herum zu laufen. Doch er blieb parallel zu mir, folgte mir bergauf. Es war klar, er würde mich nicht vorbeilassen. Hinter mir hörte ich Gelächter, das sogar die dröhnende Musik übertönte, und ich drehte mich um. Die Jungen hatten Alexander inzwischen erreicht. Er überragte sie zwar, aber sie waren zu fünft. Sie begannen, einen Kreis um ihn zu schließen.

»Alexander!«, schrie ich aus vollem Hals, aber ich bezweifelte, dass ich meinerseits lauter als die Musik war. Mein Schrei war noch nicht verklungen, da spürte ich einen Arm des Burschen vor meiner Brust, die Hand legte sich um meinen Hals. Mit der anderen presste er meinen freien Unterarm gegen meine Seite. Er bog mir den Kopf nach hinten und zog mich noch dichter an sich heran. Ich meinte, zu ersticken, musste würgen, fühlte mich gleichzeitig bewegungsunfähig. Ich roch seinen Bieratem und den kalten Qualm, der aus seiner Bomberjacke stieg. Sicher würden gleich meine Knie versagen, ich machte die Augen zu. Mein Herz raste wie wahnsinnig, die Musik hämmerte im gleichen Rhythmus wie mein Herz und ich hätte es mir am liebsten aus dem Leib gerissen, damit all dies aufhörte. Der Junge schubste mich vorwärts, auf seine Freunde zu. Die hatten den Kreis um Alexander geschlossen, er wurde enger und enger. Ich hatte die Augen wieder geöffnet, obwohl ich ihnen nicht trauen wollte: Alexander drehte sich langsam und sah von einem zum anderen. Ich konnte seinen Ausdruck nicht erkennen. Da schrie ich erneut seinen Namen. Diesmal war ich sicher, dass er mich gehört hatte. Der Junge zog seinen Arm fester um meinen Hals und zischte mir ins Ohr: »Halt's Maul, du blöde Sau!«

Alexander sah zu mir hinüber und mit einem Mal kam Bewegung in seinen großen Körper. Ich sah, wie seine Augen sich zu

Schlitzen schlossen, wie sich der Mund in seinem hochroten Gesicht öffnete und mit einem Schrei, so laut und so unmenschlich, wie ich nie zuvor einen gehört hatte, rannte er los. Die Kerle stoben zur Seite, überrascht, vielleicht durch das Bier auch verlangsamt, und sahen ihm nach. Alexander rempelte an ihnen vorbei, rannte direkt auf mich und den sechsten Jungen zu. Blitzschnell war er da, sprang regelrecht in meinen Bewacher hinein, so dass der mich im Fallen losließ und wir zu Boden gingen. Alles geschah wie in Zeitlupe, jede Bewegung hatte ich registrieren können. Als würde ich alles in Einzelbildschaltung betrachten, die 24 Bilder einer Sekunde auf Minuten ausgedehnt. Die Bäume über mir, das mit Kiefernnadeln übersäte Erdreich unter mir, sein verzerrtes Gesicht – alles sah ich überdeutlich. Auch den Aufprall auf den Boden, den Stoß gegen einen kantigen Stamm, als ich rückwärts fiel.

Bis ich mich aufrappelte, war es zu spät. Alexander hatte den Jungen gepackt, er drosch auf ihn ein wie ein Wahnsinniger. Er holte mit den Füßen aus und trat immer wieder zu, gegen den Bauch, gegen den Kopf, den der Junge verzweifelt mit Händen zu schützen versuchte. Er trat ihm in die Genitalien, gegen die Beine und wieder und wieder in den Magen.

»Hör auf«, schrie ich und stürzte auf die beiden zu. Aber Alexander saß nun rittlings auf dem Bauch des Jungen und schlug ihm mit weit ausholenden Armen die Fäuste ins Gesicht. Der Junge blutete aus Nase und Mund, Tränen und Blut verschmierten den Dreck in seinem Gesicht. Alexander schlug mit einer Geschwindigkeit und einer Vehemenz, die jedes Eingreifen unmöglich machte. Die anderen wagten sich nicht näher heran, sie hatten nur die Musik abgestellt und riefen »Hör auf, du Bekloppter« und »lass unseren Kumpel in Frieden«, aber man sah, dass sie am liebsten wie die Karnickel auseinandergesprungen wären. Ich versuchte, Alexander von hinten zu fassen, aber er schüttelte mich ab, als sei ich eine Schmeißfliege.

»Du schlägst ihn ja tot!«, schrie ich gegen die Wand, die sein Körper bildete. Allmählich verlangsamte sich seine Geschwindigkeit, er wurde müde. Von dem Jungen waren nur noch ein Wimmern zu hören und ein röchelndes Würgen. Endlich gelang es mir, Alexander fortzuziehen. Der Junge krabbelte auf allen Vieren in Sicherheit. Seine Kumpel hatten den Abstand zu Alexander immer weiter vergrößert und erst jetzt kamen zwei wieder näher, um dem Freund zu helfen. Unter Flüchen, schleppten sie ihn, halb ziehend, halb tragend, davon.

Alexander saß auf dem Waldboden und besah seine Hände, die vor Schmutz starrten. Er hatte einen kleinen Kratzer im Gesicht, aus dem Blut sickerte. Ich stützte eine Hand an einen Baum, stemmte die andere in die Taille, beugte mich weit vor und übergab mich auf den Waldboden. Es kam nicht viel, mir schmerzte die Speiseröhre schon beim ersten Würgen. Dann ging ich auf der anderen Seite des Baumes in die Hocke und begann zu wimmern.

Ich weiß nicht, wie lange ich so saß, aber es kam mir wie eine Ewigkeit vor. Alexander schien immer noch nicht ins Jetzt zurückgekehrt zu sein. Er starrte weiter auf seine Hände. Doch mit einem Mal wurde sein Blick weiter und endlich geriet ich in sein Gesichtsfeld. Langsam richtete er sich auf. Er schüttelte einen Fuß aus, als sei der eingeschlafen. Mit hängenden Schultern, den Blick fest auf den Erdboden gerichtet, kam er auf mich zu und ich war schon bereit, aufzustehen. Doch er ging an mir vorbei, er sah mich gar nicht, stierte weiter auf den Boden und setzte Fuß vor Fuß. Ich rief nach ihm, aber er reagierte nicht. Mir blieb nichts übrig, als mich alleine hochzurappeln und ihm zu folgen.

Ich sah seinen breiten Rücken in dem dunklen Trenchcoat und ich hasste ihn. Natürlich, er hatte mich gerettet vor dem brutalen Griff dieses Jungen. Aber mit welcher Brutalität war er vorgegangen! Ohne Unterlass sah ich das Bild vor mir: Seine Arme, die nach rechts und nach links hochflogen, um dann mit Wucht den Körper des Jungen zu rammen. Wie eine Endlosschleife, wieder und wieder, als würde er sein Leben damit verbringen, als sei der Junge in eine Foltermaschine eingespannt. Eine Maschine war da am Werk, kein menschliches Wesen, ein Perpetuum mobile des Bösen, ohne Anfang, ohne Ende, das nichts aus dem Takt brachte, niemals innehielt, keine Wartung benötigte und dessen Energie sich aus den Schlägen unendlich speiste.

Blind lief ich durch den Wald, folgte dem großen, dunklen Mantel vor mir, der sich schwankend vorwärts bewegte. Ich hatte kein Ziel, keinen Plan, keine Absicht, ich folgte einfach einem Faden, der sich unsichtbar um meine Handgelenke wie eine Fessel gelegt hatte und der mich an das kraftvolle Vorwärtsstreben des düsteren Stoffes kettete.

Irgendwann fand ich mich auf dem Fahrersitz meines Autos wieder. Kreidebleich war der Mann neben mir, der den Jungen verprügelt hatte. Er machte kein Geräusch, sein Atmen war kaum zu hören, seine Kleider knisterten nicht und er saß völlig unbeweglich auf dem Beifahrersitz. Wie war er ins Auto gekommen? Wie ich selbst? Ich ließ den Motor an und fuhr los. Kupplung treten – Gang einlegen – Kupplung kommen lassen und dabei Gas geben. Im Seitenspiegel kontrollieren, ob ein anderes Auto meine Spur kreuzte. Schalten. Beschleunigen. Das Lenkrad einschlagen. Ich öffnete das Fenster, spürte den Fahrtwind meine Haare zerzausen und bemerkte, wie glühend heiß mein Kopf war. Nein, nicht an den Mann auf dem Beifahrersitz denken, an nichts denken, nur an die Bedienung des PKW, sich auf die Routine konzentrieren.

So verließen wir die Halbinsel mit ihren kleinen Straßen, den weitläufigen Feldern und den gefälligen Stränden, die an den meisten Stellen flach und breit zum Wasser überleiteten und menschenleer waren an diesem Morgen.

Als wir die Fahrt einmal längs durch die ganze Republik schweigend beendet hatten, verschwand er hinter der Eingangstür seines

Hauses und ich hatte für einen Moment das Gefühl, ihn nie wieder zu sehen. Es war ein Gefühl der Angst und der Hoffnung gleichermaßen. Hoffnung, weil ich ihn dann nie würde zur Rede stellen müssen, und Angst, weil ich trotz des Schocks spürte, wie sehr ich uns schon als Paar definiert hatte und wie wohltuend diese Definition bis jetzt gewesen war. Hinter der Tür verschwand nicht nur seine Person, es verschwanden all die Worte, die wir einander zugeflüstert hatten, die Berührungen, die Augenblicke voller Innigkeit und Weltvergessen. Hinter der Tür verschwand der Teil von mir, in dem ich mich zu finden geglaubt hatte.

Aber trotzdem war ich erst einmal erleichtert. Ich fuhr nach Hause, hörte den Anrufbeantworter nicht ab, stopfte die Wäsche in die Waschmaschine und stieg unter die Dusche, wo ich den Schmutz des Waldes von meinem Körper schrubbte. Nur die Schreie, die Musik, das Wimmern in meinem Kopf ließen sich nicht fortwaschen.

In einen Bademantel gekuschelt, setzte ich mich vor den Fernseher, stellte ihn laut, so laut, dass er Telefon und Türklingel übertönen würde, und starrte auf den Bildschirm, als hätte ich mich das ganze Jahr schon auf das Programm gefreut. Krachend ließ ich die Rollläden herunter, sobald die Abendsonne ins Wohnzimmer schien. Es war dunkel im Zimmer, wie ich es nicht anders wollte.

12

Während ich am nächsten Morgen Redesequenzen eines CSU-Parteitages für den Schnitt digitalisierte, rief meine Mutter an. Die Frage nach dem Verlauf des Urlaubs beantwortete ich so enthusiastisch mit »schön«, dass es mich selbst gruselte. Meine Mutter gab sich wie immer mit dieser Antwort zufrieden, denn auf ihrer Seele lasteten ernsthafte Probleme. Sie mache sich Sorgen um Tobias, sagte sie. Der sei merkwürdig in den letzten Tagen, habe keinen Elan mehr, auf der Baustelle zu arbeiten, aber wie üblich sei nichts aus ihm herauszubekommen. Ob nicht ich vielleicht ...? Ich tat, als betrete der zuständige Redakteur den Raum und versprach, zurückzurufen. Die Wehwehchen meines Bruders interessierten mich herzlich wenig. Ich fragte mich, warum meine Mutter bei Tobias ständig besorgniserregende Zwischentöne zu hören meinte, die wahrscheinlich auf Muskelkater oder einen eingewachsenen Zehennagel zurückzuführen waren, während sie meine Fähigkeit, zu verschweigen, was mich bedrückte, nicht einmal kannte. Sie glaubte mir jedes Wort, weil sie nie hinhörte, *wie* ich sprach. Aber ehrlich gesagt, was hätte ich meiner Mutter sagen sollen, wenn sie einmal gefragt hätte: »Was ist mit dir? Mit dir ist doch was! Sag es mir!«

Ich hatte die ganze Nacht kein Auge zugetan, ich hatte immer wieder die schwingenden Arme gesehen, das Wimmern des Jungen gehört, und der kalte Schweiß war mir ausgebrochen. Nun starrte ich erschöpft auf die Monitore vor mir, verstand kein Wort von dem, was die Politikerköpfe von sich gaben und stöhnte, dass ich ausgerechnet heute an einem so langweiligen Thema arbeiten musste, bei dem man gleichzeitig so genau aufzupassen hatte. Wenigstens gehörte Werner, der zuständige Redakteur, zu den ruhigen, freundlichen, denen es Spaß machte, auch etwas Unspektakuläres wie die achtzehnte Politikerrede zum Sparkurs der Regierung so zu schneiden, dass es subversiv wirkte. Ich ließ ihn seine Anweisungen geben, schnitt mechanisch und war froh, dass er meine heutige Teilnahmslosigkeit ohne eine Bemerkung hinnahm.

Als ich vom Gelände fuhr, sah ich Alexander am Eingang warten. Sollte ich so tun, als habe ich ihn nicht entdeckt? Dann aber bemerkte ich seinen traurigen Blick und fast war es, als zwänge mich dieser zum Tritt aufs Bremspedal. Er bemühte sich ernsthaft um ein Lächeln, als er einstieg.

»Hallo«, sagte er leise. »Anstrengenden Tag gehabt?«

Ich nickte. Sollte ich mich auf Geplauder einlassen? Doch bevor ich mich entscheiden konnte, griff er nach meiner Hand und redete drauflos.

»Ich weiß nicht, was ich dir sagen soll.« Seine Stimme klang krächzend, als sei er heiser. »An deiner Stelle wäre ich einfach weitergefahren. Ich kann dir auch nichts erklären. Ich kann dir nicht sagen, was mit mir passiert ist. Ich weiß es selbst nicht. Es erscheint mir alles – völlig ... völlig irreal. Erst als ich dich jetzt sah, wusste ich, dass alles so passiert ist, wie es sich ohne Unterlass immer wieder in meinem Kopf abspielt. Wieder und wieder. Die ganze Nacht ging das so.«

»Willst du Mitleid?« Ich entzog ihm meine Hand. »Hör mal ...« Ich brach ab. Was sollte ich sagen? Ich betrachtete kurz sein Profil, er starrte geradeaus, Schatten unter den Augen, unrasiert und mit fettigem Haar.

»Ich weiß auch nicht, wie ich zu all dem stehen soll.«

Wie elegant wir vermieden, Ereignisse konkret zu benennen!

»Lass mir ein bisschen Zeit. Vielleicht sollten wir uns eine Weile nicht sehen. Wäre das in Ordnung für dich?«, fragte ich leise.

Mit wem sprach ich hier? Mit einem verdammten One-Night-Stand, der mich enttäuscht hatte? Keine 36 Stunden zuvor hatte ich für diesen Mann eine Liebe empfunden, von der ich dachte, sie könne mir nie ausgehen.

An der ersten roten Ampel nickte mir Alexander zu, löste seinen Gurt und stieg aus.

»Ja«, sagte er und schaute durch das offene Fenster ins Auto herein. »Ja. Ich weiß, dass ich es nicht anders verdient habe.« Dann drehte er sich um und ging schlurfenden Schrittes davon. Mitleid durchflutete mich. Ich konnte nichts dagegen tun. Ein Teil von mir wäre ihm am liebsten hinterher gerannt, hätte ihn umklammert, mit Küssen bedeckt und zurück ins Auto gezerrt. Aber etwas hielt mich unbeweglich in meinem Sitz fest und ich wusste, dass ich diesem Etwas vertrauen sollte.

Als ich um den Wohnblock auf der Suche nach einem Parkplatz kreiste, spürte ich, wie ich in Monotonie verfiel und ewig immer nur hätte fahren können, an Kolonnen von leeren Parkplätzen vorbei. Ich gab mir einen Ruck, blinkte nach links und fuhr weiter. Warum sollte ich nicht meinen Bruder besuchen? Und meinen Patensohn? Sollten die mich doch einmal ablenken, sollte die Familie doch einmal für etwas gut sein!

Kaum hatte ich die enge Wohnung meines Bruders betreten, wusste ich, warum ich so selten hier war. Es stank nach kaltem Fett, überall lag Spielzeug herum, Kleidungsstücke türmten sich auf jedem freien Platz. Tobias saß vor dem Fernseher, gab dabei Tim unachtsam die Flasche und schien gedanklich abgetaucht zu sein. Alina und Max stritten um ein kleines, gelbes Spielzeugauto und Monika hängte weitere Wäsche von einem übervollen Ständer ab. Eigentlich gehörten die Kinder längst ins Bett, aber die Zeit hatte offensichtlich nicht für alle Abendverrichtungen gereicht. Alina sah aus, als müsse sie dringend in die Badewanne. Sie war verschwitzt und ihr kleines Gesicht von Filzstiftspuren übersät. Ich kam mir störend vor und am liebsten wäre ich wieder gegangen. Aber irgendwas in Monikas Augen schien zu flehen: »Bleib bei mir, bitte.« Also setzte ich mich aufs Sofa, nahm Tobias meinen Patensohn ab und fütterte ihn. Mein Bruder lehnte sich zurück, streckte die Beine aus und fixierte weiterhin den Fernseher. Ich kraulte Tims Bauch, während er sein Fläschchen leer trank, und betrachtete fasziniert sein kleines, rundes Gesicht. Die Augen fielen ihm während des Trinkens zu und der Sauger rutschte aus seinem Mund. Auf der Schwelle zwischen Wachsein und Schlaf lächelte er amüsiert.

»Hat unsere Mutter gesagt, dass du vorbeikommen sollst?«, riss mich Tobias aus dem entzückenden Anblick, sah mich jedoch nicht an. »Die nervt mich seit Tagen mit ihrem ›Was hast du denn? Du hast doch was!‹ Kann einfach nicht verstehen, dass man zwischendurch mal 'ne Pause braucht von all der Schufterei. Kannst du ihr das nicht verklickern?«

Ich zuckte die Schultern und sah auf meinen schlafenden Patensohn. Sonst pfiff mein Bruder doch auch auf meine Unterstützung.

»Ich kann sie ehrlich gesagt verstehen.« Ich sprach leise, damit Tim nicht aufwachte. Was absurd war, denn direkt neben uns plärrte der Fernseher. »Man sollte meinen, ihr wollt hier so schnell wie möglich raus.« Endlich sah Tobias mich an, wenn auch zornig.

»Mein Gott, wie hab ich nur glauben können, du wärst auf meiner Seite?«

Er stierte wieder in den Fernseher, blendete mich aus. Ich stand mit Tim auf, brachte das leere Fläschchen in die Küche und ging dann zu Monika, die inzwischen das Bügelbrett im schmalen Gang aufgestellt hatte.

»Bringst du bitte Max und Alina ins Bett?«, schrie sie Tobias zu und klang äußerst angespannt. »Alles muss man ihm dreimal sagen«, zischte sie mir dann zu. Ich wiegte Tim weiter, sog seinen Babyduft ein. »Und seit Tagen ist er nicht dazu zu bewegen, die Baustelle zu betreten. Ich weiß nicht, was los ist. Mit mir redet er ja auch nicht. Chris, ich habe keine Ahnung, wie lange ich das noch durchstehe. Max und Alina sind so was von anstrengend im Moment. Entweder total aufgedreht und streitsüchtig, so wie eben, als du kamst. Oder sie nörgeln und quengeln wegen jeder Kleinigkeit. Und wenn sie endlich mal ruhig sind, dann schreit er hier.« Sie wies mit dem Ellenbogen auf Tim. Ich sah sie mitleidig an, wusste aber nicht so recht, was ich sagen sollte.

»Kannst du nicht mal eine Mutter-Kind-Kur beantragen?«, fiel mir ein.

Monika lächelte sarkastisch. »Bis ich die genehmigt bekomme, macht Tim den Führerschein. Außerdem glaube ich, Tobias wäre der Einzige, der davon profitieren würde.« Sie setzte das Bügeleisen müde ab. »Ich möchte einmal wieder für mich ganz alleine sein. Nur ich und sonst niemand und dann schlafen, schlafen, schlafen. Du hast es gut.«

Nein, dachte ich, ich habe es nicht gut. Ich liebe einen Mann, der Jugendliche halb tot prügelt und den ich trotzdem nicht vergessen kann. Aber ich schwieg nur, nickte und fuhr vorsichtig über Tims weichen Flaum.

»Wenn ich euch irgendwie helfen kann ...«, hörte ich mich sagen. »Ich meine, ich habe oft Abend- oder Wochenenddienst, aber so hin und wieder kannst du mich ja einfach spontan anrufen, wenn du Hilfe brauchst.«

Monika standen die Tränen in den Augen, als sie meine Worte hörte. »Gerne«, sagte sie leise. »Aber weißt du, das alleine ist es gar nicht. Deine Eltern holen die Kinder schon mal – bisher waren wir dann eben auf der Baustelle. Und mir kommt es gar nicht in den Sinn, die Kinder abzugeben, um Zeit nur für mich zu haben. Da hätte ich fast ein schlechtes Gewissen.«

»So ein Quatsch.« Vorsichtig legte ich den fest schlafenden Tim in seinen Stubenwagen und schloss behutsam den Reißverschluss an seinem Schlafsack. Sein rundes Gesicht wirkte völlig entspannt, er hatte die Ärmchen von sich gestreckt und atmete gleichmäßig. Ein tiefer Frieden ging von ihm aus, am liebsten hätte ich mich neben ihn gekuschelt und meinen Zeigefinger von seiner Hand umklammern lassen, als docke ich mich so an sanfte Babyträume an.

Im Kinderzimmer ging ohrenbetäubendes Geschrei los und ich sah besorgt nach. Alina hatte Max geschubst, er war auf die Bettkante gefallen, und auch wenn der Schreck größer war als der Schmerz, schrie er wie am Spieß. Tobias zwängte sich an mir vorbei, zog Alina grob am Oberarm von ihrem Bruder weg und war kurz davor, ihr eine Ohrfeige zu verpassen, als Monika dazu kam. Max lief auf seine Mutter zu, verbarg sein Gesicht zwischen ihren Beinen und schluchzte erbärmlich. Vor lauter Schreck hatte natürlich auch Alina zu weinen angefangen.

»Seid ruhig! Macht nicht solchen Lärm, ihr weckt Tim auf«, wetterte Tobias wenig erfolgreich. Ich zog das weinende Mädchen an mich, das seine schmalen Arme um meinen Rücken legte und meine Bluse nass weinte. Langsam wurde es ruhiger. Am Handgelenk zeugte ein Pflaster von der Wunde, die ihr Bruder ihr nur eine gute Woche zuvor beigebracht hatte. Monika verschwand mit Max im Bad, um sich seine Schramme anzusehen und ihm mit dem Schlafanzug zu helfen. Tobias hatte sich auf Max' schmales Kinderbett sinken lassen und bedeckte das Gesicht mit den Händen. Zum Glück war wenigstens Tim nicht wieder aufgewacht.

»Ihr müsst hier raus«, sagte ich und bemühte mich, nicht besserwisserisch zu klingen.

»Ja«, antwortete Tobias wortlos. »Ich weiß.« Dann nahm er mir Alina ab und wiegte das Mädchen auf seinem Schoß. Sie kuschelte sich an ihren Vater und schnaufte erschöpft.

Ich erzählte keinem Menschen von dem Vorfall auf Usedom. Ich schämte mich, obwohl ich keine Schuld hatte. Ich schämte mich, weil ich Liebe und Vertrauen einem Mann entgegengebracht hatte, der zu solchen Brutalitäten fähig war. Warum hatte ich ihm das nicht schon vorher angesehen? Bisher war ich in meinem Leben mit realer Gewalt nicht konfrontiert gewesen. Da waren nur die Bilder aus fernen Ländern, die manche Reporter in meinen Schneideraum brachten. Manchmal waren so grauenhafte Szenen dabei, dass es die Redaktion als unzumutbar ansah, sie den Fernsehzuschauern zu zeigen. Aber ich hatte die Bilder, die aus allen Teilen der Welt kamen, gesehen: verstümmelte Leichen, blutige Körperteile, halbtote, ausgemergelte Kinder, von Wunden und Krankheiten entstellt, geschundene Frauen, Menschen, denen das letzte bisschen Menschlichkeit und Würde entrissen worden war, die sich kaum noch unterschieden von Tierkadavern. In den ersten Jahren hatte ich solche Bilder oft im Kopf behalten und mit nach Hause genommen, war ihnen im Traum begegnet und hatte mich auf durchtanzte Nächte gefreut, in denen ich die Szenen vergessen konnte.

Nun waren die Erinnerungen an die Schlägerei unauslöschbar vorhanden. Ich konnte nicht nur immer und immer wieder die Bilder abrufen, ich hatte die Musik im Ohr, die durch den Wald gehallt hatte, ich roch die Ausdünstungen des Jungen, der mich gepackt hatte, spürte die Enge in meinem Hals, ich hörte das Geräusch der Schläge, die den wehrlosen Körper getroffen hatten, und vor allem spürte ich die Hilflosigkeit, nichts dagegen unternehmen zu können. Jedes Mal begannen meine Knie aufs Neue zu zittern. Vielleicht bin ich besonders empfindlich, überlegte ich, aber ich wusste, dass dies nicht stimmte. Die Geschehnisse waren einfach nicht mit dem kompatibel, was bisher meine Erfahrungen mit der Welt ausgemacht hatten. Ich wusste, wie froh ich darüber sein musste, dass Gewalttätigkeit nicht zu meiner Realität gehörte, und umso mehr ängstigte mich die Fassungslosigkeit, mit der ich diesem eindeutig menschlichen Wesenszug gegenüberstand.

Immer wieder war ich ratlos vor dem Telefon gestanden – sollte ich Alexander anrufen, ihm eine zweite Chance geben? Oder stand das außerhalb jeder Diskussion? Wer sagte mir, dass er sich nicht erneut so verhalten würde – vielleicht sogar mir gegenüber?

Nach einer Woche mehrten sich flehende Anrufe auf meinem Anrufbeantworter. Er sagte, er könne nicht leben ohne mich, er müsse mich wiedersehen, sein Leben sei sinnlos ohne meine Liebe. Ich hielt es für maßlose Übertreibungen, aber er klang wirklich verzweifelt. Ich war hin und her gerissen.

Einmal stand ich schon vor seinem Haus, wollte auf den Klingelknopf drücken, aber dann waren sie wieder da, diese Bilder und die Erinnerung an die Einsamkeit, die ich gespürt hatte, als er im Wald wortlos an mir vorbei gegangen war. Und diese Einsamkeit war deshalb so schrecklich gewesen, weil ich sie trotz seiner Anwesenheit so deutlich gefühlt hatte. Alleine einsam zu sein, war schlimm genug – aber diese Einsamkeit an der Seite eines anderen Menschen erleben zu müssen, war grauenhaft.

Als das Wochenende nahte, fühlte ich eine Unruhe, die mich schon lange nicht mehr befallen hatte. Wie in alten Zeiten ging ich tanzen, nahm sogar Anna mit, obwohl mir deren Geplapper noch schneller als sonst auf die Nerven fiel. Ich folgte einem jungen Typen, der mich den ganzen Abend über angelächelt hatte und dessen akkurate Fönfrisur und teure Klamotten Erfolg vorspiegeln sollten, in seine kleine, unaufgeräumte Wohnung und ließ mich vögeln. Ich verließ dann schnell Bett und Mann und fuhr ohne schlechtes Gewissen nach Hause. Ich liebäugelte kurz mit dem Gefühl von befriedigter Rache, wusste aber, dass dies nicht der Punkt war. Es war, als habe der Akt gar nichts mit mir und Alexander zu tun, vielmehr war es wie ein notwendiger Friseurbesuch. Am Montag früh hatte ich den Tanzausflug schon fast vergessen.

Schließlich saß er auf der Treppenstufe vor meiner Wohnung, als ich ein paar Tage später von der Abendschicht kam. Er machte keine Anstalten, aufzustehen, so als rechne er nicht damit, dass ich ihn hinein ließe. Ohne viel zu sagen, hielt ich ihm jedoch die Tür auf, er zog seinen schweren Körper am Treppengeländer hoch und folgte mir. Vielleicht wollte ich ihm beweisen, wie zivilisiert ich war, weil ich zum Reden bereit war. Ich machte wenig Licht an und im halbdunklen Wohnzimmer saßen wir weit voneinander entfernt in den Sofaecken. Ich spürte genau, dass das Kapitel noch nicht abgeschlossen war, und wollte es ihm nicht zu einfach machen. Ich saß da und wartete, was er tun würde.

Nachdem wir eine Zeit lang so stumm ausgeharrt hatten, dass man die Fliegen kreisen hörte, begann Alexander, mir eine Geschichte zu erzählen. Eine weitere, schreckliche Geschichte. Er rechne nicht mit meinem Verständnis für ihn, so begann er, aber er hoffe auf mein Verzeihen.

»Ich versuche stets, die Geschichte zu verdrängen, sie ist schon vor einiger Zeit passiert und ich denke immer und immer wieder, dass ich mich von ihr befreit habe«, sagte er. »Aber dann passieren wieder Dinge, die nicht sein dürften und ich weiß, dass es doch noch in mir brodelt. All der Schmerz, all die Trauer machen sich auf den unmöglichsten Wegen Luft. Und manchmal eben durch blindwütiges Drauflosschlagen. Ich sehe mich dann von außen. Ich habe das Gefühl, da ist ein anderer in meinen Körper geklettert, hat mir Freigang aus dem Gefängnis meiner Erinnerungen gestattet. Ich bin nicht verantwortlich für das, was der andere in dem Moment tut, denke ich, und ich bin froh, dass da endlich einer ist, der sich so benimmt, wie ich es mir immer verbiete: einer, der seinem Kummer und seinem Unglück Ausdruck verleiht. Ich weiß – du brauchst mich nicht darauf hinzuweisen, mein Unglück wird nicht kleiner, wenn ich einem anderen Schmerzen zufüge. Aber es fühlt sich so an, als ob. Verzeihst du mir das?«

Ich konnte ihm keine Antwort geben und sah ihn unsicher an.

»Verstehe«, er räusperte sich. »Kommen wir auf den Grund meiner Schmerzen zu sprechen. Es ist kein einzigartiges Schicksal, es gibt viele Leute, denen das widerfahren ist, was ich erlebt habe. Es gibt sogar einen Menschen, der mein Schicksal teilt. Ich habe dir nie gesagt, dass ich verheiratet war. Es spielt für mein Leben heute keine Rolle, nur für den Schmerz, den ich nicht haben will. Sie hieß Berit, sie war etliches jünger als ich, unbeschwert, vergnügt, sie ging leicht durchs Leben. Sie war Fotomodell gewesen, damals fand ich das beeindruckend. Auch ich war damals noch gutaussehend, schlanker als jetzt. Wir waren ein schönes Paar. Ich arbeitete viel, wir konnten uns ein großes Haus leisten, reisten durch die Welt, man beneidete uns. Nachdem wir ein Jahr verheiratet waren, kündigte sich ein Kind an. Lisa war das hübscheste, niedlichste Baby, das ich jemals gesehen habe. Ich war vernarrt in sie. Trotzdem arbeitete ich weiterhin viel, wenn nicht mehr, ich machte mich bald als Innenarchitekt selbstständig – und das hieß: 200 Prozent für die Arbeit da sein. Berit trug das mit. Ohne zu murren, kümmerte sie sich um Haushalt und Kind, gab ihre Ambitionen, Schauspielerin zu werden, auf und hielt mir den Rücken frei. Es klappte einigermaßen mit uns. Wenn wir Streit hatten, arbeitete ich einfach noch länger, bis sie resignierte und nichts mehr sagte. Und ich bildete mir dann ein, alles sei in Ordnung. War ich doch mal zu Hause, war ich der perfekte Vater. Lisa konnte alles mit mir machen – ich war geduldig wie ein Opferlamm. Kennst du diese unsägliche Kinowerbung mit dem Bergsteiger, der am Handy den ersten Schrei seiner Tochter hört – ungefähr so kam ich mir vor. Der Held, der in der feindlichen Welt unterwegs ist, Gefahren meistert, der aber trotzdem in Gedanken und mit all seinen Gefühlen bei seiner Familie ist. Ich fühlte mich richtig großartig damals, auch wenn mir meine Frau Filmchen von den ersten Schritten unserer Tochter ins Büro mailte, auch wenn ich ihre Sprechübungen nur sonntagmorgens mitbekam und mir ihre kleinen Kindergeschichten als Anekdoten übermittelt wurden. Nach drei Jahren hatte ich meinen Laden dann endlich am Laufen. Ich hatte vier Mitarbeiter einstellen können und kam im Sommer gelegentlich mal im Hellen nach Hause. Lisa war inzwischen fünf Jahre alt. Und schließlich eröffnete ich Berit, dass wir uns zwei Wochen Sommerurlaub erlauben konnten. Ich wollte nicht weiter als bis an die Nordsee – falls im Job etwas wäre –, aber dafür mieteten wir auf Sylt ein Luxusappartement in einer Luxusanlage mit allem Drum und Dran. Die ersten Tage vergingen wie im Fluge, ich hatte Flitterwochen-Feeling, Berit und ich verstanden uns so gut wie schon lange nicht mehr. Dann …« Er schwieg, kniff die Lippen zusammen und sah aus dem Fenster.

»Dann …«, wiederholte ich.

»Dann ging ich eines Morgens zum Einkaufen, mit dem Fahrrad. Als ich zurückkam, stand ein Rettungswagen in der Anlage. Ich sah, wie eine Trage mit einem kleinen Körper darauf in den Sanka geschoben wurde und ich erkannte, wie Berit mit hinein kletterte. Ich ließ das Fahrrad fallen und rannte zum Rettungswagen. Die Türen öffneten sich noch einmal, ich konnte einsteigen und ehe ich auch nur einen Blick auf die Trage werfen konnte, hatte sich Berit schreiend und mit übermenschlichen Kräften an mich geklammert. Ich brauchte einige Zeit, bis ich begriffen hatte, was passiert war: Lisa war in den Swimmingpool gefallen. Keiner hatte es rechtzeitig bemerkt. Sie war bewusstlos, als man sie herausfischte. Ich weiß nicht, was bis zum Abend geschah, als man uns sagte, dass es Lisa nicht geschafft hatte. Ich war den ganzen Tag wie in einer schwarzen, endlosen Röhre ohne Ausgang gefangen und nun zersplitterte meine Welt in tausend Einzelteile. Nichts passte mehr zusammen. Berit sagte, sie habe Lisa nur einen kleinen Augenblick aus den Augen gelassen, um Frühstückseier zu kochen. Außerdem seien noch andere Leute und Kinder, mit denen sich Lisa angefreundet hatte, am Pool gewesen. Fakt ist, dass der Nachbar, der meine Tochter fand, niemanden in ihrer Nähe gesehen hatte. Sie war ganz allein gewesen, als sie ertrank.

Damit war alles zu Ende. Unsere Ehe ging den Bach runter, wir konnten beide nicht akzeptieren, wie der andere trauerte. Ich gab

Berit wohl unbewusst immer die Schuld an Lisas Tod und war unversöhnlich. Sie meinte, nicht genug zu spüren, wie sehr ich das Kind vermisste, aber ich konnte das einfach nicht zeigen, es hätte mich umgebracht. Vierzehn Monate nach Lisas Tod waren wir geschieden. Ich weiß nicht, was aus Berit geworden ist, wir haben keinen Kontakt mehr. Ich gab mein Geschäft auf, ich konnte nicht mehr arbeiten, war depressiv, fuhr eine Zeit lang durch die Welt, gab mein Erspartes aus, aber ich fand keine Ruhe. Irgendwann kam ich in diese Stadt und entschloss mich ganz spontan, Juwelier zu werden. Vielleicht wollte ich damit an das Erbe meiner Mutter anknüpfen, ich weiß es nicht. Weißt du, Lisa ist immer bei mir. Meistens schläft sie irgendwo in meinem Herzen. Aber hin und wieder kommt sie hervor und macht mit aller Macht auf sich aufmerksam. Ich weiß nie im Voraus, welche Ereignisse es sind, die sie wecken, aber wenn es soweit ist, bin ich meinem Schmerz und meiner Trauer um sie hilflos ausgeliefert. Und manchmal kann ich dann einfach nur losschlagen.«

Er hatte mich die ganze Zeit über angesehen, während er geredet hatte. Ich spürte einen starken Widerwillen, ihm zu glauben. Erst die Geschichte mit seiner Mutter, mit der vermeintlichen Schuld an ihrem Tod. Jetzt diese hier. Ein ertrunkenes Kind. Konnte das alles wahr sein? Ja, seine Ausstrahlung war melancholisch, das war mir am ersten Tag schon aufgefallen. Aber irgendetwas hielt mich mit einem Mal davon ab, ihm sein tragisches Schicksal abzunehmen. Doch wie hätte ich sagen können: »Ich glaube dir nicht.« Ich getraute mich nicht. Er schwieg, wir sahen uns an, ich wusste nicht, wonach er in meinem Blick suchte.

»Du brauchst mich nicht trösten«, sagte er. »Seit ich dich kenne, fühle ich mich getröstet. Ich glaube, du hast meinem Leben eine neue Richtung gegeben. Ich will deine Liebe nicht verlieren, glaub mir, wenn alles für irgendetwas gut ist – dann vielleicht, dass mich die Ereignisse hierher geführt haben, zu dir.«

Ich stand auf und machte die Balkontür auf. Ich wollte ihn anschnauzen: »Spar dir dein Gesülze.« Und doch waren die Worte wunderbar, so schöne Worte hatte noch kein Mann zu mir gesagt. Ich wollte alles dafür tun, ihm glauben zu dürfen. Ich konnte einen Menschen retten mit meiner Liebe. Ich konnte ihn retten. Also ging ich zu ihm hinüber, kniete mich vor ihn und legte meine Hände um sein Gesicht. Alles wird gut, dachte ich, aber ich konnte es nicht aussprechen. Er beugte seinen Kopf zu mir vor und küsste mich. Rudernde Arme, dachte ich. Schreie, Tritte. Aber seine Lippen waren so weich auf meiner Haut, dass ich endlich glaubte, was er mir erzählt hatte. Es war gar nicht er gewesen, der da geprügelt hatte. Ein Dämon hatte von seinem Körper Besitz ergriffen. Ihn galt es in Zukunft zu vertreiben. Dieser Mann hier, direkt vor mir, war unschuldig wie der kleine Tim. War nicht jeder unschuldig? Waren es nicht immer Dämonen, die aus unsichtbaren, aus übersehenen Winkeln hervorkletterten, Menschen in ihren Besitz nahmen und in deren Hülle Schreckliches anrichteten? Ja, genau so musste es sein.

Ich erwiderte seine Küsse, ich überschüttete sein Gesicht mit kleinen, feuchten Beweisen meiner Liebe. Er schlang seine Arme um mich und ich fühlte mich geborgen. Ich wünschte mir, dass er mich so fest hielt, wie es nur ging, mir die Luft abschnitt zum Atmen. Meine Liebe würde es überleben. Meine Hände fuhren über seinen ganzen Körper, ich hatte ihn so vermisst.

In den nächsten Tagen freute ich mich über jedes Lachen, das ich von ihm hörte. Ich gab mich unbeschwert, hatte »die Sache« – unter diesem Titel hatte ich die Schlägerei abgespeichert – nicht angesprochen und tat alles dafür, dass es ihm gut ging. Am Wochenende hatten wir ein Picknick an einem See veranstaltet und uns in der Dämmerung im Schilf geliebt, was er, wie er gestand, noch nie getan hatte. Ich hatte ihm nie Genaueres über mein Liebesleben vor ihm erzählt und war froh, dass er nicht danach fragte. Er schien nicht allzu erfahren, was mit meinem Bild von einem seinerzeit jungen, erfolgreichen Innenarchitekten nicht zusammenpasste. Aber ich schimpfte mich wegen meiner billigen Assoziationen und entschied, dass er einfach Berit treu gewesen war. Und hatte er nicht irgendwann mal von einer Jutta erzählt, seiner ersten Freundin? Vielleicht war es das gewesen. Zwei Frauen nur, und ich jetzt die dritte. Kaum vorstellbar. Es war nicht so, dass er wirkte, als hätte er kein Interesse an Sex. Ich hatte den Eindruck, er schlief gerne mit mir. Aber ich konnte mir nicht vorstellen, dass er jemals diese Besessenheit, diese Geilheit erlebt hatte, die an keine andere Person gebunden war, sondern nur an die eigene Lust, und die unaufschiebbar war, die um jeden Preis erfüllt werden musste. Er wirkte zufrieden mit dem, was war, er würde sich nicht besonders anstrengen, um Sex zu bekommen. Ihm schien Nähe, Intimität, intensives Empfinden viel wichtiger zu sein. Manchmal sah er mich unverwandt an, erforschte mein Gesicht genau, strich zärtlich mit einem Finger über meine Wangen, ließ mich nicht aus den Augen und dann strahlte eine Liebe aus ihm heraus, die mich sprachlos machte und die mit Sex nicht das Geringste zu tun hatte. Ich war süchtig nach diesem Blick.

13

Es war so etwas wie Alltag eingekehrt, Ruhe. Am Wochenende machten wir Ausflüge in malerische Städtchen oder auf Bergalmen, unter der Woche arbeiteten wir und sahen uns fast jeden Abend. Aber während mich die Gleichförmigkeit der Tage entspannte, wurde er zunehmend nervös. Wenn ich ihn darauf ansprach, sagte er, es sei nichts, lächelte mich an und fuhr mit den Fingern durch meine Haare. Ich hätte gerne ein Sommerfest organisiert, eine Grillparty am Isarufer. Ich hoffte, ihn damit abzulenken. Wovon, fragte ich mich gar nicht. Aber mit meinen Freunden schien er wenig anfangen zu können, während er außer einem kauzigen Freund, der fast autistisch wirkte, niemanden einladen wollen würde.

»Wie geht das?«, fragte ich ihn eines Abends. »Wie hast du so ein völlig anderes Leben führen können? Mit Luxus, Gesellschaften, Highlife. Vermisst du das nicht?«

»Ich hab doch jetzt dich«, antwortete er ernst. »Du bist mein Luxus und das reicht mir völlig. Ich glaube, diese Lebensform entspricht mir viel mehr. Das frühere war das, was man von mir in meiner Position erwartet hat. Erfolgreich ist gleich Jet-Set-Leben ist gleich Amüsement und Party ohne Ende. Aber das bin ich nicht. Das hat Berit nie verstanden. Sie war froh über jeden Abend, den sie nicht mit mir alleine daheim verbringen musste. Eigentlich kennst du das doch, oder? Wenn ich es richtig verstanden habe, warst du doch früher ständig unterwegs. Und jetzt – jetzt hockst du immer hier bei mir. Und wirkst nicht unglücklich.«

Ich schmiegte mich an ihn und lächelte. »Nein«, sagte ich. »Wirklich nicht. Wahrscheinlich sind wir bisher beide vor etwas weggelaufen. Das klingt zwar banal, aber ich glaube, es war so. Ich mochte nicht mit mir allein sein. Dann gingen die Gedanken los, was alles nicht stimmt an mir und was ich alles verpasst habe und dass das Leben so schal schmeckt. Da habe ich lieber nur noch die Musik in meinen Ohren gehört.«

»Übrigens«, wechselte er das Thema. »Ich habe deinen Bruder heute früh im *Café Münchner Freiheit* sitzen sehen. Hat er Urlaub?«

Ich schüttelte den Kopf. »Nicht, dass ich wüsste. War er allein?«

»Ganz allein und er hat in seine Kaffeetasse gestarrt. Ich war in Eile, weil ich mich mit dem Pärchen von neulich wegen der Eheringe treffen wollte und es war schon kurz vor zehn.«

Ich nickte.

»Komisch. Vielleicht hatte er ja einen Arzttermin und musste noch warten oder so was.« Ich sah wieder dieses Schlachtfeld von Wohnung vor mir, wo die Familie hauste. Wahrscheinlich hatte er nur einmal alleine sein wollen, hatte sich krank gemeldet und blaugemacht. Einfach seinen Alltag geschwänzt.

Ein paar Tage später hoffte ich, Alexander morgens daheim zu erwischen, bevor er in seinen Laden ging. In einem Anflug von Munterkeit war ich um sechs Uhr aufgestanden und entgegen meinen sonstigen Gewohnheiten beschloss ich, vor der Arbeit auf dem Markt einkaufen zu gehen. Eine dicke Sonnenblume hatte sich mir in den Weg gestellt und ich wollte sie Alexander zusammen mit einem Kuss als kleinen Morgengruß vorbeibringen. Doch als ich unten an der Haustür bei ihm klingelte, machte er nicht auf. Wahrscheinlich war er schon unterwegs. Ich stand unschlüssig da mit meiner Blume, aber eine Frau mit zwei kleinen Kindern kam heraus und ich schlüpfte ins Haus. Würde ich die Pflanze eben vor die Tür stellen, sie war in feuchtes Papier gewickelt. Ihm in den Juwelierladen hinterherzufahren, dafür reichte die Zeit nicht. Ich ging die Treppe hoch und je näher ich seiner Wohnung kam, umso lauter wurde die Musik. Irgendetwas unangenehm schwungvoll Militärisches hatte die Melodie, die durchs Treppenhaus schepperte. Ich legte das Ohr an seine Tür und lauschte. Eindeutig – der musikalische Krach kam von hier. Ich drückte auf den Klingelknopf. Nach all den Geschichten, Geständnissen und Erklärungen, die der merkwürdige Mensch, den ich trotz allem liebte, für mich parat gehabt hatte, wäre ein Faible für Militärmusik am leichtesten zu verzeihen gewesen. Weder auf das Klingeln noch auf Klopfen reagierte er. Unter die Musik mischte sich ein halbwegs rhythmisches Pochen, das eindeutig nicht aus der Konserve kam. Ich klingelte noch ein paar Mal, dann fiel mein Blick auf die Uhr und ich musste aufgeben.

Unkonzentriert fuhr ich zum Sender. Es war schon kurz vor neun, wie immer staute sich der Verkehr und ich trommelte nervös auf mein Lenkrad. Ich war bekannt für meine Pünktlichkeit. Vom Handy aus rief ich in Alexanders Wohnung an, aber niemand hob ab. Ich versuchte es im Laden. Besetzt. Wie war das möglich? Was verursachte bloß diesen grässlichen Lärm in seiner Wohnung? Vielleicht war er eilig gegangen und hatte vergessen, das Radio auszuschalten? Aber was war das Klopfen? Vielleicht ein Handwerker? Ob er den allein in seiner Wohnung werkeln lassen würde?

Im Auto wurde es trotz der frühen Morgenstunde schon heiß. Ich beneidete die Menschen, die mit Muße in den Frühstückscafés an der Straße sitzen konnten und lässig das Treiben der Berufstätigen beobachteten. Unter den entspannten Gesichtern fiel mir plötzlich die düstere Miene eines Mannes auf, der neben seiner Kaffeetasse einen leeren Cognacschwenker stehen hatte. Er starrte bewegungslos zwischen seine Füße. Dort stand eine Aktenmappe.

Ich sah sein Gesicht nur undeutlich, aber ich wusste, wer es war. Es war mein Bruder. Hinter mir hupte jemand, mehrfach gleich. Ich gab zu viel Gas und der Motor jaulte laut. Die Karawane setzte sich fort, nirgends war eine Lücke, um anzuhalten. Ich spürte eine Faust im Magen. Mir war klar, dass mein Bruder nicht blaumachte, dafür liebte er seine Arbeit zu sehr. Außerdem würde er nie morgens Cognac trinken. Es musste etwas passiert sein.

Als ich mich in die letzte, schmale Lücke auf dem Parkplatz des Senders gedrückt hatte, war es bereits zehn nach neun. Ich stellte den Motor ab und wollte eilig aussteigen. Es ging einfach nicht. Wie gelähmt stierte ich aus dem Fenster. Das Gesicht meines Bruders, die grauenhafte Musik, das Glas Cognac, die Sonnenblume – wie in einem Albtraum vermischten sich die Elemente zu einem unentwirrbaren Knäuel und ich wusste nicht, wo ich mit dem Denken anfangen sollte. Die Fragmente flogen in immer neuer Abfolge durch meinen Kopf, ohne dass sich je ein Sinn ergab. Endlich riss ich die Tür auf, sprang beinahe ins Freie und holte tief Luft.

»Ist Ihnen nicht gut, junge Frau? Sie sind ganz blass«, sprach mich ein altes Mütterchen an, das mit seinem Hund vorbei kam. Ich machte eine beruhigende Geste, versuchte, sie anzulächeln, und bemühte mich, geraden Schrittes auf den Eingang zuzugehen. Die alte Dame überholte mich und ihr Dackel strich dicht an meinem Bein entlang. *»Den halben Tag hat er so eine schreckliche Musik an!«*, hörte ich plötzlich eine Stimme in meinem Kopf sagen. Ich starrte auf den Vierbeiner und dann fiel es mir ein. Die Nachbarin mit dem Hund, die ich bei meinem ersten Besuch in Alexanders Treppenhaus getroffen hatte – sie hatte von der Musik gesprochen. Und hatte Alexander sie nicht abgewimmelt? Sie als senil und verkalkt dargestellt? Wütend drängte ich mich am Pförtner vorbei, vergaß sogar, zu grüßen.

Bis gestern Abend war endlich einmal alles in Ordnung gewesen, Alexander war aufmerksam und liebevoll, er hatte viel mit mir geredet, hatte Geschehnisse aus seiner Vergangenheit erzählt und ich dachte, wir wären auf dem richtigen Weg. Aber jetzt? Und was war mit meinem Bruder? Und wie sollte ich um Gotteswillen einen ganzen Arbeitstag durchstehen?

Die nächsten Stunden waren genauso quälend weiter gegangen, wie sie angefangen hatten. Katastrophen-Ronald war einer neuen Katastrophe auf der Spur. Während wir einen Beitrag über gefolterte Flüchtlinge aus Tschetschenien schnitten, erzählte er, dass er als Nächstes eine ganz besondere Geschichte realisieren wolle. Ein jugendlicher Mörder sollte in den nächsten Wochen nach dreieinhalb Jahren vorzeitig aus der Haft entlassen werden. Ronald wollte sich an seine Fersen heften und den Wiedereinstieg des Jungen in die Gesellschaft filmisch begleiten. Er war unsicher, ob er den Jungen dazu überreden könnte, er hatte es bisher nicht hinbekommen, direkt mit ihm Kontakt aufzunehmen, aber er wollte es um jeden Preis schaffen.

»Endlich mal eine lange Geschichte, wo man Hintergründe offenlegt, nicht immer nur diese Drei-Minuten-Dinger«, sagte er, und ich war verwundert, dass er während des Schnitts das erste Mal von anderen Dingen sprach als dem Thema des Beitrags, den wir vor uns hatten. Es schien, als habe er ein wenig Zutrauen zu mir gefasst und ich fühlte mich regelrecht geehrt. Auf nähere Details der Geschichte über den Straftäter ging er nicht ein, er wollte möglichst wenige Mitwisser haben. Ich versprach ihm, den Mund zu halten. Er war einfach ein merkwürdiger Kerl. Tat auf der einen Seite wichtig, schämte sich aber auf der anderen gleich wieder, wenn man interessiert nachfragte, als ob all sein Engagement nicht viel Aufhebens wert wäre.

Nach der Arbeit fuhr ich bei Alexander vorbei, doch der Laden hatte schon geschlossen. Ich rief in seiner Wohnung an, niemand nahm ab. Ich hatte keine Lust auf mein leeres Zuhause, wusste aber auch nicht so recht, was ich machen sollte außer nach Hause zu fahren. Plötzlich wurde mir jedoch klar, was ich an diesem Abend zu tun hatte. Ich musste meinen Bruder besuchen und ihn zur Rede stellen. Eine Stimme versuchte, sich in mir breitzumachen: »Das geht dich alles nichts an! Was soll schon los sein? Du siehst Gespenster, lass ihn in Frieden!«

Statt zu ihm nach Hause fuhr ich direkt auf die Baustelle, die nicht allzu weit von seiner Wohnung entfernt lag. Es war schönes Wetter, ideal zum Arbeiten, und meine Mutter hatte erleichtert berichtet, dass Tobias wenigstens wieder am Bau zugange wäre.

Seit dem Richtfest hatte das Haus enorme Fortschritte gemacht. Fenster und Türen waren bereits eingesetzt. Die Wände waren noch nicht verputzt, aber man konnte ahnen, wie alles einmal aussehen würde, wenn es fertig wäre. Man hätte das dreigeschossige Haus schon fast ein Anwesen nennen können, so groß war es.

Tobias stand auf dem Brett, das vom Bürgersteig zur zukünftigen Eingangstür führte und starrte auf die leere Schubkarre in seinen Händen. Er wirkte wie eingefroren, nur eine einzelne Haarsträhne wehte sanft im Wind. Das Brett federte nicht einmal, er musste schon eine Weile so bewegungslos verharren. Er hörte mich nicht kommen. Ich rief vorsichtig seinen Namen und da ging ein Ruck durch seinen Körper, als wache er aus einem Traum auf. Langsam drehte er den Kopf zu mir und sah mich finster an.

»Hallo«, murmelte er. »Was willst du denn hier?«

Ich zuckte mit den Schultern.

»Och, nur mal sehen, wie ihr so vorankommt. Wann könnt ihr einziehen?«

»Spätherbst«, sagte er und balancierte die Schubkarre endlich über das schmale Brett zum Hauseingang hin.

»Wo ist Monika?«

»Max ist krank und sie musste bei den Kindern bleiben.«

»Und du hast sonst niemanden, der dir hilft?«

Er schüttelte den Kopf. Ich folgte ihm durch die Eingangstür in den hellen, großen Flur, dessen Boden mit Abfall, Mörtel, leeren Papiersäcken und Bierflaschen übersät war.

»Meinst du nicht, du mutest dir ein bisschen viel zu?«, fragte ich vorsichtig. Er drehte sich abrupt zu mir um, öffnete schon den Mund, machte dann aber eine wegwerfende Handbewegung.

»Es muss schließlich sein«, sagte er nach kurzer Pause.

»Was muss sein? So ein Haus?«

Er nickte. Ich fühlte, wie mein Mitleid in Aggression umschlug. Von keinem ließ ich mich mehr provozieren als von Tobias.

»Dann musst du dir eben Hilfe organisieren«, schlug ich vor.

»Na, toll, Frau Neunmalklug, bist du gekommen, um mich mit saudummen Vorschlägen von der Arbeit abzuhalten?«

Ich hob abwehrend die Hände.

»Wenn ich jemanden kennen würde, dem ich wenig bis nichts bezahlen müsste, hätte ich das schon längst getan. Nicht mal meine eigene Schwester würde sich hier die Hände dreckig machen wollen.« Er schaufelte den Müll in die Schubkarre und machte dabei einen Höllenlärm. Dann drängelte er sich mit der Ladung an mir vorbei.

»Du entschuldigst?«, raunzte er und würdigte mich keines weiteren Blickes. Warum war es immer so zwischen uns? Ich kam in guter Absicht und wurde beschimpft. Ich beschloss, mich dieses Mal nicht so leicht davonjagen zu lassen. Ich folgte ihm nach draußen. Er leerte die Schubkarre in einen Abfallcontainer. Seine Finger waren aufgerissen, am Daumen konnte ich eine dicke Blase erkennen. Es stimmte schon, ich war nie auf die Idee gekommen, ihm meine Hilfe anzubieten. Ich war immer davon ausgegangen, dass er sie sowieso nicht wollte.

»Du machst dich kaputt«, versuchte ich es erneut.

»Das ist eben so, wenn man eine große Familie hat in diesem Land.«

»Aber habt ihr euch denn vorher nicht alles genau durchgerechnet, ob ihr euch dieses Haus überhaupt leisten könnt? Du bist doch vom Fach.«

Sein Blick verfinsterte sich noch mehr.

»Darüber rede ich nicht – mit dir als Allerletzter.«

Ich war kurz davor, mit dem Fuß aufzustampfen.

»Schon gut«, bemühte ich mich. »Ich dachte, ich hätte dich heute Morgen im *Café Münchner Freiheit* an der Leopoldstraße sitzen sehen.« Ich sah ihn herausfordernd an.

Er stutzte kurz, polterte dann wieder mit der Schubkarre an mir vorbei. »Kann gut sein. Ich musste auf einen Kunden warten.«

»Seit wann triffst du dich denn außer Haus mit Kunden von euch?«

Pfeilschnell antwortete er: »Seit unser Laden ein wenig umstrukturiert wurde. Tut mir ganz gut, zwischendurch mal ein bisschen rauszukommen.«

Ich spürte, dass es keinen Sinn hatte. Hätte ich sagen sollen: »Wieso wartest du bei einem Cognac?« Er hätte sicher eine Antwort gehabt. Vielleicht weil ihm schlecht war, vielleicht hatte ich mich verguckt, vielleicht gehörte der Weinbrand dem anderen, der gerade auf der Toilette war. Ich steckte die Hände in die Hosentaschen, wippte von den Fersen auf die Fußspitzen, und zurück.

»Sonst noch was, verehrte Schwester?« Ich verneinte und drehte mich um. Wenn er nicht mit mir reden wollte, dann eben nicht. Ich hatte es versucht.

»Liebling«, sagte Alexanders Stimme auf dem Anrufbeantworter und er klang gehetzt. »Danke für die Sonnenblume! Ich musste überraschend zu einem Kunden rausfahren. Ich konnte dich nicht erwischen, aber ich hoffe, wir sehen uns morgen. Ich wünsch dir einen schönen Abend und träum von mir.«

Es klang so plausibel. So normal. In diesem Moment hätte ich gerne eine Freundin angerufen, um all meinen Kummer und meine Verunsicherung bei ihr abzuladen. Aber ich wusste nicht, bei wem ich mich melden sollte. Die Einzige, die mir einfiel, war Monika. Plötzlich erschien es mir ganz logisch, sie anzurufen. Wir waren schließlich verwandt. Vielleicht konnte ich auch herausfinden, ob sie etwas über angebliche »Umstrukturierungen« in Tobias' Bank wusste. Die Finanzkrise schritt rasch auf ihren ersten Höhepunkt zu und vielleicht war auch der Arbeitgeber meines Bruders auf die steile Bahn abwärts geraten.

Abgehetzt klang sie, als sie den Hörer abnahm, nachdem der Anrufbeantworter schon angesprungen war. Wie hatte ich mir nur einbilden können, dass ich sie mit meinen Problemen belasten könnte?

»Ach, Christine«, begrüßte sie mich überrascht. »Schön, dass du dich meldest!«

Ich erklärte, dass ich Tobias auf der Baustelle besucht hätte, und er mir erzählt habe, dass Max krank sei. Ich wolle mich nur erkundigen, wie es ihm gehe. Und fragen, ob ich Tim nicht mal für einen Nachmittag, am Wochenende etwa, abholen kommen solle. Monika schien von meinem aufgekeimten Familiensinn begeistert.

»Sehr gerne!«, antwortete sie. »Komm doch am Sonntag so um zwei, da hat er seinen Mittagsschlaf meist hinter sich und ist gut gelaunt. Vielleicht kannst du mit ihm spazieren gehen, wenn das Wetter gut ist. Bei dir alles in Ordnung?«

»Ja, ja, alles bestens.«

»Und Alexander?«

»Dem geht's auch gut. Also: Uns geht's gut.« Ich hörte mir verblüfft zu.

»Du, ich muss Schluss machen«, riss mich Monika aus meinem Staunen. »Ich messe gerade Fieber bei Max. Hoffentlich steckt sich der Rest der Bande nicht bei ihm an!« Sie lachte viel zu laut, bevor sie auflegte.

Die Stille der Wohnung dröhnte in meinen Ohren. Ich ging mit dem Telefon in der Hand von Zimmer zu Zimmer. Wie auf einem Boot fühlte ich mich, das ziellos die Wellentäler durchpflügte. Kein Land in Sicht.

14

Die Musik ging mir nicht aus dem Kopf. Sie war ganz eindeutig aus seiner Wohnung gekommen. Und wieder einmal wurde mir klar, dass wir praktisch nie Zeit bei ihm verbrachten. Außer bei jenem einen Abendessen war ich höchstens drei, vier Mal kurz in seiner Wohnung gewesen, meist, wenn ich ihn zu einem Ausflug abgeholt hatte und er noch nicht ganz abfahrtbereit gewesen war. Es hatte mich nie gestört, so selten dort zu sein, weil ich froh war, mir über die hässlichen Zimmer und die leblose Atmosphäre keine Gedanken machen zu müssen. Es war seine Höhle, sein Rückzugsort, ich hatte dort nichts verloren.

Aber nun wurde mein Wunsch immer größer, hinter das Geheimnis der Musik zu kommen. Konnte ich damit auch das Geheimnis lösen, das einen großen Teil seiner Persönlichkeit ausmachte? Ich hatte Angst davor. Vielleicht würde er seine Faszination einbüßen, die er – trotz allem – hatte.

Als sich ein paar Tage später eine Gelegenheit bot, dachte ich nicht weiter nach, sondern handelte. Wir hatten es uns bei mir gemütlich gemacht. Allerdings war ich froh, dass Alexander zu müde war, um meine Anspannung zu bemerken, die ich ihm gegenüber momentan nur schwer ablegen konnte. Als er auf die Toilette ging, stand ich auf, griff in seine Jackentasche und nahm den Schlüsselbund heraus. Würde er eben glauben müssen, er habe ihn verloren.

An diesem Abend ging er nicht allzu spät, da wir beide müde waren und ich am nächsten Tag Frühdienst hatte. Als um halb zwölf das Telefon klingelte, wusste ich, was kommen würde. Er fluchte und schrie fast, konnte sich nur schwer zusammenreißen. Ich solle bitte schön meine gesamte verdammte Wohnung durchsuchen, ob dort irgendwo sein Schlüssel läge. Ich spürte ein schlechtes Gewissen aufziehen, aber dann hämmerten die harten, militärischen Klänge der Musik in meinem Kopf und ich hielt durch. Nach zehn Minuten rief ich ihn zurück und behauptete sehr mitfühlend, hier sei der Schlüssel nicht, er müsse ihm irgendwo unterwegs aus der Tasche gefallen sein. Ich bot an, ihm einen Schlüsseldienst zu schicken, aber er beendete die Verbindung ohne ein Abschiedswort. Mit klopfendem Herzen ging ich ins Bett. Übermorgen, am Mittwoch, musste ich erst um sechzehn Uhr im Sender sein, Alexander wäre morgens im Laden, ich wusste, dass er einen Termin hatte. Diesen Vormittag musste ich nutzen. Ich hoffte, dass meine Unruhe so lange hielt, bis ich mein Vorhaben tatsächlich in die Tat umsetzte. Ich hatte keine Ahnung, auf was ich in seiner Wohnung stoßen würde, aber ich brannte darauf, es herauszufinden.

Am nächsten Morgen, nach einer schlaflosen Nacht, lenkte ich meinen Wagen nicht auf dem direkten Weg zum Sender. Als seien derzeit all meine Instinkte auf die ungewöhnlichen Geschehnisse in meiner Umgebung gepolt und würden von diesen magnetisch angezogen, fuhr ich den gleichen Weg wie ein paar Tage zuvor, vorbei am *Café Münchner Freiheit*. Diesmal gelang es mir, direkt davor am Fahrbahnrand anzuhalten. Es war kurz nach halb acht. Ohne zu wissen, was ich sagen würde, ging ich auf ihn zu. Er las in einer Zeitung, einen Kaffee und ein halb leeres Cognacglas vor sich. Stumm setzte ich mich. Er spähte erst über den Zeitungsrand, als ich mich räusperte. Perplex ließ er die Zeitung sinken.

»Und, verspätet sich dein Kunde?«, fragte ich möglichst neutral.

»Verfolgst du mich jetzt?«, zischte Tobias wütend. Ich sah ihn nur an. Eine Traurigkeit überfiel mich und der Kloß im Hals ließ mich binnen Sekunden schwer schlucken. Wieso war das so? Wir gehörten zu einer Familie. Ist nicht Familie der Ort, an dem man Hilfe und Zuneigung, Verständnis und Wärme erfährt? Hier wehte nur ein kalter Wind, der das morsche Gebälk zum Wimmern brachte.

»Ich bin zufällig vorbei gekommen«, sagte ich matt. »Tobias, was machst du hier jeden Morgen?« Ich konnte nicht einschätzen, ob er aufspringen oder sich vorbeugen und mir eine langen wollte, und daher zuckte ich zurück, als sein Oberkörper vorschnellte. Seine Augen wurden zu Schlitzen, eine steile Falte zwischen den Brauen verzerrte sein Gesicht.

»Ich bin rausgeflogen, entlassen, gegangen worden, arbeitslos, gekündigt, geschasst, auf die Straße geworfen, mit den Füßen getreten«, schrie er. Er stürzte den Rest des Cognacs hinunter und starrte mich angeekelt an. »So, und jetzt geh und petz es bei Mami und Papi und bei meiner lieben Frau. Erzähl ihnen allen, was für ein Versager ich bin.« Er sprang auf und ging. Verschwand nach wenigen Schritten über die Treppen abwärts zur U-Bahn, ohne sich noch einmal umzublicken. Wie betäubt blieb ich ein paar Minuten sitzen, dann zahlte ich seinen Kaffee und den Cognac und verließ das Café ebenfalls.

Den ganzen Tag wälzten sich die gleichen Gedanken durch meinen Kopf. Sollte ich Monika tatsächlich sagen, was passiert war? Sollte ich nicht besser auf meinen Bruder einwirken, dass er selbst mit ihr sprach? Und wie sollte ich mich unseren Eltern gegenüber verhalten? Es war sein Leben, einerseits. Andererseits war ich nun eben Mitwisserin und konnte nicht einfach so tun, als sei nichts geschehen. Ich wusste, dass sich Tobias seinen Problemen stellen musste. Wenn er noch monatelang so tun würde, als ginge er morgens zur Arbeit, würde es unweigerlich zur Katastrophe kommen.

Gegen Mittag riss mich Alexanders Anruf kurz aus dem Gedankenstrom. Er entschuldigte sich für seinen Wutanfall am Vorabend. Neunzig Euro hätte der Schlüsseldienst gekostet und er überlege jetzt ernsthaft, die Schlösser austauschen zu lassen. Glücklicherweise habe er noch Ersatzschlüssel gehabt, so dass es vorerst so gehen würde.

Da wusste ich, dass ich mein Vorhaben schnell in die Tat umsetzen musste. Ich hörte ihm ganz kalt zu. Ich hatte kein Bedürfnis, ihn zu sehen. Erst wollte ich alles hinter mich gebracht haben. Wollte sehen, dass in dieser Wohnung nichts zu entdecken war außer den schäbigen Möbeln und der abgestandenen Luft. Schnell erfand ich eine Notlüge, warum ich am Abend keine Zeit hätte, ich müsste mich um meine Familie kümmern, sagte ich und wusste, dass das tatsächlich stimmte. Stattdessen ging ich nach der Arbeit nur kurz einkaufen, dann schnell nach Hause und ließ mich aufs Sofa fallen. Um kurz nach neun klingelte das Telefon und ich wartete, bis der Anrufbeantworter ansprang. Ich erkannte die aufgeregte Stimme von Monika und hob nun doch ab.

»Ist Tobias zufällig bei dir?«, fragte sie atemlos. Ich verneinte.

»Wir waren für sechs an der Baustelle verabredet, aber er ist nicht gekommen. Sein Handy ist abgeschaltet und in der Firma habe ich niemanden erreicht, da war nur eine Bandansage. Chris, ich mache mir Sorgen. Tobias war so schlecht drauf in den letzten Tagen. Ich meine ...« Sie machte eine kurze Pause. »Noch schlechter als sonst. Bei euren Eltern ist er auch nicht.« Mein Herz pochte schneller. Wie einfach wäre es, die Worte auszusprechen: Er ist entlassen worden. Stattdessen schluckte ich trocken und brachte nur feige hervor: »Mach dir keine Sorgen, vielleicht ist er mit ein paar Kollegen unterwegs und sein Handyakku ist alle.«

»Aber er hätte mir doch Bescheid gesagt. Bitte, Chris, wenn du irgendeine Ahnung hast, sag es mir. Könnte es eine andere Frau geben? Es wäre mir fast schon egal – ich will nur diese verdammte Ungewissheit loswerden.« Ich holte tief Luft und war bereit, ihr alles zu sagen, was ich wusste, aber da rief sie: »Moment, da ist jemand an der Tür.« Ich hörte, wie sie das Telefon beiseitelegte und schon vermischten sich seine und ihre Stimme zu einem Wust aus Beschimpfungen und halbherzigen Rechtfertigungen. Ich konnte nichts Genaues verstehen, aber Tobias klang müde und abgeschlagen.

Dann war sie wieder am Apparat: »Ich ruf dich morgen an«, sagte sie leise. »Er ist total betrunken.«

Ehe ich etwas erwidern konnte, hatte sie aufgelegt. Erschöpft sank ich auf mein Sofa zurück. Im Fernsehen lief ein Beitrag, den ich heute Vormittag geschnitten hatte. Ich betrachtete die Bilder, als hätte ich sie noch nie gesehen. Es ging um die Gefahren von Schönheitsoperationen. War Realität wirklich Realität?

Als ich vor seinem Haus stand, den Schlüssel in der Hosentasche, zitterten meine Knie. Ich sah an der grauen Fassade empor und überlegte, ob es nicht besser war, die Geschichten hinter den Fenstern nicht zu kennen. War ich übergeschnappt? Warum ging ich nicht einfach nach Hause, legte mich in die Badewanne und setzte mir die MP3-Ohrstöpsel ein? Ich sollte mir endlich klar darüber werden, wie meine Gefühle für Alexander tatsächlich beschaffen waren. Wollte ich überhaupt noch eine Beziehung mit ihm? Eine Seite in mir sehnte sich permanent nach seiner Nähe. Er gab mir Halt und Kraft und eine Gelassenheit, die ich nie zuvor in meinem Leben gespürt hatte. Die Gelassenheit, dass das, was mich ausmachte und wie ich lebte, in Ordnung war. Eine andere Seite in mir war erfüllt von Zweifeln und Misstrauen. Ich ahnte, dass er unter der Oberfläche nicht der Mensch war, für den ich ihn hielt. Und ich hatte Angst davor, ihn seines schönen Kostüms zu berauben, ihm in seiner alltäglichen Erbärmlichkeit gegenüberzustehen. Ich war geradewegs auf dem Weg dorthin, diese Demaskierung einzuleiten. Ich holte tief Luft, sah noch einmal zu seinem Fenster empor und plötzlich meinte ich, die Töne wieder zu hören. Leise schwebten sie zu mir herunter und mir wurde klar, dass ich nicht mit einer Lüge leben wollte.

Im Treppenhaus begegnete mir niemand. Doch die Musik wurde immer lauter. Fast war ich froh, denn die schreckliche Melodie rechtfertigte mein Tun. Ich wusste nicht genau, welcher Schlüssel der richtige war, und erst der dritte passte.

Die Tür war abgeschlossen und als ich sie endlich aufstieß, überwältigte mich der Lärm beinahe. Ich schloss hinter mir ab und ging zögerlich vorwärts. Geradeaus, im Wohnzimmer, war es leer und karg wie immer. Die Küchentür rechter Hand war angelehnt, aber auch von hier kam die Musik nicht. Mit ein paar Schritten war ich am Schlafzimmer und drückte langsam die Klinke. Ich musste mich nicht sonderlich mühen, leise zu sein, die Musik übertönte sowieso jedes Quietschen, jedes Knarren von Dielen. Im Schlafzimmer war es halbdunkel und der Mief von Tagen schlug mir entgegen. Das Bettzeug war aufgetürmt und im ersten Moment dachte ich, es läge jemand darunter. Aber auch dieses Zimmer war leer und der Plattenspieler stand still. Ratlos ging ich in den Flur zurück. Ich betrachtete mein blasses Gesicht im halb blinden Spiegel des großen Eichenschrankes und mit einem Mal wusste ich, woher die Musik kam. Von hinter dem Schrank. Ich legte mein Ohr an das hölzerne Ungetüm, an die Wand daneben – kein Zweifel, dort war die Quelle. Ich öffnete die Schranktür. Es befand sich nichts darin. Nur die abgewetzte Rückwand war zu sehen. Als ich die Tür schloss, bemerkte ich, dass der Schrank auf Rollen stand. Mit wenig Mühe schob ich ihn beiseite und hinter dem Schrank kam eine weitere Tür zum Vorschein. Eine Tür zu einem dritten Zimmer.

15

Die Tür ließ sich problemlos öffnen, sie war nicht abgeschlossen. Noch bevor ich die Einrichtung des Raumes realisierte, musste ich husten und würgen. Einen solch süßlich-beißenden Gestank hatte ich nie zuvor eingeatmet. Schlimmer als schimmliger Müll, Fäkalien und modrige Kellerräume zusammen. So stellte ich mir Leichengeruch vor. Ich presste den Blusenärmel vor mein Gesicht und spähte vorsichtig ins Zimmer, während die Musik weiter in meinen Ohren dröhnte. Ein großes Bett, wie es sie in Krankenhäusern gibt, sah ich, zerwühltes Bettzeug darauf. Daneben ein Nachttisch, auf dem sich ein Zeitungsstapel türmte, der bei der leisesten Erschütterung einstürzen würde. Auch der Boden war mit Zeitungen übersät, an wenigen Stellen erahnte man einen zerschlissenen Perserteppich darunter. Rechts stand eine Schrankwand mit geöffneten Türen und herausgezogenen Schubladen, aus denen weiteres Papier quoll. Kleidung lag dazwischen. In der Ecke links neben dem Bett war ein Waschbecken an der Wand angebracht, daneben stand eine Toilette, die man mit einem Vorhang vom Rest des Raumes abtrennen konnte. Der Vorhang baumelte halb zerfetzt von seiner Stange. Drumherum verstreut lagen Essensreste und zerknülltes Toilettenpapier.

Ich tat einen zögerlichen Schritt und konnte nun das Fenster sehen, vor dem ein paar verkümmerte Pflanzen vegetierten. Ein altmodischer Ohrensessel mit abgewetztem, grünem Samtbezug stand mit der Rückseite zu mir, daneben ein weiteres Tischchen mit einem Plattenspieler darauf. Die Quelle der Musik. Ich zuckte zusammen und ein Schauer überlief meinen Körper, als der Sessel leicht schwankte und sich nun ein fast kahler Schädel nach oben schob, den ein paar lange, weiße Strähnen umwehten. Der Mann hatte sich offensichtlich aufgerichtet und wippte nun im Takt zur lauten Musik, ohne mich bemerkt zu haben. Ich getraute mich nicht, ihn laut anzusprechen, aus Angst, er würde erschrecken. Erstarrt blieb ich mitten im Raum stehen. Plötzlich wurde es still. Die Schallplatte war zu Ende. Der Greis, denn etwas anderes konnte der Mensch vor mir kaum sein, sang noch ein paar Takte weiter und stand dann auf. Er war sehr groß, auch wenn sein Oberkörper leicht nach vorne gebeugt war. Er trug einen ausgeblichenen Morgenmantel, der an manchen Stellen in Fetzen hing, und darunter etwas Braunes, das ich mir gar nicht näher anschauen wollte. Der Mann war klapprig dünn, aber er schien keine Probleme beim Aufstehen zu haben. Er nahm die Schallplatte vom Plattenspieler und steckte sie ordentlich in ihre Hülle zurück. Dann wandte er sich in meine Richtung und streckte den Arm aus, um die Vinylscheibe in den Wandschrank neben sich zu legen, den einzigen Platz, der ein wenig Ordnung aufwies. Da trafen sich unsere Blicke.

Ich spürte, wie mein Gesicht heiß wurde, wie meine Schläfen pochten und am liebsten wäre ich davongelaufen.

»Ist schon wieder Freitag?«, fragte der alte Mann und seine Stimme war überraschend kräftig. »Ich will nicht in die Badewanne, das Wasser ist immer so kalt.«

Ich brachte keinen Ton heraus. Offensichtlich hielt er mich für eine Pflegerin, die wohl gelegentlich vorbeikam.

»Außerdem wisst ihr doch genau, dass ich niemanden in meinem Zimmer haben will«, polterte er nun. »Meinem Sohn ist das auch nicht recht. Ich sag ihm, dass Sie einfach hier eingedrungen sind. Obwohl ich das gar nicht wollte. So geht das doch nicht, das können Sie nicht machen.« Seine Stimme war immer brüchiger geworden und nun ging sie beinahe in ein Weinen über.

Mit zwei Schritten war ich bei ihm. Ich konnte mich gerade noch beherrschen, meine Hand auf seinen zerschlissenen Morgenmantel zu legen. »Herr Helin, beruhigen Sie sich«, sagte ich.

Er richtete sich auf soweit es ging und funkelte mich empört an. »Was erlauben Sie sich, junge Frau?« Er schnappte nach Luft. Seine Stimme war wieder ganz fest. »Für Sie bin ich immer noch Herr Bachinger. Mich mit dem Mädchennamen meiner Frau anzusprechen – infam ist das! Diese modernen Sitten heute – das führt in den Untergang. Das sag' ich Ihnen!« Er wandte sich ab von mir und ging zu seinem Sessel zurück. Helin war der Mädchenname von Alexanders Mutter gewesen?

Es schien, als habe mich der Alte vergessen. Als er sich gesetzt hatte, klopfte er mit dem Fuß einen Rhythmus und blätterte durch etwa dreißig Schallplatten, die neben ihm in einer Kiste auf dem Boden standen. Endlich zog er eine hervor, holte sie aus ihrer Hülle und legte sie auf den Plattenteller.

»Bitte, Herr Bachinger«, ohne lange nachzudenken, ging ich zu ihm. »Ich bin nur gekommen, um nachzusehen, ob mit Ihnen alles in Ordnung ist.«

»Papperlapapp«, unterbrach er mich. Dann sah er mich forschend an. »Kennen wir uns?« Unsicherheit spiegelte sich in seinen Augen wider. Ich hob zu einer Antwort an, aber er unterbrach mich. »Das ist wieder so ein Test, nicht wahr? Aber ich falle darauf nicht rein. Du bist, du bist ... ja! Jutta!« Er blickte triumphierend und wollte nun den Plattenspieler zum Laufen bringen.

»Nein«, sagte ich schnell. »Wir sind uns noch nie begegnet. Mein Name ist ...« Ich überlegte kurz, ob es nicht riskant wäre, ihm meinen wirklichen Namen zu nennen, aber ich hatte das Gefühl, er hatte Probleme mit dem Kurzzeitgedächtnis und bis Alexander nach Hause käme, hätte der Alte meinen Besuch bestimmt vergessen. »Ich heiße Christine«, sagte ich also und streckte ihm meine Hand hin. Er sah verstört darauf und dann wieder in mein Gesicht.

»Stimmt, Jutta ist ja schon lange tot«, murmelte er. »Oder war es Berit? Ach, die vielen Namen, da kommt man ganz durcheinander. Ich weiß nur eines ganz sicher: Meine eigene Frau, die hieß Viola. Viola, das Veilchen, zart und empfindsam. Sie war das schönste Mädchen, das man sich vorstellen kann.«

Während er redete, war ich ans Fenster getreten und hatte es einen Spalt geöffnet. Ich wusste nicht, wie lange ich die Luft im Raum sonst noch ertragen hätte. Er schien es nicht zu bemerken. Ich lehnte mich ans Fensterbrett, spürte einen Luftzug in meinem Nacken und betrachtete Alexanders Vater stumm. Ein Lächeln umspielte nun seine Lippen.

»Erzählen Sie mir von Viola«, forderte ich ihn auf.

»Oh, sie war das schönste Mädchen weit und breit«, wiederholte er versonnen. »Und ich, ich war ihr Ritter, ich habe sie befreit aus ihrem unglücklichen Schicksal. Verarmte Professorentochter war sie, ohne Ausbildung, ohne Familie. Hätte ich sie nicht geheiratet ...« Er verdrehte die Augen und blickte zur Decke, als sehe er dort ihr Bild. »Ich weiß nicht, ob ich sie glücklich gemacht habe«, fuhr er fort. Zum ersten Mal durchfuhr mich Zorn. Nein, das hast du nicht, hätte ich ihn am liebsten angebrüllt.

»Aber ich habe mich bemüht, mit aller Kraft, die ich hatte. Wissen Sie, ich war damals, in den Fünfzigern war das, ein vielbeschäftigter Mann. Ich war reich. Damals. Und ich hatte hart dafür gearbeitet. Ich habe sie in meine Familie aufgenommen, aber sie, ach ...« Er machte eine wegwerfende Handbewegung.

»Sie war immer so empfindsam«, fuhr er nach einer Pause fort. »Ich glaube, sie hatte eine zu verletzliche Seele, Kriegserlebnisse vielleicht, ich weiß es nicht. Nie konnte ich es ihr recht machen. Als unser Sohn geboren wurde, Alexander, wissen Sie, wie Alexander der Große, wurde es noch schlimmer. Sie hat sich oft tagelang nicht um das Kind gekümmert, es ganz dem Kindermädchen überlassen. Und dann hat sie den Bengel wieder überschüttet mit Liebkosungen, ihn verwöhnt, wie es nicht gut sein kann für einen Jungen. Zog ich sie zur Rechenschaft, fing sie gleich zu weinen an. Hilflos ist man da. Aber was sollte ich machen? Die Arbeit hielt mich fest im Griff. Da blieb keine Zeit für Kinderkram.« Er lachte rau. Dann schwieg er.

Mein Blick wanderte durch das Zimmer. Auf dem Nachttisch neben dem Bett, fast versteckt hinter den Zeitungen, erkannte ich einen Bilderrahmen mit einem Schwarzweiß-Foto darin. Ich ging um das Bett herum und angelte nach dem Bild. Eine kleine, zierliche Frau war darauf mit einem großen Hut. Es waren Alexanders Augen, die mich ansahen, aber ihr Blick war trotzig, ihr Gesicht schmal und um den Mund spielte ein harter Zug der Verbitterung. Um ihren Hals erkannte ich das Amulett, das ich in Alexanders Juweliergeschäft entdeckt hatte. Das Amulett, mit dem alles begonnen hatte. Ich fragte ihn nicht, ob dies Viola sei, es war so klar. Aus seinem Mund klang die Geschichte ganz anders. Und obwohl er einen durchaus strengen und herrischen Eindruck machte, konnte ich ihn mir nicht so bösartig vorstellen, wie Viola ihn in ihren Briefen geschildert hatte. Vielleicht waren hier zwei Menschen aneinandergeraten, die einfach nicht zueinander passten. Aber hätte ein anderer sie vor dem Selbstmord bewahren können?

Einer Eingebung folgend, fragte ich: »Wie ist sie gestorben, Ihre Frau?«

Er ließ den Kopf sinken und spielte mit dem zerfransten Gürtel seines Morgenmantels. »Ein Unfall. Es war ein Unfall«, sagte er kaum hörbar. Ich stellte das Bild zurück und ging wieder näher zu ihm. »Alexander war damals sieben Jahre alt. Es war in den Sommerferien. Ich war schon früh am Morgen aus dem Haus gegangen. Ein heißer Tag, oh je, so ein heißer Tag. Ich hatte Viola das Versprechen abgerungen, nicht wie sonst immer den ganzen Tag in ihrem vermaledeiten Atelier zu sitzen, sondern mit dem Jungen in die Stadt zu gehen. Es war an der Zeit, die neuen Schulbücher zu kaufen. Also gingen sie. Er war damals schon ein stilles Kind. Er sprach nicht viel, dafür war er immer in Bewegung. Er konnte nicht ruhig sitzen. Er hatte auch viel Trotz in sich. Ich musste ihn oft strafen deswegen. Natürlich nur, wenn es gerechtfertigt war. Seine Mutter, sie war nicht streng genug mit ihm, ließ ihm zu viel durchgehen. Sie gingen also in die Stadt. Ich weiß nur, was mir Zeugen später erzählt haben. Alexander hat nie mit mir darüber gesprochen. Niemals. Letztlich war es ganz banal. Alexander sah auf der anderen Straßenseite einen Klassenkameraden. Er riss sich von der Hand seiner Mutter los und rannte einfach davon, obwohl die Ampel rot war. Über die vierspurige Straße. Die war schon damals stark befahren. Viola setzte ihm nach. Als er auf der anderen Seite ankam, erwischte sie ein Lieferwagen. Sie war sofort tot. Aus. Vorbei. Ich habe ihm keine Vorwürfe gemacht. Er war ein Kind. Es war ein Unfall.«

Mir war eiskalt. Ich konnte mich nicht bewegen. Mein Kopf fühlte sich so schwer an, als würde er bei der leisesten Erschütterung den Körper unter sich einfach zermalmen. Ich muss ihn fassungslos angesehen haben, doch er wandte sich seiner Plattensammlung zu, zog eine dunkelbraune Hülle mit dünner Schrift darauf hervor und murmelte: »Ja, etwas ganz Exquisites. Wunderbar für einen Sonntagnachmittag. Das Luftwaffenmusikkorps in einer Aufnahme von 1964. Eine Rarität.« Sein fader Singsang brach nicht ab. Er hatte mich vergessen.

Es schien mir unmöglich, noch einmal zu ihm durchzudringen. Anscheinend hatte ich einen hellen Moment erlebt, bevor er nun wieder in das Dunkel seiner kleinen Ein-Zimmer-Welt sank. Ich getraute mich nicht, ihm den Rücken zuzudrehen, ich weiß nicht warum. Auf jeden Fall ging ich rückwärts auf die Tür zu, tastete nach dem Rahmen und verließ schließlich das Zimmer. Ratlos starrte ich auf den Schrank. Es kam mir absurd vor, ihn einfach wieder an seinen angestammten Platz zu rollen. Als löschte ich damit diese Begegnung einfach aus. Wenn der Schrank vor der Tür stand, existierte der Mensch dahinter nicht mehr. Ich wäre es, die den alten Mann einsperrte. Doch die Konsequenz, würde ich die Zimmertür unversperrt lassen, konnte ich schlichtweg nicht tragen. Alexander würde sehen, dass jemand in der Wohnung gewesen war. Er wüsste sein Geheimnis gelüftet. Und sein Verdacht würde mit Sicherheit auf mich fallen. Ich stellte mir seinen Zorn vor. Und ich hatte Angst davor. Lieber wollte ich feige sein, als mit der Angst leben. Er hatte bestimmt Gründe für dieses Arrangement. Immerhin schien sein Vater nicht zu leiden. Wer war ich, darüber zu richten? Doch würde ich ihm je wieder offen und unverstellt in die Augen schauen können? Wir teilten von nun an ein Geheimnis – nur wusste er nichts davon. Vielleicht war es am besten, doch Schluss mit ihm zu machen. Dann müsste ich nicht mehr grübeln über ihn und seinen Vater und dieses merkwürdige Zimmer. Wer war Alexander denn für mich? Ein offenbar fremder Mann, dessen Lebensbahn eine Zeit lang parallel zu meiner verlaufen war. Ich musste mich nicht einmischen. Ich würde ihm einfach nicht mehr vor die Augen treten. Wenn ich ihn nicht noch einmal sehen musste, würde ich es schaffen, mich von ihm zu trennen. Ich würde ihn anrufen oder einen Brief schreiben. Ich würde die Schuld auf mich nehmen, dass ich seiner Liebe nicht würdig sei, er Besseres verdient hätte. Eine Begründung würde mir schon einfallen.

Ich rollte den Schrank an seinen angestammten Platz. Gerne hätte ich an der Wohnungstür gelauscht, ob es im Treppenhaus still war und mein Rückweg frei. Doch die Musik dröhnte erneut so laut, dass ich auf mein Glück vertrauen musste.

Während ich an der roten Ampel wartete, bis ich die Straße überqueren konnte, fragte ich mich, ob ich auch in anderen Fragen viel zu naiv das geglaubt hatte, was Alexander behauptete. Wie war

Viola wirklich gestorben? Hatte sie sich umgebracht, wie es Alexander erzählt hatte? Oder hatte er, das Kind, tatsächlich einen Unfall verursacht und sich eine Geschichte erdacht, damit er seine Schuld verdrängen konnte? Seine Erklärungen erschienen mir plötzlich nicht mehr so klar und einleuchtend. Und er selbst hatte erzählt, dass die offizielle Version der Ereignisse der Verkehrsunfall gewesen war. Was, wenn diese Version schlichtweg der Wahrheit entsprach?

Den Kopf wie in Wolken fuhr ich zum Sender. Egal welcher Gedankensplitter auftauchte, er verwirrte, verunsicherte mich, ließ mich kläglich zusammensinken hinter dem Steuer. Ich fühlte mich ungerecht behandelt – ich hatte einen normalen Mann lieben und mich nicht in die Fänge fremder Familientragödien verstricken lassen wollen.

Als ich die Pforte erreichte, hörte ich eine Frau meinen Namen rufen. Ich konnte sie nicht sofort einordnen, als müsse ich erst in die reale Welt zurückkehren. Vorsichtig, als fürchtete ich mich vor einem Schlag, drehte ich mich um und sah in Monikas blasses Gesicht. Die Tränensäcke unter ihren Augen standen dick und grau hervor.

»Chris, entschuldige, wenn ich dich aufhalte«, sagte sie und war in wenigen Schritten bei mir. »Man hat mir gesagt, dass du jetzt irgendwann hier auftauchst. Ich muss dich dringend kurz sprechen. Hast du fünf Minuten?«

Nein, schrie alles in mir, aber ich nickte und betrachtete ihre abgearbeitete Hand, die sie auf meinen Unterarm gelegt hatte. »Lass uns in die Kantine gehen. Meine Schicht fängt erst in zwanzig Minuten an.«

Sie rührte eine ganze Weile sprachlos in ihrem Kaffee, bevor sie anfing. Ich merkte, dass ich sie nicht unterbrechen sollte.

»Tobias hat mir gestern Abend gestanden, dass er entlassen worden ist. Die Bank steht kurz vor der Pleite, es werden noch mehr Entlassungen folgen. Schon seit drei Wochen geht er nicht mehr hin. Stell dir das vor: Drei Wochen lang hat er uns vorgespielt, er ginge jeden Morgen zur Arbeit und komme abends erschöpft wieder. Dabei ist er nur rumgesessen, hat nichts getan! Ich begreife das nicht! Dabei habe ich ihn sogar gefragt, ob sein Laden auch von dieser Welle erfasst worden sei. Er hat verneint. Das würde in den Medien aufgebauscht werden. Wieso tut er mir so was an? Ich meine, viele Leute verlieren heutzutage ihren Arbeitsplatz. Er konnte doch nichts dafür. Aber das ist so typisch für deinen Bruder: Ihm passiert so etwas nicht! Ich glaube, es war nicht mangelnder Mut, es war sein Stolz, der ihn abgehalten hat, mit mir zu reden. Wenn er es niemandem sagt, dann ist es auch nicht wahr.«

Ihre letzten Worte lösten einen kalten Schauer aus. Als wären wir noch Kinder, die sich die Augen zuhalten und glauben, dass sie dann niemand sieht.

»Chris, wir stehen vor dem Nichts.« Ihre Augen wurden feucht. »Mit dem Haus haben wir uns komplett verschuldet. Noch dazu ist ein Aktienpaket, mit dem wir die nächste Rate bezahlen wollten, plötzlich nichts mehr wert. Gar nichts mehr.« Sie fingerte ein Taschentuch aus der Manteltasche und wischte über ihre Augen. »Und es ist ja nicht mal so weit, dass wir dort einziehen könnten. Nein, wir hocken immer noch in der engen Bude und müssen unsere Miete zahlen. Ich habe ihm vorgeschlagen, das Haus zu versteigern, aber er weigert sich. Er sagt, er hat ganz schnell wieder einen Job und die Aktienkurse würden wieder steigen und ich sei hysterisch. Ich weiß nicht mehr, wie ich noch Geld sparen soll. Ich schmiere den beiden Großen schon selber die Brote, damit sie sie nicht so dick belegen. Unser Dispokredit ist so gut wie ausgeschöpft und bis das erste Geld vom Arbeitsamt kommt, das dauert noch ewig. Der feine Herr geht sich nämlich heute erst arbeitslos melden.«

»Wenn ich euch aushelfen kann ...« Die Katastrophe ließ mich erschreckend kalt. Alles in mir war wie abgestorben. Als sei ich ein Zombie. Ich wollte, dass sie zu reden aufhörte und ginge. Sonst würde mein Kopf platzen. Ich schielte auf die Uhr. Monika sah mich schuldbewusst an. »Entschuldige, du musst, nicht wahr?« Ich nickte und überlegte, was ich ihr sagen sollte.

»Hast du schon mit unseren Eltern gesprochen? Und was ist mit deinen? Sollen die euch doch unter die Arme greifen.« Sie schüttelte nur mutlos den Kopf.

»Die haben mir bereits das Erbe ausgezahlt, um das Grundstück kaufen zu können. Da kann ich nicht nochmal ankommen. Außerdem geht's ja nicht nur ums Geld. Ich glaube, wenn dein Bruder länger arbeitslos sein sollte, dann dreht er komplett durch. Und ich vermutlich auch.« Abrupt stand sie auf und sah mich fest an. »Danke«, sagte sie leise, wandte sich um und ging.

Ich kann mich nicht daran erinnern, wovon die Beiträge handelten, die ich in dieser Schicht zu bearbeiten hatte. Aktuelle Dinge, schnell versendet. Als letzter an diesem Abend kam Ronald. Genau in dem Moment, als er zur Tür hereintrat, klingelte das Telefon. Alexanders Stimme klang warm und weich und ich hätte am liebsten meine Wange in seine Hand geschmiegt. Er fragte, ob er nach Ende der Schicht noch zu mir kommen dürfe, was ich ablehnte. Als ich aufgelegt hatte, sah mich Ronald forschend an. Es fiel mir schwer, ihm in die Augen zu schauen.

»Wusste gar nicht, dass du so abweisend klingen kannst.« Er versuchte ein Lächeln. Normalerweise kam er immer sofort auf seinen Beitrag zu sprechen. Warum nicht heute? Mir fiel keine Antwort ein und ich legte eine neue Datei am Computer an.

»Wie soll der Beitrag heißen?«, fragte ich und spürte, wie meine Stimme zitterte.

»Jugendstrafrechtsnovelle.« Er fixierte mich weiter. »Alles okay bei dir?«

Ich konnte nicht anders. Ich konnte die Tränen nicht zurückhalten. Den ganzen Tag über hatte ich mich beherrscht, aber nun half nichts mehr. Ich musste mich bemühen, nicht laut zu schluchzen, mich nicht über mein Pult zu werfen, und begann, nach einem Taschentuch zu kramen. Ronald sah mich stumm an. »Tschuldigung«, nuschelte ich nach einer Weile, putzte mir die Nase und räusperte mich ein paar Mal.

»Willst du darüber sprechen?«, fragte er ganz ruhig. Er betrachtete mich nicht mitleidig, eher neugierig.

Bevor ich lange darüber nachdachte, hatte ich schon zu reden angefangen. Ich erzählte zunächst von den Problemen meines Bruders, wie hilflos ich mir vorkam; dass ich ein schlechtes Gewissen hatte, weil ich Monikas Verzweiflung nicht beachtet und sie nicht einmal zu entlasten versucht hatte.

Ronald fiel dazu ein, dass der Sender eine Schwangerschaftsvertretung im Controlling suchte, vielleicht könne sich mein Bruder dafür bewerben. »Aber das ist nicht das eigentliche Problem, oder?!«

Ich verstand, warum er Journalist geworden war. Er durchschaute Menschen. Ich holte tief Luft und beschrieb ihm, was ich heute im verborgenen Zimmer in der Wohnung meines Freundes entdeckt hatte. Ich hatte sofort wieder den Geruch nach Verwahrlosung in der Nase, und ich spürte etwas in mir aufsteigen, das ich nicht anders als Hass nennen konnte. Wieso tat ein Mensch einem anderen so etwas an? Alexanders Kindheit mochte schwierig gewesen sein, aber nun war er erwachsen. Er hätte seit Jahren die Chance gehabt, sich damit zu versöhnen. Stattdessen rächte er sich an seinem Vater.

»Sprich ihn darauf an«, riet mir Ronald. »Du kannst es nicht verantworten, dass der Alte da weiter vor sich hinvegetiert. Noch gibt es in diesem Land Sozialsysteme und wenn dein Freund nicht reich genug ist, ein Pflegeheim zu bezahlen, dann wird es die Sozialhilfe tun.«

»Ich weiß. Aber ich habe Angst vor dem Gespräch. Mein Freund kann sehr aufbrausend sein. Einmal hat er ...« Ich hatte niemandem von dem Vorfall an der Ostsee erzählt. Ich brachte es nach wie vor nicht über die Lippen. »Er könnte gewalttätig werden.«

»Willst du dich von ihm trennen?«

Das war genau die Frage. Hilflos zuckte ich mit den Schultern. »Ja. Nein. Ich weiß nicht. Er hat mir ja nichts angetan.« Es war, als liefe ein Film in Splitscreen vor meinem inneren Auge ab. Auf der einen Hälfte herrschte Sonnenschein, ich sah Alexanders lachendes Gesicht, spürte die Ruhe, die er ausstrahlte und mit der er mich befriedet hatte. Die Wärme seiner Berührungen lief durch meinen Körper und doch erstarrte mein Herz, wenn ich auf der anderen Hälfte meiner fiktiven Leinwand seinen wutverzerrten Ausdruck sah und unter der Kälte zitterte, die er abzugeben vermochte. Und immer wieder blickte ich fassungslos auf die vielen schwarzen Flecken, die mir seine Persönlichkeit unbegreifbar machten. Er verlor sich in einem undurchdringlichen Nebel. Und ich mich mit ihm.

»Wenn du willst, begleite ich dich in seine Wohnung«, schlug Ronald vor.

Ich brachte so etwas wie ein Lächeln zustande. Von Ronald hätte ich das als Allerletztem erwartet. Und doch war er es, dem ich mich gerade eben anvertraut hatte.

»Ich glaube, ich muss noch ein paar Tage über alles nachdenken«, antwortete ich. »Aber danke für dein Angebot. Vielleicht komme ich darauf zurück.«

Er nickte und hielt mir die erste Kassette zum Loggen entgegen.

Es war zwanzig nach zwölf, als ich die Treppe zu meiner Wohnung hinaufstieg. Als ich knapp vor der Tür angelangt war, ging das Licht aus und ich brauchte einen Moment, bis ich mich im Dunkeln zurechtfand. Gerade als ich die Hand ausstreckte, um auf das kleine, rote Lämpchen zu drücken, umfing mich von hinten ein

Arm. Ein Gesicht vergrub sich in meinem Haar und mein Schrei wurde von einer warmen Hand erstickt.

»Hab ich dich erschreckt?«, flüsterte Alexander in mein Ohr. Ich schüttelte ihn ärgerlich ab und machte Licht. Lausbübisch grinste er mich an und an seinem Handgelenk schlenkerte eine Tüte mit kleinen Kartons vom Asia-Snack um die Ecke. »Dachte, du hast vielleicht noch Hunger.« Ich stöhnte, ob empört oder müde, das sollte er selbst entscheiden. Er fragte nicht, sondern folgte mir in die Wohnung. Gefühle von Sehnsucht nach Nähe und Abscheu mischten sich unauflösbar und ich vermochte erst einmal nicht, etwas zu sagen. Er legte schnell den Mantel ab, ging in die Küche, nahm zwei Teller aus dem Schrank und stellte auf jeden ein Pappschälchen. »Komm, wir machen es uns ein bisschen gemütlich«, säuselte er und küsste mich auf den Nacken.

Eine Gänsehaut überlief mich. »Musst du nicht nach Hause?«, fragte ich und war sicher, ihm würde der Sarkasmus in meiner Stimme auffallen.

Er aber ließ sich wohlig aufseufzend auf mein Sofa sinken. »Ich habe vorhin wahnsinnigen Hunger gekriegt. Bin den ganzen Tag nicht zum Essen gekommen«, erzählte er leichthin. »Setz dich zu mir, bitte. Wenn du magst, massier ich dir nach dem Essen die Füße.«

Langsam ging ich ins Wohnzimmer. Der Geruch des Essens löste Hunger in mir aus und ich setzte mich neben ihn aufs Sofa. Er schaufelte gebratene Eiernudeln mit Hühnchen in sich hinein, betrachtete mich aber gespannt aus den Augenwinkeln. Ich war froh, beim Essen nicht reden zu müssen und öffnete mein Pappschächtelchen. Etwas funkelte mir entgegen. Nichts, was man essen konnte. Auf dem Reis mit Entenscheiben und Bambus lag eine matt golden glänzende Kette. Ein riesiges, rubinrotes Herz, von einem züngelnden, goldenen Strahlenkranz eingefasst, hing daran. Es sah altmodisch und hochmodern zugleich aus. Es war wunderschön. Mit zitternden Fingern hob ich die Kette aus dem Pappschälchen.

Alexander hatte die Stäbchen sinken lassen und sah mich gespannt an. »Gefällt sie dir?«

Ich schluckte. Ich spürte schon wieder die Tränen aufsteigen. Ich sollte ihm um den Hals fallen.

»Ich bin sprachlos«, stammelte ich.

»Musst du nicht sein.« Er grinste: »Ich hab doch Kontakte ...«

Er nahm mir die Kette aus der Hand und legte sie mir um den Hals. Als er sie geschlossen hatte, knetete er sanft meinen Nacken und flüsterte mir ins Ohr: »Ich möchte sehen, wie sie zwischen deinen Brüsten liegt.« Seine Hände sanken tiefer und fuhren unter meinen Pullover. Sie waren warm. Weich und warm. Instinktiv schmiegte ich mich an ihn. Sein Mund küsste mein Ohr, seine Zunge fuhr die Linien der Muschel ab und ich war schnell erregt. Seine Finger arbeiteten sich langsam an meinem Bauch nach oben und schoben sich schon unter dem BH durch. Alles in mir wollte sich auf ihn stürzen, ihn verschlingen, in mir aufsaugen. Ich wollte seine Kraft spüren und begehrte ihn, wie ich es nie zuvor getan hatte.

Ich schob seine Hände fort. »Ich bin hundemüde«, flüsterte ich und lehnte meinen Kopf an seine Schulter.

Er hielt inne, betrachtete mich irritiert. »Soll ich gehen?«

Ich nickte nur und umklammerte das flammende Herz. »Es tut mir leid«, sagte ich leise, als er schon fast an der Tür war. Ohne sich noch einmal umzublicken, schloss er die Wohnungstür hinter sich.

16

In den folgenden Nächten schlief ich so tief, fest und traumlos wie schon lange nicht mehr. Als ob jede Faser meines Körpers sich weigerte, sich mit Alexander auseinanderzusetzen. Als mich am späten Sonntagvormittag heller Sonnenschein weckte, rief ich Monika an und schlug vor, mit den Kindern ein paar Stunden auf den Spielplatz zu gehen. Für Mitte Oktober war es angenehm warm. Monika klang erleichtert und stimmte sofort zu.

Tobias öffnete, raunzte ein »Hallo« und war im Wohnzimmer verschwunden, bevor ich die Tür hinter mir geschlossen hatte. Monika kam aus der Küche, ihre roten Finger an einem schmuddeligen Handtuch abwischend. Sie verdrehte die Augen.

»Er ist schon wieder furchtbar drauf«, sagte sie leise.

Max und Alina stürzten auf mich zu. »Gehen wir jetzt sofort auf den Spielplatz?«, rief Alina und sah mich ernst an. Ich nickte.

»Ich will da bleiben, bis es dunkel wird«, sagte meine Nichte. Max zog sich bereits die Schuhe an.

»Ich muss nur ganz kurz was mit dem Papa bereden«, murmelte ich und ging ins Wohnzimmer. Tobias lag auf dem Sofa und tat, als ob er schliefe. Er trug eine Trainingshose und ein ausgeleiertes T-Shirt.

»Tobias«, sagte ich und setzte mich in den Sessel neben ihm. »Ich wollte dir was sagen.«

»Bleib mir weg mit Ratschlägen«, knurrte er und veränderte seine Haltung nicht.

»Im Sender suchen sie jemand fürs Controlling. Ich hab dir hier mal die Adresse und Telefonnummer vom Personalchef und vom zuständigen Abteilungsleiter aufgeschrieben. Vielleicht wäre das was für dich.«

»Soll ich jetzt auf die Knie gehen vor Dankbarkeit?«

Ich stand auf und verließ grußlos das Wohnzimmer. Am liebsten hätte ich ihn geschüttelt und ihm ins Gesicht gespuckt. Seine Arroganz hatte sich von Jahr zu Jahr verstärkt und wenn seine Frau und die Kinder nicht gewesen wären, hätte ich spätestens jetzt jeden Kontakt mit ihm abgebrochen. Monika sah mich erwartungsvoll an, aber ich verdrehte nur die Augen.

»Wie hältst du es mit ihm aus?«, fragte ich.

Sie zuckte mit den Schultern und band einen Schal unter Tims Kinn fest. »Er schläft im Kinderwagen sicher bald ein«, erklärte sie. »Ich hab dir eine Brezel, ein paar Kekse und ein Fläschchen Wasser zusammengepackt. Wenn er wach wird, hat er meistens Hunger. Aber Max weiß auch schon ganz gut Bescheid, was zu tun ist, wenn Tim weint.« Dankbar strich sie mir über den Oberarm.

»Und du – mach dir einen ruhigen Nachmittag«, legte ich ihr nahe. Sie nickte, was mich nicht überzeugte.

Früher war es einfach gewesen, mit Alina und Max zu reden. Alina plapperte wie ein Wasserfall und stellte tausend Fragen. Heute aber trotteten die Kinder stumm neben mir und dem Kinderwagen her. Tim war wirklich nach ein paar Metern eingeschlafen. Der Spielplatz lag nicht weit entfernt von dem grauen Mietsblock und er war gut besucht. Mit Not fanden wir noch ein Plätzchen auf einer Bank, wo ich mich niederließ. Unschlüssig blieben Max und Alina neben mir stehen.

»Sind keine Freunde von euch hier?«, fragte ich.

Max zog eine Schnute und hob die Schultern. Alina kletterte entschlossen auf meinen Schoß. Sie legte ihre Arme um meinen

Hals und ihr kleiner Kinderkörper drückte sich eng an mich. Sie duftete wunderbar.

»Max, magst du nicht ins Klettergerüst steigen und ein bisschen die Aussicht genießen?«, schlug ich vor.

Mit gesenktem Gesicht trottete er davon, Sand und Blätter vor sich her stiebend.

»Bist du müde?«, fragte ich Alina. Sie schüttelte den Kopf. Plötzlich riss sie sich los von mir, sprang von meinem Schoß und eilte ihrem Bruder hinterher. Er beachtete sie nicht weiter, während er das Klettergerüst erklomm. Alina blieb an einer der unteren Sprossen zurück. Großen Spaß schienen sie nicht zu haben.

Nach fünf Minuten hatte ich genug und lief zu ihnen hinüber. »Kommt, wir gehen in ein Café, Kuchen essen«, schlug ich vor.

Etwas wie ein Lächeln breitete sich in Alinas Gesicht aus.

»Und Schokolade trinken?«, fragte Max misstrauisch. Ich nickte.

Als wir eine Viertelstunde später in einem Omacafé saßen, tauten die beiden langsam auf. Tim war erwacht, thronte auf meinem Schoß und ließ sich mit Sandkuchenkrümeln füttern. Er war schon wieder gewachsen und entwickelte sich zu einem echten Sonnenschein. Mit spitzer Schnute saugte er den Kuchen von meiner Hand und strahlte dann stolz in die Runde. Als ich über seinen runden Bauch strich, kicherte er so vergnügt, dass Alina und Max miteinfielen. Endlich wirkten auch sie gelöster.

»Meinst du, wir ziehen doch bald ins neue Haus?«, fragte mich Max nach einer Weile erwartungsvoll.

Ich brachte es nicht über mich, ihm die Wahrheit zu sagen. »Bestimmt«, erklärte ich also. »Es dauert nur eben noch etwas länger. Das ist oft so, wenn man ein Haus baut, dass es viel länger dauert, bis es fertig ist, als man am Anfang gedacht hat.«

»Dann bekomme ich ein Meerschweinchen und dem baue ich einen Stall im Garten«, sagte Alina. Der heiße Kakao hatte ihre Wangen rot gefärbt.

»Ich weiß nicht.« Max stocherte auf seinem Kuchenteller herum. »Manchmal glaube ich, wir bleiben für immer, immer, immer in der Wohnung. Und kommen da nie mehr weg. Wie eingesperrt.«

»Ihr zieht bestimmt bald aus.« Ich schämte mich meiner Lüge, aber ich wusste nicht, was ich ihnen hätte sagen sollen. »So ein Haus ist auch ganz schön teuer. Und manchmal geht einem für eine kurze Zeit das Geld aus. Wenn's dann wieder welches gibt, kann man weiterbauen.«

»Mein Papa ist arbeitslos«, sagte Max und in seiner Stimme klang etwas wie Verachtung. »Das hat mir Mama erklärt. Und dass wir jetzt gar kein Geld mehr haben.«

»Ob wir dann verhungern müssen?«, fragte Alina leise.

Ich schüttelte den Kopf und strich ihr übers Haar. Hilflos. »Hier verhungert keiner«, sagte ich. »Im schlimmsten Fall koch ich euch was. Auch wenn ich das nicht so gut kann.«

»Oder es gibt immer Kuchen«, sagte Alina und nahm einen großen Bissen von ihrer Schokoladentorte.

Auf dem Heimweg hatten sie unser ernstes Gespräch offensichtlich vergessen. Sie schoben mit mir zusammen den Kinderwagen, sangen lauthals: »Ein Hut, ein Stock, ein Regenschirm ...« und machten dazu ausfallende Schritte vorwärts, rückwärts und seitwärts. Und Tim krähte im Takt mit. Ich wünschte mir nichts sehnlicher, als dass ihre Ausgelassenheit möglichst lange anhielte.

Zurück in der Wohnung trafen wir im Wohnzimmer auf meine Eltern.

»Na, Tochter«, begrüßte mich mein Vater und setzte seinen: »Du-vernachlässigst-uns-aber-ich-sag-dazu-nichts-Blick auf. Ich grüßte knapp und ging in die Küche, wo Monika einen Kaffee aufbrühte.

»War wohl nichts mit einem ruhigen Nachmittag«, sagte ich.

Sie winkte ab. »Kaum wart ihr weg, haben Tobias und ich schon wieder mit dem Streiten angefangen. Wenn die Kinder nicht in der Nähe sind, kann man wenigstens ungeniert brüllen. Deine Eltern haben uns mittendrin unterbrochen. Aber egal, es bringt sowieso nichts, mit Tobias zu reden. Was ich auch sage – er hört nicht zu und wird aggressiv. Ich weiß nicht, was ich noch tun soll.« Sie sah kurz zu Boden, dann blickte sie mich lächelnd an.

»Wie war's mit den Kindern?«

»Alles okay«, sagte ich. »Haben mächtig große Tortenstücke vertilgt, die zwei.«

Meine Mutter gesellte sich unter dem Vorwand, helfen zu wollen, zu uns. Sie sah nervös und unruhig aus, aber ihre Stimme klang unverbindlich heiter wie immer.

»Soll ich schon mal Tassen reintragen?«, fragte sie und musterte uns durchdringend. Ich hatte den Eindruck, sie mochte es gar nicht, wenn sie das Gefühl haben musste, ich würde mich mit ihrer Schwiegertochter verbünden. Das war ihre Aufgabe.

»Ich habe euch vom Gulasch mitgebracht«, erklärte sie lächelnd. »Hab mal wieder viel zu viel gekocht für uns zwei Leutchen.«

»Danke, aber wir brauchen keine Almosen.« Monika funkelte verärgert.

Meine Mutter fuhr sich nervös mit der Hand über den Hals. »Bei uns kommt es doch nur um.« Ohne weiter darauf einzugehen, drängte sich Monika mit den Kaffeebechern an ihr vorbei hinaus.

Meine Mutter stöhnte. »Sie sollte nicht so undankbar sein«, zischte sie mir zu.

»Sie ist unsicher und es ist ihr peinlich«, antwortete ich. »Das kann ich gut verstehen.«

Meine Mutter verdrehte die Augen. Dann musterte sie mich kritisch. »Wie geht's eigentlich deinem Alexander? Ihr wolltet uns doch mal besuchen. Dein Vater sagt auch ...«

»Dem geht's gut, wir haben aber beide viel zu tun.« Ich sagte den Satz ganz lässig und selbstbewusst. Dabei fühlte er sich an wie Sand zwischen meinen Zähnen.

Monika hätte mich beim Kaffeetrinken gerne dabei gehabt, aber ich entschuldigte mich, ich hätte noch eine Verabredung. Ich musste raus aus dieser vergifteten, engen Bude.

Plötzlich war es grau geworden und Regentropfen platschten aufs Pflaster. Ich rannte zu meinem Auto und wäre am liebsten weitergelaufen. Weiter und weiter. Ich wusste nicht, wo ich hinsollte. Nach Hause? Und wenn mich dort eine Nachricht von Alexander erwartete? Zu ihm? Und was würde ich ihm dann sagen? Ich konnte mich einfach nicht dazu durchringen, ihn zur Rede zu stellen. Aber immer wieder tauchte das Bild des alten Mannes in meinem Kopf auf und, schlimmer noch, der Geruch des Zimmers. Ich schämte mich, dass ich so feige war, doch ich wusste nicht, was ich zu Alexander sagen sollte. Vielleicht sollte ich wirklich Ronald mitnehmen zu einem Gespräch.

Ich war losgefahren, hatte aber die Abzweigung zu meiner Wohnung ignoriert. Es fühlte sich gut an, im luftleeren Raum, an einem inhaltslosen Sonntagnachmittag herumzufahren. Ich dachte an mein früheres Leben. War wirklich ich diejenige, die es geführt hatte? Ich verfluchte die Augenentzündung. Danach war alles anders geworden. Ich erinnerte mich genau, warum ich mich früher nicht auf enge Beziehungen mit anderen Menschen eingelassen hatte. Nähe und Geborgenheit hatten mir zwar gefehlt, aber das hatte ich damals sehr gut verdrängen können. Nun dagegen vermisste ich die Zugehörigkeit zu einem Menschen schmerzlich. Die Fähigkeit, auf die Erfüllung dieser Gefühle zu verzichten, war mir abhandengekommen. Und gleichzeitig kam ich mir menschlicher vor.

Seit ich ihn aus meiner Wohnung geworfen hatte, hatte er sich nicht gemeldet. Ich brachte es nicht über mich, seine Kette zu tragen. Ich hatte sie an einen Haken im Badezimmer gehängt. Ihr Funkeln wirkte vorwurfsvoll. Kaum blickte ich sie an, spürte ich eine große Unruhe, Angst beinahe, die mir über den Rücken kroch und sich in meinem Magen festsetzte. So wie auch jetzt. Ich musste eine Entscheidung treffen. Am besten gleich. Ich hielt am Straßenrand, fingerte nach meinem Handy und rief Ronald an. Ich erwischte ihn zu Hause, im Hintergrund konnte ich Kinderstimmen hören. Ich hatte mir nie Gedanken darüber gemacht, was für ein Privatleben mein Kollege führte, und Kinder hatte ich ihm sowieso nicht zugetraut. Im Moment hatte er keine Zeit, aber er versprach, sich morgen Abend gegen neunzehn Uhr vor Alexanders Haus mit mir zu treffen. Mit klopfendem Herzen beendete ich die Verbindung. Ich fühlte mich, als hätte ich eine Reise zum Mittelpunkt der Erde gebucht. Es war verlockend und furchterregend gleichermaßen.

Der Mann, von dem ich nicht wusste, ob ich ihn noch liebte, stand vor meinem Haus und sah an der Fassade empor. »Ich dachte schon, du machst mir einfach nicht auf«, begrüßte er mich freundlich und küsste mich.

»War mit den Kindern meines Bruders unterwegs«, erwiderte ich. Als ich den Schlüsselbund aus der Tasche nahm, bat er, mit hinauf kommen zu dürfen. Ich wusste nicht, wie ich ihn hätte abwimmeln sollen. Er verhielt sich, als sei nichts geschehen zwischen uns. Als habe er großes Verständnis dafür, dass ich ihn neulich abgewiesen hatte. Eher noch: Als sei dies überhaupt nicht geschehen.

Ich kochte uns einen Tee und blieb schweigsam. Er spürte, dass er derjenige war, der für die Konversation sorgen musste. Und er getraute sich nicht, danach zu fragen, ob mit mir oder gar mit uns irgendetwas nicht in Ordnung sei. Ich war verblüfft, wie leicht es ihm plötzlich zu fallen schien, mich zu unterhalten. Er erzählte von seiner Woche, von den Kunden, dass er beschlossen hätte, in diesem Jahr eine Silvesterparty zu geben, und er fing sogar an, gemeinsame Urlaubspläne fürs nächste Jahr zu schmieden.

Ich nickte, ließ gelegentlich ein knappes, amüsiertes Lachen hören und wunderte mich, dass ich nicht platzte. Als ich unsere Teetassen in den Geschirrspüler räumte, trat er hinter mich und legte seinen Arm eng um meinen Hals. Ich spürte, dass es heute kein Entkommen gab. Sein Griff war fordernd, als wolle er sagen, zweimal lasse ich mich nicht wegschicken. War bisher ich beim Sex immer aktiver gewesen, übernahm heute er das Kommando. Er drängte mich ins Schlafzimmer und schubste mich aufs Bett. Blitzschnell hatte er sich seiner Kleider entledigt und nun legte er sich mit seinem schweren Körper ganz auf mich. Ich bekam kaum Luft und keuchte heftig, während er sich an meinen Kleidern zu schaffen machte. Als er mich meiner Hose und des Slips entledigt hatte, wurde sein Griff um meine Handgelenke immer fester. Er stieß seine Zunge in meinen Mund und drang gleichzeitig in mich ein. Ich hatte kaum eine Chance, mich zu bewegen, was irritierenderweise meine Lust entfachte. Plötzlich drehte er mich mit einer schnellen Bewegung auf den Bauch und nahm mich von hinten. So konnte er noch stärkeren Druck ausüben. Ich kam heftig und lang anhaltend und schrie laut dabei. Kurz danach ergoss er sich in mich und zog sich dann sofort zurück. Breit ausgestreckt blieb er auf meinem Bett liegen, sein massiger Brustkorb hob und senkte sich und der Schweiß rann ihm von der Stirn. Er starrte an die Decke. Es war wie ein Reflex, dass ich mich an seine Brust kuschelte, ihm sanft mit dem Finger über den Bauch strich und seinen Geruch in mich aufsog. Seit Wochen fühlte ich mich zum ersten Mal wieder wohl und geborgen in seiner Gegenwart. Er streifte mir kurz über die Schulter, dann richtete er sich auf und sagte, er müsse gehen.

Ich brachte kein Wort heraus. Ich sah nur zu, wie er sich in Windeseile anzog und mit einem knappen »Ciao« meine Wohnung verließ. Ich drehte mich auf den Bauch und weinte lautlos in mein Kissen.

**Wenn nichts süßer ist
als die Erinnerung ans Glück,
so ist nichts entsetzlicher als die Erkenntnis, ...**

23. April 2018, 18.00 Uhr

»Ich wollte ihr gerade ...«, die Stimme wird so leise, dass kaum noch etwas zu verstehen ist, »... die Hose runterreißen. Da hörte ich Schreie. Und bemerkte die Menschen. Zwei Männer, eine Frau. Es ging alles so schnell, aber ich habe das Geschehen noch genau vor Augen. Da ist diese Stange, ich weiß nicht, wo die herkam.«

Alexander drückt auf das Pausensymbol. Er hat genug gehört. Genug, um die Sprengkraft dieser Aussage zu erkennen. Er tippt auf dem Handy herum, ich nehme an, er löscht die Datei. Ich verfolge jede seiner Bewegungen. Kann ich irgendwo einhaken, um den Ablauf dessen, was gerade passiert, zu stoppen? Vorerst nicht. Wehrlos sehe ich zu, wie er das Handy in den Glaskrug voller Wasser fallen lässt, der auf dem Beistelltisch steht.

Kaum waren wir in der Wohnung, schubste er mich aufs Sofa. Die Waffe, die er auf mich richtete, hielt mich davon ab, irgendetwas Unüberlegtes zu tun. Ich bin mir sicher, dass er nicht zögern würde, auch mich zu erschießen. Zu erdrosseln. Zu erschlagen. Egal was. Er würde meinen Tod in Kauf nehmen, um sein Leben ein weiteres Mal zu retten.

Und so kauere ich auf dem Sofa, ängstlich und lauernd zugleich. »Ich glaube nicht, dass dies die einzige Datei mit seiner Aussage ist«, sage ich. Meine Stimme klingt dünn. »Ronald, der, den du umgebracht hast, hat bestimmt irgendwo das Original hinterlegt.«

»Aber es wird keinen mehr geben, der davon weiß«, antwortet Alexander in einer Seelenruhe, die voraussetzt, dass er eine Seele hat. Seine muss dunkel sein und bitter.

»Also wirst du mich auch töten? Und Ronalds Frau, die in seinem Nachlass Hinweise findet? Soll das immer so weitergehen? Und was für ein Leben wirst du dann führen?«

»Das wird sich finden«, sagt er, aber sein Gesicht wirkt eine Spur fahler. »Im Notfall werde ich dieses Land verlassen. Ich habe immer einen Plan für den Notfall, das solltest du wissen.«

Er setzt sich jetzt neben mich auf das zu schmale Sofa. Die Mündung ist auf meinen Brustkorb gerichtet, sein Finger liegt am Abzug. Eine winzige Bewegung und ich bin fort. Nach neun Jahren im Gefängnis hätte ich nicht einen einzigen Tag in Freiheit genossen. Diese Erkenntnis macht mich so wütend, dass sich ein unbekanntes Gefühl in mir breitmacht. Ein Überlebenswille, wie ich ihn noch nie gespürt habe. Ausgerechnet er soll es nicht sein, der mein Leben beendet. Ich muss ihn besiegen. Egal wie.

»Aber eine Frage begleitet dich sicher bis heute, in jeder Sekunde«, setze ich an. Ich will ihm nicht zeigen, dass die Angst durch meinen ganzen Körper kreist und jederzeit explodieren und mich in Millionen Einzelteile zerfetzen kann. »Bist du schuld am Tod deiner Mutter oder nicht? Ich verstehe bis heute nicht, warum du damals nicht die Chance ergriffen hast, es herauszufinden. Zuviel Angst vor der Wahrheit?«

»Halt's Maul!« Er schlägt mir mit dem Lauf der Pistole gegen die Wange. Der Schmerz durchfährt mich glühend und ich schreie auf. Aber ich spüre auch eine Härte, die ich früher nicht besaß. Ich will mein Handeln nicht von diesem Schmerz bestimmen lassen. Meine Kiefer knirschen aufeinander.

»Das Kapitel ist abgehakt. Es ist nichts mehr da, was das eine oder das andere beweist. Das weißt du genau.«

»Nein, wie kommst du darauf?« Ein verdammtes Spiel mit dem Feuer – aber wenn der Tod die einzige Alternative ist, ist es egal, wenn ich mir die Finger verbrenne.

Er packt mich am Kragen, drückt die Pistole an meine Schläfe. »Er hat alles verbrannt, das weißt du doch.« Kein Zweifel: Er glaubt fest daran.

»Schon, aber ...« Und mit einem Mal wird mir einiges klar. »Du weißt gar nichts davon. Du hast meinen Anruf damals nie abgehört.«

»Wovon sprichst du?« Er rückt von mir fort, lässt die Waffe sinken.

»Vom Abend vor der Verhandlung ... als ich dich anrief ... als ich dir die Wahrheit anbot.«

»Du meinst den Abend, als diese verrückte Nachbarin das Haus in Brand setzte? Als ich mit Rauchvergiftung und Brandverletzungen im Krankenhaus landete? Nein, da habe ich meinen Anrufbeantworter nicht abgehört. Und später auch nicht. Da war er nämlich komplett verkohlt.«

»Natürlich weiß ich das. Aber es hätte ja sein können, dass du ihn noch kurz vor dem Brand abgehört hast.«

»Hab ich nicht. Ich bin froh, dass ich mit dem Leben davongekommen bin.«

»Komm schon, das kam dir doch gerade recht. Was konntest du für einen bemitleidenswerten Eindruck machen! Keiner, der im Gerichtssaal saß, wird die Videoübertragung deiner Zeugenaussage aus dem Krankenbett je vergessen. Das war ganz großes Kino!«

»Verstehe – du hast geglaubt, du könntest mich mit dem Abschiedsbrief dazu bringen, ein Geständnis abzulegen. Wie schlecht du mich kennst!«

»Dich vielleicht. Dafür kenne ich den Inhalt des Briefes genau. Und du kannst ihn nachlesen. Wenn du mich dafür in Ruhe lässt.«

Er sieht aus, als würde er am liebsten vor mir ausspucken, aber er erhebt sich, geht auf die Balkontür zu, den Rücken mir zugewandt. Er kann es offenbar nicht ertragen, mir zu zeigen, wie sehr ihn die Erkenntnis erschüttert, dass ich all die Jahre die Antwort wusste und er nicht.

Ich spreche weiter, ruhig, beherrscht, erzähle ihm von Monikas Besuch, von Niklas' Handy, der Botschaft auf seinem Anrufbeantworter. Währenddessen stehe ich vorsichtig vom Sofa auf. Er hat die vom Brand entstellte Hand mit der Waffe darin am Türrahmen abgestützt und starrt hinaus in die Dämmerung, die sich wie eine Decke über die Stadt legt und sie mehr und mehr umfängt.

Ich weiß, ich habe nur eine Chance. Ich darf nicht zögern. Ich reiße ihm von hinten mit einem Ruck ein Bein nach oben und ziehe daran, so fest ich kann. Er verliert das Gleichgewicht, dreht sich im Fallen zu mir. Sein Arm knallt ans Fensterbrett, die Pistole fliegt durch die Luft und er donnert mit dem Hinterkopf gegen die Balkontür. Wie die Beine einer Monsterspinne wirken die Risse, die sich im Glas ausbreiten. Stöhnend bleibt er liegen. Ich entdecke die Pistole direkt vor dem Sofa und mit einem Sprung habe ich sie mir gesichert. Es ist das erste Mal, dass ich eine Waffe in der Hand halte. Sie fühlt sich erstaunlich beruhigend an. Ihre Kälte strömt in meine zitternden Finger.

Noch wirkt er benommen. Doch schon versucht er, auf die Knie zu kommen, aufzustehen. Allein durch sein Gewicht wird er mich schnell überwältigt haben. Ich muss etwas tun.

»Das traust du dich nicht.« Er grinst bereits wieder und streicht sich über den Hinterkopf, als habe ihn nur eine lästige Fliege gestreift.

Ich lege beide Hände um die Pistole.

Er steht. Stützt sich am Fensterbrett ab. Sein Gesicht ist knallrot und er atmet schwer. Dennoch hat er einen siegessicheren Blick. Gleich wird er ... Ich richte die Waffe auf seine Beine. Notwehr, denke ich. Er oder ich. Er macht einen Schritt nach vorne. Meine Hände schwitzen. Gleich wird mir die Pistole entgleiten, auf den Boden fallen. Und er ... Ich lege den Zeigefinger an den Abzug, ziele, drücke langsam durch. Der Schuss ist leise. Als falle etwas Schweres von einem Schrank. Es reißt mir die Arme nach oben, die Füße sacken beinahe weg. Ich taumle rückwärts, die Pistole fällt zu Boden, poltert, eine Hand ertastet den Stuhl hinter mir, ich fange mich ab und kauere mich auf die Sitzfläche. Hat er geschrien?

Er krümmt sich am Boden, wimmert. Blut durchtränkt sein Hosenbein. Ich habe ihn getroffen. Irgendwo am Schienbein, an der Wade. Ich traue mich nicht, hinzuschauen.

»Scheiße!« Seine Stimme wird lauter. »Verdammte …«

»Schsch!«, entfährt es mir und er schweigt tatsächlich. Wie ich ihn da so liegen sehe, wie einen Wurm, werde ich ganz kalt innen drin. Er hat mein Mitleid nicht verdient. Er hat selbst nie welches gehabt. Weder mit mir, noch mit irgendeinem anderen Menschen. Sein Mitleid war nur für ihn selbst bestimmt.

Ich hebe die Waffe schnell wieder auf, bin jedoch sicher, dass er für den Moment außer Gefecht gesetzt ist. Rasch sprinte ich ins Bad. Ich starre kurz in den Spiegel, erkenne die Frau mit dem verschwitzten Gesicht kaum. Ich spritze mir kaltes Wasser auf die Haut und überlege, was ich nun tun soll. Mein Blick fällt auf eine Wäscheleine, die noch zusammengepackt auf der Waschmaschine liegt. Ein Griff und ich bin wieder draußen in meinem Zimmer, das von diesem Eindringling noch immer beherrscht wird. Obwohl er hilflos wie ein Baby am Boden kauert und wimmert, sich die Hände auf die Wunde presst. Ich packe die Wäscheleine aus und hocke mich neben ihn, versuche, jeden seiner Atemzüge, seiner Bewegungen einzuschätzen. Wird er gleich über mich herfallen? Doch er merkt kaum, dass ich neben ihm bin. Sein Gesicht ist schneeweiß, Schweiß perlt auf seiner Stirn. Er steht unter Schock. Nicht nachdenken!, befehle ich mir. Kein Mitleid!

Ich schlinge das Seil um seine Arme, Hände und das Bein, ich verschnüre ihn zu einem merkwürdigen Paket, aus dem das unverletzte Bein herausragt. Er wehrt sich nicht, er bekommt kaum mit, was ich tue. Ich schiebe ihn, so schwer er ist, gegen das Sofa, damit er nicht umfällt. Dann renne ich ins Bad, finde aber nirgends Verbandszeug. Ein Küchenhandtuch muss genügen. Ich schiebe es so zwischen seine Finger, dass er die Wunde selbst abdrücken kann.

Ich rücke von ihm weg, setze mich auf den Boden vor dem Regal, spüre dessen Metallstreben im Rücken und betrachte ihn. Er hat die Augen geschlossen, es scheint, als bewege er sich in einer ganz anderen Welt. Ich will nicht wissen, was er dort sieht. Was tue ich nun mit ihm? Ich sollte die Polizei rufen, doch mein Handy schwimmt noch immer in dem Wasserkrug, ist zerstört, unbrauchbar. Ein Festnetztelefon habe ich nicht.

Es ist merkwürdig, sich genau in der Situation wiederzufinden, von der man jahrelang geträumt hat. Wie oft habe ich mir vorgestellt, er sei mir rettungslos ausgeliefert und ich könne tun und lassen mit ihm, was ich wolle. Um ihm heimzuzahlen, was er mir angetan hat. Aber nun bin ich ratlos. Ich will nichts weiter als ihn so schnell wie möglich loszuwerden.

»Wasser«, flüstert er nun und öffnet ein Auge, das panisch umherblickt. Ich fische das Handy aus der Wasserkaraffe, hole ein zweites Handtuch, tunke es ins Wasser und lasse ihn daran lutschen. Gierig saugt er.

»Und jetzt?«, fragt er und sieht mich an. Er sieht so jung aus mit einem Mal. Unwirklich. Als ich mich wieder vor das Regal setzen will, fällt mein Blick auf den orangefarbenen Hefter darin. Und ich weiß, was ich tun möchte.

»Ich werde dir eine Geschichte vorlesen«, sage ich und greife nach den Blättern.

Er stöhnt, sagt aber nichts.

»Nicht meine Geschichte. Sondern seine.«

Sie haben gesagt, wenn ich meine Geschichte aufschreibe, können sie mir schneller helfen. Ich soll einfach alles aufschreiben. Alles, woran ich mich erinnere. Auch an meine Kindheit. Das würde mir guttun. Ich hab keinen Schimmer, ob das stimmt. Aber ich habe sowieso nichts zu tun. Und die andern beachten mich vielleicht weniger, wenn ich einfach in einer Ecke hock' und vor mich hin kritzel.

Tja, woran erinnere ich mich? Ich mein, von früher. Klingt komisch: früher. So alt bin ich jetzt auch noch nicht. Im Moment erinnere ich mich eh am besten an meinen Geburtstag. Ist ja auch noch nicht so lange her. Volljährig bin ich jetzt, Hurra! Und das coolste Geschenk war eindeutig das Abschlusszeugnis von der Hauptschule. Den Quali gepackt, yeah! Okay, es war auch das einzige Geschenk. Aber irgendwie bin ich schon stolz, dass ich das hingekriegt hab. Komisch, wenn einer wie ich stolz auf was ist. Aber, na ja, eigentlich bin ich echt stolz.

Als ich in die Schule kam, da kann ich mich dran erinnern, da hat die Mami zu mir gesagt, jetzt bin ich stolz auf dich. Ob der Papi auch stolz war, weiß ich nicht. Ich weiß gar nicht mehr genau, ob er überhaupt dabei war. Ich glaub, da haben wir schon in dem großen Haus gewohnt, wo ich das große Zimmer hatte. Das war klasse. In so einem großen Haus würd ich später auch gerne mal wohnen. Aber bei mir dürften die Kinder immer rumtoben und auch mal unordentlich sein …

Ich erinnere mich an einen Aufsatz, den wir in der vierten Klasse schreiben mussten. Das Thema war: Beschreibe deine Eltern. Alle anderen Kinder schrieben: ›Meine Mutter ist blond und kleiner als mein Vater, sie hat grüne Augen und kann gut kochen. Am schönsten sieht sie in dem blauen Kleid mit den weißen Blumen aus.› Und so weiter. Ich habe geschrieben: ›Meine Mami ist oft müde und braucht viel Schlaf. Ich darf dann nicht laut sein, damit sie nicht aufwacht. Mein Papi ist meistens nicht da und kriegt nicht mit, dass sie so viel schläft. Mein Papi spricht nicht sehr viel, meine Mami aber auch nicht. Mein Papi legt oft eine Schallplatte mit klassischer Musik auf. Die hört er sehr gerne.‹ Wenn ich heute an meine Eltern denke, dann fällt mir immer noch nicht viel mehr ein. Papi trug immer einen total schicken Anzug, und er fuhr ein cooles, schnelles Auto. Er kam immer erst abends spät von der Arbeit. Was er so den ganzen Tag gemacht hat, weiß ich nicht genau. Mami hat immer nur gesagt, er muss viel arbeiten und abends ist er total erschöpft und braucht seine Ruhe. Ein paar Mal hat er mich mit in sein Büro genommen, mich den Mitarbeitern dort gezeigt, aber da war ich noch sehr klein und ich kann mich kaum noch dran erinnern.

Ich glaube, Mami hätte auch lieber gearbeitet und Erwachsene um sich gehabt, nicht mich. Aber das hätte sie nie zugegeben. Ich weiß nicht genau, warum Mami nicht gearbeitet hat, ich glaube nicht, dass der Papi es ihr verboten hat. Vielleicht wusste sie aber auch genau, dass ihr das Arbeiten gar keinen Spaß gemacht hätte, weil sie ja dann weniger hätte schlafen können. Aber das hat sie natürlich nicht zugegeben.

Ich war als Kind immer ganz froh, dass bei uns nicht so viel gesprochen wurde. Da konnte ich immer ungestört spielen, in meiner Fantasiewelt. Ich glaube, ich hatte immer viel Fantasie. In den Spielen in meinem Kopf war es immer spannend und ich hatte echte Freunde, die zu mir hielten. Nicht so wie in der Schule, wo du gleich unten durch bist, wenn du nicht so viel rumschreist wie die anderen.

Ansonsten erinnere ich mich daran, dass ich immer viel Spielzeug geschenkt bekommen habe, zum Ritter spielen und so. Vor allem von meinem Großvater. Ich glaube, Mami mochte meinen Großvater nicht so richtig. Sie hat mich oft so fest an der Hand gehalten, dass es beinahe wehtat, wenn sich mein Großvater gebückt hat, um mir einen Kuss zu geben. Aber ich fand ihn immer sehr lustig. Er hat mich auf seinem Rücken reiten lassen und mir viele Geschichten von früher erzählt, vom Krieg und was er alles erlebt hat. Manchmal ist er sogar mit mir durch den Garten gelaufen und wir haben gespielt, er ist der General und ich bin seine siegreiche Armee. Meine Mami hat immer behauptet, er sei gar nicht Soldat im Krieg gewesen, aber das war mir egal. Auch, dass er sie ebenso wenig mochte wie sie ihn, war mir egal. Wenn er gesagt hat: »Ach, die Jutta ist so eine …« dann habe ich ihn schnell unterbrochen und nach was anderem gefragt.

Ich glaube, die Mami hätte nach mir gerne ein zweites Kind bekommen, aber der Papi wollte das nicht. Erst hat er immer gesagt, dass wir zu wenig Geld hätten und später, als er dann anfing, mehr Geld zu verdienen, hat er gemeint, es würde ihn zu sehr stressen, wenn da noch so einer rumplärrt. Ich habe das nicht verstanden, weil ich habe eigentlich nie viel geplärrt und immer gerne alleine gespielt. Jedenfalls, als der Papi seine eigene Firma gegründet hat, da war er kaum noch zu Hause. Und am Wochenende hat er dann nur auf dem Sofa gelegen und geschlafen und ich musste besonders leise sein. Damit er sich erholen kann, hat Mami gesagt. Manchmal hat dann Mami mit mir gespielt, aber auch nicht so oft und ich glaube, ihr hat das auch keinen Spaß gemacht. Manchmal, wenn ich aus der Schule kam, habe ich Mami vor dem Haus getroffen und sie war über und über mit Tüten bepackt. Dann wusste ich: Heute ist sie nicht gut drauf. Mami fuhr morgens oft in die Stadt und hat eingekauft. Dann kam sie meistens mit T-Shirts und Hosen und Kleidern und mehreren Paar Schuhen in verschiedenen Farben. Aber komischerweise hat sie sich gar nicht über das gefreut, was sie gekauft hat und teilweise hat sie die Sachen auch ganz selten angezogen. Einmal hat der Papi die Mami deswegen total angeschrien, ich glaube, weil sie so viel Geld ausgegeben hat und dem Papi nichts davon gesagt hat. Ich kann das schon verstehen, dass er da schreit, weil er ja so hart gearbeitet hat, damit wir uns alles Mögliche leisten können und sie hat dann mit einem Schlag so viel ausgegeben. Mami war dann aber total trotzig und hat zurückgeschrien, dass sie das Einkaufen wenigstens befriedigen würde. Da hat der Papi ganz böse geguckt und ich dachte, jetzt schmiert er ihr eine, aber er ist dann einfach gegangen, hat die Tür laut zugedonnert und ist erst in der Nacht wiedergekommen. Mami hat dann getan, als sei nichts gewesen und hat sogar vor sich hingesummt und war ganz lieb zu mir. Aber ich fand das doof, weil sie sich doch gestritten hatten und dann können sie doch nicht so tun, als wär nichts. Das hätte ich mal machen müssen, erst rumschreien und dann so tun, als wär nichts. Ein anderes Mal, als Mami wieder mit so viel Tüten aus der Stadt gekommen ist und der Papi die gesehen hat, hat er total viele Klamotten von der Mami aus dem Schrank gerissen und hat sie in den Müllcontainer gesteckt. Mami hat an ihm rumgezerrt, aber er war ja stärker und sie konnte ihn nicht abbringen. Er hat das ganz leise gemacht, ohne etwas zu sagen. Nur sein Kopf, der war sehr rot. Er ist dann einfach weggefahren und Mami hat versucht, die Klamotten wieder aus dem Müllcontainer rauszuholen, aber der war groß und sehr tief und die Klamotten waren schon total verschmiert mit dem anderen Müll, der da in der Tonne lag. Die Sachen, die sie dann doch noch rausgezogen hat, die haben fürchterlich gestunken und eines hatte sogar einen Riss. Mami war total fertig und hat den ganzen Tag nicht mehr mit uns geredet, ich meine, der Papi war sowieso nicht da, aber mit mir auch nicht.

So Sachen sind dann immer öfter passiert, einmal hat Mami dann dem Papi eine Beule ins Auto gefahren und er hat behauptet, das hätte sie absichtlich gemacht. Ich weiß nicht, was stimmt. Auf jeden Fall kamen Mami und der Papi eines Tages in mein Kinderzimmer, und sie haben eigentlich ganz fröhlich gewirkt und wie wenn sie sich gut verstehen würden. Und dann haben sie mir gesagt, dass sie sich scheiden lassen würden. Irgendwie habe ich das ja verstanden, weil so viel wie die gestritten haben, das war ja nicht schön. Aber ich hatte auch total Angst, so ein komisches Gefühl. Ich musste dann auch gleich weinen und Mami hat mich in den Arm genommen, um mich zu trösten. Der Papi ist ziemlich schnell gegangen, weil er noch was erledigen musste oder so. Ich hatte Angst, dass sie mich fragen würden, bei wem ich denn lieber bleiben würde, weil ich nicht gewusst hätte, was ich sagen soll. Mami hat aber immer davon gesprochen, dass es uns viel besser gehen würde, wenn der Papi weg wäre, keiner mehr, der uns anschreit und so. Das konnte ich mir gut vorstellen, aber ich konnte das doch dem Papi nicht sagen, wenn er mich gefragt hätte. Ich hatte in den nächsten Wochen immer Angst, wenn der Papi kam und mit mir reden wollte, weil ich dachte, er würde mir diese Frage stellen. Aber der Papi hat gar nicht gefragt. Ich glaube, für den war es total klar, dass ich bei Mami bleiben würde. Wahrscheinlich hätte er sich nicht so gut gefühlt, wenn er noch auf mich hätte aufpassen müssen, wann hätte er das auch tun sollen?

Erst ging das mit der Scheidung ganz gut. Obwohl die Mami und ich in eine kleine Wohnung umziehen mussten. Aber ich bekam das größere von den beiden Schlafzimmern. Und die Wohnung war näher an der Schule. Wir haben mein Zimmer tapeziert und auch ein paar neue Möbel gekauft und Mami war viel fröhlicher als mit dem Papi.

Der Papi hat mich am Wochenende manchmal abgeholt und ist mit mir durch die Gegend gefahren. Er hatte so ein neues, rotes Cabrio und ich wollte auch gar nichts anderes, als in dem Auto rumfahren. Außerdem muss man beim Autofahren nicht so viel reden. Der Papi hat sowieso immer nur gefragt, was macht die Schule, und ansonsten wollte er nur von mir wissen, was die Mami so über ihn sagt. Mir war das peinlich, weil Mami hat schon viel über ihn geschimpft und ihn Geizhals genannt und Karrierist, aber das konnte ich ihm doch nicht sagen. Aber er hat immer so lange nachgebohrt, bis ich dann doch was gesagt habe. Und dann hat er immer gebrüllt, ich hab's gewusst, die blöde Schlampe! Auf meine Kosten will sie ein faules Leben führen! Und solche Sachen. Und dann war er sauer und hat nicht mehr mit mir geredet.

Später dann hatte Papi ja seine neue Frau. Bei der war ich nicht gern. Wie schon früher hat sich der Papi wenig bis gar nicht um mich gekümmert. Und bei seiner neuen Frau hat sich sowieso alles nur um das Baby gedreht. Eigentlich bin ich meistens vor dem Fernseher gesessen und hab schauen können, so viel ich wollte. Nur wenn mal der Ton zu laut war, haben sie gemotzt. Eigentlich war ich froh, dass ich gucken konnte, ich hab sogar die Action-Filme sehen dürfen, da waren die längst im Bett. Aber beim Frühstück und so kam ich mir immer total überflüssig vor. Der Papi hat mich nie gefragt, was wir mal zusammen machen sollen, sondern ich glaube, er war froh, wenn er mich zur Mami zurückbringen konnte. Ich weiß nicht, ob ich darüber froh sein sollte, denn bei der Mami war es ja auch nie so viel schöner. Oft, wenn ich nach Hause kam, saß sie auf dem Sofa und hat auf den Fernseher gestarrt. Manchmal hat sie mit der Fernbedienung ganz schnell durchs Programm geschaltet, ewig ging das so. Oder sie ist immer im Zimmer auf und ab gegangen. Ihre Lippen haben sich dabei bewegt, aber ich weiß nicht, was sie gesagt hat. Abendessen musste ich mir dann selber machen, aber das war okay, das konnte ich ja und wenigstens hat keiner gemotzt, weil ich »nur« Nutella-*Brote gegessen habe. Die hab ich dann immer total dick bestrichen.*

Ich war nicht mal alle zwei Wochen beim Papi, oft nur einmal im Monat übers Wochenende. Manchmal habe ich Cäsar, meinen Goldfisch, mitgenommen. Den hat mir der Opi geschenkt. Der saß in einem Glas zusammen mit einer Pflanze und dem Cäsar konnte ich immer alles erzählen. Ich hab mir dann vorgestellt, wie ich als Taucher die Weltmeere erforsche und tolle Schätze finde. Der Cäsar war dann natürlich kein Goldfisch, sondern ein kluger Delfin, der mir geholfen hat. Aber an einem Wochenende, als ich wieder mit Cäsar beim Papi und seiner neuen Frau war, da war es ganz schlimm. Der Papi und seine Frau hatten sich wohl gestritten, zumindest haben sie nicht miteinander geredet, so wie es früher bei uns ja auch oft war. Auf jeden Fall war der Papi sehr schlecht gelaunt und ich wusste gar nicht, was ich sagen soll. Also, dachte ich, ich sag lieber nichts und guck nur ein bisschen Fernsehen. Ich hab den Fernseher angeschaltet und mich in eine Sofaecke gesetzt und der Ton war auch leise. Aber der Papi hat mich angestarrt und er sah aus, als würde er etwas ziemlich Ekliges anschauen. Plötzlich hat er angefangen zu brüllen, einfach so, er hat gebrüllt, dass ich zu gar nichts nütze sei und dass ich nicht glauben soll, dass er mir das ewig durchgehen lässt und wenn ich in seinem Haus bin, dann muss ich mich so benehmen, wie man das in einem anständigen Haus tut. Ich wusste überhaupt nicht, was er von mir will, und ich war total erschrocken und da musste ich anfangen zu weinen. Da hat der Papi weiter geschrien und ich dachte, gleich klatscht er mir eine. Der Papi hat mich bis dahin nie geschlagen, auch an dem Tag nicht. Aber dafür hat er das Glas mit dem Cäsar genommen, das auf dem Esstisch stand, und ist damit ins Bad gerannt. Ich hatte total Angst und bin ihm hinterher und er hat immer nur gebrüllt, dass ihm dieses blöde Vieh nicht mehr ins Haus kommt, und dann hat er den Klodeckel hochgemacht und Cäsar und die Pflanze ins Klo geschüttet und runtergespült. Ich war total geschockt. Ich konnte gar nichts mehr sagen. Ich habe mich auf den Boden gesetzt und geheult. Und plötzlich ist der Papi ganz still geworden und hat sich neben mich gesetzt und den Arm um mich gelegt.

Das hatte er schon seit Jahren nicht mehr gemacht! Ich wusste gar nicht, was ich tun sollte, aber er hat leise auf mich eingeredet und ich glaube, er wollte sich entschuldigen. Ich habe immer noch nicht verstanden, was eigentlich los war. Aber um den Cäsar hat es mir total leidgetan. Zwei Wochen später hat mir der Papi einen neuen Fisch geschenkt. Er war noch größer als der Cäsar, aber er war eben nicht Cäsar.

17

Es war kurz nach sieben, als ich an Alexanders Haus ankam, und Ronald wartete bereits auf mich. Ich hatte den Wohnungsschlüssel mitgebracht, denn falls Alexander nicht da sein sollte, könnte ich meinem Kollegen wenigstens das Zimmer des alten Mannes zeigen und wir würden gemeinsam überlegen, was zu tun sei.

Ich klingelte mehrmals, aber nichts rührte sich. Ich sah Ronald unsicher an.

»Wenn er uns überrascht, stellen wir ihn sofort zur Rede. Er ist derjenige, der etwas zu verbergen hat – nicht du!«

Ich nickte und schloss seufzend die Tür auf. Im Treppenhaus war es sehr still. Langsam stiegen wir hinauf. Seine Wohnungstür knarrte und ich holte tief Luft, bevor ich eintrat. Überall war es dunkel.

»Lass das Licht aus«, flüsterte mir Ronald zu.

Es dauerte einen Moment, bis ich begriff, was ich sah: Der riesige Eichenschrank stand stirnseitig am Ende des Flurs. Die Tür zum Zimmer des alten Herrn war frei zugänglich. Ronald zog die Augenbrauen hoch.

Fröstelnd ging ich auf die Zimmertür zu und legte die Hand auf die Klinke. Ich sah meinen Kollegen fragend an. Er nickte. Langsam öffnete ich die Tür.

Im Zimmer war es ebenso dunkel wie im Rest der Wohnung. Nur eine Straßenlaterne warf ein wenig Licht herein. Doch das genügte.

Der Raum roch nach Putzmitteln. Abfall lag keiner mehr herum. Die Fenster waren geputzt, das Bett ordentlich bezogen, die alten Zeitungen wohl in den Müll gewandert, der Staub gewischt, die Schallplatten standen ordentlich im Regal. Alles machte einen sehr behaglichen Eindruck. Sogar die Toilette und das Waschbecken waren hinter einer Holzkonstruktion mit Schiebetür verschwunden. Nur von Herrn Bachinger war keine Spur zu entdecken.

»Nett hier«, sagte Ronald und es fiel ihm hörbar schwer, den Sarkasmus zu zügeln.

»Aber, aber «, stammelte ich. »Das war eine Hölle hier, eine Müllhölle. Es stank, es war ... komplett menschenunwürdig.« Ich spürte, wie Tränen in mir aufstiegen.

»Und der alte Herr ist ausgegangen, wie's scheint.«

»Lass uns gehen«, bat ich. »Wie soll ich ihn denn konfrontieren mit etwas, das gar nicht mehr vorhanden ist?« Bevor Ronald antworten konnte, klingelte es schrill an der Tür. Wir zuckten beide zusammen. Es schellte noch einmal und dann klopfte es. Wir gingen in den Flur, schlossen die Zimmertür hinter uns und machten Licht an.

»Los, öffne«, zischte er. »Du bist schließlich die Freundin des Hausherrn – warum sollst du nicht hier sein?«

Ich holte tief Luft und riss die Tür auf. Ich weiß nicht, wen ich erwartet hatte, einen Zeugen Jehovas vielleicht, eine Nachbarin, den Paketzusteller – aber da stand ein dicklicher, junger Mann in einer dunkelgrünen Bomberjacke. Er hatte kurzgeschorene Haare, wirkte im grellen Treppenhauslicht blass wie eine Made und sein Blick irrte nervös durch mein Gesicht und über den Türrahmen, in dem ich stand. Er hatte strahlend blaue Augen, umrahmt von langen, dunklen Wimpern, und das war das einzig Hübsche an ihm. Sein Teint war talgig und rote Pickelchen übersäten Stirn und Kinn. Er konnte nicht älter als achtzehn, vielleicht zwanzig sein. Als er mich sah, lief er rot an.

»Entschuldigung, wohnt hier nicht Herr Helin?«, stotterte er. Er brachte es nicht fertig, mir während des Redens in die Augen zu schauen.

»Doch, doch«, nickte ich. »Ich bin seine … Freundin. Wollen Sie hereinkommen?« Der Junge betrachtete seine Schuhspitzen. Unter der weit geschnittenen Jeans ragten ausgetretene Turnschuhe mit nur locker gebundenen Schnürsenkeln hervor. Er schien nicht zu wissen, was er sagen sollte, und vergrub seine Hände in den Taschen der Bomberjacke. Erst jetzt bemerkte ich eine ausgeblichene rote Sporttasche, die neben ihm auf dem Boden stand.

»Sind Sie mit ihm verabredet?«

»Nicht direkt«, sagte der Junge und sah mich immer noch nicht an.

Ich spürte, dass Ronald hinter mich trat und drehte mich zu ihm um. Er hatte einen merkwürdig starren Gesichtsausdruck und durchbohrte den Besucher mit seinem Blick.

»Am besten, ich geh wieder«, sagte der Junge und rang sich etwas wie ein Lächeln ab.

»Nein, nein.« Ronald streckte seine Hand aus und bedeutete dem Typen näherzutreten. »Kommen Sie ruhig rein, Herr Helin ist sicher gleich da.« Ich sah ihn verwundert an, wusste aber nichts zu erwidern. Der Junge konnte sich offensichtlich nicht entscheiden, was zu tun sei.

Im Treppenhaus waren nun Schritte und Stimmen zu hören. Mein Herz begann schneller zu schlagen, als ich durch die Sprossen des Treppengeländers Alexander erkannte. Er brummelte verärgert vor sich hin und seine Worte schienen dem alten Mann zu gelten, der sich hinter ihm die Treppe heraufquälte. Als er uns in der Tür erblickte, verstummte er sofort. Die Verwunderung in seinem Ausdruck überlagerte den Zorn nicht vollkommen. Abschätzig musterte er den Jungen von oben bis unten. Als sich sein Blick von ihm löste, starrte er Ronald feindselig an.

»Ich will gar nicht wissen, was das hier für eine Versammlung ist«, sagte er laut. »Ich möchte aber alle Anwesenden bitten, meine Wohnung zu verlassen. Mein ... Besuch hier braucht Ruhe.«

Ich war mir nicht sicher, ob er mich überhaupt wahrnahm.

»Bitte, Ronald, geh«, flüsterte ich meinem Kollegen zu. Doch der besah fasziniert die Blicke, die Alexander und der junge Mann im Treppenhaus einander zuwarfen. Der Junge war noch röter geworden und knetete seine Hände. Alexander schwieg mit zusammengekniffenen Lippen, aber ich sah wieder die Ader an seiner Stirn anschwellen. Er hatte den Unbekannten fixiert und seine Augen verengten sich immer mehr. Der Wald tauchte vor mir auf, die Männer, die uns angegriffen hatten. Der Geruch von kaltem Zigarettenrauch stieg mir in die Nase und ich brauchte einen Moment, um zu begreifen, dass auch der Junge vor mir danach roch. Gleich würde Alexander die Fäuste heben und losprügeln. Am liebsten hätte ich die Tür zugemacht, aber da sagte der Junge leise: »Ich wusste nicht, wo ich sonst hin soll.«

»Ich will gar nicht wissen, wie du mich gefunden hast. Geh zu deiner Mutter«, knurrte Alexander. »So war es ausgemacht.« Der Junge zuckte hilflos mit den Schultern.

»Sie hat mir nicht aufgemacht.«

»Das ist nicht mein Problem«, sagte Alexander kalt. Dann drängte er sich an dem Jungen und mir vorbei in die Wohnung. »Und jetzt verschwindet – alle.«

Der Typ starrte zu Boden, und nur als der Greis mit gesenktem Blick, ohne irgendwen zu realisieren, an ihm vorbei ging, durchfuhr ihn ein Ruck. Es schien, als stiegen Tränen in ihm auf. Er rannte die Stufen hinunter und wir hörten die Haustür knallen. Der alte Bachinger, der, wie ich registrierte, einen etwas altmodischen, aber ordentlichen, dunkelblauen Anzug trug, nuschelte etwas, das nach »diese Jugend heutzutage«, klang. Mich hatte er nicht wiedererkannt.

Ronald zog den Reißverschluss seiner Jacke hoch und trat in den Hausflur. Für den Bruchteil einer Sekunde trafen sich Alexanders und mein Blick. Kälte überlief meinen Rücken. Gleich würden meine Knie zittern. Ich machte einen Schritt vorwärts, neben Ronald, und schon knallte die Tür ins Schloss. Schweigend liefen wir die Treppe hinunter.

Kalte, feuchte Nachtluft schlug uns entgegen, der Himmel war bedeckt. Aus den Fenstern des Mietblocks schien warmes Licht auf die Straße – Licht, das nichts und niemanden zu wärmen vermochte.

Von der Hausmauer löste sich ein Schatten. Ängstlich sah ich dem Jungen entgegen, der sich uns näherte. Wollte er uns zur Rechenschaft ziehen? Hatte unsere Anwesenheit für seinen Rausschmiss gesorgt?

»Können wir Ihnen irgendwie helfen?«, fragte Ronald den Jungen, bevor der etwas sagen konnte, und ich zuckte innerlich zusammen. Ich wollte diesem Jungen nicht helfen, seine Unsicherheit übertrug sich auf mich und ich musste mir eingestehen, dass ich ihn unsympathisch fand.

Der Junge schüttelte den Kopf, machte aber keine Anstalten zu gehen. Er stand regungslos, nur die Tasche in seinen Händen schlug er immer wieder gegen seine Knie.

»Kommen Sie«, ermunterte Ronald ihn. »Sie wirken so, als wüssten Sie nicht genau, wohin. Vielleicht gehen wir erst einmal eine Kleinigkeit essen? Ist hier um die Ecke nicht so ein asiatisches Lokal?« Ohne unsere Antwort abzuwarten, ging er los und wir folgten ihm.

»Ich habe aber kein Geld«, sagte der Junge. Ronald versprach, ihn einzuladen.

Ich weiß nicht, ob die Dinge anders verlaufen wären, wenn ich mich umgedreht hätte und nach Hause gefahren wäre. Ich habe es nicht getan. Auch wenn mir der Junge nicht geheuer war, so wollte ich doch wissen, wer er war. Welches neuerliche Geheimnis würde er aufdecken? War Alexanders Leben nicht schon undurchschaubar genug?

Ronald aß seine scharfe Zitronengrassuppe sehr langsam, da er den Jungen genau beobachtete. Ich hatte mir nur eine Frühlingsrolle bestellt; mein Magen war wie zugeschnürt. Der Junge, der sich uns als Niklas vorgestellt hatte, saß tief über sein Essen gebeugt und es schien, als habe er die Welt um sich herum vergessen. Mit seiner Gabel schaufelte er gebratenen Reis und Hühnerstücke in sich hinein und braune Soße rann seinen Mundwinkel hinunter. Er hatte den freien Arm um den Teller gelegt, als habe er Angst, jemand könne ihm etwas wegnehmen. Als das letzte Reiskorn vertilgt war, ließ er die Gabel sinken, wischte sich den Mund ab und lehnte sich zurück. Zum ersten Mal verschwand der gehetzte Blick aus seinen Augen

»So gut habe ich seit Ewigkeiten nicht gegessen«, sagte er. Wir lächelten ihm zu und er zuckte erschrocken zurück.

»Ähm, ich habe eine längere Reise hinter mir«, erklärte er und räusperte sich ein paar Mal, während er sprach.

»Sind Sie ein Verwandter von Alexander?«, getraute ich mich endlich zu fragen. Niklas nickte.

»Sie können ruhig du zu mir sagen«, erklärte er. »Ich bin sein Neffe.«

Ich stutzte. »Sein Neffe? Aber Alexander hat doch gar keine Geschwister«, entfuhr es mir. Niklas wurde wieder rot.

»Nein, also, quasi, angeheiratet. Mein Vater war der Bruder seiner ersten Frau. Jutta. Er ist vor ein paar Jahren gestorben.«

Seiner ersten Frau? Alexander hatte zwar eine Jutta erwähnt, aber nur von Berit als seiner Frau geredet. Mir wurde mit einem Mal heiß. Hatte mich nicht der alte Mann Jutta genannt? Und hatte er nicht behauptet, Jutta sei schon lange tot? War Alexander Witwer gewesen, bevor er Berit geheiratet hatte? Ich stöhnte.

»Ich dachte, Jutta sei tot?«

»Nein, nein«, entgegnete der Junge rasch und schüttelte energisch den Kopf. Vielleicht hatte Vinzent Bachinger sich in seiner Verwirrung nur eingebildet, Jutta lebe nicht mehr. Wahrscheinlich hatte er sie seit Jahren nicht gesehen. Ich nickte.

»Und kennst du auch den alten Herrn, den Herr Helin im Schlepptau hatte?«, schaltete sich Ronald ein. Niklas zuckte ein wenig hilflos mit den Schultern. Er räusperte sich. »Ich glaub, das ist sein Vater. Hab ihn früher irgendwann mal gesehen. Weiß aber nichts Näheres über den.« Hastig trank er sein Bierglas leer.

»Und wo kommen Sie jetzt her?«

Der Junge holte tief Luft. »Keine sehr schöne Geschichte. Es ist mir ein bisschen peinlich.« Er schob den leeren Teller von sich fort. »Na ja, okay, also, ich war die letzten Jahre in einem Internat in den USA. Onkel Alexander hat meinen Aufenthalt dort finanziert. Na ja – und ich hab's versaut. Ich bin durch die Prüfungen gefallen, mehrmals, außerdem hat man mich ein paar Mal beim Ecke rauchen erwischt ...«

»Beim was?«

»Beim Kiffen. Ja, und das war's dann. Heute früh kam mein Flieger hier an. Kann schon verstehen, dass mein Onkel ziemlich sauer auf mich ist.«

»Und deine Mutter wollte dich auch nicht sehen, oder wie?«, fragte Ronald.

Der Junge zog ein Päckchen Tabak aus der Jackentasche und begann, eine Zigarette zu drehen. »Ich war gar nicht bei der. Wir haben kein so tolles Verhältnis.« Er wollte sich die Selbstgedrehte gerade anstecken, sah uns dann aber erschrocken an. »Ach, hier darf man ja inzwischen gar nicht mehr rauchen, oder?!«

Ich nickte und er legte die Zigarette auf den Tisch.

»Oh, oh, America – Land of the free«, summte er und grinste. Wir sahen ihn fragend an.

»Na, da drüben konnte man wenigstens ...«

»Wie?«, fragte Ronald. »Gibt es noch Staaten in den USA, wo man öffentlich rauchen darf? Ich dachte ...«

»Ach so, klar, das meinen Sie. Nee, nee, darf man da auch nicht. Rauchen. Öffentlich. Ziemlich lästig.« Niklas nickte lange zustimmend.

»Wo warst du denn in den USA?«, wollte Ronald wissen. Seine Stimme klang mit einem Mal kühl.

»Albuquerque, New Mexico«, kam es ohne Zögern. »Schön warm da das ganze Jahr.« Er nickte wieder. »Und Sie? Sie sind Freunde von meinem ... Onkel?«

Ronald und ich warfen uns einen kurzen Seitenblick zu.

»Sozusagen«, antwortete Ronald.

»Sind Sie auch Innenarchitekten?«, wollte der Junge wissen. Er drehte eine weitere Zigarette, die er neben die erste legte. »Kann ich noch ein Bier haben, vielleicht?« Ronald winkte der Bedienung und bestellte zwei Bier.

»Nein, nein«, antwortete Ronald nun. »Ehrlich gesagt, kenne ich deinen Onkel nicht besonders gut. War nur Zufall, dass wir da waren. Chris wollte mir die Wohnung zeigen, da ich eventuell umziehen will. Und mit Chris und Alexander wird es ja immer ernster und so wird seine Wohnung vielleicht bald frei.«

Ich war dankbar, dass Ronald diese Ausrede eingefallen war, auch wenn mir der Inhalt missfiel. Als ich nun erwähnte, dass Ronald und ich Kollegen seien, unterbrach er mich und wechselte abrupt das Thema.

»Hast du denn jetzt einen Platz, wo du übernachten kannst?«, fragte er Niklas. Der Junge schüttelte den Kopf. Sein zweites Bier hatte er bereits leer getrunken. Ronald sah mich auffordernd an. Nein, dachte ich. Ich will das nicht.

»Ich würde dich ja zu mir einladen, aber bei uns ist es ziemlich eng und meine Frau und mein Sohn ...«

»Schon okay«, unterbrach ihn Niklas.

Ronald fixierte mich. »Du hast doch ziemlich viel Platz, oder?«, sagte er lässig. »Ich meine, wir können den Jungen nicht einfach in der Kälte auf der Straße stehen lassen.«

Niklas wirkte mit einem Mal, als wache er auf.

»Das wäre wirklich super!«, sagte er überschwänglich. »Nur für eine Nacht. Morgen suche ich mir was anderes zum Pennen. Bei einem Kumpel von früher oder so.« Seine blauen Augen leuchteten hoffnungsfroh. Plötzlich tat er mir leid. Natürlich, ich hatte nichts mit ihm zu tun und ein wenig flößte er mir ein beklommenes Gefühl ein – aber war das ein Grund, ihn nicht aufzunehmen? Die Vorstellung, dass er in der Kälte auf einer Bank schlafen musste, behagte mir noch weniger. Meine Großmutter fiel mir ein, die sich immer dafür starkgemacht hatte, Schwachen zu helfen. »Das Wort ist wie im Meer ein Pfad, doch tiefe Wegspur hinterlässt die Tat«, hatte sie gesagt. »Meint Ibsen. Und da hat er recht!« Ich konnte mein moralisches Erbe nicht ablegen und so sagte ich ja. Es wäre ja nur für eine Nacht.

Als er sich im Auto eine der Selbstgedrehten anzünden wollte, erklärte ich barsch, hier würde nicht geraucht und in meiner Wohnung auch nicht. Er hob beschwichtigend die Hände und steckte dann das Tabakpäckchen weg.

»Kein Problem«, sagte er ruhig. Mir wurde wieder der kalte Rauch bewusst, nach dem er roch.

»Sind Sie schon lange mit Alexander zusammen?«, fragte er.

»Du kannst mich ruhig duzen«, antwortete ich. »So seit einem knappen halben Jahr.« Ich wollte nichts weiter zu dem Thema sagen. »Weißt du eigentlich, dass er nicht mehr als Innenarchitekt arbeitet? Er hat jetzt einen Juwelierladen.«

Niklas fuhr sich über seine Stoppelhaare.

»Ach, stimmt. Er hat's mal erwähnt. Wir hatten wenig Kontakt die letzten Jahre. Auch wenn er mich finanziell unterstützt hat. Ist halt weit weg, dieses Amerika.«

»Hat's dir dort gefallen?« Eigentlich wollte ich nichts Genaueres über seinen Aufenthalt wissen, aber die Stille im Wagen schien mir unerträglich.

»Ging so.« Er sah zum Fenster hinaus in die Nacht. »Hast du eigentlich 'ne Badewanne?« Ich nickte.

»Es wäre total geil, wenn ich ein Bad nehmen könnte«, erklärte er. »Das kennen die da drüben ja nicht. Immer nur duschen. Und dann stellen sie einem einfach irgendwann ...«

»Was?«

Er schüttelte den Kopf.

»Schon gut. Nee, so ein richtiges Schaumbad wäre eine super Sache.«

»Klar«, sagte ich und hoffte, es klang lässig. »Kein Problem.«

Gegen halb zwölf wurde ich müde und wäre gerne ins Bett gegangen. Aber Niklas lag noch immer in meinem Badezimmer in der Wanne. Mindestens drei Mal schon hatte er heißes Wasser nachlaufen lassen. Ich saß im Wohnzimmer auf dem Sofa, wippte genervt mit dem Fuß und hörte es plätschern. Lernte ich eigentlich nie dazu? Ich sollte nicht nur Alexander endgültig aus meinem Leben verbannen, ich sollte auch seine Familie meiden. Und doch rotierten die Fragen: Wo war er mit seinem Vater gewesen? Hatte er bemerkt, dass irgendwer den Alten in seinem Verlies entdeckt hatte? Vielleicht hatte Bachinger es ihm doch erzählt? Was hatte Alexander nun mit ihm vor?

Den ganzen Tag über hatte ich die Erinnerung an die gestrigen Ereignisse nicht verdrängen können. Er hatte nicht mit mir schlafen, er hatte nur meinen Widerstand brechen wollen. Er hatte spüren wollen, wie ich Wachs unter seinen Händen wurde. Er hatte versucht, unser Verhältnis umzukehren. Er würde nicht mehr betteln, ich sollte diejenige sein, die sich nach ihm sehnte und verzehrte. Und zu meiner Schande musste ich gestehen, dass ihm das gelungen war. Ich hatte angefangen, wieder den Mann in ihm zu sehen, der er sein könnte, und nicht den, der er war. Ich hoffte noch immer, ich könnte ihm den inneren Frieden schenken, damit er auf Dauer so war, wie ich ihn liebte: beschützend und Wärme spendend. Doch der Abend hatte erneut alles infrage gestellt. Sein wütendes Gesicht, als er Niklas entdeckt hatte ... Was steckte nur dahinter?

Ich stand auf, um im Arbeitszimmer das Gästebett für Niklas zu richten. Ich rief ihm im Vorbeigehen zu, er möge bitte aus dem Bad kommen, da ich gerne ins Bett gehen würde. Statt einer Antwort wurde das Wasserplätschern lauter.

Als ich mit dem Beziehen fertig war, klopfte ich an die Tür. Er antwortete nicht und so riss ich die Tür einfach auf. Abschließen konnte man sie nicht. Er hatte den Kopf unter Wasser und mich wahrscheinlich nicht gehört. Jetzt tauchte er prustend auf und versuchte, seine Nacktheit mit den Händen zu bedecken. Der Schaum war längst zerfallen. Ich murmelte eine Entschuldigung, dass ich morgen ab acht bei der Arbeit sein müsste und daher ins Bett wolle. Ich starrte auf seinen schwabbeligen Oberkörper mit den Brustansätzen und seine weichen Oberarme. Sie waren mit Tätowierungen übersät. Einen Adler erkannte ich, eine Schlange, einen Grabhügel mit einem Kreuz darauf. Manche waren dilettantisch ausgeführt, bestanden nur aus verwaschen graublauen und unregelmäßigen Linien. Andere, vor allem der züngelnde Drachenkopf auf seiner linken Schulter, waren kleine Kunstwerke in schillernden Farben und von scharfer Präzision. Ich wandte mich schnell ab, griff nach Zahnbürste, Zahnpasta und meiner Reinigungsmilch und verließ das Bad. Ich hörte, wie das Wasser durch den Abfluss davon gurgelte.

Mit Mami ging es nicht mehr weiter. Sie saß nur noch da und heulte, aber sogar das sah total gleichgültig aus. Unsere Wohnung wurde immer dreckiger. Ihr war es sogar egal, wenn ich morgens länger schlief und nicht mehr in die Schule ging. Meistens schlich ich mich irgendwann am Vormittag fort und kam erst wieder, wenn ich hoffen konnte, dass sie schon im Bett lag, obwohl sie eh meistens auf dem Sofa einpennte. Den Tag über traf ich ein paar Freunde, die nahmen mich manchmal mit zu sich nach Hause und ich durfte bei ihnen mittagessen. Hin und wieder lud ich sie auch zum Essen ein, zu McDonald's *oder einem Döner oder so was. Papi und Mami gaben mir immer viel Geld. Sie merkten sich nie, ob sie mir schon das Taschengeld gegeben hatten oder noch nicht. Ich sagte nie etwas dazu. Die Mütter von den Freunden sahen es, glaube ich, nicht so gerne, wenn ich mit zum Mittagessen kam. Einmal habe ich gehört, wie eine von ihnen am Telefon zu einer anderen gesagt hat, ich wirke gar nicht wie elf, sondern viel älter, und das sei richtig unheimlich. Dabei war ich halt nur groß für mein Alter. Aber rausschmeißen taten sie mich auch nicht. Irgendwie hatten sie wohl Mitleid mit mir. Ich weiß schon, ich war sicher sehr merkwürdig in der Zeit. Manchmal habe ich nur rumgealbert, wir haben mit Essen gespielt und uns die Bäuche gehalten vor Lachen. Das war klasse. Aber dann, an anderen Tagen, da wusste ich überhaupt nicht, was ich sagen sollte. Ich konnte dann nur auf den Essensteller vor mir starren und habe gehofft, dass keiner was von mir wissen wollte. An solchen Tagen war ich froh, wenn meine Freunde nachmittags keine Zeit hatten, weil sie zum Fußballtraining oder zur Klavierstunde mussten. Ich habe so was nicht gemacht. Ich war zwei, drei Mal beim Fußballspielen, aber das hat mir nicht gefallen. Lieber bin ich dann irgendwo gesessen, auf der Bank am Anfang von der Fußgängerzone, und habe meine Comics gelesen. Eine Zeit lang habe ich gerne mit meinem Gameboy gespielt, aber dann war das Ladegerät für die Akkus irgendwie kaputt und ich habe ihn weggeschmissen. Einmal, als ich da an der Fußgängerzone saß, ist der Papi mit seiner neuen Frau und Lisa vorbei gekommen. Sie konnte schon laufen, noch ein bisschen tapsig, es sah irgendwie richtig süß aus. Ich war froh, dass sie mich nicht gesehen haben. Sie waren ziemlich mit Tüten bepackt und Papis Frau, die Berit, war total seltsam. Sie hat so aufgedreht gewirkt, sie hat immer wieder die Kleine hochgehoben und geküsst und sich beim Papi eingehängt und ihn auch geküsst. Und dann ist sie zu einem Schaufenster gerannt und hat kurz geschaut und dann hat sie den Papi in den Laden gezerrt und er hat sich mitziehen lassen. Ich glaube, sie wollte, dass die Leute denken, sie sind eine glückliche Familie. Aber auf mich hat das total falsch gewirkt. Ich bin dann schnell woanders hingegangen, damit sie mich nicht doch noch entdecken.*

Jedenfalls, als ich eines Tages nach Hause gekommen bin, saßen ein paar Leute bei uns im Wohnzimmer, die Mami saß auf der Couch, alle Haare hingen ihr ins Gesicht und sie hatte dicke Augen, als ob sie wieder geheult hätte. Eine Frau in so hässlichen Spießer-Klamotten legte mir die Hand auf die Schulter und drückte mich aufs Sofa. Sie erklärte mir, dass sie gekommen wären, um mir und der Mami zu helfen. Der Mami, sagte sie, ginge es gar nicht gut und sie bräuchte unbedingt richtige Hilfe. Ich wusste nicht genau, was sie damit gemeint hat. Inzwischen weiß ich natürlich, dass die Mami in eine Klinik musste für eine Zeit. Ein ziemlich junger Mann, der auch dabei war, nickte zu allem, was sie sagte. Ich sah wohl ziemlich verdutzt zwischen ihnen hin und her, und auf jeden Fall sagte die Frau, sie müssten die Mami mitnehmen und mich würden sie zu meinem Vater bringen, mit ihm sei schon alles abgesprochen. Sie sagten auch, dass sie ihn gebeten hatten, hierher zu kommen, aber leider hätte er keine Zeit gehabt und deshalb würden sie mich nachher zu ihm bringen. Ich solle ein paar Sachen einpacken für die ersten Tage. Später könnte ich ja dann noch mehr holen. Ich weiß nicht, was ich bei all dem gedacht habe, irgendwie war mein Kopf ganz leer und so bin ich eben aufgestanden und habe ein paar Sachen eingepackt. Dann haben mich die Spießer-Frau und der junge Mann zu Papi gefahren. Der war natürlich nicht daheim, nur die Berit. Sie hat mich ins Gästezimmer gebracht und gesagt, ich soll leise sein, die Lisa würde gerade ihren Mittagsschlaf machen. Dann ist sie rausgegan-

gen in den Garten und hat sich in ihren Liegestuhl zum Sonnen gelegt. Gott sei Dank hatte ich Cäsar junior dabei und konnte ein bisschen mit ihm reden. Er hat zwar nicht geantwortet und ist ziemlich aufgeregt in seinem Glas hin und her geschwommen, aber das war mir egal.

Später hat sie gesagt, ich soll auch in den Garten kommen, aber ich wollte nicht. Ich habe gesagt, ich bin müde und will etwas schlafen. Ich lag auf dem Bett und hab' Lisa im Garten immer rumquieken gehört. Das hat mich irgendwie genervt. Aber ich hätte auch gerne mit ihr gespielt. Nur habe ich mich nicht getraut.

Ganz spät am Abend ist dann der Papi nach Hause gekommen. Ich lag schon im Bett. Geschlafen habe ich nicht. Ich war irgendwie nicht müde. Ich bin dann an die Treppe geschlichen und habe zugehört, worüber der Papi und die Berit hinter der offenen Tür geredet haben. Sie hoffe ja, dass die Kuh endlich wieder zur Vernunft kommt, hat sie gesagt, und der Papi hat gesagt, sie soll sich mal zurückhalten, die Frau wäre schließlich krank und könne nichts dafür. Aber Berit hat das wohl nicht verstanden und gemeint, der Papi müsse sich schon was ausdenken, was mit mir passieren solle. Sie könne sich schließlich nicht um zwei Kinder kümmern, das würde sie überfordern. Ich war plötzlich total wütend und hätte gerne etwas gegen die Glasscheibe geworfen, die das Wohnzimmer vom Flur abtrennte. Aber es war nichts da. Überhaupt lag in dieser Wohnung nichts einfach so herum. Selbst das Kinderzimmer von Lisa war immer völlig aufgeräumt, das Spielzeug war in Schubkästen verstaut, und wenn ich mittags von der Schule kam, dann war mein Bett gemacht und die Klamotten vom Vortag waren im Schrank oder in der Wäsche und nirgends war auch nur ein Staubkörnchen. Aber das hat nicht die Berit gemacht, das hat die Putzfrau gemacht, die jeden Tag vormittags da war. Na ja, jedenfalls bin ich dann ins Bett gegangen und habe versucht zu schlafen, aber ich konnte einfach nicht.

Am nächsten Morgen, als ich zum Frühstück kam, habe ich endlich den Papi getroffen. Er stand mit der Kaffeetasse in der Hand am

Küchentisch und hatte schon seine Aktentasche in der Hand und wollte gerade gehen. »Na, Sportsfreund«, hat er gesagt und mir zugezwinkert. »Heute Abend unterhalten wir uns mal in Ruhe«, hat er noch gesagt und dann musste er gehen. Aber auch an dem Abend kam er erst so spät, dass ich schon im Bett lag. Erst am Wochenende hat er sich ein bisschen Zeit für mich nehmen können. Aber ich glaube, er hätte lieber mit der Lisa gespielt, als mit mir zu reden. Na ja, zumindest kam es mir so vor. Er hat gesagt, in seinem Haus gäbe es Regeln und an die müsste ich mich halten, dann würden wir keine Probleme miteinander bekommen und er wäre froh, dass ich mal ein bisschen bei ihm bin und er mehr von mir mitbekommen würde. Und um meine Mutter solle ich mir keine Sorgen machen, die würde bestimmt bald wieder gesund werden. Ich habe das nicht ganz verstanden, weil ich dachte, wenn die Mami bald wieder gesund ist, dann bleibe ich sicher nicht länger bei ihm und dann kriegt er wieder nichts von mir mit. Was die Mami hat, das hat er mir nicht gesagt. Dann wollte er mit mir Fußball spielen auf der Wiese, aber die Lisa ist immer dazwischen rumgerannt und er musste sich um sie kümmern, weil die Berit nicht da war. Wir haben versucht, zu dritt Fußball zu spielen, aber das ging natürlich nicht, weil die Lisa noch viel zu klein dazu war, und wenn ich mal härter nach dem Ball getreten habe, dann hat der Papi sich aufgeregt, ich solle auf die Lisa Rücksicht nehmen. Das hat keinen Spaß gemacht. Und überhaupt fand ich Fußballspielen schon immer total daneben. Vor allem zu zweit. Der Papi hat versprochen, dass er am nächsten Wochenende mal mit mir ins Kino gehen würde, wenn die Berit daheim bleiben würde, um auf die Lisa aufzupassen. Aber das hat natürlich nicht geklappt, weil die Berit am nächsten Wochenende mit dem Papi wo eingeladen war. Sie hat die Putzfrau kommen lassen, damit sie auf mich und die Lisa aufpasst. Ich fand das ziemlich doof, weil die Putzfrau fast kein Deutsch sprach und eh nur mit der Lisa gespielt hat, bis die ins Bett ging. Dann hat die Putzfrau einen türkischen Spielfilm in den Videorecorder geschoben und ich konnte sehen, wo ich bleibe. Wenn es wenigstens ein Action-Film gewesen wäre, aber es war so eine blöde Schnulze und ich bin dann lieber ins Bett gegangen.

Ich war dann so zwei Monate beim Papi und der Berit und eigentlich ist es ganz gut gegangen. Sie haben mich ziemlich in Ruhe gelassen und wenn ich pünktlich zum Essen da war, war alles in Ordnung. Wo ich nachmittags so bin, wollte keiner von mir wissen. In den zwei Monaten ist der Papi einmal mit mir ins Kino gegangen. An einem Freitagnachmittag haben wir Harry Potter *angeschaut. Das fand ich ziemlich klasse, aber als wir danach noch ein Eis essen wollten, hat ständig dem Papi sein Handy geklingelt und er konnte nicht mit mir reden, weil immer irgendwer aus seiner Firma was von ihm wollte. Er hat zwar zwischen den Telefonaten gejammert, dass die ihn aussaugen würden, aber er hat das Handy auch nicht ausgeschaltet. Ich glaube, er war froh, dass er nicht mit mir reden musste. Außerdem hat er den Film doof gefunden und konnte nicht verstehen, warum ich es nicht auch tue. Das war schade, weil ich fand den Film schon ziemlich gut. Vor allem, was Harry Potter so alles konnte und wie er sich immer wehren konnte gegen die ganzen Bösen, das war klasse. Aber der Papi hat gemeint, das sei ja alles schlecht erfundener Kinderkram und wir hätten lieber in ein Museum gehen sollen, eins für Technik oder Design oder so.*

In der Zeit, als ich beim Papi gewohnt habe, sind die Berit und der Papi am Wochenende abends immer öfter weggegangen und ich musste auf die Lisa aufpassen. Die Putzfrau hatte wohl keine Zeit mehr oder sie wollten das Geld sparen. Sie haben immer so getan, als sei das eine ganz große Ehre, dass ich auf die Lisa aufpassen darf, und haben gesagt, sie tun das nur, weil sie mir vertrauen. Und so würde ich auch mal was Sinnvolles bei ihnen tun. Eigentlich war es auch ganz schön mit der Lisa, ich hab die immer mit mir Fernsehen gucken lassen, bis sie eingeschlafen ist, und dann habe ich sie ins Bett getragen. Weil, wenn ich sie einfach so ins Bett gelegt habe, dann wollte sie nicht schlafen und hat fürchterlich geheult und total lange geschrien. Das fand ich ziemlich scheiße, aber die Lisa war ja noch so klein, noch nicht mal zwei, und die hat eben nicht verstanden, dass sie schlafen sollte, obwohl sie nicht müde war. Also habe ich sie zu mir aufs Sofa gesetzt und wir haben Fernsehen geschaut und Chips gegessen und es war total friedlich. Nur einmal, da bin ich mit der Lisa vor dem Fernseher eingeschlafen und da kam der Papi und die Berit und die Berit hat gleich rumgeschrien, als sie uns da gesehen hat, ich würde ja wohl gar nicht gescheit auf die Lisa aufpassen und was mir einfiele und natürlich ist die Lisa von dem Lärm aufgewacht und hat auch noch zu schreien angefangen. Der Papi stand ganz stumm daneben, aber als die Berit die Lisa ins Bett getragen hat, da hat der Papi mich am Bund von meinem T-Shirt vom Sofa gezogen und hat mir links und rechts ein paar gescheuert. An seiner Stirn sind dabei zwei Adern ganz dick herausgestanden und ich dachte, die platzen gleich.

Am nächsten Morgen haben dann aber alle so getan, wie wenn gar nichts gewesen wäre, und am nächsten Wochenende musste ich wieder auf die Lisa aufpassen, nur den Fernseher, den haben sie mit so einer Sperre gesichert und ich konnte nicht mit ihr fernsehen. Das war ziemlich doof, weil ich ja mit der Lisa spielen musste, bis sie endlich eingeschlafen ist, und das war total langweilig.

Einmal in den zwei Monaten ist auch der Opi zu Besuch gekommen. Er hat ja weiter weg gewohnt und der Papi ist extra hingefahren und hat ihn abgeholt. Ich hatte den Opi schon lange nicht mehr gesehen, bestimmt mehr als ein Jahr nicht, und der Opi hat mich immer angeschaut und gesagt, »Mein Junge, was bist du gewachsen.« Den ganzen Nachmittag hat er das immer wieder gesagt. Der Opi war, glaube ich, ziemlich froh, dass wir uns gesehen haben, aber irgendwie war der Opi anders als früher. Ein paar Mal hat er zu der Berit »Jutta« gesagt und man konnte sehen, dass das der Berit gar nicht gefallen hat, dass er sie nennt wie meine Mutter. Aber dem Opi hat das gar nichts ausgemacht, und er hat sie immer wieder so angeredet. Der Papi hat sich bemüht, sehr freundlich zum Opi zu sein, aber ich habe gemerkt, dass ihm das nicht so leicht gefallen ist. Er hat die Hände immer zu Fäusten geballt gehabt, die Knöchel sind ganz weiß geworden dabei. Aber er hat zu allem genickt, was der Opi gesagt hat, und freundlich gelächelt. Die Lisa saß den ganzen Nachmittag beim Opi auf dem Schoß und hat mit ihm geschmust. Der Opi hat uns ganz viel von der Omi erzählt, das hat er früher noch nie gemacht. Er hat erzählt, dass die Omi eine schöne Frau gewesen sei und ein ganz zarter und sanfter Mensch. Aber leider sei sie ja dann bei dem schrecklichen Unfall mit dem Laster ums Leben gekommen, und als er das erzählt hat, hat er richtig Tränen in den Augen gehabt. Da hat mir der Opi leidgetan und ich hätte ihn auch gerne umarmt. Aber auf seinem Schoß saß ja immer noch die Lisa. Der Papi hat dann gesagt, er soll mal mit den alten Geschichten aufhören, und sie müssten jetzt noch ein paar Sachen klären und dann ist er mit ihm in seinem Arbeitszimmer verschwunden. Als sie später da wieder raus kamen, war der Opi ganz blass und hat die ganze Zeit etwas gemurmelt, das klangt wie »Ach Gottchen, ach Gottchen, das schöne Geld.« Und kurz darauf hat der Papi den Opi dann wieder weggebracht. Ich habe gefragt, ob ich mitfahren darf, der Papi wollte das nicht. Ich glaube, der Opi hätte sich ziemlich gefreut, wenn ich mitgekommen wäre. Aber der Papi hat behauptet, ich müsse noch Hausaufgaben machen, obwohl das gar nicht gestimmt hat. Jedenfalls ist er mit dem Opi dann weggefahren und außer nach der Beerdigung habe ich ihn nur noch einmal gesehen.

Na ja, nach zwei Monaten jedenfalls, als ich aus der Schule kam, saß wieder die Frau in den Spießer-Klamotten im Wohnzimmer rum, diesmal natürlich in dem vom Papi. Sie hatte wieder einen jungen Mann dabei, aber einen anderen. Diesmal sah sie gar nicht besorgt aus, sondern hat gestrahlt und gesagt, die Mami sei wieder gesund und sie bringt mich jetzt zu ihr. Sie wollte gar nicht wissen, ob ich zurückwill, sondern ich musste meine Sachen packen und Berit hat mir sogar geholfen. Vielleicht dachte sie, so geht es schneller. Vom Papi konnte ich mich nicht verabschieden, der war natürlich bei der Arbeit.

Ich hatte ein bisschen Angst, wieder nach Hause zur Mami zu kommen, weil ich nicht genau wusste, wie die Mami drauf ist. Außerdem habe ich mich ja an das Leben in dem großen Haus schon sehr gewöhnt gehabt, und dann zurück in mein Zimmer ... Mein Zimmer ist eigentlich nicht so klein, aber ich musste immer selber aufräumen und ja auch oft kochen und im Haushalt helfen. Und bei Papi und Berit musste ich das nicht.

Die Mami war dann eigentlich ganz normal, als ich daheim ankam. Sie hat mich in den Arm genommen und geküsst und sie sah auch richtig gut aus, nicht mehr so müde und genervt. Und sie hatte extra mein Lieblingsgericht gekocht und war auch gar nicht sauer, weil ich erst mal nichts davon wollte, weil ich ja vorher bei Berit zu Mittag gegessen hatte. Sie hat mir dann geholfen, meine Sachen auszupacken, und hat gesagt: »Jetzt wird alles anders, wirst sehen, mein Schatz. Magst du nicht mal deine Freunde einladen? Ihr könntet doch eine kleine Party feiern.« Ich wusste gar nicht, was ich sagen sollte, weil, seit ich bei Papi und Berit gewesen war, hatte ich meine Freunde, außer in der Schule, nicht so oft gesehen. Mittags musste ich ja immer nach Hause zum Essen und war nicht mehr bei denen daheim. Und ich durfte keinen mit zu Berit bringen, sie meinte, das würden ihre Nerven nicht mitmachen und Lisas Mittagsschlaf würde das auch stören. Deshalb hab ich nur noch ganz wenig mit meinen Freunden gemacht und fand das komisch, wenn ich jetzt so plötzlich angekommen wäre und die eingeladen hätte. Ich glaube, die wären auch nicht gekommen, die hätten sicher gedacht, der mit seiner verrückten Mutter! Außerdem mochte ich Partys sowieso nicht, da musste man immer reden und Witze reißen und das konnte ich noch nie besonders gut. Mir fällt da immer nichts Lustiges ein.

Mami hat dann am gleichen Abend noch verkündet, sie würde sich jetzt einen Job suchen. Sie hätte erkannt, dass es gut für sie wäre, wenn sie arbeiten würde, vielleicht irgendetwas in einer Galerie oder so etwas. Ich hab gesagt, um mich bräuchte sie sich keine Sorgen machen, ich käme schon allein zurecht, und ich glaube, darüber war sie sehr froh.

Aber es hat dann noch ziemlich lange gedauert, bis Mami eine Arbeit gefunden hat und ich glaube, so richtig zufrieden war sie da auch nicht. Sie konnte in einem kleinen Museum anfangen und saß da an der Kasse und hat Eintrittskarten verkauft und so was. Sie war halbtags dort, oft hat sie nur nachmittags gearbeitet und manchmal auch am Wochenende. Der Papi hatte ja versprochen, mich am Wochenende öfters abzuholen, aber das hat er nur ganz selten gemacht. Normalerweise nur so einmal im Monat. Meistens hat er noch nicht mal abgesagt, wenn er nicht gekommen ist, und ich saß dann oft den ganzen Samstag bei uns im Wohnzimmer mit meiner gepackten Tasche und habe auf ihn gewartet. Das fand ich schon sehr gemein von ihm und irgendwann hatte ich auch gar keine Lust mehr, zu ihm zu gehen übers Wochenende.

Einmal hat er mich mal wieder total lange warten lassen, es war schon fast sechzehn Uhr, und dann kam er doch noch. Mami war nicht da, die hat im Museum gearbeitet. Ich habe Fernsehen geschaut, um mir die Wartezeit zu verkürzen. Solange wie der Papi nach oben in den vierten Stock gelaufen ist, habe ich noch Fernsehen geguckt und die Tür angelehnt. Ich habe gar nicht gehört, dass er reingekommen ist und plötzlich stand er in der Tür, hat mich ganz böse angeschaut und hat gesagt: »Was bist du bloß für ein langweiliger Typ! Hockst am Samstagnachmittag bei dem herrlichen Wetter vor der Glotze. Mann, echt, dich sollte man mal rütteln, damit du endlich mal aus deiner Trägheit aufwachst. Aber nicht mal das nützt was! Komm jetzt, du Penner, oder soll ich dir Feuer unterm Hintern machen?« Ich war total wütend, aber ich habe mich nicht getraut, was zu sagen. Ich wäre auch lieber nach draußen gegangen, aber ich musste ja schließlich auf ihn warten, aber das hat er gar nicht eingesehen. Ich habe dann den Rest des Wochenendes nicht mit ihm geredet, nur danke und bitte, aber ich glaube, das hat er nicht mal gemerkt. Oder es war ihm nur recht.

18

Am folgenden Tag war ich durch die Arbeit soweit abgelenkt, dass ich nicht lange darüber nachdachte, was wohl jetzt gerade in meiner Wohnung geschah. Nichts weiter, sagte ich mir und konzentrierte mich auf den komplizierten Schnitt. In der Mittagspause versuchte ich mehrmals, Alexander zu erreichen, aber weder im Laden noch in seiner Wohnung ging jemand ans Telefon. Nicht zum ersten Mal ärgerte ich mich, dass Alexander sich so standhaft dem Besitz eines Handys verweigerte.

Nach der Arbeit ging ich einkaufen, denn Niklas hatte mir per SMS geschrieben: »Meine Mutter ist nicht auffindbar« und gebeten, noch bleiben zu dürfen. Was hätte ich sagen sollen? Also kam mir Idee, für Niklas und mich zu kochen, um ihn bei einem gemeinsamen Abendessen besser kennenzulernen. Meine Motive dafür waren mir selbst nicht ganz klar, aber irgendetwas an diesem fremden, jungen Mann kitzelte meine Neugier. Ich konnte ihn nicht einschätzen. Hinter seiner wuchtigen Erscheinung blitzte etwas Kindliches hervor. Ein verletztes, trauriges, einsames Kind. Vielleicht wollte ich diesem näherkommen.

Er sah mir aus dem Küchenfenster entgegen und winkte, als ich mich meinem Haus näherte. Als ich ihm vorschlug, gemeinsam zu Abend zu essen, schien er sich aufrichtig zu freuen. Er führte die Hilfsarbeiten wie Gemüsekleinschneiden und Tischdecken brav aus. Ich fühlte mich ein wenig in die Anfangszeit meiner Beziehung zu Alexander versetzt, nur mit vertauschten Rollen.

Als wir uns schließlich beim Essen gegenüber saßen, schaufelte er zunächst wieder stumm gewaltige Mengen des Risottos in sich hinein. Ich musste mich beherrschen, ihn nicht pausenlos anzustarren, und stocherte appetitlos mit der Gabel im Reis herum.

»Dein Onkel kann viel besser kochen als ich«, sagte ich schließlich. Er schaute kurz auf, nickte und aß weiter.

Endlich legte er die Gabel beiseite, sah mir in die Augen und fragte: »Seit einem halben Jahr bist du mit meinem Onkel zusammen, hast du gesagt?«

Das schien ihn sehr zu interessieren, aber ich hatte nicht vor, ihm Näheres über unsere Beziehung zu erzählen. Er stand auf, ging an den Herd und tat sich eine weitere Portion auf.

»Hat er jemals von mir gesprochen?«

Ich schüttelte den Kopf. »Nein, er hat überhaupt nicht viel über seine Familie geredet. Ich glaube, der Tod von Lisa hat ihn alle Beziehungen aus der Vergangenheit kappen lassen.«

»Davon hat er dir erzählt?« Er sah nicht auf von seinem Teller.

»Erst nach ein paar Monaten. Es muss furchtbar für ihn sein, an den Unfall erinnert zu werden. Hast du sie gekannt?«

»Kaum. Ich hab sie höchstens zwei, drei Mal bei irgendwelchen Familienfesten gesehen. Sie war ja auch viel jünger als ich. Und meine Mutter hatte nur noch sehr selten Kontakt mit Alexander.«

»Apropos«, unterbrach ich ihn. »Was willst du tun, wenn deine Mutter noch länger nicht erreichbar ist? Weißt du, ich kann dir hier nicht lange ein Quartier bieten.«

»Schon klar.« Er schob den leer gegessenen Teller von sich und kramte ein Päckchen Zigaretten hervor. »Mir fällt was ein, versprochen. Darf ich auf dem Balkon ...?« Ich nickte. Er ließ die Balkontür einen Spalt offen und die kühle Nachtluft vermischte sich mit dem Essensgeruch.

»Mit meiner Mutter ist das so ein Problem«, sagte er von draußen. Ich sah nur die Glut der Zigarette sanft leuchten. »Ich habe heute ein paar Mal bei ihr angerufen, aber sie nicht erreicht. Das kann bedeuten, dass sie mal wieder in der Klinik ist.«

»Ist sie krank?«

»Manisch-depressiv. Sie wird regelmäßig alle paar Monate eingeliefert. Ich müsste jetzt erst mal rausfinden, wo sie gerade ist.«

Natürlich hätte ich es wissen müssen. Niklas vertröstete mich von Tag zu Tag. Immer war er kurz davor, eine neue Bleibe zu finden, immer kam irgendetwas dazwischen. Und ich brachte es nicht übers Herz, ihn rauszuschmeißen. Vielleicht wollte ich mich damit absetzen von seinem Onkel, der ihm keine Chance gab und seine Anwesenheit schlicht ignorierte. So wie er auch mich ignorierte. Seit er uns in seiner Wohnung überrascht hatte, hatte Alexander auf keinen meiner Anrufe reagiert. An seinem Laden verkündete ein Schild einen zweiwöchigen Urlaub und auch daheim öffnete er nicht die Tür.

Ich arbeitete freiwillig immer länger, denn ich mochte nicht nach Hause gehen. Öfter traf ich Ronald, der sich nach Niklas' Ergehen erkundigte und anbot, gerne vorbeizukommen, um mit dem Jungen etwas zu unternehmen. Ronald wirkte nicht so, als sei es ihm peinlich, dass er mitgeholfen hatte, Niklas in meiner Wohnung unterzubringen.

Niklas schien den ganzen Tag zu vergammeln, er sah fern, fraß den Kühlschrank leer und oft genug roch es – entgegen unserer Abmachung – in seinem Zimmer nach kaltem Zigarettenrauch. Er wirkte nicht so, als ob er sich tatsächlich um eine Unterkunft bemühte, er schien auch keine Freunde zu haben, die er fragen konnte. Ich wusste, dass ich mit ihm reden musste, dass es so nicht ginge. Wenn er schon bei mir wohnte, musste er sich wenigstens an ein paar Regeln halten. Von Tag zu Tag nahm er meine Wohnung mehr in Besitz. Ließ verschwitzte Klamotten im Badezimmer liegen. Räumte die Küche nicht auf, nachdem er sich etwas zu essen zubereitet hatte. Wenn ich abends schließlich doch nach Hause kam, lungerte er breit auf dem Sofa und sah sich *Big Brother* oder *Germany's Next Top Model* an. Vor allem redete er kaum mit mir. Er war durchaus höflich, entschuldigte sich, wenn ich ihn auf die Unordnung hinwies, und versprach, morgen alles aufzuräumen. Bis zum nächsten Abend war davon nichts mehr zu sehen. Setzte ich mich zu ihm und begann ein Gespräch, entschuldigte er sich, er sei müde und müsse ins Bett. Der Jetlag würde ihm immer noch zu schaffen machen. Ich glaubte ihm nicht, aber wie hätte ich ihn widerlegen sollen. Meine Annäherungen prallten an seinem großen Körper ab.

Besonders schlimm war das erste Wochenende. Gegen zehn war ich am Samstag aufgestanden und wollte es mir mit einem Milchkaffee zum Frühstück in der Küche gemütlich machen. Doch der Kühlschrank war schon wieder leer. Als ich vom Einkaufen zurückkam, empfing mich laut donnernde Musik, es klang wie *Rammstein*. Ich rannte wütend in Niklas' Zimmer und schaltete die Anlage aus. Die aufgestaute Wut der Woche entlud sich und ich schrie ihn an, wenn er hier schon wohne, dann würden meine Regeln gelten und dazu gehöre, Rücksicht aufeinander zu nehmen und nicht einfach den Kühlschrank leer zu fressen. Er wurde ganz bleich und wich bis ans Fenster aus. Er nickte zustimmend zu meinen Worten und sah auf seine Strümpfe. Ich bat ihn, die Wohnung zu verlassen und nicht vor heute Abend wieder zu kommen, ich bräuchte dringend Ruhe. Ohne ein Wort zu sagen, ohne mich anzusehen, griff er nach ein paar Sachen und ging.

Als Erstes riss ich alle Fenster auf und verbrachte den Rest des Vormittages mit Putzen. Dann sprach ich Alexander so oft auf den Anrufbeantworter, bis dieser nicht mehr ansprang. Ich flehte, mahnte und drohte, dass er sich gefälligst um seinen Neffen kümmern sollte, aber ich konnte die kalte, leere Wohnung vor mir sehen, in der die Worte ungehört verhallten.

Es war mir unbegreiflich, wieso er einfach abtauchte. Natürlich, das hatte er schon öfter getan, aber nie länger als zwei oder drei Tage. Es ging nicht nur um seinen Neffen, es ging auch um mich. Und ebenso wenig verstand ich, warum ich diesen Jungen aufgenommen hatte. Auf seiner Stirn prangte kein Tattoo mit dem Slogan »Rette mich!« Eigentlich war Ronald schuld, er hatte mich in diese moralische Ecke gedrängt, aus der ich nun nicht mehr herauskam. Ich brachte es nicht über mich, Niklas auf die Straße zu setzen. Aber immerhin kam mir die Idee, Ronald anzurufen und ihn um Rat zu bitten. Ich erwischte ihn auf dem Handy, und obwohl er mitten im Dreh eines Beitrags für die Abendnachrichten war, nahm er sich Zeit für mich. Vielleicht hatte er doch ein schlechtes Gewissen.

»Pass auf«, schlug er vor. »Wenn Niklas bis dahin wieder da ist, komme ich nach dem Schnitt bei dir vorbei. Vielleicht tut ihm ein Gespräch zwischen Männern ja mal gut, und ich kann ihn dezent darauf hinweisen, wie man sich in Wohnungen von alleinstehenden Frauen zu verhalten hat. Und ich höre mich gerne mal um, ob jemand ein Zimmer für ihn hat.« Ich dankte ihm und versprach, ihn zu informieren, sobald Niklas wieder auftauchte.

Der Tag war, wie ich es mir gewünscht hatte: ruhig. Zumindest äußerlich. Doch meine Gedanken drehten sich im Kreis. Wie konnte ich Niklas ohne schlechtes Gewissen loswerden? Was war mit Alexander? Was mit uns? Und wieso hatte das Zimmer seines Vaters eine solche Verwandlung erfahren? Was spielte der Mann, von dem ich geglaubt hatte, ich liebte ihn und er mich, für Spiele?

Das Gefühl, etwas unternehmen zu müssen, und die Hilflosigkeit, nicht zu wissen, was, zermürbten mich allmählich. Das Klingeln des Telefons riss mich aus meinen trüben Gedanken und ließ mich erzittern. Alexander?

»Ich halte es nicht mehr aus«, sagte eine raue, von unterdrücktem Weinen gepresste Stimme. »Wir haben uns gerade eine Stunde lang angeschrien. Chris, ich weiß nicht mehr, wie es weitergehen soll. Jetzt ist er einfach abgehauen, ich weiß nicht wohin. Tim hat Fieber und ist ganz apathisch und die beiden Großen streiten schon wieder und ich …« Monikas letzten Worte waren nicht mehr zu verstehen. Ich seufzte und wusste nicht, was ich sagen sollte.

»Soll ich nochmal versuchen, mit ihm zu reden?«, fiel mir ein.

Sie verneinte. Auf mich reagiere er besonders allergisch.

»Verlass ihn«, sagte ich dann. Ich wusste sofort, was sie antworten würde.

»Das kann ich nicht«, kam es prompt.

Ich fühlte mich schwach und noch schuldbewusster. Nicht mal meiner eigenen Schwägerin konnte ich irgendwie helfen. »Es ist deine einzige Chance«, insistierte ich.

»Vielleicht«, sagte sie und legte auf.

Ich war seit Jahren nicht mehr gelaufen, aber nun zog ich mechanisch meine Jogging-Klamotten an und verließ das Haus. Wenn ich gekonnt hätte, wäre ich bis Feuerland gelaufen, einen Fuß vor den anderen setzend, ohne zu denken, eine Atemmaschine, hergestellt, um sich zu bewegen und zu sonst nichts.

Am Kiosk, der keine dreihundert Meter vom Haus entfernt war, sah ich Niklas stehen. Er unterhielt sich mit einem Jungen in seinem Alter, der noch dicker war als er, verwahrlost wirkte und beim Reden mit seiner Bierdose herumfuchtelte. Niklas nickte zustimmend und bemerkte mich nicht. Auch er hielt eine Bierdose in der Hand. Ich sah schnell weg und rannte weiter. Ich lief viel zu schnell, atmete falsch und bekam Seitenstechen. Langsam ging ich bis zu der Fußgängerbrücke, die über den Isarkanal führt, blieb darauf stehen und starrte in das träge dahinfließende Wasser. Rote und gelbe Ahornblätter trieben stromabwärts und funkelten in der Sonne. Pärchen spazierten Hand in Hand an mir vorbei, schoben

Kinderwagen, warfen Hunden Stöcke zu. Ein so harmloser Herbsttag. Ein so verdammt trüber Herbst.

Und dann war Weihnachten. Heilig Abend habe ich mit der Mami und den Großeltern, also ihren Eltern, gefeiert und das war auch ganz okay. Nur hat die Mami irgendwann zu heulen angefangen und der Opi hat sich darüber aufgeregt, und darüber hat sich dann die Mami aufgeregt und zum Schluss hat niemand mehr mit irgendwem geredet und Omi und Opi sind früh nach Hause gegangen. Von der Mami habe ich ein Abonnement für mein Lieblings-Comicheft bekommen und von Omi und Opi Geld. Das war okay. Am ersten Feiertag musste ich dann zu Papi und Berit. Ich hatte gar keine Lust dazu und ich habe gehofft, dass der Papi wieder vergisst, mich abzuholen, aber diesmal kam er sogar zu früh. Leider ist der Opi nicht zu Weihnachten gekommen, dabei hatte ich extra eine alte Schallplatte mit so militärischer Musik besorgt, weil er die doch so mag. Der Papi hat gesagt, der Opi sei nicht mehr ganz richtig im Kopf und es würde ihn zu stark belasten, wenn er aus seiner Wohnung wegmüsste, und sei es auch nur für einen Nachmittag. Ich habe mir vorgestellt, wie der Opi in seiner großen Wohnung ganz alleine sitzt und niemand mit ihm Weihnachten feiert, und fand das ganz schön traurig. Der Papi hat nur gemeint, der Opi würde das sowieso nicht mitkriegen. Ich habe gefragt, ob denn der Opi noch alleine in seiner Wohnung leben kann, wenn er nichts mehr mitkriegt, aber der Papi hat nur gesagt, das soll ich mal seine Sorge sein lassen. Die Platte hab ich dann irgendwann weggeschmissen.

Der Papi sammelt ja so kleine Nachbauten von berühmten Stühlen, die in verschiedenen Jahrhunderten gebaut worden sind, und seitdem kennt die jeder und die sind furchtbar teuer und selten. Eigentlich wollte ich dem Papi ja so einen Nachbau schenken, aber dann habe ich gesehen, wie teuer allein so ein Stuhlmodell ist, und dann dachte ich mir, so schwer kann das ja nicht sein, und habe selber einen nachgebaut. In einer Architektur-Zeitung beim Papi hatte ich ein Bild gefunden von so einem Stuhl und habe ihn abgemalt. Dann habe ich Zahnstocher, Eisstiele aus Holz und Streichhölzer verwendet, um den Stuhl nachzubauen, und zum Schluss habe ich ihn mit Plaka-*Farben angemalt. Er sieht aus wie ein Sessel, ist aber nicht gepolstert. Er hat eine hohe Rückenlehne und Armstützen auf beiden Seiten. An sich ist der Stuhl ganz schwarz, aber die Kanten und die Rückenlehne und die Sitzfläche sind in Knallfarben, rot, gelb, blau. Ich fand, der Stuhl war ziemlich toll gelungen und ich habe ihn sehr vorsichtig verpackt, damit nichts kaputt gehen konnte. Als wir dann beim Papi waren, habe ich das Päckchen unter den Weihnachtsbaum gelegt und ich fand, das gelbe Päckchen hat ganz toll unter dem grünen Baum ausgesehen. »Für Papi« stand auf dem Päckchen. Aber der Papi hat das Päckchen erst mal gar nicht angeschaut. Er hat mich nur angemeckert, weil ich kein Geschenk für die Lisa hatte, schließlich sei sie ja meine Schwester und der könnte ich ja schon was schenken. Ich habe mich ziemlich geschämt, weil er hatte ja recht, aber ich habe gar nicht an die Lisa gedacht gehabt, und die Mami hat mir auch nichts mitgegeben. Der Papi hat mir dann auf den Essteller einen Umschlag gelegt und da waren 500 Euro drin. »Aber gib das Geld nicht für einen Unsinn aus«, hat er mich ermahnt. »Kauf dir was Gescheites, eine Skiausrüstung oder so.« Ich wollte aber keine Skiausrüstung, weil sowieso niemand mit mir zum Skifahren gegangen wäre und ich ja Sport nicht so gerne mochte. Mir fiel nichts ein, wofür ich das Geld ausgeben sollte, aber ich sagte nichts und dachte, dann spare ich das Geld einfach auf.*

Beim Essen war es ganz okay, außer dass ich den rohen Fisch überhaupt nicht mochte und immer versucht habe, ihn irgendwie unauffällig vom Teller zu kriegen. Ich wollte ihn unter die Serviette schieben und nur den klebrigen Reis essen und nachher den Fisch wegwerfen. Aber Berit hat das natürlich gesehen und dann geschrien, das sei ein totale Delikatesse und furchtbar teuer und ich müsste das Zeug unbedingt essen. Nur weil ich mich sonst immer von Pommes und Pizza ernähre, wüsste ich überhaupt nicht, was gut für mich ist. Und das würde man mir ja auch ansehen, eine Diät würde mir mal guttun. Und sie hätte Stunden in der Küche zugebracht, um diese Reisdinger zu rollen, und meine Mutter würde mir wohl überhaupt keine Manieren beibringen. Ich hab gemerkt, wie mein Kopf ganz rot geworden ist und am liebsten hätte ich dem Papi gesagt, er soll mich nach Hause bringen, aber das ging natürlich nicht. Der Papi hat zu dem Gekeife von der Berit gar nichts gesagt und sich ein Reisding nach dem anderen reingeschoben. Die Lisa durfte dann schon aufstehen und mit ihren neuen Sachen unter dem Weihnachtsbaum spielen gehen, nur ich musste noch sitzen bleiben. Aber ich hätte ja sowieso nichts gehabt, womit ich spielen konnte.

Die Lisa ist ganz wild rumgehüpft vor dem Weihnachtsbaum und plötzlich ist sie ausgerutscht und der Länge nach hingefallen. Und natürlich ist sie genau auf mein Weihnachtsgeschenk für den Papi gefallen und das war ziemlich platt. Die Lisa hat vor Schreck gleich geweint, aber die Berit hat sie beruhigt und gesagt, das macht doch nichts. Der Papi hat dann endlich das zerdrückte Päckchen ausgepackt und der Stuhl war natürlich schon beschädigt. Er war ganz schiefgedrückt und eine Rückensprosse war abgegangen und ein Bein vorne war auch ab. Der Papi hat den Stuhl ein bisschen verwundert angeschaut und dann gemurmelt, das könne man ja wieder kleben. Dann hat er mich gefragt, ob ich denn wisse, wie der Mann heißt, der den Stuhl im Original gebaut hat, aber das habe ich mir nicht merken können, weil der so einen komischen Namen hatte. Da hat der Papi ganz seltsam gelacht, fast wie wenn er mich auslachen würde, und hat mir den Namen immer vorgesprochen und ich sollte ihn nachsprechen, aber ich habe ihn wieder vergessen, irgendwas mit R war's, glaube ich. Der Stuhl sah total erbärmlich aus, wie er da auf dem Tisch stand, so schief und krumm und der Papi hat auch nicht »Danke« gesagt und ich weiß nicht, ob er ihm gefallen hat. Wahrscheinlich hat er das Geschenk dann später weggeworfen, jedenfalls habe ich es nie wieder gesehen.

Bis zum Frühling war eigentlich alles ganz okay. Aber dann fing es wieder mit Mami an. Genau wie ich es schon mal erlebt habe: Erst saß sie nur auf dem Sofa rum, bis sie sich zur Arbeit geschleppt hat. Dann hat sie sich öfter krank gemeldet und ist gar nicht hingegangen. Und irgendwann habe ich sie auch nicht mehr aus dem Bett rausbekommen. Am Anfang hat mich das total genervt, weil ich dann immer zu spät zur Schule gekommen bin und die Lehrerin mich angemeckert hat. Irgendwann, weil mir das gestunken hat, bin ich dann manchmal gar nicht mehr in die Schule. Nachmittags habe ich Entschuldigungen auf Mamas Computer geschrieben und ihr die zum Unterschreiben hingelegt, sie hat gar nicht mehr geschnallt, was das ist, und hat einfach unterschrieben. Ich hab dann was von Ausflug oder so gemurmelt und sie hat mir geglaubt. Ich fand es total klasse, nicht mehr in die Schule zu müssen. Da hat mich sowieso alles nur angekotzt. Früher war ich immer recht gut in der Schule gewesen, obwohl ich gar nie so viel gelernt habe, aber seit ich auf dem Gymnasium war, wurde es immer schwerer. Außerdem habe ich mich gar nicht konzentrieren können auf den Unterricht. Mir ging immer so viel durch den Kopf, mal die Mami und manchmal habe ich an den Papi gedacht oder sogar an den Opi. Einmal habe ich ihn angerufen, aber er hat gar nicht gewusst, wer ich bin. Das fand ich ziemlich traurig. Als ich das dem Papi erzählt habe, hat er nur genickt und gesagt, er hat jetzt eine Pflegerin für den Opi eingestellt und die muss den ganzen Tag und auch nachts auf ihn aufpassen. Da war ich ein bisschen beruhigt, vor allem dass der Opi nicht mehr allein sein musste. Aber der Papi hat geflucht, was das kosten würde, aber schließlich stünden die Kinder ja in der Schuld der Eltern und man könne sie nicht einfach verkommen lassen. Ich habe überlegt, was er damit meint und ich glaube, er findet, dass Kinder ihren Eltern dankbar sein müssen, weil die sie großgezogen haben. Ich weiß nicht so genau, so richtig dankbar konnte ich ihm nicht sein. Ich finde, viel erzogen hat er bei mir nicht.

In der Schule hat sich niemand so richtig darum gekümmert, dass ich immer seltener kam. Und da dachte ich mir, wenn die mich nicht vermissen – ich vermisse die auch nicht. Ich bin dann oft so durch die Stadt gelaufen, hab mir in CD-Läden ewig Musik angehört oder in 'nem Buchladen die Comics gelesen, bis mich die Verkäuferin verscheucht hat. Und mittags bin ich immer zu Ugi und hab einen Döner gegessen, bei dem gab's sogar Pommes-Döner, mein absolutes Lieblingsessen. Und Ugi hat schon dafür gesorgt, dass ich eine große Portion bekam. Kein Wunder, war ja Stammkunde. Bei Ugi hab ich dann auch Ente kennengelernt. Der war so 'n Jahr älter als ich, schon dreizehn. Ente hieß er, weil er so einen wackeligen Gang hatte, so ein Watschelgang wie eine Ente eben. Wie eine dicke Ente. So dick wie Ente war ich damals noch nicht. Aber Ente hat das überhaupt nicht gekümmert, dass er so dick war. Ich wurde ja schon manchmal in der Klasse gehänselt, vor allem im Sportunterricht. Ich wusste dann gar nicht, wie ich darauf reagieren sollte. Am liebsten hätte ich losgeheult, aber das ging natürlich nicht vor all den anderen. Ich hab dann immer versucht, so zu tun, als ob ich nichts gehört hätte. Aber einmal hat der Achim, der auch nicht gerade schlank ist, der hat meinen Kopf gepackt und mir ins Ohr gegrölt. »Fettwanst«, hat er geschrien und »Du dicke Sau« und so. Ich hab versucht, ihn in den Bauch zu boxen, aber er ist schnell ausgewichen, hat mich losgelassen und ich bin so halb nach vorne geflogen und die ganze Klasse hat gebrüllt vor Lachen. Der Lehrer hat davon nichts mitbekommen, der war grad im Geräteraum. Als er wieder rauskam, bin ich zu ihm gegangen und hab gesagt, mir wäre total schlecht, und weil ich so rot im Gesicht war, hat er es mir geglaubt und ich durfte gehen. In den nächsten Tagen hat der Achim, immer wenn ich vorbeikam, mit einer total weinerlichen Stimme zu irgendwem gesagt: »Och, Herr Lehrer, mir ist so schlecht, weil ich so fett bin!«, und dann haben sich wieder alle totgelacht.

Wenn einer Ente gehänselt hat, dann hat er Anlauf genommen und sich mit seinem ganzen Gewicht gegen den geworfen, der ihn blöd angequatscht hat. Einmal hat er einem sogar ein paar Rippen dabei gebrochen. Dem seine Eltern haben Ente zwar angezeigt, aber weil er ja erst dreizehn war, ist gar nichts weiter passiert. Die Eltern von Ente hat das sowieso nicht gekümmert. Ente hat ziemlich bescheuerte Eltern, noch schlimmer als meine. Also ich meine, das ist gar nicht zu vergleichen gewesen. Seine Eltern waren ziemlich arm, der Vater war arbeitslos und beide haben viel gesoffen und dann sich gegenseitig, Ente und seine kleinen Schwestern verdroschen. Verstand ich sehr gut, dass Ente da nicht bleiben wollte. Ich glaube, am Anfang hing Ente nur mit mir rum, weil ich ihm Pommes-Döner ausgegeben habe. Aber irgendwann waren wir so ein richtig eingespieltes Team. Einer hat auf den anderen aufgepasst. Und wenn jemand kam und uns blöd angeredet hat, der musste sehen, dass er den Fluchtweg findet. Wir haben uns dann nebeneinander aufgebaut, die Brust rausgestreckt und hämisch gegrinst. Ente hat mir gezeigt, wie das geht. Ich hab das richtig vor dem Spiegel geübt. Man muss ganz langsam den Kopf heben, wenn einer was sagt. Und dabei muss so ein ganz, ganz leichtes Lächeln, nur so eine Andeutung, um die Lippen sein. Und dann zieht man das untere Augenlid leicht runter, mit dem kleinen Finger, die Augenbraue des anderen Auges geht hoch und dann, auch ganz sanft, verzieht man den Mund zu einem breiten Grinsen. Dann verschränkt man die Arme vor der Brust. Und dem Gegner, dem guckt man immer in die Augen dabei. Nur nicht wegschauen, das ist das Wichtigste. Ich hab das einmal beim Achim ausprobiert, als ich doch mal wieder in der Schule war. Und tatsächlich! Er hatte gesagt, bei mir wisse man gar nicht, was der Kopf und was der Arsch sei, und da habe ich mich ganz langsam zu ihm gedreht und ihm diesen Blick gegeben. Erst hat er so getan, als würde ihn das gar nicht beeindrucken, aber dann habe ich auch noch einen Schritt auf ihn zugemacht und da ist er plötzlich abgehauen. Diesmal haben alle über ihn gelacht. Nicht über mich. Das war ein geiles Gefühl. Überhaupt hatte ich mit Ente immer tierisch viel Spaß. So viel wie nie zuvor in meinem Leben. Weil ich ja glücklicherweise von meinen Eltern immer noch viel Geld bekam, mussten wir nichts klauen. Wir sind fast jeden Nachmittag in einen Billigladen und haben eingekauft, Chips und Schokoküsse und Schokolade und Cola und Gummibärchen und all so'n Zeug. Und dann haben wir uns, wenn das Wetter schön war, in den Park auf die Wiese gesetzt und gepicknickt. Das war super. Wir lagen auf dem Rasen, haben die Leute beobachtet und dabei gefressen. An einem Nachmittag haben wir mal jeder 25 Mohrenköpfe, eine Tüte Chips und noch ein paar Kleinigkeiten gegessen. Ich musste dann zwar ins Gebüsch kotzen, aber das war nicht schlimm.

Manchmal hab ich Ente auch mit zu uns nach Hause genommen. Wenn meine Mutter ausnahmsweise doch bei der Arbeit war, hat es sie eh nicht gestört. Und wenn sie da war, hat sie nur gesagt, wir sollen keinen Lärm machen. Na ja, essen macht ja bekanntlich nicht allzu viel Lärm. Immer öfter hat Ente bei uns übernachtet. Meine Mutter hat das nur gestört, wenn wir das Frühstück komplett weggefressen haben. Aber Ente hat dann zu ihr gesagt, wir sind doch noch Kinder und im Wachstum und da braucht man manchmal ein bisschen mehr. Das hat sie dann eingesehen. Einmal bin ich mit Ente zusammen dem Papi begegnet. Er hat uns verächtlich angesehen und gemurmelt: »Na, da haben sich ja die zwei Richtigen gefunden!« Ich fand das auch, aber ich glaube, er hat es böse gemeint. Er hat dann noch ein paar abfällige Bemerkungen über mein Gewicht gemacht und als ich das nächste Mal für ein Wochenende bei ihm war, habe ich nur Salat und Obst und Knäckebrot bekommen. Ich meine, das war vielleicht eine gute Absicht, die er da hatte. Aber ich hatte natürlich vorgesorgt und in meiner Tasche waren genug Süßigkeiten für eine Woche. Die hab ich dann heimlich im Bett gegessen und war stolz, dass ich ihn so ausgetrickst hatte. Ist vielleicht auch blöd, aber so war das eben.

Ente und ich haben uns bald immer mehr geähnelt. Angefangen hat es mit einem T-Shirt, das ich gleich zweimal gekauft habe, einmal für ihn, einmal für mich. Dann haben wir noch die gleichen Hosen gehabt und die gleichen Turnschuhe gekauft. Und irgendwann hatten wir die Idee, wir könnten uns die gleiche Frisur machen. Wir haben uns gegenseitig den Kopf rasiert, das heißt, an den Seiten, über den Ohren haben wir die Haare total ausrasiert, oben auf dem Kopf waren sie länger und hinten haben wir eine Strähne gelassen, die wir wachsen ließen. Jetzt sahen wir aus wie Brüder. Und so haben wir uns auch gefühlt.

Als ich in die Wohnung zurückkam, dröhnte mir die *Sportschau* entgegen. Niklas lag entspannt vor dem Fernseher, drehte eine Bierdose in den Händen und winkte mir lässig entgegen.

»Hey, sportlich«, grinste er, als er mich so nassgeschwitzt sah. Ich nickte nur kurz und verschwand ins Badezimmer, wo ich Ronald eine SMS schickte, dass Niklas wieder da sei.

Nach der Dusche fühlte ich mich besser. Ich würde kochen, für mich und für ihn. Vielleicht könnte ich ihm bei einem gemeinsamen Essen, in lockerer Atmosphäre, klar machen, dass es so nicht weiterging. Dass ich ihn rauswerfen würde.

Wie immer schlang er das Essen hinunter. Und er aß Unmengen. Ich dagegen drehte die Spagetti fast einzeln auf die Gabel. Ich beobachtete sein Gesicht, wie er den Teller nicht aus den Augen ließ und gleichzeitig immer wieder nach rechts und links schielte, als könne von dort Unheil über ihn kommen. Sein massiger Körper und seine Haltung erinnerten mich an seinen Onkel, an Alexander. Niklas war so aufs Essen konzentriert, dass er leicht zusammenschrak, als ich ihn ansprach. Ich bemühte mich um einen freundlichen, interessierten Ton. Ich wollte ihm keine Vorwürfe machen.

»Hattest du einen schönen Tag?«, fragte ich. Als wären wir Mutter und Sohn. Er nickte. Ich rollte eine Spagettinudel auf und kaute bedächtig. »Tut mir leid, wenn ich heute Morgen laut geworden bin. Ich würde gerne wissen, wie du dir unser weiteres Zusammenleben vorstellst.«

Er blickte nicht auf. »Na ja, klappt doch eigentlich ganz gut«, sagte er dann und grinste mich an. »Ich kann ja nächste Woche auch mal einkaufen.« Er schien zufrieden mit seinem Vorschlag.

»Niklas!« Ich musste deutlicher werden. »Ich bin davon ausgegangen, dass du eine Nacht, meinetwegen ein paar Tage, hierbleibst.

Jetzt ist es schon über eine Woche. Ich bin nicht auf Dauergäste eingestellt, ich brauche meine Ruhe, ich habe einen anstrengenden Job.«

»Ich kann die Musik leiser drehen. Oder Kopfhörer nehmen. Das wär' okay für mich.«

Ich stöhnte gequält. »Weißt du, ich glaube, du verstehst genau, was ich dir sagen will. Und du meinst, ich bringe es nicht übers Herz, dich einfach auf die Straße zu setzen. Aber wenn's sein muss, dann tue ich genau das.«

»Gibt's noch Nudeln?« Er stand auf und nahm einen zweiten großen Teller Pasta aus dem Topf.

Ich sah sprachlos auf seinen Hinterkopf. Sollte ich ihm meinen Hausschlüssel abnehmen? Heimlich die Schlösser austauschen lassen?

Es klingelte. Ronald kam leichtfüßig die Treppe herauf. Obwohl er einen anstrengenden Tag gehabt haben musste, wirkte er frisch.

»Du kommst gerade recht«, sagte ich und führte ihn in die Küche. Es war das erste Mal, dass er bei mir zu Hause war, überhaupt das erste Mal, dass ein Kollege hier war. Er stellte seinen schrecklichen Pilotenkoffer aufs Fensterbrett.

»Hi, Niklas«, sagte er lässig und setzte sich.

Niklas sah ihn schuldbewusst an. »Wenn ich gewusst hätte, dass Sie kommen, hätte ich Ihnen was übrig gelassen.« Ronald winkte ab.

»Kein Problem, übrigens, meine Freunde nennen mich Ronny.«

Niklas grinste verschwörerisch, während ich meinem Kollegen verwundert ein Weinglas hinstellte. Ronny?

»Bist du ihr Neuer? Wo mein Onkel sie doch abserviert hat.«

»Wie kommst du darauf?«, fragte ich.

Niklas zuckte mit den Achseln. »Na ja, scheint doch so. Also, ich hatte nicht den Eindruck, dass du in letzter Zeit Kontakt mit ihm hattest. Und du hast so einen trüben Blick gehabt die Tage.«

Ohne eine Erwiderung stand ich auf und räumte das Geschirr in die Spülmaschine. Ronald probierte den Wein.

»Und? Schon wieder eingelebt in good old Germany?«, fragte er.

»Yes, Sir«, antwortete Niklas grinsend. »Nach Amiland will ich nicht mehr zurück. Nie mehr. Echt Scheiße da. Haste gehört, Gladbach hat die Bayern mit fünf zu eins heute platt gemacht. Krass, oder?!«

»Was war denn so schlimm?« Ronald ließ sich nicht ablenken.

»Ach, alles. Von wegen freies Land. Ständig wird man kontrolliert. Wie im Knast. Und raue Sitten herrschen da. Wenn man nicht aufpasst, kriegt man schnell die Fresse poliert.«

»Also, ich hab die Amerikaner immer als sehr höflich und freundlich erlebt«, sinnierte Ronald. »Aber vielleicht warst du ja in einem anderen Amerika als ich.«

»Vielleicht«, sagte Niklas mit einem Mal sehr leise und stand auf. »Ich geh nochmal weg.« Er hob die Hand zum Gruß und schlurfte davon.

»Schade, ich hätte gerne ein bisschen mit dir geplaudert.«

Niklas zuckte mit den Schultern, ohne sich noch einmal umzudrehen.

Ronald stand auf und griff nach seinem Pilotenkoffer.

»Ich könnte dich aber auch ein Stück begleiten, muss jetzt sowieso nach Hause.« Niklas blieb unsicher stehen und man sah, dass er sich nicht traute, Ronald abzuwimmeln. Dieser wandte sich nun mir zu. »Wir reden dann nächste Woche mal, eilt ja nicht, oder?!«

Ich nickte und schon waren die beiden zur Tür raus. Ich starrte auf Ronalds kaum berührtes Weinglas. Sein Interesse an Niklas erschien mir mit einem Mal verdächtig. Dabei hatte ich ihn herkommen lassen. Aber Irgendetwas, so schien es mir, hatte seine journalistische Neugier geweckt. Ein Leuchten war in seinen Augen gewesen, etwas, das man sonst nur bemerkte, wenn er sich über eines seiner traurigen Themen ereiferte.

Eine bleierne Müdigkeit überfiel mich. Ohne die Küche aufzuräumen, ging ich ins Bett. Der Schlaf kam nicht mit. Wieder hatte ich es nicht geschafft, Niklas hinauszuwerfen. Ich drehte und wälzte mich herum, Alexanders Gesicht schien direkt von der Zimmerdecke auf mein Bett herunterzuschauen, kalt und grimmig. Ich war klein wie ein Käfer, wie ein Wurm. Ich wand mich und krümmte mich und weinte in mein Kopfkissen. Wie früher saß die Einsamkeit auf meiner Bettkante und ich konnte meinen Körper nicht von ihrer eisigen Hand befreien, die mich streichelte.

Es war kurz nach drei, als ich aus dem Schlaf, der mich doch irgendwann gnädig erlöst hatte, hochschreckte. Ich hatte Stimmen gehört, zwei Männerstimmen und das Scheppern von Flaschen. Ich brauchte einen Moment, bis mir einfiel, dass Niklas in meiner Wohnung sein musste. Die Gänsehaut wich. War er mit Ronald zusammen zurückgekehrt? Niklas' langsame Sprechweise klang noch verzögerter als sonst, die andere Stimme schien mir ebenfalls jung zu sein. Mit einem Ruck fuhr ich im Bett hoch. Hatte er jemanden mitgebracht? Ich griff nach meinem Morgenmantel, der am Fenster über dem Sessel lag – das einzige Möbelstück, das ich aus der Wohnung meiner Großmutter mitgenommen hatte. Ich spürte, wie mein Hals beim Schlucken schmerzte, und ahnte eine heraufziehende Erkältung. Auf nackten Füßen trat ich in den Flur. Die Stimmen kamen aus der Küche. Die Tür stand einen Spalt offen. Ich sah eine große, rundliche Hand, die in den großen Topf mitten auf dem Tisch griff und kalte Nudeln herausnahm. Sehr schnell geschah das, eins ums andere Mal.

»So scheiße war's gar nicht«, sagte die mir fremde Stimme. »Du musstest dich halt mit den richtigen Leuten gut stellen. Kennste ja. Klappe halten, mitschwimmen. Gefälligkeiten erweisen.« Wieder fischte die Hand Nudeln aus dem Topf.

»Bei dir ging das vielleicht. Aber du weißt doch, wie die einen wie mich behandeln. Nur Kinderficker sind schlimmer dran.«

»Na, dafür siehste ja noch ganz gesund aus.« Die fremde Stimme lachte lang anhaltend. Niklas stimmte nicht ein.

»Nach dem ersten Jahr ging's ja auch«, erklärte er leise. »Na ja, lassen wir das.«

»Weiß dein Betreuer eigentlich, wo du bist?«

»Nö, dem bin ich ganz easy entwischt«, Niklas grinste breit. »Können ja nichts machen, bin ja volljährig.«

Ich holte tief Luft und betrat die Küche. Niklas zuckte zusammen. Er sah mich aus blutunterlaufenen, verquollenen Augen an, als befürchte er, sofort eine Ohrfeige zu kassieren. Ich stemmte die Hände in die Hüften, mehr um mich zu spüren, als um unerbittlich zu wirken. Ich wusste nicht, was ich sagen würde.

Niklas kam mir zuvor. »Äh, hab 'nen alten Kumpel getroffen. Wir quatschen nur 'n bisschen von besseren Zeiten. Der geht gleich. Sorry, wenn wir dich geweckt haben.« So viel hatte ich ihn selten an einem Stück reden hören. Er war fleckig rot geworden im Gesicht und spielte mit dem Flaschenöffner. Der »alte Kumpel« fingerte am Nudeltopf herum, getraute sich aber nicht, weiter hineinzugreifen. Ich erkannte ihn wieder. Es war der Junge, mit dem Niklas heute Nachmittag am Kiosk geredet hatte. Sein fettes Gesicht wirkte durch spärliche Bartstoppeln noch unästhetischer. Die schmalen, braunen Augen blickten verloren, seine Nase war so klein, dass sie zwischen den feisten Wangen fast verschwand. Er trug ein gelblich verwaschenes, für die Jahreszeit viel zu dünnes T-Shirt, das am Halsausschnitt ausgefranst war. Seine Jeans hatten über den Knien Löcher und die riesigen, schmutzig weißen Turnschuhe waren ausgetreten und hatten nicht einmal Schnürsenkel. Es roch in der Küche außer nach Zigaretten auch süßlich scharf nach Dreck und Schmutz und Fäulnis.

»Raus«, presste ich zwischen den Lippen hervor. »Alle beide!«

»Ach komm, Scheiße«, brauste Niklas auf. »Es hat Minusgrade draußen. Wo sollen wir denn hin?«

»Mir egal«, knurrte ich. Mir zitterten die Knie und etwas Großes, Rundes, Festes traktierte meinen Magen. Um etwas zu tun, riss ich den Nudeltopf vom Tisch und ließ ihn laut scheppernd in die Spüle fallen.

Der fremde Junge stand langsam auf, er war sehr groß, er wirkte wie Niklas' Zwilling und ich dachte, nun würde er auf mich zukommen, würde mich einfach umwerfen, mich niederwalzen und plattmachen. Doch er drängte sich dicht an mir vorbei, so dass ich seine Ausdünstungen von Dreck roch. »Komm«, sagte er zu Niklas. »Das haben wir nicht nötig.«

Niklas sah mich voller Abscheu an. »Ihr seid alle gleich«, presste er hervor. »Uns gebt ihr die Schuld, dabei seid ihr ... ach, Scheiße.« Er rannte aus der Küche, der andere Junge folgte ihm und ohne die Wohnungstür hinter sich zu schließen, trampelten sie die Treppenhausstufen nach unten.

19

Am Sonntagmorgen blieb ich so lange im Bett liegen, wie es nur ging. Ich wollte nicht aufstehen, nicht in die Küche gehen und damit die Szene der vergangenen Nacht aufleben lassen. Obwohl mein Magen knurrte, zog ich meine Jogging-Sachen vom Vortag an und verließ die Wohnung. Ich brauchte einen klaren Kopf. Ich musste nachdenken, wie es jetzt weitergehen sollte. Es war nebelig und trüb draußen. Die Luft roch nach dem ersten Schnee. Um den Kiosk lief ich einen weiten Bogen. Wo Niklas wohl die Nacht verbracht hatte? Mit einem Mal kroch eine Gänsehaut über meinen Rücken. Abrupt blieb ich stehen. Er hatte noch einen Wohnungsschlüssel von mir. Ich musste ihn finden, um ihm diesen abzunehmen, sonst würde ich meine Schlösser austauschen müssen. Was war ich für eine gutmütige, blöde Kuh! Sicher hatte er mich beobachtet, als ich das Haus verlassen hatte. Ich lief zurück, viel zu schnell und atmete dabei nur flach. Keuchend kam ich die Treppen hoch, schloss die Tür auf und blieb zitternd auf der Schwelle stehen. In der Wohnung war es still. Alles sah unverändert aus. Ich ging in Niklas' Zimmer, das mein Zimmer war und in dem es nach abgestandener Luft stank. Seine rote Tasche stand neben dem Bett. Ein paar Klamotten quollen hervor, getragene Socken, eine Unterhose. Ich fasste die Tasche an den unteren Ecken und drehte sie um. Seine wenigen Habseligkeiten fielen auf das Parkett. Ein Rasierapparat, ein dünnes, schon löchriges Handtuch, einige Pullover, eine Hose und ein Paar Sommersandalen fielen heraus. Ein Walkman und drei, vier CDs. Auf die Hüllen waren Totenköpfe gemalt und den Bandnamen nach schien es sich um Heavy-Metal-Musik zu handeln. Zudem ein dick gefüllter Hefter in Orange mit vielen in einer schrecklichen Sauklaue bekritzelten Seiten. Nichts Aufschlussreiches. Endlich fiel mir die Seitentasche auf, ich öffnete sie hastig und entnahm einen abgegriffenen braunen DIN-A5-Umschlag. Ein kleinerer Umschlag, hellgelb und sehr alt, schon beinahe brüchig, rutschte heraus. Darin eine Seite Luftpostpapier, die ich vorsichtig entfaltete. Als habe jemand aus dem Himmel geschrieben. Eine kleine, enge Schrift bedeckte die Seiten, eine Schrift, die ich kannte. Er stammte aus dem Juli 1972. »Mein liebster, kleiner Alexander«, begann er. Ich überflog die Zeilen und ohne den Inhalt wirklich wahrzunehmen, wurde mir klar, was ich in Händen hielt. Es war der Abschiedsbrief, den Viola an ihren Sohn Alexander geschrieben hatte, bevor sie sich das Leben nahm. Der Brief, den er suchte, seit er sieben Jahre alt war. Den er lesen müsste, um ein Mensch zu werden.

Vorsichtig steckte ich die Seite in den Umschlag zurück. Woher hatte Niklas ihn? Und wieso ausgerechnet er? Ich versuchte, die Gegenstände wieder in die Tasche zurückzustopfen und alles in seinen Ursprungszustand zu versetzen. Ich würde jetzt aus diesem Zimmer gehen und nicht weiter nachdenken. Ich wollte nicht, dass mich dies alles, was immer es auch bedeutete, etwas anging. Ich wollte nie wieder mit dieser Familie zu tun haben. Ich hustete und spürte, wie es in meinem Rachen und in der Nase kitzelte. Die Erkältung würde nicht mehr lange auf sich warten lassen. Mir war eiskalt geworden, der Schweiß war auf meiner Haut getrocknet und ich musste sofort unter die heiße Dusche.

Im Flur schon schälte ich mich aus meinen Joggingklamotten und warf Hose und Shirt vor die Waschmaschine in der Küche. Ich hakte den BH auf und stieß die Tür zum Badezimmer auf. Ich erschrak so sehr, dass ich fast einen Schrei ausstieß. Instinktiv presste ich einen Arm vor meine Brüste und griff mit dem anderen nach einem Handtuch, das ich mir umlegte.

Niklas setzte sich schnell auf, Wasser lief über den Badewannenrand. Es war seltsam rosa verfärbt. Seine Augen suchten die klare Wasseroberfläche ab, er kniff die Beine zusammen und murmelte: »Mir war so kalt.« Seine Oberarme wurden rechts und links vom Badewannenrand eingedrückt. Und dann fiel mir seine Nase auf: Sie wirkte dick, eine Blutkruste hatte sich unter den Nasenlöchern gebildet. Sein linkes Auge war zugeschwollen und er versuchte, es mit einer Hand abzudecken. Ich sank auf den Klodeckel und krümmte mich zusammen.

Wir schwiegen beide eine Weile, schließlich sagte ich: »Was sollen wir denn jetzt machen?« Es war eine ernst gemeinte Frage, ich wusste nicht weiter. In der Badewanne sah ich nur einen kleinen, hilflosen Jungen sitzen, eingesperrt in einem großen, blassen, ramponierten Körper.

Endlich blickte Niklas mich an. »Bitte, darf ich einfach hierbleiben? Ich bring auch niemanden mehr mit. Ich mach keine Unordnung, ich bin ruhig, ich verspreche es. Wirklich. Bitte.« Er sprach so leise, dass ich ihn fast nicht verstand.

Ich nickte kraftlos. »Eine Zeit lang. Wir werden sehen. Kommst du bitte aus der Wanne, ich muss dringend duschen.« Ich reichte ihm ein Handtuch und drehte mich weg, denn ich spürte, wie peinlich es ihm war, mir seinen nackten Körper zu zeigen.

Scheiße waren dann allerdings die Sommerferien. Kurz nach meinem dreizehnten Geburtstag fingen die an. Weil ich so oft gefehlt hatte, wurde ich natürlich nicht versetzt. Meine Mutter heulte und mein Vater fiel aus allen Wolken. Wie ich ihm so was antun könne, hat er gefragt. Ich sagte nichts zu all dem. Wutschnaubend ging er fort und rief am nächsten Tag meine Mutter an. Er hatte so eine Art Ferieninternat ausfindig gemacht, wo ich die nächsten sechs Wochen lernen sollte und wo man auch was für meine Gesundheit tun würde, wie er sagte. Er brachte mich eigenhändig in seinem neuen Range Rover *ins Allgäu.*

Es war die Hölle. Jeden Morgen um halb sieben wurden wir zu einem Morgenlauf, wie die das so harmlos nannten, geweckt und dann mussten wir von acht bis zwölf und von zwei bis fünf lernen. Das heißt, normaler Schulunterricht war das. Anschließend mussten wir nochmal Sport machen oder es wurden blöde Tischtennisturniere, Nachtwanderungen usw. gemacht. In der ganzen Zeit durfte ich nicht mit zu Hause telefonieren, wir sollten nicht abgelenkt werden, hieß es. Zu essen gab's auch nichts Gescheites, nur Rohkost und Salat und Obst und überhaupt nichts Süßes. Meine Vorräte, die ich natürlich mitgenommen hatte, waren schnell aufgebraucht. Ich wäre so gerne abgehauen, aber das war absolut nicht drin. Also ließ ich die sechs Wochen irgendwie über mich ergehen und nahm sogar fünf Kilo ab. Meine Hose war ziemlich weit danach, aber gesehen hat man es nicht richtig. Besser gefühlt habe ich mich auch nicht. Ich hab natürlich Ente vermisst und ihm ein paar Briefe geschrieben, aber ich weiß gar nicht, ob er sie bekommen hat.

Als die sechs Wochen endlich um waren, hat mich der Papi abgeholt. Ich glaube, er war etwas enttäuscht, dass ich nicht mehr abgenommen hatte. An der ersten Tankstelle, an der wir hielten, kaufte ich mir was Süßes, aber er hat es mir aus der Hand genommen und gesagt, das sei nicht gut für mich und ich solle nicht gleich wieder den alten Schlendrian einreißen lassen. Ich hab nur mit den Schultern gezuckt, ich wusste ja, dass ich bei Mami wieder alles kriegen würde, was ich haben wollte.

Er habe sich das mit dem Taschengeld überlegt, hat der Papi gesagt. In Zukunft würde ich viel weniger bekommen und wenn ich irgendwas Spezielles wollte, ein Buch oder was zum Anziehen, dann soll ich ihm das sagen, dann geht er das mit mir einkaufen. Ich dachte, er macht 'n Scherz, aber er sah total ernst aus dabei. Das war natürlich großer Mist und ich war schlecht drauf, als wir nach Hause kamen. Meine Mutter hat sich riesig gefreut, dass ich wieder da war, hat richtig 'nen Tanz um mich aufgeführt. Das war total komisch. So aufgesetzt und unnatürlich. Als der Papi endlich weg war, hat sie mir dann was Richtiges zu essen gemacht. Es gab Spagetti und Pommes und zum Nachtisch so viel Eis, wie ich wollte. Da war ich froh, bei ihr zu sein.

Am Mittwoch danach musste ich dann wieder zur Schule. Ich habe mir vorgenommen gehabt, jetzt auch wirklich hinzugehen, weil so etwas wie dieses Ferienprogramm wollte ich nicht nochmal erleben müssen. Die in meiner neuen Klasse kamen mir total kindisch vor. Aber wenigstens haben sie mich in Ruhe gelassen. Das mit dem Achim hatte sich rumgesprochen und ein paar hatten so was wie Angst vor mir. Mir war's recht. Nach der Schule bin ich gleich zu Ugi gegangen. Ich brauchte ganz dringend einen Pommes-Döner und natürlich habe ich gehofft, Ente zu treffen. Aber als ich Ugi nach ihm fragte, sah er mich ganz komisch an. »Hast du noch nicht von ihm gehört?«, fragte er mich. Ich schüttelte den Kopf. Ugi klatschte noch ein bisschen Zaziki auf meinen Döner und sah mich mitleidig an. »Ente hat mal wieder einen Typen verdroschen«, erzählte er. »Aber weil er inzwischen vierzehn ist und wegen den ganzen Sachen von früher kam er natürlich vor Gericht. Jetzt haben sie ihn in ein Jugendheim gesteckt. Aber ich habe keine Ahnung wo. Tut mir leid, Alter.«

Das war wie ein Faustschlag direkt in den Magen. Fast hätte ich den Döner fallen lassen. Ente in einem Heim, wie ätzend! Und wie sollte ich herausfinden, wo er war? Ich konnte ja wohl kaum zu seinen bescheuerten Eltern gehen und nach ihm fragen. Nachdem ich mich an den Gedanken gewöhnt hatte, bin ich in den nächsten Supermarkt, um endlich mal wieder richtig einzukaufen. Meine Mutter hatte mir natürlich trotz der Ankündigung meines Vaters Taschengeld gegeben und in meiner Spardose war auch noch was. So konnte ich fett einkaufen – das hat mich wieder ein bisschen aufgemuntert. Aber natürlich war es längst nicht so schön, allein im Park zu sitzen und zu mampfen, wie wenn Ente dabei gewesen wäre.

In der nächsten Zeit ging ich dann auch nicht mehr so oft raus. Meine Mutter, der es gerade mal wieder etwas besser ging, hatte es sich angewöhnt, mich morgens zur Schule zu bringen und mittags wieder abzuholen. Sie musste jetzt nur noch vormittags arbeiten. Sie sagte, sie wolle sich mehr um mich kümmern, mehr Zeit für mich haben. Aber meistens wurschtelte sie nachmittags in der Wohnung rum, ging einkaufen und so, und ich saß in meinem Zimmer, aß und las Comics. Eigentlich war das langweilig, aber ich war froh, dass niemand etwas von mir wollte. Ich hatte keine Lust, mit irgendjemandem zu reden. Mit wem auch? Der Einzige, mit dem ich richtig gerne zusammen abhing, war Ente – und der war fort.

In den ersten Monaten nach den Sommerferien bemühte sich mein Vater, mich alle zwei Wochen fürs ganze Wochenende abzuholen. Er tat sogar so, als sei er gerne mit mir zusammen, und war richtig freundlich. Allerdings war es auch oft so, dass er und Berit Samstagabend ausgingen und ich mal wieder auf Lisa aufpassen musste. Das war inzwischen ziemlich nervig, weil Lisa immer irgendwas Kindisches mit mir spielen wollte, und wenn ich nicht tat, was sie wollte, schrie sie die Wände zusammen. Manchmal hätte ich ihr am liebsten eine geklebt, nur damit sie den Mund hält. Und es war doof, weil sie bei allen Spielen gewinnen wollte, dabei war sie immer noch so klein, dass sie nichts kapierte. Mit vier! Kein Wunder. Einmal, als sie total rumgezickt hat, da bin ich ins Badezimmer und habe im Medizinschrank geschaut, ob da nicht irgendwo eine Schlaftablette liegt. Ich habe ziemlich schnell eine gefunden und die dann in Fanta *aufgelöst und der Lisa zu trinken gegeben. Sie ist dann auch tatsächlich schnell müde geworden und eingeschlafen. Ich konnte sie einfach in ihr Bett tragen. Aber später habe ich Angst bekommen, dass die Lisa die Tablette nicht verträgt und vielleicht gar nicht mehr aufwacht. Ich hab dann nach ihr geschaut, und sie hat tief und fest geschlafen und geatmet. Da habe ich sie am Arm gerüttelt, so lange, bis sie aufgewacht ist. Ich war total erleichtert, aber dann hat die Lisa gleich wieder total zu brüllen angefangen und behauptet, ihr sei schlecht. Sie wollte aufs Klo, aber ich dachte, wenn sie jetzt aufsteht, dann wird sie wieder richtig wach und ich hab sie wieder an der Backe.*

Da habe ich sie ins Bett gedrückt, damit sie liegen bleibt. Und in all dem Chaos kamen dann Papi und Berit zurück und waren mal wieder total wütend auf mich. Ich habe gesagt, die Lisa hätte einen Albtraum gehabt und im Schlaf so geschrien, aber die Lisa hat gemurmelt, das sei nicht so gewesen, und dann ist sie zum Glück wieder eingeschlafen. Papi und Berit konnten also nicht so richtig böse auf mich sein, und ich habe mich zum Schlafengehen verabschiedet. Ich hab mich also hingelegt und war gerade eingeschlafen, als der Papi die Tür aufgerissen, das Licht angemacht und mich angebrüllt hat: »Hast du ihr eine von denen gegeben?«, hat er geschrien und mir die Tablettenröhre aufs Bett geschmissen. Scheiße, ich hatte vergessen, die Tabletten in den Schrank zurückzuräumen. Ich wimmerte, ich hätte ihr keine gegeben, ich würde selber so schlecht schlafen zurzeit, aber er glaubte mir nicht. Er trat ganz dicht an mein Bett, die Hände in die Hüften gestützt, und sah auf mich herunter, als sei ich ein gammliger Käfer oder ein Stück Scheiße. »Wag es ja nicht, der Lisa nochmal so was anzutun«, flüsterte er. Dann holte er aus und schlug mir ins Gesicht. Mein Kopf knallte gegen die Zimmerwand. Es brannte wie Feuer. Mir war schwindlig und schlecht. Mein Vater verließ den Raum und schloss von außen ab. Ich konnte grad noch nach dem Papierkorb greifen, um hinein zu kotzen. Ein paar Blutstropfen fielen auf die Kotze.

Die Nacht war furchtbar, vor allem, weil ich ja nicht aus dem Zimmer konnte. Dabei musste ich so dringend. Ich pinkelte in den Papierkorb, und der Gestank im Zimmer wurde noch ekliger. Weil es aber schon saukalt draußen war, konnte ich auch nicht die ganze Nacht das Fenster offenlassen. Ich dachte wirklich, ich erstick gleich.

Als ich am nächsten Morgen in den Spiegel sah, hatte ich ein dickes Veilchen und die Lippe war aufgeplatzt. Mein Vater zwang mich, den Papierkorb sauber zu machen. Am liebsten hätte ich ihn einfach weggeschmissen, aber das durfte ich nicht. Also kippte ich die Brühe ins Klo und den Rest musste ich mit dem Gartenschlauch draußen sauber machen. Es war so eklig, dass ich fast nochmal gekotzt hätte.

Ich war so froh, als dieses beschissene Wochenende endlich rum war. Mami hat mich zwar komisch angesehen, als ich mit dem blauen Auge und der Wunde heimkam, aber der Papi hat ihr gesagt, ich wäre gegen das Treppengeländer gefallen, und da hat sie auch nicht weiter nachgefragt. Bei Mami wartete wenigstens eine schöne Überraschung. Ente hatte geschrieben. Er erzählte, dass er in einem Heim sei und es ihm ganz gut gehe. Allerdings sei man schon ziemlich eingesperrt und kann nicht gehen und kommen, wie man will. Das würde ihm stinken. Und zu essen gäbe es auch nichts Gescheites und er würde sich sehr nach unseren Picknicks sehnen. Aber ich könnte ihn besuchen, schrieb er. Das Heim war ein bisschen außerhalb und er wohnte dort mit fünfzehn anderen. Sie mussten im Garten arbeiten und den Haushalt selber führen, also putzen und kochen und so was. Ich hab mir dann fest vorgenommen, da hinzufahren, aber irgendwie ist immer was dazwischen gekommen. Und irgendwann war Ente gar kein richtiger, lebender Freund mehr, er war mehr so was wie ein Phantom, aber ich konnte immer mit ihm reden und er war immer da. Es war zwar ein schlechter Ersatz, aber besser als nichts.

In diesem Jahr an Weihnachten war immerhin wieder der Opi dabei. Das fand ich klasse. Und ich fand, er war gar nicht so verrückt im Kopf, wie der Papi immer gesagt hat. Er hat zwar immer noch manchmal »Jutta« zur Berit gesagt, aber ansonsten wusste er genau, wo er war und dass Weihnachten war, und sogar ein Geschenk hat er für mich gehabt. Ich habe ein Quartett-Spiel mit Panzern bekommen und natürlich etwas Geld. Für das Kartenspiel war ich zwar schon ein bisschen zu alt, aber ich fand's trotzdem nett von ihm. Außerdem war's mein einziges Geschenk, der Papi hat nur gesagt, er hätte mir Geld aufs Sparbuch überwiesen. Dafür hatte ich dieses Jahr ein Geschenk für die Lisa, ein Spiel, das hat die Mami ausgesucht, aber Lisa hat nur kurz drauf geguckt, gesagt, dass sie das schon hat und es unter den Tannenbaum geworfen. Dem Papi und der Berit habe ich eine CD mit klassischer Musik geschenkt. Ich habe versucht, mich viel mit dem Opi zu unterhalten, aber irgendwie haben uns der Papi und die Berit immer gestört. Ständig sollte ich abtrocknen helfen, dabei haben die doch eine Geschirrspülmaschine, oder ich sollte einen Getränkekasten aus dem Keller holen und so Sachen. Der Opi hat mir aber fest auf die Schulter geklopft, als er mich gesehen hat, und gesagt, ich sei ein Prachtbube, an mir sei wenigstens was dran und so könne mir keiner was. Weil ich ja nicht wusste, dass der Opi kommen würde, hatte ich natürlich kein Geschenk für ihn, und das tat mir leid. Aber er hat gesagt, dass er mich sehen darf, ist schon ein ganz tolles Geschenk. Ich habe gefragt, ob ich ihn nicht auch mal besuchen darf, aber der Papi hat dann immer gleich unterbrochen und gesagt, das ist zu anstrengend für den Opi und ich soll mich gefälligst auf die Schule konzentrieren. Und dann hat er dem Opi lang und breit erklärt, wie schlecht ich in der Schule bin und dass ich ein totaler Versager sei und aus der Art schlage. Er hätte die Hoffnung aufgegeben, dass aus mir noch was werden würde. Der Opi hat gesagt, na, na, das sei sicher nicht so schlimm, aber der Papi hat sich aufgeregt, er soll mich nicht auch noch in Schutz nehmen. Ich hab mich ziemlich geschämt, weil der Papi hat ja recht, ich bin ja mies in der Schule, aber immer, wenn ich mir vornehme, jetzt strengste dich mehr an, dann ist wieder irgendwas und ich geh gar nicht erst hin.

20

Ich hatte uns Pizza bestellt und bevor ich den Lieferanten zahlen konnte, streckte ihm Niklas einen Zwanzig-Euro-Schein entgegen. Schweigend verdrückten wir das Essen auf dem Sofa vor dem laufenden Fernseher.

Wir waren uns den Tag über aus dem Weg gegangen, was nicht schwierig war, weil Niklas sein Zimmer kaum verlassen hatte. Seine Verletzungen hatte er mit einem kleinen Unfall erklärt, ich hatte ihm nicht geglaubt, wollte die Wahrheit aber auch gar nicht wissen. Zwischendurch war es mir sogar für kurze Zeit gelungen, ihn zu vergessen. Und die Fragen zu verdrängen, die sonst in meinem Kopf zuckten wie Gewitterblitze.

Erst als meine Mutter angerufen hatte und ich gerne laut geschrien hätte, wurde mir wieder bewusst, dass ich nicht alleine in meiner Wohnung war. Meine Mutter hatte sich beschwert, dass sich Monika so hängen ließe und mein Bruder alles alleine erledigen müsse. Was er denn erledigen müsse, wollte ich wissen. Meines Wissens saß er den ganzen Tag vor dem Fernseher, kümmerte sich nicht darum, eine neue Arbeit zu finden, und schikanierte seine Familie. Aber meine Mutter beharrte darauf, dass es Monika war, die meinem Bruder nun den Rücken stärken müsse, und es ihm wenigstens daheim gut gehen sollte, wenn er gerade solche Probleme zu bewältigen hätte.

»Er hat keine Probleme zu bewältigen, er muss sich einen neuen Job suchen«, versuchte ich, sie auf den Boden der Tatsachen zu bringen. Meine Mutter erklärte, ihrer Ansicht nach habe ihr Sohn ein schlimmes Burn-out-Syndrom und verdiene es, dass er nach all der Schufterei für die Familie ein wenig zur Ruhe käme, ohne dass ständig jemand nörgle und Forderungen stelle. Am liebsten hätte sie ihn in das elterliche Haus zurückgeholt, um ihn zu bekochen und zu bemuttern und zu verwöhnen. Ich war kurz davor, aufzulegen. Da wurde ihr Ton plötzlich zuckersüß und sie säuselte, ich solle doch bald mal wieder mit meinem netten Freund vorbeikommen. Ich vertröstete sie wortkarg und als sie anfing, von seinen und meinen Zukunftsplänen zu faseln, beendete ich das Gespräch endlich mit dem Hinweis, es hätte an der Tür geklingelt. Ich hatte den Eindruck, sie hatte wie immer keine Silbe von dem verstanden, was ich ihr gesagt hatte. Ich seufzte kopfschüttelnd und suchte in der Küche nach der Menükarte des Pizzalieferanten.

Niklas hatte seine große Pizza wie üblich schnell hinuntergeschlungen, während wir die Boulevard-Nachrichtensendung irgendeines privaten Senders verfolgten. Ich las nebenher die Zeitung und achtete nicht sonderlich auf die reißerische Berichterstattung über frisch verliebte Promis und verschwundene Kinder. Bis Niklas plötzlich das Stück Pizza, das er gerade in der Hand hielt, fallen ließ und mit zitternder Unterlippe auf den Bildschirm starrte.

»Alex' Vater!«, entfuhr es mir und Niklas brachte mich mit einem barschen »Pscht« zum Schweigen. Der Beitrag zeigte den großen, alten Mann, der etwas benommen, aber sehr seriös in Anzug und Mantel gekleidet, auf einem Schweizer Polizeirevier saß. Man hatte ihn aufgegriffen, wie er ziellos auf dem Seitenstreifen der A 1 zwischen St. Gallen und Zürich umhergeirrt war. Der Reporter sprach davon, dass der offensichtlich schwer verwirrte und kranke Mann wohl wie ein lästiger Hund ausgesetzt worden sei, ohne Geld oder Papiere. Der alte Herr sei nicht in der Lage zu sagen, wo er herkomme oder wie er in die missliche Lage geraten sei. Er rede fast nicht und das Wenige ließe nur den Schluss zu, er stamme nicht aus der Schweiz, sondern aus Süddeutschland. Der Nachrichtensprecher forderte die Zuschauer auf, Hinweise zu geben, falls jemand den alten Mann kennen würde.

»Wir müssen ihn abholen«, sagte Niklas tonlos.

Ich wollte nicht. Ich wollte das Haus nicht verlassen. Ich wollte nicht mit einem rätselhaften Jugendlichen durch die kalte Nacht fahren, um einen kranken, alten Mann aufzulesen. Ich wollte für mich sein. Allein. Ich hatte mit all dem nichts zu tun.

Er sprang auf, rannte in den Flur und zog sich seine abgewetzte dunkelgrüne Bomberjacke über. Nervös pochte er gegen den Türrahmen und sah mich an. »Komm.« Sein Blick war nicht flehend. Er war bestimmend. Genau so konnte Alexander schauen. Beängstigend. Ich hatte die Ähnlichkeit zwischen den beiden schon öfter gesehen. Und schnell weggeschaut, wenn ich sie bemerkt hatte.

»Du bist nicht Alexanders Neffe«, sagte ich, verblüfft, wie einfach das ging.

Niklas schaute langsam nach oben. Er hob dabei die Schultern und ließ sie schnell wieder herunter sacken. Den Kopf behielt er in den Nacken gelegt.

»Du bist sein Sohn.«

»Ja, und der alte Mann ist mein Großvater. Können wir jetzt fahren? Bitte!« Endlich sah er mich wieder an. Natürlich war er sein Sohn. Und wäre Vinzent Bachinger nicht so hager, hätte man die Ähnlichkeit der Gesichtszüge bei allen dreien bemerkt. Wie hatte ich das nur verdrängen können?

Ich stand auf. Der Boden schien unter mir zu schwanken. Völlig sinnlos griff ich nach den leeren Pizzakartons, faltete sie sorgfältig zusammen und brachte sie in die Küche. Dann sagte ich: »Okay. Aber nur, wenn du mir die ganze Wahrheit erzählst. Über deinen Vater und deinen Großvater. Und über dich.«

Er hatte die Hände in die Jackentaschen gesteckt und als er sie nun bejahend ausbreitete, klappte die Jacke auf wie bei einem Exhibitionisten. »Okay«, sagte er und wandte sich zur Tür.

Das erste Mal in diesem Herbst hatte es leicht zu schneien begonnen. Der Nachthimmel wirkte schwefelgelb und die Flocken tanzten um die Laternen. Niklas schien genau zu wissen, was zu tun war, denn er dirigierte mich zur nächsten Polizeidienststelle. Nach einigem Hin und Her setzte sich der diensthabende Beamte mit den Kollegen in der Schweiz in Verbindung und erfuhr, wo sich Vinzent Bachinger aufhielt. Dass Niklas tatsächlich der Enkel des Unbekannten war, konnte er leicht beweisen. Er zog neben seinem Personalausweis ein gewelltes Foto aus seinem Portemonnaie, das die beiden, gequält in die Kamera lächelnd, zeigte. Es schien an Weihnachten aufgenommen zu sein, im Hintergrund war ein geschmückter Baum zu erkennen. Niklas konnte auf dem Foto höchstens dreizehn oder vierzehn Jahre alt sein. Er war damals noch um einiges schlanker und sah bubenhafter aus, aber seine Augen – Alexanders Augen – waren unverwechselbar.

Man nannte uns ein Polizeirevier in St. Gallen, wo man Vinzent Bachinger versorgte, und gab uns eine ungefähre Wegbeschreibung sowie eine Telefonnummer. Man versprach, sich mit den zuständigen Beamten in Verbindung zu setzen und unser Kommen anzukündigen. Es war kurz nach sieben, als wir losfuhren. Trotz des Schnees kamen wir gut voran, die Autobahn war frei.

Die ersten Kilometer schwiegen wir. Niklas starrte hinaus in die Dunkelheit, in der man nur selten von dünnem Neuschnee bedeckte Felder erkannte. Er knabberte an seinem deformierten Daumennagel, gelegentlich nickte er, als stimme er der Geschichte zu, die er sich selbst im Kopf erzählte. Schließlich warf er einen kurzen Seitenblick zu mir und begann dann zu sprechen. Wenn man ihn beim Reden nicht ansah, bemerkte man, wie ähnlich auch seine Stimme der seines Vaters war. Etwas zu hell für seine Größe.

»Ich hab' keine Ahnung, wie mein Großvater da in die Schweiz gekommen ist«, fing er an. »Ich hab nur so 'n Verdacht, dass mein toller Herr Vater dahinter steckt.«

Den hatte ich auch. Aber ich unterbrach ihn nicht.

»Und der Unfall mit meiner Nase – okay, geb ich zu, das war kein Unfall. Mein Vater hat mir aufgelauert. Gestern Nacht, Ente, mein Kumpel ist einfach abgehauen, schöner Freund ist das. Na, egal. Jedenfalls wollte er was von mir, also, mein Vater. Ich hab einen Brief, den hat mir mein Großvater gegeben. Schon vor langer Zeit. Er hat damals gesagt, ich soll auf ihn aufpassen, weil er das nicht mehr lange kann. Und vernichten wollte er ihn auch nicht. Wie auf mein Leben soll ich auf ihn aufpassen und niemals weggeben. Vor allem nicht meinem Erzeuger. Hab ich getan. Trag den Brief immer mit mir rum. Also, in meiner Reisetasche. Mein Vater hat wohl gehofft, ich hätt' den Brief in meiner Jacke, jedenfalls hat er gesagt, der Alte hätte gesagt, dass ich den Brief hätte, und der würde ihm zustehen und ich soll ihn rausrücken. Aber das wollte ich nicht. Ich hab geschworen, ich hab den Brief nicht, wüsste nicht mal, wovon er redet. Na ja, und weil er wohl so enttäuscht war, da hat er halt zugeschlagen. War ja nicht das erste Mal. Ich weiß nicht mal, was drin steht in dem Brief, der ist in so 'ner komischen Schrift geschrieben.«

»Sütterlin«, sagte ich. So leise, dass der Motor es übertönte. Und lauter: »Aber was hat die Schweiz damit zu tun?«

Niklas zuckte ratlos mit den Schultern. »Ich weiß nur, dass der Opi früher immer von seinen Bankkonten und Safes in der Schweiz gesprochen hat. Vielleicht dachte mein Vater, wenn der Brief nicht bei mir ist, dann würde er in so 'nem Schließfach verstauben. Und als er ihn da jetzt auch nicht gefunden hat, hat er meinen Großvater aus Ärger wahrscheinlich einfach ausgesetzt. Der ist ja schon ziemlich senil, und da hat er gemeint, er hat leichtes Spiel.«

»Ihr habt ein sehr herzliches Verhältnis.« Eigentlich war mir nicht nach Späßen zumute, aber ich wollte, dass Niklas locker wurde.

»Na ja, ist ziemlich viel schief gelaufen zwischen uns. Egal, alte Geschichten. Jedenfalls ...« Er winkte ab und blickte wieder aus dem Fenster.

»Außerdem hat dein Vater wohl mitbekommen, dass ich deinen Großvater in einem versteckten und völlig heruntergekommenen Zimmer in der Wohnung entdeckt habe«, erklärte ich. »Vielleicht wollte er endlich für klare Verhältnisse sorgen.«

»Der hat ihn bei sich eingesperrt? Krass.«

»Allerdings. Das war wie 'ne Gefängniszelle da. Ich glaube, dein Großvater hat das gar nicht so gemerkt, dabei – das war menschenunwürdig.«

»So ein Schwein«, brummte Niklas.

»Aber sag mal – nur damit ich eure doch etwas verworrene Familiengeschichte langsam verstehe: Jutta war ... äh, deine Mutter und Alexanders erste Frau?«

Niklas nickte. »Sie ist meine Mutter. Sie lebt ja noch. Und der Teil der Geschichte ist wirklich wahr: Sie hat einen an der Klatsche.«

Ich hakte nicht nach. Aber weil unser Gespräch besser lief als vermutet, fragte ich weiter. »Und Du warst niemals in Amerika, oder?«

Er bestätigte meine Vermutung.

»Wo dann?«

»Kannst du's dir nicht denken?«

»Im Knast?«

Niklas klatschte in die Hände, so dass ich zusammenschrak. »Und Bingo. Hundert Punkte.«

»Scheiße. Warum hast du ...«

»Wenn ich es dir gesagt hätte am ersten Abend, hättest du mich dann mitgenommen? Ich brauchte so dringend was zum Pennen, ich hätte im Park schlafen müssen.«

»Wird man nicht betreut, wenn man aus dem Knast kommt?«

»Ach, klar, ganz super. Hey, ich wollte nicht schon wieder von irgend so einem Wichser gesagt bekommen, was ich zu tun und zu lassen hab. No Chance!«

»Okay. Aber jetzt sag mir ehrlich, was du angestellt hast.«

Er stütze den Ellenbogen am Fenster ab und tippte sich mit dem Zeigefinger nervös auf die Oberlippe. Stur sah er geradeaus. »Ich habe Mist gebaut. Jugendsünden. Drei Jahre habe ich gesessen.«

»Drogen?«

»Raubüberfall auf 'ne Tanke. Plus Körperverletzung. Mit dem Kumpel, der gestern Nacht da war. Der ist auch gerade erst entlassen worden und ich hab ihn zufällig getroffen, ehrlich. Es war scheiße, was wir gemacht haben. Wir haben uns so stark gefühlt damals.« Plötzlich wandte er mir das Gesicht zu. Er holte tief Luft. »Ich weiß wirklich zu schätzen, was du für mich tust.«

»Noch neunzig Kilometer«, sagte ich. »Scheiße, und ich hab morgen Frühschicht.« Klang das lässig? Unvoreingenommen? In meinem Kopf hämmerte es. Ein Knasti, ein Knastbruder, ein Verbrecher, ein Krimineller saß neben mir im Auto, unterwegs durchs nächtliche Niemandsland. Sein Sohn. Ich hatte das Gefühl, Alexander überhaupt nicht zu kennen. Als sei ich ihm noch nie begegnet. Ein reines Phantom, das nur durch seine Verwandtschaftsbeziehung zu anderen existent war. Und die anderen, das waren Menschen, von denen ich, wäre es nach Alexander gegangen, nie hätte erfahren sollen. Sein Vater, sein Sohn. Fehlten nur noch die Exfrauen. Jutta, Berit. Sie alle waren ihm nah gewesen. Vielleicht waren auch sie ihm nie wirklich begegnet.

»Hallo, bist du noch da?«, fragte sein Sohn. Ich schrak zusammen.

»Entschuldigung. Was war?«

»Ob du sauer bist? Weil ich dir nichts gesagt hab'.«

Obwohl ich 140 fuhr, musste ich ihm direkt ins Gesicht sehen. Ich musste mich beherrschen, nicht loszuschreien. »Was glaubst du denn? Es ist für mich eine große Freude und Selbstverständlichkeit, einen entlassenen Strafgefangenen in meiner Wohnung zu beherbergen und ihm die Wiedereingliederung in unsere Gesellschaft zu erleichtern. Wenn sich seine Scheiß-Eltern nicht um ihn kümmern …« Ich brach ab, die Tränen liefen mir über die Wangen und ich erkannte kaum noch die Straße. Glücklicherweise schneite es nicht mehr. Ich fühlte mich erschöpft und ausgelaugt. Die Erkältung wurde schlimmer.

»Du musst da abfahren«, flüsterte Niklas und wies auf das Ausfahrtsschild. St. Gallen. Endlich. Es war kurz nach halb zehn.

Wir benötigten eine gute halbe Stunde, um durch das Gewirr der Gassen, von denen einige zur Fußgängerzone gehörten, zum Polizeirevier im Klosterhof zu gelangen. Ich spürte, wie Niklas nervös wurde. Er rutschte auf dem Sitz herum und klopfte mit den Fingerkuppen gegen die nasse Scheibe.

»Wann hast du ihn das letzte Mal gesehen, außer neulich im Treppenhaus?«, fragte ich.

»Vor …, na ja, im Gefängnis. Er hat mich einmal im Gefängnis besucht. Als er mir den Brief brachte.«

»Und wie war er da drauf?«

»Es war klar, ihm auch, dass er immer verwirrter wird. Aber er hat schon noch einigermaßen den Durchblick gehabt. Soviel ich weiß, hat er damals alleine gewohnt.« Ich nickte.

»Na, dann mach dich auf was gefasst.«

Niklas holte tief Luft und wir stiegen aus dem Auto. Das hellgraue, historistische Polizeigebäude wirkte freundlich und Vertrauen erweckend.

Man hatte dem alten Mann eine Liege in ein unbesetztes Büro gestellt, auf der er nun sanft schnarchte. Auf einem Tisch neben ihm standen eine Thermoskanne und eine halb volle Teetasse. Der Dienststellenleiter erklärte hektisch, wir wären von der deutschen Polizei bereits angekündigt worden. Vinzent Bachinger sei in der Zwischenzeit von einem Arzt untersucht worden, der außer einer großen Erschöpfung und einer Bronchitis nichts weiter hatte feststellen können – abgesehen von seiner Altersdemenz natürlich. Sie wären sehr froh, sagte der Gendarm, dass man schnell Verwandte des alten Herrn hatte auftreiben können. Wenn er irgendwie behilflich sein könnte, sollten wir es sagen, ansonsten würde er uns jetzt mit dem Alten alleine lassen. Bei ihnen sei heute Nacht die Hölle los, ein Großbrand, mehrere Schlägereien und ein Einbruch in einem Kaufhaus. Man sah ihm an, dass er uns nur zu gerne schnell loswerden wollte.

Niklas kniete sich neben seinen Großvater und betrachtete ihn eine Weile stumm. Ich lehnte mich an die Kante des Schreibtischs und versuchte, gelassen zu bleiben. Der Junge streichelte das Gesicht des Alten, bis dieser die Augen aufschlug. Er lächelte und griff nach Niklas' Hand. Sein Enkel half ihm, sich aufzusetzen. Ein Hustenanfall brach sich Bahn und es dauerte einige Minuten, bis Vinzent Bachinger wieder ruhig atmen konnte.

»Opi«, sagte Niklas leise. »Ich bin's, der Niklas.«

Der alte Mann blickte durch ihn hindurch und tätschelte ihm die Wange. Seine Unterlippe zitterte. Etwas Speichel rann über sein Kinn. Ich sah aus dem Fenster auf die nächtliche Gasse davor, deren Ruhe immer wieder von der Sirene eines Einsatzwagens gestört wurde. Vinzent Bachinger hustete erneut und ich sah aus den Augenwinkeln, dass sein Enkel nach der Teetasse griff, um sie ihm zu reichen. Draußen flammte nun blaues Licht auf. Mit einem Mal war erst ein lautes Klatschen zu hören, ein leises Stöhnen, dann zerbarst Porzellan auf dem Fliesenboden. Ich blickte irritiert zu den beiden Männern. Niklas rieb sich eine rote Wange, während der alte Bachinger langsam mit einer Handinnenfläche über die andere strich.

»Tu das nie wieder«, murmelte er dabei leise. Er ließ die Scherben vor sich auf dem Boden nicht aus den Augen. Niklas war verstört aufgesprungen. Ich nahm an, dass er den Jungen mit dessen Vater verwechselte. Langsam ging ich zu Vinzent Bachinger und strich behutsam über seine Schultern.

»Herr Bachinger«, sagte ich leise. »Hier ist Ihr Enkel Niklas. Er ist gekommen, um Sie nach Hause zu bringen.«

Niklas kniete nun am Boden und sammelte die Scherben ein. Er sah aus wie ein zu großes, ungeschicktes Kaninchen. Er schien nicht zu wissen, was er sagen oder tun sollte und war froh über die Beschäftigung. Bachinger rieb immer noch seine Hände und war vollkommen in sich versunken. Ich griff nach seinem Mantel, der an einem Kleiderhaken neben der Tür hing und legte ihn dem alten Mann über die Schultern. Es war ganz leicht, ihn zum Aufstehen zu bewegen. Am Ellenbogen stützend, führte ich ihn aus dem Büroraum hinaus. Niklas, der die Scherben in einen Papierkorb entsorgt hatte, folgte uns mit etwas Abstand. Ich wollte den Polizeibeamten bitten, uns gehen zu lassen, wollte nach Formalitäten fragen, aber es herrschte so eine Hektik auf dem Revier, jeder schien geradewegs durch uns hindurch zu schauen, so dass ich kurzerhand beschloss, ohne weitere Fragen zu verschwinden. Niemand hielt uns auf.

Im Auto spürte ich, wie müde ich war. Vinzent Bachinger döste auf dem Rücksitz, Niklas hatte den Kopf an die Scheibe gelehnt, sein Mund stand leicht offen und er schnarchte genau wie sein Vater. Ich öffnete das Fenster einen Spalt, damit mich die kühle Nachtluft wach hielt. Es schneite wieder und ich fuhr aus Angst vor Glatteis langsam. Wenn wir gut durchkamen, würden wir bis gegen eins zurück sein. Vielleicht würde ich wenigstens noch fünf Stunden Schlaf bekommen. Und morgen früh würden wir Bachinger – ja was? Ich schaltete das Radio ein, um nicht einzuschlafen. Meine Augen brannten, mein Nacken schmerzte. Was sollten wir nur mit dem alten Mann anstellen? Irgendwo müsste doch Alexander zu finden sein, überlegte ich. Vielleicht sollten wir ihn als vermisst melden. Vielleicht hatte er sich ins Ausland abgesetzt. Aber es war ja erst etwa 24 Stunden her, dass er Niklas aufgelauert hatte. Ich spürte, wie die Wut aus meinen Eingeweiden nach oben flutete. Wie konnte er uns alle nur im Stich lassen? Seinen Vater aussetzen, seinen Sohn verleumden, egal, was der getan hatte. Wieso war mir nicht schon früher aufgefallen, dass er immer verschwand, wenn eine Situation unangenehm oder gar brenzlig wurde? Das einzige Mal, als er nicht fliehen konnte, an der Ostsee, in jenem Waldstück, da hatte er einen Menschen fast totgeschlagen. Er war krank. Er musste krank sein. Etwas in seinem Kopf konnte nicht stimmen. Oder war er einfach böse? Ich öffnete das Fenster ganz weit und sog die kalte Luft tief ein. Ich zitterte, wollte aber das Fenster nicht schließen. Der Fahrtwind übertönte alles, das Radio und meine Gedanken und meine Wut. Endlich wurde ich ruhiger, konnte mich wieder konzentrieren.

Es war zwanzig vor eins, als ich einen Parkplatz zwei Seitenstraßen von meinem Haus entfernt fand. Diesmal stützte Niklas seinen Großvater und führte ihn zur Wohnung. Der alte Mann ließ alles mit sich geschehen, noch immer wortlos.

Als ich die Haustür aufschloss und den Lichtschalter drückte, hörte ich das Wimmern eines Babys durch das Treppenhaus hallen. Dann polterte etwas und eine Frauenstimme rief meinen Namen. Durch das Gestänge des Treppengeländers sah ich nach oben. Direkt in Monikas Gesicht.

Niklas und sein Großvater waren schon auf dem Weg hinauf, das Husten des Alten hallte von den Wänden wieder. Langsam folgte ich. Nein, das nicht auch noch, dachte ich. Aber es half nichts. Ich war kaum vor meiner Wohnungstür angekommen, da liefen mir Max und Alina schlaftrunken entgegen und klammerten sich an meine Arme.

»Wir haben den Papa verlassen und wohnen jetzt bei dir«, verkündete Max und er klang mit einem Mal sehr munter.

Monika saß mit fahlem Gesicht auf dem Treppenabsatz neben meiner Wohnungstür und versuchte, Tim zu beruhigen. Knapp unter ihrem rechten Wangenknochen schimmerte es bläulich. Ihre Stimme zitterte.

»Es tut mir leid«, sagte sie. »Ich konnte nicht mehr. Ich musste gehen. Wir ...«

»Schon gut«, sagte ich. »Seit wann sitzt ihr hier denn um Himmels willen?«

»Kurz nach elf«, sagte sie. Ich hob die Decke auf, auf der die Kinder gesessen hatten, öffnete die Tür und schob alle in meine Wohnung. Monika ließ sich mit Tim auf das Sofa im Wohnzimmer fallen und Tränen der Erschöpfung rannen über ihre Wangen.

»Ich muss Pipi«, sagte Alina und verschwand im Badezimmer.

»Und ich hab Hunger«, verkündete Max und stürzte sich auf die kalten, vertrockneten Pizzastücke, die ich Stunden zuvor übriggelassen hatte.

»Ein Stück Sachertorte wäre sehr schön«, schaltete sich der alte Bachinger ein. »Und ein Kaffee, junge Frau, bitte sehr.«

Ich schob Niklas in die Küche und zum ersten Mal machte er sich tatsächlich nützlich. Er setzte Kaffee und Tee auf, schnitt Brotscheiben ab und belegte sie. Ich hüllte Monika und Tim, der wieder eingeschlafen war, in eine Decke und kauerte mich neben sie. Ich war froh, als sie losredete und ich niemandem erklären musste, was hier gerade vor sich ging.

»Tobias ist heute Abend völlig ausgerastet«, sagte sie und blickte zum Fenster. »Er hat mich ...« Ihre Stimme ging in ein Wimmern über und sie fingerte ein Taschentuch aus der Hosentasche.

»Hat er dich geschlagen?«, vollendete ich ihren Satz. Sie nickte und biss sich auf die Fingerknöchel. Ich nahm ihr Tim ab und bettete ihn in seine Babyschale neben dem Sofa.

»Ich hab gar nichts getan.« Sie spuckte mühsam die Worte aus. »Er hat über das Abendessen geschimpft, es sei schlecht und zu wenig, ich sei eine miese Köchin und vernachlässige ihn und die Kinder, hat er gesagt. Das stimmt nicht, hab ich geantwortet. Und, dass wir eben sparsam sein müssen zurzeit. Das wir mehr Geld bräuchten. Da ist er aufgestanden und hat mich ... vor den Kindern ... Dann ist er rausgerannt, einfach weg.«

»Und ich hab die Mama ganz doll getröstet«, wisperte Alina und drückte sich eng an ihre Mutter. Monika strich ihr liebevoll übers Haar und nahm sie in den Arm. »Das stimmt, mein Schatz«, flüsterte sie. »Das hast du toll gemacht.«

Niklas kam mit einer Platte belegter Brote und die Kinder betrachteten ihn in einer Mischung aus Abscheu und Faszination.

»Was hat der da?«, fragte Alina und zeigte auf die blutverkrustete Wunde in Niklas' Gesicht.

»Ich bin auf dem Schnee ausgerutscht und direkt gegen einen Baum gefallen«, sagte er und es klang regelrecht fröhlich. »Aber der Baumgeist hat mir versprochen, dass ich bald wieder so hübsch wie früher bin.« Alina kicherte verlegen und sagte dann empört: »Aber die gibt's doch gar nicht, die Baumgeister.«

»Doch.« Niklas nickte. »Und wenn du jetzt nicht dein Brot isst, kommt er und futtert es dir weg.« Alina quiekte und sie und ihr Bruder stürzten sich auf das Essen. Auch Niklas und Vinzent Bachinger griffen zu, nur Monika und ich brachten keinen Bissen hinunter.

»Früher gab es sonntags immer Sachertorte«, erklärte der alte Mann. »Aber das kennt ihr jungen Leute gar nicht mehr. Obwohl, Jutta ...« Er fixierte mich, als ahnte er, dass etwas an dem, was er sagen wollte, nicht stimmte. Er biss von seinem Brot ab und sprach mit vollem Mund weiter. »Du hast doch früher zum Muttertag immer Sachertorte gemacht. Für die Viola. Meine Viola. Mein Veilchen, mein zartes.« Seine Kiefer stoppten in der Bewegung. Tränen traten in seine Augen. Ich drückte seine Hand. Ich hatte keine Ahnung, wie man mit Dementen umzugehen hatte, und sagte unsicher: »Ich bin Christine. Nicht Jutta.« Sein Blick wanderte suchend über mein Gesicht. Und weil er nun merkte, dass er darin keinen Ankerpunkt für seine Erinnerungen fand, senkte er die Lider und kaute stumm, mit geschlossenen Augen, bis ihn ein weiterer Hustenanfall schüttelte.

»Die Jutta hat doch die Omi gar nicht kennen können«, schaltete sich Niklas ein. »Die Omi ist doch viel früher gestorben.« Er hatte inzwischen die meisten der Brote verzehrt, während sich Alina und Max auf dem Sofa an ihre Mutter gekuschelt hatten, wo ihnen nun die Augen zufielen. Monika war unserem Gespräch nicht gefolgt. Sie streichelte mechanisch die Köpfe ihrer Kinder und starrte vor sich hin.

»Komm«, sagte ich zu ihr. »Ihr schlaft alle drei in meinem Bett, Tim legen wir in seiner Babyschale daneben.« Ohne ein Wort zu sagen, stand meine Schwägerin auf und wir trugen die beiden Großen in mein Schlafzimmer.

Mechanisch dirigierte ich weiter. »Niklas, du überlässt deinem Großvater dein Bett und pumpst dir die Luftmatratze aus der Putzkammer auf. Ich leg mich hier aufs Sofa.« Ich spürte, wie sich mein Geist allmählich jeglichem Nachdenken, aber auch aller Anteilnahme entzog. Es war mittlerweile kurz vor zwei und ich wollte nur noch schlafen, obwohl ich gleichzeitig Angst hatte, ich hätte nicht einmal mehr die Kraft, mich meinen Träumen zu stellen.

21

Als ich am nächsten Morgen viel zu spät aufwachte, hörte ich aus der Küche Gekicher. Zwanzig nach acht. Meine Augen wurden von Bleigewichten niedergedrückt, aber ich zwang mich, aufzustehen. Ich würde mich heute krank melden müssen, auch wenn mir so etwas zuwider war. Hustend wankte ich in die Küche. Max und Alina turnten auf der Küchenbank herum, während Niklas am Herd stand und Spiegeleier briet. Eine Kakaopfütze lief über die Tischdecke und Alinas Mund war braun verschmiert.

»Niklas hat uns Kakao gemacht«, strahlte sie und kam auf mich zugelaufen. Sie legte ihre Arme um meine Hüften und lehnte ihren Kopf an meinen Bauch. Ich strich ihr übers Haar.

»Hast du gut geschlafen, Süße?«, fragte ich. Mein Hals kratzte. Sie nickte strahlend. »Und du bist schon munter?«

»Hm, aber die Mama schläft noch. Niklas hat gesagt, wir sollen sie in Ruhe lassen, damit sie mal so richtig auspennen kann und wieder kräftig wird.« Ich beugte mich zu ihr hinunter und richtete eine blümchenverzierte Haarspange, die ihr dickes, dunkles Haar kaum bändigen konnte.

»Da hat er recht, der Niklas«, sagte ich und warf dem Jungen einen dankbaren Blick zu.

Niklas lachte mich an und ich hatte das Gefühl, das erste Mal durch seine feiste Hülle hindurch den wahren Kern seines Wesens zu erkennen. Er schien endlich lebendig zu sein. Alles Träge war von ihm abgefallen, seine Bewegungen waren flink und sicher. »Mein Großvater schläft auch noch«, sagte er und hob mit einer eleganten Bewegung die Spiegeleier aus der Pfanne auf die bereitstehenden Teller. »Er hat die halbe Nacht gehustet. Möchtest du auch ein Ei?« Ich nickte und setzte mich so, wie ich war, zu Max an den Tisch. Fasziniert beobachtete ich, wie unverkrampft Niklas die beiden Kinder immer wieder durch seine Scherze zum Lachen brachte. Für eine kurze Weile vergaß ich meine erwachsene Problemwelt und lachte über Niklas' spontane Geschichte von dem unglücklichen Spiegelei, das sein Spiegelbild verloren hatte. Auch Max und Alina wirkten so ausgelassen, wie ich sie seit Monaten nicht gesehen hatte. Sogar Tim schien zu merken, wie wichtig der Schlaf für seine Mama war, denn als ich gegen neun ins Schlafzimmer schlich, um mir einen Pullover zu holen, schlief auch er noch, eng an Monika gekuschelt.

Ich sah zwar genau vor mir, wie meine Disponentin Elvira die Hände über dem Kopf zusammenschlug, als ich mich krank meldete, aber meiner kratzigen Stimme und der hörbar zugeschwollenen Nase konnte sie nichts entgegensetzen. Zerknirscht wünschte sie mir gute Besserung. Ich versprach, wenn möglich, am nächsten Tag wieder da zu sein.

»Musst du nicht zur Schule?«, fragte ich Max. Das hatte ich in all der Aufregung völlig vergessen.

»Sind doch Herbstferien«, antwortete mein Neffe, kramte aus seinem Kinderrucksack Stifte und Papier hervor und malte ohne zu zögern drauflos.

Während Niklas den Frühstückstisch abräumte, erschien Monika mit Tim auf dem Arm in der Küche. Max sah von seinen Buntstiften und dem Zeichenblock kaum auf, aber Alina stürzte sich auf Tim und nahm ihn ungestüm ihrer Mutter ab.

»Gut geschlafen?«, fragte ich. Monika ließ sich auf einen Stuhl fallen. Sie wirkte noch immer sehr erschöpft. Das Veilchen unter ihrem Auge leuchtete dunkelviolett. Zum ersten Mal bemerkte ich feine, aber scharfe Falten zwischen Nase und Mundwinkeln. Sie nickte halbherzig.

»Mir ging so vieles durch den Kopf«, sagte sie leise. »Und dann unser Überfall gestern. Wenn ich gewusst hätte, dass du ...« Ich winkte ab.

»Aber du wusstest es nicht. Und ich freue mich, wenn ich dir helfen kann. Das hätte ich vielleicht schon viel früher tun sollen.« Eine Welle der Anteilnahme überschwemmte mich und ich musste sehr schlucken, damit mir nicht die Tränen in die Augen schossen. In all den Jahren, in denen ich mich auf Partys getummelt und meine Freiheit genossen hatte, war mir nie eingefallen, nachzufragen, wie es ihr mit meinem Bruder und zwei kleinen Kindern ergehen mochte. Verlegen wandte ich mich zum Fenster. Der Schnee war tatsächlich liegengeblieben, aber die Sonne schien von einem makellos blauen Himmel. Ich räusperte mich und wandte mich wieder meinen Gästen zu.

»Niklas«, begann ich und erst als ich mitten im Satz war, kamen mir Zweifel. »Wie wär's, wenn du mit Max und Alina einen Schneemann bauen gehst oder so was? Dann hat Monika noch ein bisschen Ruhe.« Konnte ich es verantworten, meinen Neffen und meine Nichte mit einem straffälligen Jugendlichen loszuschicken? Einem, dessen Verhalten mir bis gestern Abend noch mehr als fragwürdig vorgekommen war. Andererseits: Würde es ihn nicht stärken, wenn man ihm Vertrauen entgegenbrachte? Hungerte er nicht geradezu danach, sich Anerkennung zu verdienen? Er hatte auch schon zugestimmt, ehe ich meinen Vorschlag hätte zurücknehmen können. Und Max und Alina waren sofort aufgesprungen und hatten ihre Jacken, Schals und Mützen geholt. Monika lächelte dankbar.

»Und was ist mit meinem Großvater?«, fragte Niklas. Ich schlug vor, ihn ausschlafen zu lassen, und später würde ich die zuständigen

Stellen abtelefonieren und versuchen, irgendwo einen Kurzzeitpflegeplatz für ihn zu finden, bis klar war, wie es mit ihm weitergehen könnte.

Als die Kinder fort waren, setzte sich Monika an den Frühstückstisch, während ich mit Tim schäkerte. Er besah sich nun äußerst ausgeschlafen seine neue Umgebung und deutete mit kleinen Glückslauten zur Decke, zum Boden, zum Fenster. Monika haderte erneut mit ihrem Verhalten, aber ich wiegelte ab.

»Es ist völlig in Ordnung, dass ihr hier seid«, sagte ich. »Der Einzige, der sich Vorwürfe machen sollte, ist Tobias. Der Idiot hat noch nicht mal angerufen, um nach euch zu fragen.«

»Der schläft seinen Rausch aus«, sagte Monika trocken. Ich schluckte. Natürlich hatte Tobias früher gelegentlich getrunken und bei einer Party auch schon mal zu viel, aber dass er so regelmäßig und übermäßig trank wie in den letzten Wochen, irritierte und beunruhigte mich.

Ich legte Tim auf seine Spieldecke und er versuchte sofort, von der Rücken- in die Bauchlage zu kommen und zu einem Löffel zu robben, der auf den Boden in sein Blickfeld geraten war. Seine stille Konzentration und sein Bemühen rührten mich. Auch Monika betrachtete ihn versunken.

»Obwohl er mein drittes Kind ist – es ist jedes Mal faszinierend, zuzusehen, wie innerhalb so kurzer Zeit aus diesen hilflosen Würmern kleine Persönlichkeiten werden, mit eigenem Willen und Ausdauer und Kraft.« Ich nickte ein wenig beklommen. Eine dunkle Sehnsucht, von der ich nichts geahnt hatte, klopfte in meinem Inneren und ich konnte ihr keine Tür öffnen.

Es war kurz vor zehn. Ich stand auf, um endlich nach Vinzent Bachinger zu sehen. Vorsichtig öffnete ich die Tür zu Niklas' Zimmer und spähte in das Halbdunkel. Es roch unangenehm nach Schweiß und abgestandener Luft und etwas undefinierbar Süßlichem. Der alte Mann saß auf der Bettkante, die Hände ruhten auf den Oberschenkeln, ich hörte ihn schwer atmen. Er sah nicht zu mir, als ich eintrat. Sein Blick war zum Fenster gerichtet. Durch die schmalen Spalten des Rollladens fielen ein paar Sonnenstrahlen ins Zimmer. Er war vollkommen versunken. Ich entdeckte einen großen, dunklen Fleck zwischen seinen Beinen auf der Anzughose, die er zum Schlafen anbehalten hatte. Außerdem glänzten Schweißperlen auf seiner Stirn. Ich hörte, wie Tim in der Küche zu schreien begann. Endlich bewegte sich Bachinger, drehte langsam den Kopf und zuckte zusammen, als er mich sah. Er streckte sich stöhnend auf dem Bett aus. Meine Zunge war wie gelähmt, die Gedanken drehten sich wie ein quietschendes Kettenkarussell in meinem Kopf. Ich rannte ins Bad und schloss mich ein.

Ich wollte keinen Säugling um mich haben, der ungewollte und unerfüllbare Wünsche in mir wachrief, ich wollte mich nicht um einen alten Mann kümmern, der mit vollgepisster Hose vor mir saß, der schwer krank war und mein Mitleid heraufbeschwor, obwohl ich ahnte, dass er kein guter Mensch gewesen war. Ich wollte nicht länger einen Jugendlichen beherbergen, bei dem ich im Normalfall die Straßenseite wechseln würde, wenn ich ihm im Dunkeln begegnen würde. Ich wollte mich nicht sehnen nach einem Mann, den ich gleichzeitig hasste, weil er mir all dies antat. Weil er seinem Sohn und seinem Vater noch viel mehr angetan hatte und dieser wiederum ihm. Und sein Vater war wahrscheinlich von dessen Vater gequält worden und so weiter und so weiter bis zurück in die entlegensten Winkel der Vergangenheit, und wenn nicht irgendetwas passierte, würde es immer so weitergehen bis in die fernste Zukunft.

Ich stellte mich unter die Dusche, das heiße Wasser dröhnte in meinen Ohren, verstopfte meine Gedankengänge, prasselte auf meine Haut und erneuerte die Grenze zwischen mir und der Außenwelt. Erschöpft setzte ich mich auf den Badewannenrand, während ich mich abfrottierte. Mir wurde klar, ich musste nun diejenige sein, die etwas unternahm. Ich musste Alexander zu einer Reaktion zwingen, wo immer er war, was auch immer er gerade tat. Violas Abschiedsbrief würde mir dabei helfen. *Ich* hatte Vinzent Bachinger kein Versprechen gegeben.

Kaum hatte ich die Küche betreten, klingelte es an der Tür. Monika kam aus Niklas' Zimmer, wo ich Vinzent Bachinger husten hörte. Mit besorgtem Blick eilte sie an mir vorbei und betätigte den Türöffner.

»Ich hab einen Notarzt gerufen«, erklärte sie. »Der alte Herr muss hohes Fieber haben, er wirkt so apathisch und sein Husten ...« Ich nickte und schämte mich, dass ich einfach wortlos unter die Dusche geflüchtet war. Monika hatte Vinzent Bachinger inzwischen eine Trainingshose und ein viel zu großes Sweatshirt von Niklas angezogen und seinen Anzug in eine Plastiktüte gepackt.

Mit glasigen Augen starrte er an die Decke und seine Lippen formten immer wieder ein Wort: »Viola«.

Ich weiß nicht, ob er mitbekam, wie ihn der Notarzt erst untersuchte und dann den Rettungssanitätern überließ, die ihn ins Krankenhaus bringen würden. Der Arzt äußerte den Verdacht auf eine schwere Lungenentzündung und wirkte ernsthaft besorgt. Gerade als die Sanitäter Vinzent Bachinger abtransportierten, kam Niklas mit den Kindern zurück. Er legte Alina, die, an seine Schulter gekuschelt, schlief, vorsichtig in Monikas Arme und eilte den Sanitätern hinterher. Max verfolgte fasziniert die Geschehnisse, erzählte dann aber sofort begeistert, was sie mit dem Schnee alles Wunderbares angestellt hatten. Als Niklas wieder zur Tür hereinkam, warf Max seinem neuen Freund stolze Blicke zu. Niklas schluckte sichtlich die Sorge um seinen Großvater hinunter und lächelte Max gequält zu. Doch Monikas überschwänglicher Dank entspannte ihn schließlich etwas.

»Habe ich gerne gemacht, kein Problem«, sagte er. »Ich hatte mal eine kleinere Schwester, mit der habe ich auch immer gespielt.«

»Hatte?«, fragte Monika behutsam.

Niklas zögerte einen Moment, ein Hauch von Rot überzog sein Gesicht. Er strich Max neben ihm auf der Küchenbank über die Schultern. »Sie hatte einen ... sie ist ertrunken. Da war sie fünf.« Er blickte betreten zu Boden.

Monika presste die Faust an den Mund. »Wie furchtbar. Das tut mir leid. Wie wird man nur mit so etwas fertig?«

Niklas machte eine wegwerfende Handbewegung. »Ist schon lange her«, flüsterte er.

Monika strich Tim, der gerade an ihrer Brust trank, über das flaumige Haar. Ihre Unterlippe zitterte.

»Wollen wir hoffen, dass sich dein Großvater bald erholt«, sagte sie mitfühlend.

»Das hoffe ich auch«, antwortete Niklas und tastete vorsichtig nach den verschorften Wunden, die sein Gesicht noch immer entstellten.

Alexander, dachte ich. Wo bist du? Könnte ich ihn nicht hierher locken? Ihn zwingen, sich mit Niklas auszusprechen? Der Junge hatte eine Jugendsünde begangen. Er hatte dafür gebüßt. Jetzt musste es gut sein. Es war Zeit für einen Neuanfang. Niklas brauchte seinen Vater. Mir schwirrte der Kopf. Bis vor Kurzem hatte ich nicht einmal gewusst, dass es Niklas überhaupt gab. Jetzt fühlte ich mich schon wie seine Anwältin. Mir war nicht klar, was ein Wiedersehen mit Alexander in mir auslösen würde. Wut? Auf alle Fälle. Hoffnung? Vielleicht.

Aus meinem Schlafzimmer drang ein lautes Weinen. Alina war aufgewacht. Monika sprang auf und drückte mir Tim in den Arm, der seiner Mutter hinterher wimmerte. Das Telefon klingelte. Niklas kaute an seinen Fingernägeln. Das Telefon klingelte weiter. Max versuchte, über den Tisch zu klettern, um an den Apparat zu kommen. Er warf sein Glas mit der Apfelschorle um, die auf Niklas' Hose tropfte. Obwohl Tim nun schrie, griff ich nach dem Telefon.

Ich drückte Niklas das Baby in den Arm, während ich das Gespräch annahm, und flüchtete ins Badezimmer.

»Ist sie da?«, fragte mein Bruder tonlos.

»Ja«, antwortete ich.

Tobias schwieg.

»Und?«

»Sag ihr, sie soll zurückkommen.«

»Sie will nicht mit dir reden!« Ich drückte auf den roten Knopf und musste mich beherrschen, das Telefon nicht auf den Boden zu pfeffern. Ich atmete tief durch und verließ das Bad. Die Tür zum Schlafzimmer stand ein Stück offen und ich sah, wie Alina den Kopf im Schoß ihrer Mutter gebettet hatte.

»Ich will nach Hause«, wimmerte Alina. »Wo ist der Papa?« Monika streichelte ihren Rücken, ganz sanft, und starrte aus dem Fenster. Sie sah so alt aus, dass ich erschrak.

Als ich schon beinahe in der Küche war, rief Monika mir nach: »War er das?«

Ich drehte mich um und nickte.

»Er will, dass du zurückkommst.«

»Was hast du ihm geantwortet?«

»Nichts. Ich habe nichts gesagt. Ihr könnt gerne bleiben.«

22

Und so kam es dann auch. Am nächsten Morgen besuchten Niklas und ich Vinzent Bachinger im Krankenhaus, aber sein Zustand hatte sich nicht stabilisiert, im Gegenteil. Die Ärzte befürchteten das Schlimmste. In seinem Alter und aufgrund seiner auch sonst nicht sehr robusten Gesundheit konnte die Lungenentzündung, die er sich zugezogen hatte, tödlich enden. Man würde ihn auf die Intensivstation verlegen und uns auf dem Laufenden halten, hieß es.

Wir verließen rasch das Krankenhaus und ich verweigerte mir selbst die Erlaubnis, über diesen Ort der Tristesse nachzudenken, mir die Monotonie der Tage vorzustellen und mir auszumalen, wie bitter es sein musste, am Ende seines Lebens hier verräumt zu werden. Auch Niklas schien sich mehr als unwohl zu fühlen – wer weiß, woran ihn diese lebensleeren Zimmer und Gänge erinnerten.

Die nächsten Tage waren fast friedlich. Niklas spielte ausdauernd mit Alina und Max. Er brachte ihnen Rommee bei, sie bastelten mit Streichhölzern und der Junge erfand Geschichten für die beiden. Max bewunderte den kräftigen Niklas und war stolz, in seiner Gesellschaft sein zu dürfen. Und Niklas wiederum wirkte so ruhig und gelassen und geduldig, wie ich ihn bislang nicht erlebt hatte. Der Fernseher blieb abgeschaltet, Niklas verließ nur mit den Kindern das Haus und brachte keine nächtlichen Überraschungsgäste mit. Auch er schien nach einem Tag voller Spiele, Essensschlachten und

Geschwisterkämpfen abends müde zu sein, aber es war eine zufriedene Müdigkeit, die sein Gesicht ausstrahlte.

Monika schlief viel und ich kümmerte mich um Tim. Ich hatte mich für drei Tage krankschreiben lassen, ganz ohne schlechtes Gewissen. Einmal rief meine Mutter an, um mir einzureden, was für ein armer Bursche ihr Tobias sei und wie ich denn diese Verräterin, die dem Vater die Kinder entziehe, nur unter meinem Dach beherbergen könne. Ich legte ohne Verabschiedungsfloskel auf. Dieser Teil der Familie war für mich gestorben.

Umso intensiver beobachtete ich Tim, freute mich über die Fortschritte, die er jeden Tag machte. Versuchte, ihm seinen Karottenbrei in den Mund zu schieben, den er prompt wieder ausprustete.

Am dritten Abend zog ich mich in die Küche zurück und versuchte, einen Brief an Alexander zu schreiben. Ich hatte beschlossen, diesen an die Anschrift des Juwelierladens zu schicken, denn ich hatte die Hoffnung, dass sich Alexander dort aufhalten würde, auch wenn ich keine Hinweise auf ihn hatte entdecken können, als ich nach ihm gesucht hatte.

Nach einer Stunde hatte ich noch keine zwei Sätze zu Papier gebracht. Was wollte ich ihm eigentlich sagen? Würde er nicht Verdacht schöpfen, wenn ich sachlich blieb? Sollte ich einfach schreiben, der Brief, den du suchst – der ist hier? Und der Preis dafür ist eine Versöhnung. Nein, zwei.

Ich nahm an, dass in Alexander der brennende Wunsch, einen Beweis für den Selbstmord seiner Mutter zu finden, so stark aufgeflammt war wie nie zuvor, nachdem er die Briefe von Viola an meine Großmutter gelesen hatte. Dass er seinen Vater drangsaliert hatte, dieses Zeugnis herauszurücken. Und vielleicht hatte der alte Bachinger in wirren Sätzen Niklas erwähnt und deshalb hatte Alexander ihm aufgelauert. Ohne Ergebnis. Ich stellte mir vor, wie er das Zimmer seines Vaters wieder und wieder abgesucht hatte, und dann war ihm plötzlich der Schweizer Banksafe eingefallen. Wie enttäuscht musste er gewesen sein, dass sich dort nichts fand? So enttäuscht offensichtlich, dass er den alten Mann nachts auf einer Autobahn ausgesetzt hatte.

Ob Vinzent Bachinger seinen Sohn absichtlich im Unklaren gelassen hatte oder ob er einfach nicht mehr wusste, dass es diesen Brief gab und wer ihn besaß, das würde sich vermutlich nicht herausfinden lassen. Genauso wenig wie zu erahnen war, ob sich der Alte eine Mitschuld am Selbstmord von Viola zu irgendeinem Zeitpunkt in seinem Leben eingestanden hatte.

Ich bereute, dass ich außer jenen kleinen Bruchteilen, die ich beim Überfliegen erhascht hatte, nicht wusste, was in dem Brief stand. Den Umstand, dass das Schriftstück im Moment in Niklas' Besitz war und ich keine Ahnung hatte, ob und wie ich es Alexander geben könnte, verdrängte ich. Fürs Erste war Violas Brief ein Köder. Und trotzdem spürte ich, wie gerne ich ihm schreiben wollte: »Es war nicht deine Schuld. Er hat sie in den Tod getrieben. Nicht du. Wenn du willst, kann alles werden wie früher. Wir zwei. Und Niklas. Eine neue Familie. Eine Familie ohne Geheimnisse und Schuld und Unrecht. Nur Liebe.«

Doch die Worte ließen sich nicht aufs Blatt setzen. Meine Hand zitterte, als ahne sie, dass es keinen Weg geben würde, die Vision wahr werden zu lassen.

So schrieb ich schließlich nur wenige knappe Sätze. Ich wüsste, wo der Abschiedsbrief seiner Mutter sei. Er solle sich melden, damit wir einen Termin absprechen könnten. Grüße. Ch.

Ehe ich es mir anders überlegte, eilte ich zum Briefkasten und schickte den Brief an Alexanders Laden-Adresse. Ich gab keine Prognose ab, ob und wie er reagieren würde.

Am nächsten Morgen riss mich das Telefon um kurz nach halb sieben aus dem Schlaf. In der Wohnung herrschte friedvolle Stille. Selbst Alina und Max, der seine Herbstferien genoss, waren noch nicht wach. Alexander?, dachte ich im ersten Moment, aber dann wurde mir klar, dass er den Brief noch gar nicht bekommen haben konnte.

»Sankt Elisabeth-Hospital, grüß Gott«, meldete sich eine für die Uhrzeit erstaunlich muntere Stimme. »Ich hätte gern den Niklas Bachinger gesprochen.« Mir schwante Schlimmes, während ich an Niklas' Zimmertür klopfte und er sich verstrubbelt und verschlafen aus dem Bett quälte. Ich blieb neben ihm stehen, bis er zu Ende telefoniert hatte. Er sagte kaum etwas, außer »Ja« und »Nein« und »Danke schön« und er war noch bleicher, als er auflegte.

»Der Opi ...«, sagte er mit knarzender Stimme und sah auf den verkrümelten Küchenfußboden. Das Telefon hielt er so fest umklammert, dass es aussah, als ob die Knöchel seiner Hände die Haut jederzeit durchstoßen würden. Endlich sah er mir in die Augen. Er weinte nicht, aber er zog Rotz die Nase hoch, als weine er innerlich.

»Wir müssen ...«, brachte er schließlich hervor und machte eine lange Pause. Ich strich ihm über den Unterarm. Endlich legte er das Telefon auf den Tisch.

»Er ist tot. Heute Nacht um kurz vor halb drei. Einfach ...«

Ich wollte ihn in den Arm nehmen. Ich brachte es nicht über mich.

»Ich soll die Beerdigung organisieren. So schnell es geht, hat die Frau gesagt.« Seine Stimme wurde immer leiser.

»Ich helfe dir«, sagte ich. »Wir kriegen das schon hin.«

Er nickte, aber ich hatte den Eindruck, er hörte meine Worte gar nicht.

Und so war ich es, die all die mühsamen und vielen Schritte tat, derer es bedurfte, um die sterblichen Überreste eines Menschen unter die Erde zu bringen. Ich sprach wieder einmal auf Alexanders Anrufbeantworter und informierte ihn sachlich über die Beerdigung seines Vaters. Es kam keine Reaktion. Die Realität würde er sicher erst anerkennen, wenn die Rechnungen des Bestatters bei ihm eingehen würden.

Niklas und ich folgten dem Sarg alleine. Wir hatten auf eine Trauerfeier verzichtet – wer sollte teilnehmen? Wir warfen ihm Veilchen ins Grab, blieben noch eine Zeit lang stehen und fuhren dann wieder nach Hause. Erst auf dem Heimweg schluchzte Niklas ohne Unterlass.

Trotz der Beerdigung hatte ich die Tage daheim wie in einem friedlichen Vakuum verbracht. Blendete ich die Außenwelt aus, lebte ich mit einer Großfamilie, in der sich einer liebevoll um den anderen kümmerte. Die Gedanken an die wahren Realitäten dort draußen ließen diese warmen Gefühle von Geborgenheit, Anteilnahme und Empathie jedoch schnell auf Reiskorngröße schrumpfen. Eine geprügelte, überforderte Ehefrau, ein verstoßener, perspektivloser Ex-Häftling und eine unglückliche, verlassene Anfangsdreißigerin – wir waren alle Verlorene, die kaum noch einen Zipfel der zarten Decke erwischten, die unsere Gesellschaft zusammenhält.

Als ich zur Arbeit fuhr, kam es mir wie eine Irrfahrt durch Feindesland vor. Aggressive Autofahrer, graue Gesichter, gespensterhafte Gestalten im Großstadtgestrüpp.

Mit hängenden Schultern betrat ich den Sender, holte wortkarg den Schlüssel zu meinem Schneideraum und hoffte, dass mich auf den langen Gängen niemand ansprach und freundliche Worte erwartete. Ich wollte heute nur mit Bildern von langweiligen Plenarsitzungen im Landtag oder den ersten Schokoweihnachtsmännern in den Kaufhäusern konfrontiert werden. Bitte weder Gräueltaten noch ernüchternde soziologische Fakten!

Die Sichträume, die ich passierte, waren schon alle von Journalisten besetzt, die die Ausbeute ihrer Dreharbeiten begutachteten, ordneten, in die gewünschten Sinnzusammenhänge brachten. Durch die meist nur angelehnten Türen drangen Wortfetzen, Musiken und Geräusche, die ohne die dazugehörigen Bilder unerklärlich blieben. Die wandhohen, schmalen Glasscheiben zum Gang gaben den Blick auf gebeugte Rücken über den Laptops und hier und da einen Ausschnitt der Monitore frei. Ich fragte mich, ob ich meinen Beruf noch einmal wählen würde. So sehr mich immer diese Komposition aus Bildern, die eine Geschichte ergaben, fasziniert hatte, so sehr ekelten mich nun die stümperhaften, fragmentarischen Versuche an, die Welt zu zeigen, wie sie angeblich war.

Auf einem der Tische in Sichtraum vier erkannte ich den Pilotenkoffer von Ronald. Er hatte die letzten Tage nichts von sich hören lassen und sein plötzliches Desinteresse hatte mich ebenso gewundert wie seine große Anteilnahme an Niklas' Schicksal in der Zeit davor. Ich wollte anklopfen und den Raum betreten, als ich auf dem Monitor, in den Ronald wie versteinert hineinsah, eine Person erkannte. Das Filmmaterial schien schon etwas älter zu sein, ich musste genau hinsehen, und erst als der Mann sich bewegte, war ich mir sicher. Die Art, wie er die Hand in die Hosentasche seines Anzugs steckte, eines Anzugs, der maßgeschneidert und teuer aussah, war mir so vertraut, wie mir der Anzug fremd vorkam und eine unpassende Verkleidung zu sein schien. Vielleicht war mir der Mann auch deshalb so fremd, weil Alexander auf den Aufnahmen bestimmt zehn Kilo weniger wog als heute. Weil sein Gesicht schmal war und man trotz einer Sonnenbrille die Härte seines Ausdrucks erkannte. Er stand in einem Gang, inmitten einer Menschenmenge, in der vordersten Reihe zwar, aber nicht im Mittelpunkt. Er starrte, wie alle, nach rechts, von wo jetzt ein dicklicher Mann in Handschellen kam, von zwei Polizisten flankiert. Der Mann hatte sich eine Mütze tief ins Gesicht gezogen, so dass er nicht zu erkennen war. Er schien sich auf dem Weg in einen Gerichtssaal zu befinden, umringt nicht nur von Schaulustigen, sondern auch vom Klicken der Kameras, vom Zucken der Blitze. Einen Moment blieb der Gefangene stehen und sah direkt zu Alexander hinüber. Alexander senkte den Kopf zu Boden und versuchte, durch die Menschenmenge nach hinten zu verschwinden. Der Gefangene wurde unsanft weiter geschoben und verschwand durch eine Tür, vermutlich in den Gerichtssaal. Nun erschien ein Reporter auf dem Bildschirm und gab einen Kommentar zum Geschehen ab, den ich nicht verstehen konnte. Es schien ein Beitrag aus einer Nachrichtensendung zu sein. Und dann kam das Foto. Mein Herzschlag setzte für eine Sekunde aus. Er musste damals noch fast ein Kind gewesen sein. »Niklas B.« stand unter dem Foto.

Wieso wurde so viel Aufhebens gemacht um einen Jugendlichen, der eine Tankstelle überfallen hatte?, schoss es mir durch den Kopf. Ronald stoppte das Band. Er rutschte mit seinem Stuhl ein wenig zur Seite und sah zu einem Mann hoch, der neben ihm stand und den ich erst jetzt bemerkte. Nun konnte ich die Tischplatte vor Ronald sehen. Sie war überhäuft mit Zeitungsartikeln. Zeitungsartikel, über denen riesenhafte Überschriften prangten. »Bestie« war das erste Wort, was ich lesen konnte. »So ein Scheusal« stand woanders. Und »Ausgeburt der Hölle«. Mit einer Bewegung seines Ellenbogens verschob Ronald den Stapel und gab nun den Blick frei auf ein Wort, das mich rückwärts taumeln ließ. »Schwestermörder!« stand da.

Ich spürte gerade noch, wie mir die Beine wegsackten und mir schwarz vor Augen wurde.

Jemand rief meinen Namen und fuhr mir mit etwas Feuchtem durchs Gesicht. Blinzelnd öffnete ich die Augen. Ronald hockte neben mir und hatte mich gegen sein aufgestelltes Knie gelehnt. In der Hand hielt er ein Taschentuch.

»Geht's wieder?«, fragte er und ich versuchte, aufzustehen. Er stützte mich am Ellenbogen, aber unwillig machte ich mich los. Er sah etwas betreten zu Boden und wollte dann in seinen Sichtraum verschwinden.

»Ronald«, rief ich und stürmte hinter ihm her. »Erklärst du mir gefälligst ...«

Der Mann, der neben seinem Sichtplatz stand, war der Redaktionsleiter der Sozialpolitik. Ein akkurater Herr mit zurückhaltend autoritärer Ausstrahlung, Ende fünfzig, als Hardliner verschrien.

»Frau Winterall«, sprach er mich sanft, aber bestimmt an. »Schön, dass es Ihnen offenbar wieder besser geht. Sie können sich nachher, wenn ich mich mit Herrn Schneider fertig besprochen habe, gerne jede Erklärung, die Sie für was auch immer benötigen, geben lassen.«

Ich war so perplex, dass er meinen Namen kannte, dass ich mich widerspruchslos aus dem Raum führen ließ und benommen zu meinem Schneideraum weiterging.

Eine aufgeregte Hospitantin wartete dort auf mich, die ihren ersten Beitrag zu schneiden hatte und mich mit Fragen überhäufte. Ich antwortete unwillig und wortkarg. Der Vormittag schleppte sich dahin und zwischendurch dachte ich, ich würde ihn nicht überleben. Das Mädchen schien seltsam resistent gegen meine abweisende Art zu sein, im Gegenteil, je unfreundlicher ich wurde, umso begeisterter fragte sie nach. Es tat mir leid, dass ich sie so schlecht behandelte, aber ich hatte das Gefühl, im Inneren meines Kopfes sei ein Hohlraum, von Ton ummantelt, der langsam in sich selbst einsank und bröckelte und zu Staub verfiel. Als sie sich endlich in die Mittagspause verabschiedete, riss ich das Fenster auf und versuchte, frische Luft durch meine Lungen und mein Hirn strömen zu lassen. »Schwestermörder!« »Schwestermörder!«, hämmerte es in meinem Kopf. Und: »Ich hatte mal eine kleinere Schwester, mit der habe ich auch immer gespielt«, hörte ich ihn sagen. Vor ein paar Tagen erst war das gewesen. Als er sich mit meinem Neffen und meiner Nichte beschäftigt hatte. Ich müsste sofort Monika anrufen, dachte ich.

Es klopfte an meine Tür und als ich mich umdrehte, stand Ronald im Raum. Seine entschlossene Miene machte mich sofort wütend.

»Was soll das alles?«, herrschte ich ihn an.

»Setz dich, lass uns in Ruhe reden«, antwortete er leise.

Er lehnte sich seinerseits an die Tischplatte und sah mich gelassen an. Unruhig ging ich in dem engen Raum auf und ab.

»Warum hast du mir nichts gesagt? Was wolltest du von Niklas überhaupt?« Er klopfte mit seinen Fingern sacht über die Oberschenkel. So ruhig, wie er vorgab, konnte er nicht sein. Ich setzte mich schließlich.

»Ich habe zu Niklas schon Kontakt aufgenommen, als er noch im Gefängnis war. Schriftlich. Ich wollte eine Doku über ihn machen. Über sein Leben nach dem Knast. Wie ist das, wenn ein jugendlicher Mörder nach drei Jahren rauskommt. Was hat er für Chancen? Wie reagiert die Gesellschaft auf ihn?«

»Hör doch auf mit deinem pseudo-sozialen Geschwätz«, fuhr ich ihn an. »Du warst geil auf 'ne medienwirksame Geschichte, das ist alles.«

Er blickte auf seine Knie und schüttelte langsam den Kopf. Schließlich sah er mich wieder an. »Niklas wollte nicht mitmachen. Er hat mir aus dem Gefängnis einen kurzen Brief geschrieben und abgelehnt. Ich weiß nicht, warum. Ich habe die Geschichte nicht weiter verfolgt. Und dann war ich mit dir in der Wohnung deines Freundes und plötzlich stand der Junge davor.«

»Du hast ihn sofort erkannt?«

Er nickte. »Ich dachte, das kann kein Zufall sein. Anscheinend sollte ich meine Geschichte doch noch kriegen. Aber mir war klar, ich müsste mich dem Jungen langsam und vorsichtig nähern. Glücklicherweise ahnt er ja nicht, wer ich bin.«

Ich federte vom Schneidepult hoch. »Und ich musste den Lockvogel spielen? Du hast sie doch nicht mehr alle! Quartierst mir einen Mörder ein, damit du eine fette Story bekommst! Ronald ...«

»Pscht!«, machte er. »Moment! Ich gebe zu, es kam mir sehr entgegen, dass ausgerechnet du den Jungen aufgenommen hast ...«

»Du hast mich dazu gedrängt! Ich hätte doch nie ...«

»Mir war klar, dass von dem Jungen keine Gefahr ausgeht. Sonst wäre er ja auch nicht vorzeitig entlassen worden. Hey – der hat im Affekt seine Schwester getötet, der war in einer Zwangslage damals, unreif ...«

»Und der Knast hat aus ihm ein reifes und charakterfestes Mitglied unserer Gesellschaft gemacht oder was?« Mein Herz raste, mein Kopf dröhnte. Ich wusste kaum noch, wohin mit meiner Wut.

»Chris, beruhig dich doch mal! Du hast dem Jungen echt geholfen. Ohne dich wär' der höchstens in einem Obdachlosenheim untergekommen – eher auf der Straße gelandet.«

»Das wäre mit Sicherheit die bessere Story für dich gewesen!«

Ronald stand nun auf und sah mich mit eiskaltem Blick an. »Das stimmt«, sagte er. »Ich habe gerade mit dem Redaktionsleiter besprochen, ob wir die Story so noch weiter verfolgen wollen.«

Ich hieb mit der Faust auf die Tischplatte. »Ich möchte dich nie wieder in der Nähe des Jungen sehen!«, schrie ich ihn an.

Ronald griff nach seinem Pilotenkoffer, den er neben der Tür abgestellt hatte. »Das hast nicht du zu entscheiden!«, sagte er und verließ den Raum.

Ich ließ mich auf dem Stuhl nieder und schlug die Hände vors Gesicht. Rhythmisch wiegte ich meinen Oberkörper hin und her. Ich summte leise vor mich hin. Nicht denken, bloß nicht denken. Rausgehen, zum Flughafen fahren und mit dem nächstbesten Flieger abhauen. Egal wohin. Nicht denken. Nicht denken. Nein ... Ich wühlte mein Handy aus meiner Umhängetasche hervor, um Monika anzurufen. Ich sollte sie warnen, sie sollte die Kinder nicht mit diesem Jungen alleine lassen. Doch dann schrak ich zusammen, als das Telefon in meiner Hand klingelte. Ich erkannte sofort im Display die Nummer seines Ladens und mir wurde augenblicklich schlecht. Ich atmete langsam und tief ein. Endlich! Dann drückte ich den grünen Knopf.

»Hallo, Alexander.«

Ich hörte ein Räuspern, ein Schlucken.

»Hallo, Christine.« Seine Stimme kroch durch mein Ohr, erfüllte meinen Kopf, ließ mich schaudern und weckte mein Verlangen. Ich hasste ihn dafür und mich genauso. Ich hatte gedacht, er würde herrisch klingen, boshaft, aggressiv. Ich hatte vergessen, wie sanft und liebevoll er sein konnte. Wie weich seine Küsse schmeckten. Wie zart er meine Haut berührt hatte. Und meine Seele. Wie hatte ich das nur vergessen können? Ich hatte die Liebe vergessen.

»Wie geht es dir?«, fragte er.

Beinahe hätte ich »Gut!« geantwortet, weil allein seine Stimme mich glücklich machte. Ich riss mich zusammen und sagte: »Den Umständen entsprechend.«

Er ging nicht weiter darauf ein. Er brachte stattdessen so etwas wie eine Entschuldigung vor. »Ich wollte dich oft anrufen. Ich habe viel an dich gedacht. Aber ich ... wie soll ich dir das erklären? Ich musste so viel ordnen und klären in meinem Leben. Wieder einmal. Ich weiß jetzt, dass ich einige Dinge falsch gemacht habe. Ich musste ...« Er zögerte und ich dachte, die Verbindung sei unterbrochen.

»Alexander?«, fragte ich unruhig.

»Ja, ja, Liebes, ich bin noch da. Ich musste mir selbst viel verzeihen. Ich hoffe, auch du kannst mir eines Tages mein Verhalten verzeihen.«

Ich wusste nicht, was ich darauf sagen sollte.

»Kann ich dich sehen?«

»Ja.« Am liebsten wäre es mir gewesen, er würde sofort kommen und dem Albtraum ein Ende bereiten. Das Grab seines Vaters besuchen und ihm vergeben. Für seinen Sohn sorgen, für mich. Meine Familie retten.

»Wann?« Vergiss deinen Plan nicht, meldete sich eine winzige Stimme in meinem Hinterkopf. Er kann sich nicht verzeihen, solange er seinem Sohn aus dem Weg geht. Und du ihm erst recht nicht. Egal, was sein Sohn getan hat. Ihm angetan hat.

»Wie wäre es mit morgen Abend? Heute Abend habe ich schon was vor.« Ich hasste es zu lügen. Er merkte es nicht. Und ich brauchte Zeit. Erst musste Monika mit den Kindern verschwinden.

»Gut. Gegen acht bei dir. Wir haben viel zu besprechen. Und ich bin gespannt auf dein Geschenk, von dem du mir geschrieben hast. Bis dann.«

Als ich aufgelegt hatte, war ich mir sicher, die richtige Entscheidung getroffen zu haben. Er wollte nicht mich sehen. Er wollte den Brief haben.

Wenn nichts süßer ist
als die Erinnerung ans Glück,
so ist nichts entsetzlicher als die Erkenntnis,
dass das vergangene Glück eine Lüge war.

Alfred de Musset
»Der Mann mit den zwei Geliebten«

23. April 2018, 21.00 Uhr

Er hat geschwiegen, nicht einen Ton von sich gegeben. Die ganze Zeit, während ich las. Dann ist es nun an der Zeit. Ob er auch schweigen wird, wenn wir zum Höhepunkt der Geschichte gelangen?

Und dann kamen die Sommerferien. Am ersten Tag von den Ferien bin ich vierzehn geworden. Ich hab manchmal gedacht, vielleicht wäre alles anders geworden, zumindest für mich, wenn ich nur vier Wochen später Geburtstag gehabt hätte. Ist doch total verrückt, wegen so einer Zahl, wegen so einem Datum ein ganz anderes Leben führen zu müssen. Na ja, ich weiß, wenn, wenn, wenn bringt mich nicht weiter. Jedenfalls – ich war vierzehn und das war nicht mal ein besonderer Geburtstag für mich. Die Mami war ja schon wieder knapp davor, durchzudrehen, und das Einzige, was sie geschafft hat, war, mir eine feiste Schokosahnetorte zu kaufen mit einer schiefen Kerze drauf, die war viel zu klein für einen so großen Kuchen. Der Papi hat sich gar nicht gemeldet, der war auf Geschäftsreise, angeblich. Ugi hat mir aber immerhin ein Bier spendiert, obwohl ich so was sonst gar nicht trinke. War aber ganz lecker und ich hab dann noch zwei getrunken und dann hab ich mich so richtig entspannt und locker gefühlt. Das war klasse. Der Opi hat sich nicht gemeldet, ich glaub, der wusste gar nicht mehr, wann ich Geburtstag habe. Aber ich hab ihn an seinem Geburtstag ja auch nie angerufen.

Auf die Ferien hab ich mich gar nicht so gefreut, weil wir natürlich mal wieder nicht wegfahren konnten. Aber dann musste die Mami wieder in die Klapse und keiner wusste, wohin mit mir. Ich weiß nicht, was die Frau vom Jugendamt dem Papi erzählt hat, aber schließlich hat der Papi eingewilligt, dass ich mit ihnen zwei Wochen nach Sylt fahren soll. Er hat da ein Ferienhaus gemietet gehabt. Ich glaube, es hat dem Papi nicht gefallen, dass er mich mitnehmen musste. Als er mich abge-

holt hat, hat er mich fest am Arm gepackt und gesagt, dass das seit fünf Jahren sein erster Urlaub ist und wenn ich irgendwas mache, um ihm den zu vermiesen, dann wird er sich nie wieder um mich kümmern und ich komme in ein Heim. Ich hab versprochen, ganz brav zu sein und er hat nochmal drohend den Zeigefinger gehoben und vor mein Gesicht gehalten, aber gesagt hat er sonst nichts.

Das Haus war super, riesengroß und mit Swimmingpool. Es lag ganz einsam, am Ende von einem Feldweg, nur zwei Bauernhöfe waren ein Stück entfernt, rechts davon. Allerdings gab's nur zwei Schlafzimmer und ich musste mit Lisa in einem Zimmer schlafen. Ständig hat Berit zu mir gesagt, ich soll keinen Lärm machen, wenn ich ins Zimmer gehe, und morgens, wenn Lisa aufwacht, soll ich gefälligst mit ihr spielen und wir sollen leise sein, damit sie mal ein bisschen ausschlafen können. Lisa war schon immer so um sechs wach und hat mich dann genervt, ich soll aufstehen und mit ihr spielen oder ihr Frühstück machen, sie hätte Hunger. Ich weiß schon, ich hätte nett zu ihr sein müssen, sie war ja meine Schwester, aber ich hab das einfach nicht gefühlt. Sie war nur irgendein kleines, fünfjähriges Mädchen, das mich genervt hat. Aber in den ersten Tagen habe ich mich bemüht und war nett zu ihr und hab gespielt, aber sie hat immer was zu meckern gehabt. Und wenn ihr ein Missgeschick passiert ist, wenn sie die Milch beim Frühstück umgeworfen hat oder so, dann ist sie gleich zu ihrer Mutter gerannt und hat behauptet, ich sei das gewesen. Und dann hat Berit nicht nur deshalb mit mir gemeckert, sondern auch, weil ich Lisa nicht davon abgehalten habe, sie zu wecken. Also, alles in allem war es auf Sylt einfach total scheiße. Einmal bin ich dann abends abgehauen und hab mir im Supermarkt Chips und sechs Dosen Bier gekauft. Damit habe ich mich an den Strand gesetzt und gefuttert und getrunken und aufs Meer geguckt. Das war super. Es war auch nicht kalt und es wurde immer dunkler, und dann kam noch so 'n ganz netter Typ, mit dem hab ich gequatscht und der hatte so eine Flasche Kräuterschnaps dabei. Da haben wir geteilt. Er hat was vom Bier bekommen und ich vom Kräuterschnaps.

Wie ich dann nach Hause gekommen bin, das weiß ich gar nicht mehr so genau. Aber Papi und Berit waren schon stinksauer und haben mich angebrüllt und der Papi hat mich unter die eiskalte Dusche gezerrt und mich abgeduscht, das hat gar nicht mehr aufgehört. Und dann war ich total durchgefroren und schlecht war mir und kotzen musste ich. Ich musste dann draußen auf der Liege schlafen, weil so einen stinkenden Kerl kann man der Lisa in ihrem Zimmer nicht zumuten, hat der Papi geschrien. Eine Decke hat er mir noch hinterher geworfen und dann die Terrassentür von innen zugemacht. Zum Glück hat's nicht geregnet oder gestürmt, aber gegen morgen war's natürlich schon schweinekalt.

Vielleicht, wenn er mich drin hätte schlafen lassen, wäre alles anders gekommen. Oder wenn ich den Typen nicht getroffen hätte. Noch besser wäre gewesen, ich wäre gar nicht mitgekommen. Aber ich war da. Ich saß fest auf Sylt und fand's zum Kotzen. Und dann ging irgendwann die Sonne auf und ich wusste noch nicht, dass, wenn sie wieder untergegangen sein wird, nichts mehr so sein würde wie vorher. Und der Papi hat es auch nicht geahnt. Niemand hat es geahnt. Wie auch? Ich soll ruhig über den Tag schreiben, haben sie mir gesagt. Je genauer, umso besser. Dann ist alles raus. Das würde mir guttun. Ich weiß nicht, ob es mir guttut. Ob mir überhaupt etwas guttut. Wenn ich mal wieder eine Nacht so richtig tief und fest durchschlafen könnte, das würde mir guttun, vielleicht. Am Anfang konnte ich ja gar nicht schlafen, also höchstens mal drei, vier Stunden am Stück. Und ich bin immer aufgewacht, weil ich sie hab' schreien hören. Weil ich ihr Gesicht gesehen habe, weiß und von Dreck verschmiert. So wie sie gefunden wurde. Wenn es ginge, würde ich alles ungeschehen machen. Oder wenigstens, dass es ein anderer getan hat, nicht ich. Ein anderer Niklas. Einer, mit dem ich nichts zu tun habe. Ein Niklas sitzt mit seinem Vater, seiner Stiefmutter und seiner Halbschwester beim Frühstück. Keiner spricht mit ihm. Er hat Kopfweh, dass er meint, der Kopf platzt gleich. Berit hat ihm den Teller voll gehäuft mit wässrigem Rührei und Speck. Er muss gleich wieder kotzen, wenn er das Rührei länger anschaut. Er schiebt den Teller von sich. Sein Vater schreit ihn an, er soll gefälligst das Rührei essen, wer saufen kann, kann sich auch zusammenreißen am nächsten Tag. Er springt auf und rennt aufs Klo. Er würgt und würgt, aber es kommt fast nichts, nur grüne Galle. Als er zurückkommt, machen sich der Vater und die Stiefmutter gerade fertig zum Gehen. Sie wollen einkaufen. Er soll auf seine kleine Schwester aufpassen, sagen sie. Und der Fernseher wird nicht eingeschaltet. Und der Swimmingpool ist auch tabu. Er soll ein schönes Spiel spielen mit der kleinen Schwester. Er hört die Worte wie durch eine dicke Schaumstoffmatte. In seinem Kopf pocht es. Er kann kaum die Augen offen halten. Schon sind die Eltern weg. Kaum ist die Tür zu, rennt Lisa auf die Terrasse. Bleib hier, sagt er schwach, aber sie ist schon draußen. Mit einer Puppe unterm Arm, dieser grässlichen Barbie mit den lila Haaren. Sie fährt mit dem Puppenbuggy um den Swimmingpool herum. Ihm ist es egal. Hauptsache, sie lässt ihn in Ruhe. Er legt sich auf die Liege neben dem Pool, schließt die Augen. Rot schimmert das Sonnenlicht hinter seinen Lidern. Gelbe Funken springen kreuz und quer. Lisa singt. Weit weg. Es wird ruhig, er atmet ruhig, sein Körper entspannt sich. Die Sonne ist so schön warm und weich. Das Pochen im Kopf lässt langsam nach.

»Du sollst nicht schlafen, du sollst auf mich aufpassen!«, kreischt plötzlich jemand ganz dicht an seinem Ohr. Erschrocken fährt er auf. Lisa haut mit der Barbie auf seinen nackten Oberkörper. Genervt reißt er Lisa die Puppe aus der Hand und schleudert sie in den Swimmingpool. Lisa fängt zu heulen an. Sie will ihre Barbie wieder haben. »Hol sie dir selber«, sagt er und dreht sich weg. »Das sag ich meinem Papa«, schreit Lisa und trommelt auf seinen Rücken. »Dann hat er dich noch viel weniger lieb! Hol mir meine Puppe! Hol mir meine Puppe!« Lisa weint immer lauter. Sie kann nicht schwimmen. Sie darf nicht in den Pool. Sie will, dass Niklas die Barbie aus dem Pool rausholt, und zerrt ihn hin. Ihr Papa, der, der ihn nicht lieb hat, ist nicht da. Er kann nicht auf sein kleines Mädchen aufpassen. Niklas fühlt sich mit ei-

nem Mal stark und mächtig. Lisa ist nur ein kleiner Käfer, ein kleiner, schreiender Käfer. Sie trampelt und hat schon einen roten Kopf vom Schreien. Niklas gibt ihr einen Schubs. Sie soll sich abkühlen. Lisa fällt in den Swimmingpool. Sie schreit und strampelt. Das Wasser spritzt. Niklas steht am Rand und schaut ihr zu. Das ist kein echtes Kind, was da im Pool tobt. Es ist nur eine weitere Puppe. Eine, die untergeht. Lisa wird schnell müde, sie schluckt Wasser, sie kann sich nicht an der Oberfläche halten. Niklas hört draußen ein Auto. Er wird unruhig, endlich springt er ins Wasser und zerrt Lisa raus. Sie ist bewusstlos, er legt sie an den Beckenrand. Sie ist ganz blau im Gesicht. Niklas bekommt Angst. Was soll er tun? Er weiß genau, dass er dafür hätte sorgen müssen, dass Lisa nicht in die Nähe des Pools kommt. Das Auto fährt wieder weg. Doch nicht sein Vater. Plötzlich röchelt Lisa, sie hustet. Niklas erschrickt fürchterlich. Wasser läuft aus ihrem Mund. Sie wird den Eltern erzählen, was er getan hat. Aus ihrem Mund werden gemeine Worte kommen. Sie ist ein fieses, kleines Luder. Sie darf nichts sagen. Lisa hustet wieder. Er hält ihr den Mund zu. Und die Nase. Sie ist kein echtes Kind. Sie ist nur eine Puppe. Das Husten klingt komisch. Sie bäumt sich auf. Er schaut um sich, während er weiter seine Hand auf ihren Mund und ihre Nase hält. Nur nicht in ihr Gesicht schauen. In ihr Puppengesicht. Im Pool leuchten die Kinderspielsachen. Die roten Schwimmflügel. Die aufblasbare Palmeninsel. Das grüne Schäufelchen. Der bunte Wasserball, alle Erdteile sind darauf gemalt. Die Puppe ist auf den Grund hinabgesunken. Ihre lilafarbenen Haare leuchten. Lisa öffnet die Augen, ihre Pupillen sind ganz klein, als könne sie die Welt schon nicht mehr sehen durch diese kleinen Pupillen. Niklas schaut weg. Durch Lisas Körper geht ein Zucken. Er fühlt es unter seiner Hand, die auf ihrem Mund, ihrer Nase liegt. Ihr Oberkörper bäumt sich auf. Irgendwo geht ein Rasenmäher aus. Plötzlich ist es völlig still. Dann liegt Lisa da, liegt einfach so da. Langsam nimmt Niklas seine Hand von ihrem Gesicht. Die Sonne brennt heiß auf seinem Rücken. Niklas hockt neben diesem Bündel Mensch. Nichts zuckt mehr. Nichts bewegt sich mehr. Aus dem Mund läuft noch ein kleines Wasserrinnsal. Ganz lautlos und durchsichtig rinnt es über die unglaublich weiche Haut des Kindes. Ihre Lippen sind rot, als habe sie einen Lippenstift benutzt.

Niklas wird nur beinahe von Panik erfasst. Er kann sich kaum aufrichten und doch schafft er es, gleichmäßig zu atmen. Die Augen richtet er auf den Liegestuhl auf der anderen Seite des Pools. Eine große Ruhe breitet sich in ihm aus. Dann berührt er Lisas Arm. Er denkt, sie wird sich wie eine Echse anfühlen, hart und kalt und schuppig und unmenschlich. Aber ihre Haut ist weich wie immer. Das beruhigt ihn. Sie ist ein Mensch geblieben. Er umklammert nun ihren Arm. Der Rasenmäher der Nachbarin dröhnt wieder los. Niklas fasst mit der Linken um den Hals seiner kleinen, toten Schwester, durch das Gewirr der nassen Haare, die Haare bleiben an seinem Arm kleben wie Algen. Seinen rechten Arm schiebt er unter den Po und hebt sie hoch, genau so, wie sein Vater Lisa immer trägt, wenn sie nach einer langen Autofahrt endlich daheim angekommen sind und sie schon eingeschlafen ist. Wie schwer sie ist. Ihre nassen Kleider hinterlassen sicher eine kleine, tröpfelnde Spur auf den heißen, ziegelroten Steinen. Er sieht sie nicht. Sie verdunsten schnell in der Wärme. Durch die kleine Tür in der rückwärtigen Gartenmauer trägt er sie hinaus, dorthin, wo das Feld voller Apfelbäume anschließt. Er hört Möwen schreien und die Luft flimmert, dort hinten, wo die Straße liegt. Er lässt die Straße rechts zurück und geht über das Feld. Er stolpert beinahe und muss sich unter den tiefen Zweigen der Apfelbäume bücken. Seine Last zerrt schwer an seinen Oberarmen. Wenn ihn jemand fragen würde, was er gerade macht, er wüsste es nicht zu sagen. Auch nicht, wie viel Zeit vergangen ist. Endlich kommt er an den alten Stall, ein windschiefer Unterstand aus unregelmäßigen Steinquadern, der höchstens ein paar Schafen Platz bietet. Es riecht nach Urin hier und vom Dach fehlen ein paar Holzplanken. In der linken Ecke entdeckt er eine Vertiefung, in der früher vielleicht Heu gelagert worden ist oder ein Fresstrog gestanden hat. Krumme Zweige von Obstbäumen sind hier aufgestapelt. Vorsichtig legt

Niklas seine kleine Schwester auf die staubige Erde. Dann räumt er einen Zweig nach dem anderen beiseite. Gelegentlich blickt er sich um. Nicht ängstlich, aber angespannt. Alles ist menschenleer. Wie in einer Wüste. Austernfischer keifen ihre hohen, scharfen Töne in die Welt. Der Typ am Strand hat ihm gesagt, dass die so heißen. Schließlich bettet er Lisa in die Vertiefung. Er faltet ihre Hände über der Brust. Ihre nassen, rosafarbenen Hosen lassen die Erdkrümel zusammenkleben. Nun stapelt er das Holz um seine Schwester herum wieder auf. Der Stapel sieht ordentlich aus. Ein bisschen höher als vorher, aber das wird niemandem auffallen. Seine Hände sind verklebt vom harzigen Holz, unter seine Fingernägel hat sich dunkle Erde geschoben. Als er fertig ist, sieht er in weiter Entfernung ein Auto, das sich nähert. Ein schwarzer BMW. *Das Auto seines Vaters. Ohne sich noch einmal umzudrehen, rennt Niklas los. Das Haus, das Haus, das rote Dach leuchtet ihm höhnisch entgegen. Im linken Augenwinkel sieht er den Wagen, im rechten das Gartentörchen, weit aufgestoßen. Dann hört er nur noch seinen eigenen Atem.*

Mit zitternden Knien steht er im Badezimmer und schrubbt an seinen Händen herum. Das wirre Haar, das strähnig an seiner Stirn klebt, lässt ihn wie einen Lausbuben aussehen, ein norddeutscher Tom Sawyer. Er schüttet sich Wasser ins Gesicht, spült sich den Mund aus. Hat er einen Geschmack von Tod auf der Zunge?

»Lisa!«, ruft von unten die Stiefmutter und er hört, wie sich die Eingangstür schließt. »Niklas«, ruft sie nun. Mit dem Kamm fährt er sich noch schnell durchs Haar, erkennt, dass er die Erdklümpchen im weißen Waschbecken wegspülen muss und schreit gegen das laufende Wasser an »Komm gleich.« Dann stürmt er aus dem Bad, springt die Stufen hinunter, als freue er sich, dass Vater und Berit wieder da sind.

»Wo ist Lisa?«, fragt der Vater, schaut ihn nicht an und sieht zum Pool hinaus.

»Keine Ahnung«, antwortet er und seine Stimme klingt wie die Stimme von vor einer Stunde. Ein bisschen brüchig noch, rau, ein we-

nig heiser. So wie sie schon seit ein paar Wochen klingt. »Ich war gerade auf dem Klo.«

»Und hast wieder stundenlang Comichefte gelesen«, mault Berit. »Lisa«, ruft sie und geht hinaus auf die Terrasse. Der Vater sieht Niklas nur aus den Augenwinkeln an, wendet sich dann zur Tür und sagt: »Hilf mir mal beim Ausladen.«

Ich räuspere mich mehrmals. Ich bin es nicht gewohnt, so lange zu sprechen. Meine Kehle fühlt sich an wie ausgedörrt. An der Spüle lasse ich mir ein Glas Wasser ein, stürze es hinunter. Und nun? Er hat noch immer keine Reaktion gezeigt. Ob er überhaupt zugehört hat? Ob er nun erkannt hat, welche Schuld er daran trägt, dass sein Sohn zum Mörder wurde? Es ist mir egal. Ich habe vielmehr das Gefühl, dass ich meine Schuld gegenüber Niklas abgetragen habe, weil ich seinem Vater seine Geschichte zugänglich gemacht habe. Wenn ich ihm schon damals nicht hatte helfen können.

»Und jetzt?«, krächzt Alexander und ich fahre erschrocken zusammen. Für eine Sekunde hatte ich ihn vergessen.

»Was machst du jetzt?«, wiederholt er. »Deine Rache genießen? Du hast mir Schmerzen zugefügt, körperliche und seelische. Fühlst du dich jetzt gut?«

»Wie fühltest du dich damals, als ich für dich ins Gefängnis gegangen bin?«, frage ich zurück. Mit einem Mal friere ich so sehr, dass meine Knie zittern. Ich überkreuze die Hände, reibe über meine Oberarme. Ich will in dieses nagelneue Bett und schlafen und aufwachen und alles ist gut.

»Ich erinnere mich nicht. Erleichtert vermutlich«, beantwortet er meine Frage. »Hör mal. Können wir nicht einen Deal schließen? Du lässt mich gehen. Ich verschwinde ins Ausland und wir hören nie wieder voneinander.«

»Warum sollte ich mich darauf einlassen? Jetzt, wo ich die Möglichkeit habe zu beweisen, dass du der wahre Täter bist.«

Er schüttelt verständnislos den Kopf. »Du hast gegen deine Bewährungsauflagen verstoßen. Du hast mich mutwillig angeschossen.«

»Das war Notwehr!«

»Das sehe ich anders. Ich habe dir den Rücken zugekehrt, als du mich angegriffen hast. Du hast schon mal einen Menschen getötet ...«

»Ich habe niemanden getötet«, schreie ich und das Blut rast durch meinen Kopf. »Ich habe deine Strafe abgesessen!«

»Das kannst du gar nicht, glaub mir.« Sein verächtliches Lachen füllt den Raum. »Jedem das Seine!«

Er ist widerwärtig, er kotzt mich an. Ich springe auf ihn zu, ich will ihn schlagen, will, dass er schweigt, ich will, dass er von dieser Erde verschwindet. Ich hebe meine Hand, will ausholen, aber da spüre ich, wie diesmal mir der Boden unter den Füßen weggerissen wird.

Benommen bleibe ich rücklings auf dem Laminat liegen. Sein Gesicht ist nun knapp über meinem. Während ich ihm vorgelesen habe, muss es ihm gelungen sein, den Knoten in der Wäscheleine zu lösen. Den Schmerz in seinem Bein ignoriert er, doch er schnauft hinter zusammengepressten Zähnen und ich rieche seinen Atem, der einen Hauch von Krankheit, Metall, Verwesung mit sich trägt. Ich will mein Gesicht abwenden, doch er packt mein Kinn mit einer Hand, zwingt mich, ihn anzusehen.

»Gut, wenn du es so willst«, zischt er, »dann gehe ich fort, nachdem ich dich umgebracht habe. Du hättest einen Deal haben können, Christine Winterall. Aber du hast ihn abgelehnt.«

Er packt die Wäscheleine und schlingt sie mir mit geschicktem Griff um den Hals. In letzter Sekunde gelingt es mir, meine Finger unter den Strick zu schieben, gegen seine Hände zu arbeiten, die hemmungslos zuziehen.

»Nein«, flehe ich und die Aussicht, gleich keine Luft mehr zu bekommen, versetzt mich in Panik. Meine Finger schmerzen, mein

Hals wird eng, ich öffne den Mund. Sein Gesicht nicht mehr als eine Fratze, verzerrt, entmenschlicht. Mit letzter Kraft spucke ich ihn an. Für Sekunden weicht der Druck auf meine Kehle, er zuckt zurück.

»Bitte«, bringe ich hervor, so leise, dass ich mich selbst kaum höre. »Ich habe noch etwas für dich. Glaub mir.«

Er holt aus und schlägt mir ins Gesicht. Mein Kopf schleudert zur Seite, Lichtblitze zucken vor meinen Augen, gleich verliere ich das Bewusstsein. Nein!

»Der Beweis«, stammle ich. »Deine Mutter ...«

»Das ist doch nur wieder eine Falle«, schreit er und schon zieht er die Leine erneut zusammen.

»Und wenn nicht? Ich bin die Letzte, die dir helfen kann.« Ich würge die Worte hervor, eines schmerzhafter als das andere.

Zwei, drei Sekunden habe ich das Gefühl, es ist vorbei. Die Enge in meiner Luftröhre nimmt weiter zu, blutleer fühlt sich mein Hirn an, gleich sacke ich weg. Doch dann lässt er von mir ab. Die Wäscheleine lässt er achtlos fallen.

»Also gut«, sagt er und gibt meinen Körper frei, stöhnt, weil ihm der Schmerz in seinem Bein offensichtlich wieder bewusst wird. »Deine letzte Chance.«

Während ich mühsam aufstehe, Stückchen für Stückchen, erstaunt, dass ich nicht gleich wieder in mir zusammensacke, richtet er die Pistole auf mich. Ich stütze mich am Tisch, am Stuhl ab, erreiche endlich das Regal, ziehe die unterste Briefablagebox hervor, entnehme ihr das Handy mit dem Goldfischaufkleber samt Kabel. Meine letzte Chance. Was, wenn sich das Handy nicht mehr laden lässt?

»Mach schon«, herrscht er mich an.

Ich hebe abwehrend die Hand. »Einen Moment«, flüstere ich und schiebe das Ladekabel in die Steckdose, das andere Ende ins Handy. »Bitte«, flehe ich innerlich, »bitte, geh an.«

Eine Welle der Erleichterung durchflutet mich, als die Anzeige aufflammt und ein Symbol anzeigt, dass die Batterie geladen wird.

»Was ist jetzt?«

»Fünf Minuten – gib mir nur fünf Minuten, dann kannst du den Abschiedsbrief deiner Mutter lesen.«

Er kommt rasch auf mich zu und ich kann an seinem Gesicht nicht ablesen, ob er mir glaubt oder ob er gleich die Waffe hebt, um mich zu töten.

23

Als ich vom Sender nach Hause kam, saß Monika am Küchentisch und blätterte in einer Illustrierten, neben sich eine Teetasse. Sie lächelte mich an und ihre Augen strahlten. Die Fältchen um ihren Mund waren Lachfalten und ihr Teint war rosig. So hatte ich sie schon lange nicht mehr gesehen. Erstaunt setzte ich mich zu ihr. Das schlechte Gewissen nagte an mir, dass ich sie wegen meiner Entdeckung nicht gewarnt hatte. Aber ich hatte es nach Alexanders Anruf erst vergessen und dann keine Zeit mehr gehabt, ungestört zu reden.

»Tim schläft«, sagte sie. »Und Niklas ist mit den Großen ins Schwimmbad gegangen. Es ist einfach super, wie er sich um die beiden kümmert. Sie himmeln ihn total an.«

Ich schluckte. Es lief mir eiskalt über den Rücken.

»Monika«, fing ich an.

»Chris, ich weiß gar nicht, wie ich das wieder gutmachen soll«, unterbrach sie mich. »Du glaubst nicht, wie so ein paar Tage, an denen man nicht ständig alleine ist mit den Kindern, guttun. Ich habe den Eindruck, auch Tim ist viel entspannter, seit wir nicht mehr ... er schläft viel besser jedenfalls.«

»Ich muss dir ...« versuchte ich es noch einmal.

»Ja klar, das soll hier kein Dauerzustand werden. Ich habe das Gefühl, dass ich wieder so viel Kraft habe, dass ich mich mit Tobias aussprechen kann. Dann wird alles gut. Bestimmt. Und ich dachte, vielleicht könnte ich mich ja nach einem Job umschauen und Tobias bleibt bei den Kindern und …«

Ich ließ langsam den Kopf auf die Tischplatte sinken.

»Was ist los?«, fragte sie. »Entschuldige, ich rede die ganze Zeit und lass dich gar nicht …« Sie strich mir über den Unterarm.

Langsam richtete ich mich auf. »Ich habe heute etwas erfahren, etwas sehr Unschönes. Ich glaube, das solltest du unbedingt …«

»Mama«, schrie Alina von der Tür und rannte auf ihre Mutter zu. »Ich bin vom Ein-Meter-Brett rein gesprungen. Ganz alleine. Das war super! Der Max hat sich das gar nicht getraut …«

»Doch, hab' ich«, rief Max dazwischen und pfefferte seine Schwimmtasche auf den Tisch. »Ich bin viel öfter gesprungen als du!«

Ich sah zu Niklas, der zerzaust, aber mit zufriedenem Gesichtsausdruck im Türrahmen lehnte. ›Du Bestie‹, dachte es in mir. ›Du arme Bestie.‹

»Wir waren in dem Schwimmbad ganz in der Nähe von unserem neuen Haus. Wir haben es Niklas gezeigt«, erzählte Max aufgeregt weiter. »Wann ziehen wir da ein? Das Dach ist doch schon drauf, das haben wir genau gesehen! Kann uns der Niklas da besuchen kommen? Bitte, Mama.«

Statt einer Antwort umarmte Monika die beiden Kleinen fest und kitzelte sie dann durch. Ihr Kichern und Giggeln hallte in der ganzen Wohnung wieder.

Ich musste raus hier. Wortlos ging ich in mein Schlafzimmer, wo Tim schlief.

Niklas zupfte mich im Vorbeigehen am Ärmel. »Alles okay?«

Ich nickte, zu kraftlos, um etwas zu sagen. Müsste ich ihn nicht sofort rausschmeißen? Mit einem Mörder unter einem Dach? Konnte ich das verantworten? Er hat seine Strafe abgesessen, durchfuhr es mich. Bis morgen, bis Alexander da war, sollte er bleiben. Dann würden wir weitersehen.

Tim lag, die Arme weit über sich gestreckt, auf einer Decke, von Kissen umrundet, das Mündchen stand ein wenig offen, und er atmete gleichmäßig. Alle waren wir irgendwann so dagelegen.

Warum war mein Bett keine Wiege, geschaukelt von den Wellen des Ozeans? Es triebe mich weit hinaus in die Endlosigkeit von Weite und Wasser und Nichtigkeit. Ich drehte mich auf den Bauch, barg den Kopf im Kissen. Die Enge in meinem Hals nahm mir fast die Luft, aber ich konnte nicht weinen, war ausgetrocknet. »Salzwasser ist das Heilmittel für alles: Schweiß, Tränen oder das Meer«, hörte ich die Stimme meiner Großmutter und meinte, ihre Fingerspitzen in meinem Nacken zu fühlen. Ich vermisste sie so schmerzlich wie seit ihrer Beerdigung nicht mehr.

Gegen halb zehn erwachte ich, irritiert von meiner Schlaftrunkenheit. Tim war nicht mehr da. Aus Niklas' Zimmer drangen die gedämpften Laute des Fernsehers, dazwischen ein paar reale Stimmen, vermutlich aus der Küche.

Durch die nur angelehnte Wohnzimmertür sah ich Alina und Max, die auf dem Sofa schliefen. Nun erkannte ich, wer in der Küche redete: Monika und mein Bruder.

Ich klopfte, bevor ich meine eigene Küche betrat. Tobias saß auf der Bank und kritzelte auf dem Titelblatt einer Illustrierten herum. Seine vorgeschobene Unterlippe zeigte mir, dass er sich nicht nur unwohl fühlte, sondern auch ungerecht behandelt. Monika trug Tim durch die Küche, der fasziniert in die Glühbirne über dem Tisch starrte. Die Zeichen der Entspannung waren aus ihrem Gesicht gelöscht.

»Oh, meine Frau Schwester«, begrüßte mich Tobias feindselig. Ich nahm mir ein Glas Wasser und wusste nicht, ob ich gehen oder bleiben sollte.

»Ihr hättet mich ruhig wecken können, als Alina und Max ins Bett mussten«, sagte ich zu Monika.

»Schon in Ordnung. Du hast so tief geschlafen!«

»Kommst du klar hier?«, fragte ich. Sie nickte.

Mein Bruder sah mich durchdringend an. All der Hass, der sich im Laufe der Jahre gegen mich, warum auch immer, aufgestaut hatte, lag darin. All die Momente, in denen er sich benachteiligt, übervorteilt und zurückgesetzt gefühlt hatte. Wegen nichts. Warum hasste er nicht wenigstens unsere Eltern, sondern mich?

»Dein scheinheiliges Familiengesülze geht mir so was von auf den Geist ...«, sagte er und spuckte jedes Wort einzeln aus.

»Tobias, bitte«, sagte Monika.

Er beachtete sie gar nicht. »Immer bist du einfach abgehauen«, redete er weiter. »Nie hast du dich um die Familie gekümmert. Wir waren dir scheißegal.«

»Ihr habt mich doch gar nicht gewollt!«, schrie ich. Und ich spürte, wie richtig der Satz war. Es war mein Satz. Ihm war nichts hinzuzufügen. Und doch wand er sich jetzt wie ein hartfaseriger Strick um meinen Hals und schnürte mir die Kehle zu. Ich rang nach Luft. Tim fing zu schreien an. Monika tätschelte seinen Rücken und flüsterte ihm Zärtlichkeiten ins Ohr. Verzweifelt klang das.

»Du hast uns nie eine Chance gegeben. Wir waren dir nie gut genug. Zu spießig. Zu langweilig. Zu ... was weiß ich, was in deinem egomanischen Kopf vor sich geht. Es interessiert mich auch gar nicht ...« Er winkte ab.

»Dann kannst du ja jetzt gehen«, sagte ich kalt. »Verlass bitte meine Wohnung.«

»Werd' nicht theatralisch«, gab er zurück, ohne mich anzuschauen. »Monika, kommst du?« Seine Frau sah ihn über Tims Schulter hinweg unsicher an. Sie gab dem Kind, das sich wieder beruhigt hatte, kleine Küsse ins Haar.

»Morgen«, sagte sie müde. »Morgen. Lass die Kinder schlafen.« Er nickte knapp und verschwand, ohne uns eines Blickes zu würdigen. Als die Tür ins Schloss schlug, sagte ich: »Bist du sicher, dass du zu ihm zurückwillst?«

Sie starrte ausdruckslos aus dem Fenster. »Ich will den Kindern nicht den Vater wegnehmen. Sie hängen so an ihm. Und wie soll das denn gehen – ich, alleine mit drei Kindern? Das geht doch nicht. Das will ich nicht.« Sie wiegte sich langsam hin und her, und Tims Atmung wurde immer gleichmäßiger und ging in ein zartes Schnarchen über. »Ich bin sicher, es wird alles besser jetzt«, setzte sie nach. Ich weiß nicht, ob der Satz wenigstens sie selbst beruhigte.

Was hätte ich ihr raten sollen? Ich war froh, dass sie die Wohnung verlassen würde. Dass die Kinder nicht mehr in Niklas' Nähe wären. Dass ich mein Schlafzimmer zurückbekommen würde. Vielleicht würde bald wieder Ruhe einkehren in meinem Leben. Übermorgen wird Alexander kommen, dachte ich. Er wird nicht nur den Brief, sondern auch Niklas mitnehmen. Danach wird Ruhe sein. Ich werde ihn mit seiner Vergangenheit aussöhnen. Mit seinem Sohn. Jeder wird jedem verzeihen. Es wird alles neu sein, neu und schön und heil. Das wird mir gelingen. Das muss mir gelingen. Sonst werde ich nie wieder lieben können.

Es war mir ganz recht, dass Niklas noch schlief, als ich zur Arbeit musste. Ich wollte nicht hören, wie seine Entscheidung ausgefallen war. Ich hatte ihn gestern Abend noch in meinen Plan eingeweiht und dann die ganze Nacht gegrübelt. Obwohl ich, nachdem ich den Brief zum ersten Mal ganz gelesen hatte, ruhig geworden war. Besonnen. Und sicher. Denn was dort drin stand, ließ nur einen Schluss zu. *»Ich werde meinem Leben ein Ende setzen«*, hatte sie geschrieben. *»Ich weiß nicht, wie ich deinem Vater anders entkommen soll. Ich hoffe, Alexander, du wirst mir eines Tages verzeihen.«*

Vinzent Bachinger hatte sein Leben damit verbracht, diese Schuld zu verdrängen. Er hatte das Leben seines Sohnes dafür geopfert. Und er wollte dafür sorgen, dass sein Sohn dies niemals erfahren würde. Aber dennoch hatte er es offenbar nicht über sich gebracht, den Brief zu zerstören. Es wäre einer Entweihung der Heiligen gleichgekommen, die er nach ihrem Tod aus Viola gemacht hatte. Das war alles andere als rational – aber schlichtweg menschlich. Den Brief zu behalten, war seine Form der Sühne, und weil sie ihn kurz vor ihrer Tat in ihren Händen gehalten hatte, seine letzte Verbindung zu ihr.

Niklas war blass geworden, blasser noch als sonst, als ich ihm eröffnet hatte, dass sein Vater am nächsten Abend kommen würde. Ich versuchte, ihm klar zu machen, dass es eine Chance war, sich mit dem Vater zu versöhnen. Nicht wegen eines Tankstellenüberfalls. Wegen des Mordes an seiner kleinen Schwester Lisa. Niklas hatte nicht einmal aufgesehen, als ich ihn damit konfrontierte, dass ich alles wusste.

»Du weißt gar nichts«, flüsterte er. »Du weißt nur, dass ich ein Mörder bin. Sonst nichts.« Ich musste ihm rechtgeben und spürte gleichzeitig den Widerstand in mir, etwas darüber zu erfahren. Ich hatte schon viel mehr über diese Familie in Erfahrung gebracht, als mir lieb war.

»Ich habe dir nichts gesagt, weil ich Angst hatte, du bist wie alle«, fügte er an, als ich schon beinahe aus seinem Zimmer gegangen war. Ich drehte mich zurück, sah ihn an.

»Welche Chance habe ich denn, wenn jeder in mir nur den Mörder sieht? Das Monster. Die Bestie.«

Ich nickte. Er hatte ja recht. Aber vielleicht war ich wie alle, konnte nicht anders sein. Denn wer hatte schon Erfahrungen mit einem Mörder? Wusste, wie man mit ihm umzugehen hatte?

»Ich würde mir ja nicht mal selbst eine Chance geben.« Er starrte auf seine Finger und mein Hals wurde eng. Ich dachte an seinen entspannten Ausdruck, als er mit Alina und Max gespielt hatte. Er war so viel mehr als ein Mörder. Er war ein Mensch.

»Wir werden sehen«, brachte ich über die Lippen. »Lass uns morgen deinen Vater treffen und dann werden wir sehen, wie es weitergeht.« Ich meinte es ernst.

Niklas sagte, er müsse darüber nachdenken, ob er seinen Vater wirklich sehen wolle. Er brauche Zeit. Er würde mir im Laufe des Tages Bescheid geben. Den Brief überreichte er mir ohne Zögern. Ihm war es egal, was darin stand. Er habe die Schrift seiner Großmutter nicht entziffern können und daher auch nicht weiter versucht, herauszufinden, was sie aufgezeichnet hatte. Er habe nur seinem Großvater einen Gefallen tun wollen und das Schriftstück für ihn aufbewahrt. Hier, im Gefängnis, sei es am sichersten, hatte Vinzent Bachinger bei seinem Besuch gesagt. Er selbst, so hatte der Großvater in einem letzten Moment der Klarheit gespürt, wäre nicht mehr lange in der Lage, den Brief vor Alexander zu verstecken. Und Alexander, so behauptete Bachinger, würde die Aufzeichnungen nur benutzen, um das Andenken an seine Mutter zu beschmutzen, an diese wunderbare Frau. Niklas hatte gar nicht nachgefragt, was das heißen sollte, er wollte nichts Näheres darüber wissen. Sein Großvater hatte ihn wohl beinahe panisch beschworen, alles gut zu verstecken, so dass Niklas es ihm versprochen hatte. Eine einfache Aufgabe: Niklas war sich sicher, dass es zwischen ihm und Alexander nie wieder eine Begegnung geben würde. Sein Vater, so sagte Niklas, war für ihn gestorben, in dem Moment, als er das Gefängnis betrat. Dass sein Vater der erste Mensch war, den er nach seiner Entlassung aufgesucht hatte, schien für ihn kein Widerspruch zu sein. Dass er tatsächlich dringend einen Vater benötigte, wurde mir bald klar: Sonst hätte es die Begegnung am frühen Abend des nächsten Tages nicht gegeben, in die ich hineingeraten sollte.

Am Morgen hatte ich mich von Monika und den Kindern verabschiedet. »Bis bald«, sagte ich und fügte hinzu, dass ich mich freuen würde, sie schnell wiederzusehen. Niklas hatte Monika am Vorabend versprochen, sie mit dem Gepäck nach Hause zu begleiten. Alina und Max hatten gejubelt und Monika war sichtlich dankbar für die Hilfe. Es hätte nichts geändert, wenn ich Niklas davon abgehalten hätte. Nichts, gar nichts hätte es geändert.

Im Laufe des Vormittags wurde mir klar, dass nicht nur Niklas eine schwierige Begegnung mit seinem Vater bevorstehen würde. Auch ich würde ihn heute Abend wiedersehen. In einem Moment fühlte ich eine große Stärke in mir, die ich an ihn weitergeben wollte. Als sei ich für ein humanitäres Projekt engagiert, das ich voller Inbrunst zu einem Erfolg bringen wollte. Dann wieder schien mir die Vorstellung unerträglich, ihn sehen zu müssen. Seine falschen Worte anzuhören, ihn bitten zu müssen, sich gefälligst um seinen Sohn zu kümmern. Ihn mir vom Leibe zu halten. Ich wusste nicht, ob meine Energie reichen würde. Und dann dachte ich an seine alles umfassende, alles aufnehmende Zartheit, in der ich mich ausbreiten konnte und sicher fühlen und getröstet war.

Ich versuchte, mich auf meine Arbeit zu konzentrieren. Vor ein paar Tagen hatte mich Elvira, die Disponentin, zur Seite genommen und mir erklärt, in letzter Zeit hätte es einige Beschwerden gegeben, ich sei so unaufmerksam und unfreundlich und ich solle doch bitteschön Urlaub nehmen, wenn ich überarbeitet wäre. Ich war nicht fähig gewesen, souverän zu reagieren. Beinahe hätte ich losgebrüllt, stattdessen hatte ich nur genickt, mich umgedreht und war gegangen. Seitdem huschte ich durch das Disponentenzimmer und war froh, wenn ich dort nicht hinmusste. Ab Morgen wird alles besser, betete ich mir vor und bemühte mich, meine Arbeit anständig zu machen.

Gegen Mittag hatte ich eine Nachricht von Niklas auf dem Handy. Ich sollte erst alleine mit seinem Vater reden, er würde dann etwas später dazukommen. Ich blieb vor die Wahl gestellt, ob ich Alexander auf Niklas' Anwesenheit vorbereiten sollte oder ob er der Überraschungsgast sein würde. Ich entschied, es spontan zu handhaben.

Als ich dann von der Arbeit nach Hause kam, beobachtete ich eine Szene, die mir seltsam vertraut war – Niklas mit einer Bierdose in der Hand neben dem Kiosk stehend – und die mich im nächsten Moment elektrisierte. Ich bremste abrupt, ließ mein Auto in zweiter Reihe auf der Straße stehen und rannte zu Niklas und dem Mann, mit dem er sprach.

»Was willst du von ihm?«, schrie ich von Weitem. »Lass ihn in Ruhe!« Niklas zerquetschte die Dose zwischen seinen dicken Fingern.

Ronald drehte sich langsam zu mir um. »Ich habe nicht den Eindruck, dass Niklas einen Aufpasser braucht oder wünscht«, sagte er, wies mit fragendem Blick auf die Bierdose und als Niklas nickte, kaufte er eine weitere.

»Der Typ will dich nur ausnutzen«, versuchte ich Niklas zu erklären. »Was hat er dir angeboten? Geld? Einen Job? Glaubst du, du kommst je wieder auf die Beine, wenn jeder im Fernsehen dein Gesicht gesehen hat und weiß, ach, das ist der Kindermörder? Du kannst zehn Mal erklären, dass es im Affekt geschah, dass es eine einmalige Tat war, dass du dich geändert hast – es wird dir keiner glauben!«

Bei dem Wort »Kindermörder« hatte Niklas' rechtes Auge zu zucken angefangen. Jetzt starrte er auf den Boden. Er sah aus, als hätte er sich am liebsten verdrückt.

Ronald stellte sich zwischen ihn und mich. »Ich arbeite für einen seriösen Sender«, sagte er. »Ich mache kein Voyeursfernsehen. Das weißt du so gut wie ich.«

»Dann lass den Jungen endlich in Ruhe!«

»Die Gesellschaft muss erfahren, wie man im Knast mit jugendlichen Straftätern umgeht – nämlich gar nicht. Dass sie kaputter herauskommen, als sie hineingegangen sind. Nur wenn wir darüber berichten, kann sich was ändern an dieser Misere.« Er glaubte, was er sagte. Und wahrscheinlich hatte er sogar recht. Aber er würde vor allem Emotionen produzieren – Abscheu, Faszination, Neugier, Ekel. Nichts davon war produktiv, nichts davon würde Niklas helfen.

Wir hatten uns beinahe angeschrien, wir waren beide sicher, dass unsere Position die richtige war. Als wir aufblickten, war Niklas verschwunden.

»Super, vielen Dank«, meckerte Ronald. »Ich hatte ihn beinahe soweit ...«

»Siehst du«, triumphierte ich. »Du bist nur an Manipulation interessiert. Als ob dich Niklas' Psyche oder gar seine Chancen im Leben interessierten! Du bist ein Quotenjunkie, nichts weiter.«

»Auf deine Scheiß-Kommentare verzichte ich«, zischte er im Gehen.

Mit einem gewissen Gefühl der Genugtuung sah ich ihm nach. Und nun würde ich nach Hause gehen und Niklas, so er denn auftauchen würde, klarmachen, dass er sich mit seinem Vater aussöhnen musste, dass dies der einzige Weg in die Zukunft war. Denn Niklas brauchte einen Menschen, dem er sich anvertrauen konnte, nicht eine Fernsehkamera.

Die Straßen waren von Schneematsch überzogen, Nebel hing zwischen den Häusern und die ganze Welt schien in einer schlierigen Seifenblase zu schweben. Kurz nach sechs. Um sieben würde er kommen.

Ich legte mich aufs Bett und versuchte zu schlafen. Es gelang mir nicht. Niklas war nicht heimgekommen. Die Wohnung wirkte wie ausgestorben. Jetzt, wo ich meine vier Wände endlich wieder für mich hatte, fühlte ich mich unbehaust, allein, aufgebraucht. Hätte eine Freundin – hatte ich noch eine? – angerufen, ich wäre dankbar mit ihr ins Kino gegangen. Vielleicht. Es rief niemand an.

24

Um Punkt sieben klingelte es. Er lehnte im Türrahmen, eine Flasche teuren Rotwein im Arm. Er hatte abgenommen und sein Haar war gewachsen. Er wirkte jünger und gleichzeitig abgekämpft. Seine Augen versuchten, mich gefangen zu nehmen. Sein Mund huschte über meine Wange, seine Hand drückte meinen Unterarm. Es kam mir vor, als betrete er das erste Mal meine Wohnung. Er setzte sich im Wohnzimmer auf das Sofa wie ein Fremder, der nur gekommen war, um ein Möbelstück oder Ähnliches, was ich ihm verkaufen wollte, abzuholen.

»Du siehst gut aus«, sagte er lächelnd und ich wusste, dass dies eine Lüge war. Ich setzte mich auf die Sessellehne und sah ihn erwartungsvoll an. Er fragte nach Gläsern und einem Flaschenöffner. Ich brachte ihm ein Glas. Ich wollte nichts trinken. Er wirkte enttäuscht, sagte aber nichts. Er nahm einen Schluck, den er bedächtig im Mund schaukelte, ehe er ihn trank.

»Wie geht es dir?«, fragte er. Wir hätten eine halbe Stunde hier sitzen und so tun können, als ob nichts sei.

»Interessiert dich nicht, wie die Beerdigung deines Vaters war?«, fragte ich. Er stutzte.

»Meines Vater?«, wiederholte er. »Für mich ist er schon vor vielen Jahren gestorben. So einen Vater wünsche ich meinem ärgsten Feind nicht.«

»Bist du ein besserer Vater?«, entfuhr es mir.

Er lehnte sich fest an die Sofalehne und drehte nervös sein Glas in den Händen. »Bin ich hier, damit du mich richtest?«

»Das steht mir nicht zu.«

»Das will ich meinen. Ich dachte, du möchtest mit mir über uns reden.«

Ich stand auf. Warum kam jetzt nicht Niklas zur Tür herein? Ich sammelte ein paar Blätter ein, die der Ficus Benjamini abgeworfen hatte.

»Gibt es noch ein ›uns‹?«, fragte ich. »Im Moment kann ich das nicht erkennen.«

Er stand ebenfalls auf und kam auf mich zu. Als ich mich aufrichtete, legte er die Hände auf meine Schultern und versuchte, mich an sich zu ziehen.

»Ich habe dich vermisst«, flüsterte er. Da war nichts mehr in mir, was mich mit ihm verband. Das Band war zerrissen und man konnte es nicht zusammenflicken. Er hielt mich sehr fest, ich ließ es über mich ergehen. Er küsste mein Haar, meinen Hals.

»Lass mich.« Ich schob ihn fort. »Du verschwindest einfach für Wochen von der Bildfläche, ich habe keine Ahnung, wo du bist, was du tust. Ich glaube, ich weiß nicht mal, wer du bist! Das ist nicht fair! Du kannst nicht erwarten, dass ich dich mit offenen Armen empfange.«

Er ließ mich los, kraftlos setzte er sich wieder aufs Sofa, starrte auf seine Schuhspitzen. »Du hast recht«, sagte er leise. »Es war ... eine Zwangslage. Ich hatte finanzielle Probleme, dann die Sache mit Niklas, mein Vater ... Und ich wusste nicht, ob ich dich mit all dem belasten konnte. Ich wollte uns beschützen – vor meiner Vergangenheit.«

Es klang so gut.

Ich glaubte kein Wort.

»Meinen Vater auszusetzen – ich gebe es zu, es war eine beschissene Idee. Eine Kurzschlusshandlung! Ich war so hilflos, ich hatte nicht die Kraft, ein Heim für ihn zu suchen.«

»Warum hast du das nicht schon vor Jahren getan?«

»Geldprobleme. Ich hätte für ihn aufkommen müssen. Aber ich musste gleichzeitig einen Kredit abzahlen. Dann die Kosten für Niklas' Anwalt. Ich zahle noch immer. Es hätte vorne und hinten nicht zum Leben gereicht. Es interessiert niemanden, ob du Schulden hast. Solange du Einnahmen hast, musst du blechen. Da dachte ich mir, ist es immer noch besser, ihn daheim unter Kontrolle zu haben. Und er war gerne in dem Zimmer. Er fühlte sich dort sicher. Er hat mir von deinem Besuch erzählt, nicht direkt von dir, aber dass jemand da war. Er war sehr aufgebracht und ängstlich. Da fiel mir der verschwundene Schlüssel wieder ein und ich habe eins und eins zusammengezählt. Ich hab ihn dann in einem Hotel untergebracht für ein paar Tage, um das Zimmer umzugestalten. Ich will mich dafür nicht rechtfertigen. Es geht niemanden etwas an. Nur ihn und mich.«

»Du hast dich gerächt an ihm.«

»Sicherlich kannst du mir auch sagen, wofür ich mich gerächt habe.«

»Euer Privatkrieg interessiert mich nicht«, sagte ich. »Ich sehe nur, was für kaputte Figuren ihr alle seid – er, du, dein Sohn.«

»Hast du Kontakt zu Niklas?« Rote Flecken schienen über seinem Hemdkragen auf. Er füllte sein Weinglas nach und nahm einen tiefen Schluck.

»Ich beherberge deinen Sohn, seit er aus dem Gefängnis raus ist«, schrie ich nun. »Sonst wäre er gleich wieder in der Gosse gelandet, weil seine Eltern sich nicht um ihn kümmern.«

»Er ist volljährig«, sagte Alexander kalt. »Und dass seine Mutter seit einem halben Jahr wieder in der Psychiatrie sitzt, ist nicht meine Schuld. Das nun wirklich nicht!«

»Aber er ist dein Sohn!«

»Ja, und er hat meine Tochter umgebracht!« Er griff nach dem Glas und leerte es in einem Zug. Hastig schenkte er einen Schluck nach.

Mit einem Mal gab es für mich keine andere Möglichkeit, als auf Niklas' Seite zu stehen. Die Ungerechtigkeit, die der Vater dem Sohn antat, schnürte mir die Kehle zu. »Er hat eine Strafe abgesessen. Er verdient eine zweite Chance. Alexander, du ...«

»Ich habe meine Mutter nicht umgebracht – und trotzdem hat mich mein Vater so behandelt, als ob ich ein Mörder sei. Und da soll ich einem echten Mörder, der mir das Liebste auf der Welt genommen hat, eine zweite Chance geben?«

»Du hast mir ja nicht einmal eine erste Chance gegeben.«

Wir hatten ihn beide nicht gehört. Ich weiß nicht, wie lange er schon in der Tür gestanden und uns zugehört hatte. Alexander sprang auf, stieß dabei an die Tischkante, das Rotweinglas fiel um und zerbrach auf der mit Mosaikfliesen beklebten Tischplatte. Ein rotes Rinnsal versank in den brüchigen Fugen zwischen den Steinchen.

»Das ist ein Scheißspiel, was ihr euch da ausgedacht habt«, schrie Alexander nun und versuchte, an Niklas vorbei in den Flur zu gelangen. Der Junge ließ seinen Vater passieren, doch Alexander kam nicht weit. Die Wohnungstür war abgeschlossen.

»Ich möchte mit dir reden«, sagte Niklas ganz ruhig. Ich bewunderte ihn für die Kraft, die er aufbrachte. Alexander tat noch ein paar ziellose Schritte, dann drehte er sich zu seinem Sohn zu.

»Bitte«, sagte er müde.

»Können wir uns setzen?«, fragte Niklas.

Widerwillig folgte ihm Alexander ins Wohnzimmer, wo sie sich auf dem Sofa niederließen. Ich sammelte die Glasscherben ein und brachte sie in die Küche. Ich hatte das Gefühl, ihr Gespräch ginge mich nichts an, und daher blieb ich dort. Zunächst war alles ruhig, ich hörte Stimmengemurmel, unterbrochen von längeren Redepausen. Niklas hatte so sicher gewirkt. So erwachsen. Eine Welle von Zärtlichkeit für diesen großen, schweren jungen Mann überrollte mich und ich spürte, ich hätte ihm verzeihen können. Aber er hatte ja auch nicht meine Tochter umgebracht und ich kannte die näheren Umstände nicht. Um ehrlich zu sein, konnte ich mir nicht vorstellen, wie das sein musste, ein Kind zu verlieren. Ich war mir sicher, dass es eines der schlimmsten Dinge war, die einem widerfahren konnten. Und ich war froh, dass mir so etwas nie passieren würde.

Plötzlich wurden beide Stimmen im Wohnzimmer sehr laut.

»Gib mir den Brief!«, hörte ich Alexander schreien. »Er gehört mir. Gib her!«

Und dann hörte ich Niklas lachen, ein finsteres, höhnisches Lachen. »Was ist er dir wert?«, fragte er und stand nun in der geöffneten Wohnzimmertür. »Er ist da drin, ich muss ihn nur holen.« Er deutete zu seinem Zimmer. »Andererseits – ich habe dem Opi versprochen, dass du ihn nie bekommst. Und das Wort, das ich einem Sterbendem gegeben habe ...«

»Lüg doch nicht, du dreckiger ...«

Niklas wackelte mit dem Zeigefinger vor Alexanders Nase. Es machte ihm sichtlich Spaß, seinen Vater aus der Fassung zu bringen. Zum ersten Mal in seinem Leben war Niklas stärker als er. »So nicht. So erfährst du niemals, was da drin steht. Lieber verbrenn' ich das Zeug.« Er ging langsam auf sein Zimmer zu, öffnete die Tür und zog in aller Seelenruhe seine Tasche unter dem Bett hervor. Alexander folgte ihm und wartete nervös im Türrahmen. Mich nahmen die beiden gar nicht wahr.

»Ja, wo ist er denn ... ja, wo hab ich ihn denn?« Unendlich langsam durchwühlte Niklas seine Tasche. Alexander sprang auf ihn zu, versuchte, ihm die Tasche zu entreißen, aber es gelang ihm nicht.

»Na, na, na!«, mahnte ihn Niklas belustigt. »Ach, vielleicht liegt er da drüben im Schrank? Schau doch selbst mal rein. So ein banaler, abgegriffener DIN-A5-Umschlag.«

Mit einem Satz war Alexander am Schrank und riss die Türen auf. Erst schob er die Kleidungsstücke darin zur Seite, dann zog er sie heraus und warf sie achtlos auf den Boden. »Ich finde ihn«, keuchte er atemlos und bemerkte nicht, wie Niklas hinter ihm das Fenster öffnete. Als er sich zu seinem Sohn umdrehte, war es zu spät.

»Sieht ganz schön wertlos aus«, sagte Niklas. Er hielt den Umschlag in einer Hand, als wöge er ihn. Dann zuckte er mit den Schultern, holte etwas aus der Hosentasche und plötzlich hielt er die Flamme eines Feuerzeugs an das alte Papier.

»Hm, weg damit.« Mit einer kraftvollen Bewegung warf er den schon lodernden Umschlag durchs weit geöffnete Fenster hinaus.

»Niklas«, schrie Alexander und ich sah wieder diese rote Ader auf seiner Stirn und ich dachte, er würde sich auf den Jungen stürzen und ihn schlagen, niederknüppeln, zu Tode prügeln. Aber nichts geschah. Alexander rührte sich nicht und sah fassungslos dem Umschlag hinterher.

Niklas blickte seinen Vater triumphierend an, drehte sich um und ging zur Wohnungstür.

Alexander erwachte. Er stürzte sich auf den Jungen und packte ihn im Genick. »Das wirst du mir büßen, du Ausgeburt. Du holst jetzt diesen verdammten Umschlag hoch und wehe, er ist verbrannt. Ich sorg dafür, dass du wieder in den Knast wanderst. Ich werde dir niemals verzeihen! Niemals, hörst du!« Er hatte Niklas in die Knie gezwungen und der Junge hockte vor ihm auf dem Boden, statisch, ohne sich zu wehren, aber mit einem zufriedenen Grinsen im Gesicht. Die Wut seines Vaters konnte ihm nichts mehr anhaben. Reaktionslos ließ er sich die Worte um die Ohren schlagen, die sich Alexander für ihn aufgespart hatte. »Mein Gott, was habe ich deine Mutter angefleht, dass sie dich abtreiben lässt«, schrie er. »Aber die blöde Kuh wollte dich unbedingt haben. Und du bist genauso beschissen geworden, wie ich es immer befürchtet habe. Schlimmer sogar, du Mörder!«

»Alexander, hör auf«, ging ich dazwischen, als er versuchte, den Kopf seines Sohnes auf den Boden zu schlagen. »Hör auf damit. Verlass meine Wohnung oder ich rufe die Polizei.«

Alexander ließ Niklas los und kam auf mich zu. »Und du, du erbärmliche Kreatur – glaubst du, mit ein bisschen dämlichen Liebesgesäusel kannst du mein Leben retten? Was maßt du dir an? Du bist widerlich!« Er spuckte vor mir auf den Boden.

Er sah mich genau so. Das erste Mal sprach er die Wahrheit. Das war sein Bild von mir. Er hatte sich in mich hineinfallen lassen, damit ich ihn auffing. Wer dieses »ich« war, war ihm vollkommen gleichgültig. Und als er bemerkt hatte, dass ich ihn nicht halten konnte, da war er gegangen. Das zerbrochene Gefäß meiner Person, das er hinterlassen hatte, interessierte ihn nicht. Den Hass in meinen Augen sah er nicht. Er sah mich überhaupt nicht mehr. Er starrte auf den Spuckefleck auf dem Fußboden und war für einen Moment in sich selbst verschwunden.

Als die Tür hinter Niklas ins Schloss fiel und der Schlüssel von außen umgedreht wurde, warf er sich mit aller Macht gegen die Tür, aber es half nichts.

»Lass mich raus«, schrie er mich an und versuchte, meinen Körper abzutasten, ob ich irgendwo einen Schlüssel eingesteckt hatte.

Ich wand mich und schrie. Ich hatte noch nie in meinem Leben so laut geschrien und ich wunderte mich, woher diese Stimme kam. Alexander presste mir seine Hand auf den Mund, meine Kiefer schmerzten, ich dachte, ich würde keine Luft mehr bekommen, aber da stieß er mich von sich und ich taumelte rückwärts und schlug mit dem Kopf gegen den Küchentürrahmen.

Es schien, als sei der Herbstnebel mit einem Mal in die Wohnung eingedrungen. Als fräße er alle Farben und Geräusche und mein Bewusstsein. Dann war es still.

25

Ich wachte auf, weil neben meinem Kopf etwas laut gellte. Benommen setzte ich mich auf. Ich konnte mich nicht erinnern, wie ich auf das Sofa gelangt war. Mein Kopf schmerzte und ich tastete ihn vorsichtig ab, konnte aber außer einer dicken Beule am Hinterkopf nichts feststellen. Endlich sah ich das Telefon, das neben mir auf dem Boden lag und sein hässliches Schrillen in die Welt schickte. Mit zittrigen Fingern drückte ich den grünen Knopf und flüsterte meinen Namen.

»Christine?« Monikas Stimme war grell und laut und vollkommen aufgebracht. »Sind die Kinder bei dir?« Ich atmete tief und schluckte.

»Nein«, sagte ich dann. »Was ist los?« Plötzlich war ich hellwach. Monika schluchzte und stammelte ein paar Brocken, aus denen ich nicht schlau wurde, aber ehe ich nachfragen konnte, hatte ihr Tobias den Hörer abgenommen.

»Die Kinder sind verschwunden. Alle drei. Ihre Betten sind leer. Hilf uns suchen. Bitte.« Die Panik in seiner Stimme war nicht zu überhören.

»Ich bin gleich bei euch«, sagte ich und legte auf. Wie spät war es? Wann waren Niklas und Alexander verschwunden? Wie lange hatte ich hier gelegen? Mühsam rappelte ich mich auf, wusch mein Gesicht mit kaltem Wasser und griff nach meiner dicken Jacke. Mein Hausschlüssel steckte von innen in der Wohnungstür.

Die Uhr in meinem Auto zeigte kurz nach zehn, als ich wackelig einstieg. Es fiel mir schwer, einen klaren Gedanken zu fassen. Ich kurbelte das Fenster herunter und die kühle Nachtluft ließ mich frösteln. Es roch merkwürdig angekokelt und einen Moment dachte ich, mein Auto habe einen Schaden. Dann sah ich, wie der Wind auf dem Gehsteig direkt vor der Haustür schwarze Ascheflocken aufwirbelte, die von einem kleinen Häufchen Verbranntem aufstiegen. Der Umschlag samt Abschiedsbrief, den Niklas aus dem Fenster geworfen hatte. Damit war Alexanders letzte Chance dahin, seinen Frieden mit der Vergangenheit zu schließen. Er musste gerast haben vor Zorn, als er das erkannte. Wo die beiden wohl abgeblieben waren? Aber dies war nun nicht meine Sorge. Es ging um Max und Alina und Tim. Um sonst niemanden.

Mein Herz pochte, je näher ich Monikas und Tobias' Wohnung kam. Was mochte dort passiert sein?

Sie standen in Hausschuhen vor dem Wohnblock. Monika zitterte am ganzen Körper und Tobias hielt das Handy ans Ohr und sprach aufgeregt hinein. Als Monika mich sah, lief sie auf mich zu, schlang ihre Arme um meinen Hals und schluchzte.

»Wir ... wir haben«, stammelte sie und konnte nicht weiter sprechen. Ich strich ihr übers Haar, während Tobias langsam näher kam. Seine Augen waren ausdruckslos, er vermied es, mich anzuschauen.

»Wann habt ihr denn gemerkt, dass sie weg sind?«

Tobias zuckte mit den Schultern. »So gegen halb zehn. Monika hat ins Kinderzimmer geschaut, um ..., ich weiß nicht. Jedenfalls, da waren sie fort.« Ich holte tief Luft. Monika hatte sich von mir losgemacht.

»Ich bin sofort ins Schlafzimmer gelaufen. Aber Tims Bett ... es war auch leer. Ich weiß nicht ...« Sie biss fest auf ihre Lippen und sah mich fassungslos an.

»Ich habe gerade die Eltern von den Freunden der Kinder durchtelefoniert und wir sind hier um den ganzen Wohnblock gelaufen«, erklärte Tobias.

»Hast du unseren Eltern was gesagt?«

Tobias schüttelte den Kopf.

»Mutter würde doch völlig ausrasten. Und sie würde gleich die Polizei anrufen.«

»Das sollten wir auch tun«, forderte ich ihn auf. Monika hatte wieder zu weinen angefangen.

»Das können wir auch erst mal selbst regeln«, beharrte Tobias. »Ich gebe denen doch nicht freiwillig Einblick in mein Familienleben. Ich ziehe mir andere Schuhe an und dann durchkämmen wir die Gegend. So weit können sie ja nicht gekommen sein.« Er drehte sich um und lief zum Haus. Schweigend sahen wir ihm nach, wie er im erleuchteten Treppenhaus Stufe um Stufe höher hechtete.

»Was war denn los?«, fragte ich Monika. Sie wischte sich mit einem Taschentuch über die Augen, dann sah sie mich ängstlich an.

»Wir hatten ... schon wieder ... wir hatten gestritten.«

Ich verdrehte genervt die Augen. Monika fuhr fort.

»Tobias hat rumgeschrien, von wegen er würde das Haus nicht zu einer Zwangsversteigerung freigeben und bald hätte er wieder einen Job – wenn nur ich nicht immer so, so, negativ wäre, hat er gesagt. Und diesen Auszug hätte ich mir komplett sparen können. Die Nachbarn hätten schon schief geguckt. Und ich würde ihn runterziehen mit meiner schlechten Laune und ich sei verwöhnt und, ach, ich weiß nicht, was noch alles. Und da – da habe ich die ...« Sie schaute in den Himmel, während die Tränen über ihre Wangen liefen. Ich drückte ihre Hand ganz fest.

»Da hab ich die Obstschale genommen und auf den Boden geknallt. Es hat einen höllischen Lärm gemacht. Die Scherben und Splitter sind überall rumgeflogen und ich hab mich an der Hand verletzt und Tobias – er, er hat mich auf den Balkon geschubst und die Tür zugemacht und sich vor den Fernseher gesetzt, zwischen all die Scherben, und hat überhaupt nicht mehr reagiert. Ganz starr war er. Ganz starr. Und es war so kalt da draußen. Ich hatte nicht mal Schuhe an. Ich hab an die Tür geklopft und gerufen, aber er hat einfach den Fernseher lauter gestellt, immer lauter ...« Wieder kippte ihre Stimme und ging in Schluchzen über. Ich nahm sie erneut in die Arme und strich ihr besänftigend über den Rücken.

»Und dann«, sie holte sehr tief Luft. »So nach zwanzig Minuten hat er die Tür aufgemacht und ich wollte in der Küche Kehrblech und Schaufel holen und etwas zum Überziehen und dann fiel mir auf, dass die Kinder gar nicht aufgewacht waren von unserem Geschrei und vom Fernseher und das wunderte mich. Weil einmal, da standen Max und Alina plötzlich in der Tür, während wir stritten und ich kann dir nicht sagen, wie lange sie da gestanden und uns zugehört hatten. Und ich wäre am liebsten im Boden versunken, so sehr hab ich mich geschämt.«

»Und dann waren sie fort?«

Sie nickte und umklammerte mein Handgelenk mit ungeheuerlicher Kraft.

»Tobias hat recht, sie können nicht weit gekommen sein. Überleg mal, wart ihr in den letzten Tagen an irgendeinem Ort, wo es ihnen besonders gut gefallen hat? Habt ihr auf dem Spielplatz geschaut?«

Monika schüttelte den Kopf. Tobias kam auf uns zu, er trug feste Schuhe und einen Mantel. Das Gleiche hatte er für Monika mitgebracht.

»Sollte nicht einer von uns hierbleiben? Falls sie zurückkommen?«, schlug ich vor.

»Ich halte es da oben nicht aus«, flüsterte Monika. »Ich muss irgendwas tun.«

Tobias ging noch einmal zurück und bat eine Nachbarin, die Max und Alina gerne besuchten, aufzupassen, falls die Kinder zurückkämen. Er gab ihr seine Handynummer, so dass wir erreichbar waren.

Dann gingen wir los. Keiner sagte etwas. Auf der Straße sahen wir kaum Passanten. Der Nebel hing über der kleinen Lichtung hinterm Spielplatz. Wir spähten in Büsche, in das Holzhäuschen zwischen der Rutsche und den Schaukeln. Das Einzige, was man hier spürte, war die Abwesenheit von Kindern. Nach einer Dreiviertelstunde standen wir wieder vor dem grauen Wohnblock. Monikas Lippen zitterten. Tobias war weiß, nur seine von der Kälte roten Wangen leuchteten in die Nacht.

»Wir sollten die Polizei ...«, flüsterte Monika.

»Nein. Noch nicht!«, unterbrach Tobias sie barsch.

»Worüber habt ihr genau gestritten?«, fragte ich. Tobias, der den ganzen Weg geschwiegen hatte, sah mich feindselig an.

»Das geht dich nichts an.«

Selbst jetzt spürte ich die Wut, die ich schon so oft auf ihn gehabt hatte.

»Ich versuche zu helfen«, zischte ich. Monika stellte sich zwischen uns. So wie früher unsere Mutter. Ich sah, wie sie nach Tobias' Hand griff.

»Es ging ums Haus«, sagte sie dann. »Tobias will einfach nicht wahrhaben, dass wir da niemals einziehen werden. Ich habe versucht ...« Monika stieß mit einem Mal einen spitzen Schrei aus. Sie hatte den gleichen Einfall gehabt wie ich. Das Haus. Genau.

»Wie lange läuft man dort hin?«, fragte ich. Ich vergaß die Kälte und die hämmernden Kopfschmerzen.

»Zehn Minuten, Viertelstunde vielleicht«, überlegte Tobias. »Ihr meint ...?« Wir nickten beide. Dann gingen wir zu meinem Auto und fuhren los. Monika saß hinten und redete ohne Unterlass, Hoffnung und Angst gleichermaßen in der Stimme. Sie stellte Vermutungen an, wie die Kinder dort hingelaufen sein konnten, ging jede große Kreuzung durch, die sie überquert haben mussten. Der Kinderwagen war nicht fort, was bedeutete, sie mussten Tim getragen haben. Max sei stark für sein Alter, überlegte Monika, er würde das bestimmt schaffen. Erst als wir in die Straße einbogen, in der der Rohbau stand, schwieg sie.

Ich spürte, wie meine Knie zitterten, als ich den Motor abstellte und die Handbremse anzog. Ich musste mich zwingen, die Tür zu öffnen. Was, wenn die Kinder nicht hier wären? Tobias lief über die schmale, schwankende Holzplanke, die vom Gehweg zur Eingangstür führte. Im Wassergraben, der sich noch immer ums Haus zog, spiegelte sich nun ein halber Mond. Der Nebel hatte sich verzogen. Es war viel kälter geworden. Monika rief schon im Aussteigen nach den Kindern. Alles blieb still. Tobias öffnete die Tür, die noch kein Schloss hatte, und lauschte in den Innenraum. Während Monika rechts herum ging, lief ich links am Haus vorbei. Die Bilder jenes Sommerabends, als wir Richtfest gefeiert hatten, tauchten in meinem Kopf auf. Alexander an meiner Seite. Ich konzentrierte mich auf die Kälte, die über meinen Rücken kroch. Nun konnte ich um die Ecke spähen, auf die Terrasse, die übersät war mit Baumaterialien, die keiner mehr benötigte. Tobias stand an der Terrassentür. Monika tauchte mir gegenüber auf.

Und da saßen sie. Max. Alina. Und Niklas. Mit Tim auf dem Schoß.

Monika stieß einen Schrei aus und rannte auf die Kinder zu. Sie reagierten nicht. Sie blickten auf die Gartenfläche aus dunkler Erde, aus der sie nie Blumen wachsen sehen würden. Auch Niklas sah nicht zu ihr auf. Nur das Baby umfasste er fester. Im Näherkommen bemerkte ich, dass Tim schlief. Seine Augen waren geschlossen, der Mund auch. Aber er wirkte nicht friedlich. Sein Gesicht war mit Erde verschmiert und er war vollkommen nass. Monika wand Niklas das Kind aus den Händen. Er ließ es geschehen. Tobias legte die Arme um Max und Alina. Max blieb reglos, doch Alina klammerte sich mit einem Mal an den Hals ihres Vaters und schrie, so laut sie nur konnte.

Monika fiel einfach um. Das Baby rutschte aus ihren Händen auf den Boden und ich machte einen Sprung, um es aufzufangen. Ich kam zu spät. Aber nun merkte ich, dass ich nicht nur zu spät war, um Tim aufzufangen.

Denn Tim war tot.

Ich kauerte dort nieder, wo ich nach meinem Sprung gelandet war. Max kroch auf allen Vieren zu seiner bewusstlosen Mutter und trommelte auf ihre Brust.

»Mama«, schrie er. »Wach auf, Mama. Bitte, bitte, Mama!« Niklas zog den Buben fort und legte fest den Arm um ihn. Ich versuchte, in seine Augen zu schauen. Aber Niklas ließ den Blick nicht von Max und streichelte mechanisch die schmalen, zuckenden Schultern. Ehe ich nachgedacht hatte, riss ich Max aus Niklas' Umarmung.

»Was tust du hier?«, fragte ich den jungen Mann mit einer mir vollkommen fremden, hasserfüllten Stimme. »Was hast du hier zu suchen?« Er sah mich fassungslos an und schüttelte immer wieder den Kopf.

»Glaubst du etwa …«, hub er an. »Glaubst du, ich hätte hiermit was zu tun?«

Ich erschrak über seine Frage. Glaubte ich das? Nein ja nein ja. Mir schien es unsinnig, mich jetzt mit Niklas zu streiten. Da lag mein kleiner Neffe, mein Patensohn am Boden, tot, und meine Schwägerin bewusstlos, sie brauchte Hilfe, aber ich wusste nicht, was ich tun sollte und so klammerte ich mich an Max, der in meinen Armen wimmerte und wissen wollte, ob seine Mutter nun auch tot war. Und ich blendete all das aus, weil ich nichts mehr denken konnte außer der Frage, ob Niklas mit all dem etwas zu tun hatte. Als ob dies die wichtigste Frage in meinem ganzen Leben war, denn wenn er damit etwas zu tun hatte, dann, so war mir leuchtend klar, dann hätte auch ich Schuld an diesem sinnlosesten aller Tode und das konnte nicht sein, das durfte nicht sein. Doch statt mir zu antworten, sah mich Niklas an, als sei ich das Monster, und er sprang hoch und nun war er es, der schrie.

»Nein«, schrie er. »Nein.« Immer nur dieses eine Wort und ich hatte Angst, er würde weglaufen und ich packte ihn an der Hand und wollte ihn aufhalten und wollte ihm das Wort aus dem Mund reißen, damit er endlich zu schreien aufhörte. Und seine Hand war so kalt, als sei er selbst schon tot. Blass und kalt war er, so wie sein Vater, der mit einem Mal neben mir auftauchte, in seinem blauen Trenchcoat, der ihn noch größer und kräftiger erscheinen ließ, und mit eleganten, schwarzen Lederhandschuhen. Ich sah mich panisch um, für einen Moment hatte ich die Hoffnung, aufzuwachen, zu Hause in meinem Bett, zitternd von diesem Albtraum, aber stattdessen geriet Tobias in mein Blickfeld, der etwas in sein Handy schrie und mir war klar, dass er einen Notarzt verständigte, vielleicht auch die Polizei. Genau, wir würden die Polizei brauchen, es musste eine Untersuchung geben, wie dieses Kind, dieses so kleine Kind, ums Leben gebracht worden war. Ob er – ob er die Schuld daran trug. Und dann bemerkte ich, dass wir beide, dass Alexander und ich an dem Jungen zerrten. Alexander war noch immer außer sich vor Wut, weil der Brief verbrannt war. Als könne er nur weiter atmen, wenn er diesen Brief, der an ihn ganz allein gerichtet war, inhalierte, nur dann könnte er leben und alles, alles andere hatte für ihn keine Bedeutung.

Er musste Niklas durch die Dunkelheit gefolgt sein und er hatte ihn hier wieder gefunden, der Schrei hatte ihm den Weg gewiesen. Jetzt packte er seinen Sohn am Jackenkragen und versuchte, ihn zu schlagen. Niklas duckte sich so gut es ging und ich konzentrierte mich auf diese abscheuliche Szene. Denn so musste ich nicht auf das tote Kind sehen, das daneben lag und das Alexander jetzt erst bemerkte. Gerade hatte er ausgeholt, um auf Niklas einzudreschen, da gefror er mitten in der Bewegung und starrte auf den winzigen Leichnam. Er betrachtete ihn nicht sehr lange und wandte dann sein Gesicht seinem Sohn zu. Fragend. Angeekelt. Niklas schüttelte stumm den Kopf, ohne Unterlass, als könne er jeden Gedanken und jedes Bild seines Lebens aus seinem Kopf heraus schütteln und unbefleckt von Neuem anfangen. Plötzlich jedoch wand er sich aus seiner Jacke und rannte einfach los. Alexander starrte verblüfft auf die Jacke in seinen Händen. Endlich ließ er sie fallen, dann setzte er dem Sohn nach.

Ohne nachzudenken, folgte ich ihm. Alexander war schneller als ich, und der behäbige Niklas hatte Mühe, seinem Vater zu entwischen. Wir liefen die Straße hinunter bis zur nächsten Kreuzung, wo kaum Verkehr war. Trotzdem musste Alexander ein Fahrzeug passieren lassen, ehe er Niklas weiter verfolgen konnte. Mein Herz hämmerte und mein Kopf wollte explodieren, aber meine Beine hörten einfach nicht auf zu laufen. Ich sah, wie die Männer in einem hohen, völlig dunklen Komplex verschwanden, einem fünfstöckigen Parkhaus. Ehe ich an der Ausfahrtsschranke vorbei lief, näherten sich die Sirenen von Polizei und Krankenwagen. Jetzt holen sie das Kind fort, dachte ich, immer wieder diesen sinnlosen Satz, während ich den Treppenaufgang hinaufkeuchte. Ich bekam gerade noch mit, wie ganz oben eine Tür laut donnernd zufiel, dann ein paar polternde Schritte und dann noch einmal dieses hallende Türenschlagen. Mit einem Mal war es ganz still um mich. Mein Schritt wurde langsamer, nur mein eigenes Keuchen hörte ich. Warum ich nicht stehenblieb oder gar umkehrte? Ich musste wissen, was dort oben geschah, was zwischen Vater und Sohn passieren würde, und ich rechnete mit dem Schlimmsten.

Der Wind wehte eisig und in Böen auf dem Dach des Parkhauses und trieb mir Tränen in die Augen. Nur ein einziges leeres Auto stand hier und ich sah die beiden Männer nicht sofort. Doch dann hörte ich Alexander laut lachen. Ich drehte mich in alle Richtungen, bis ich sie entdeckt hatte. Halb von einem Abluftkamin verdeckt, klammerte sich Niklas am Geländer des Parkhauses fest, Alexander hatte sich bedrohlich dicht vor ihm aufgebaut. Langsam näherte ich mich ihnen.

»Und jetzt?«, fragte Alexander höhnisch. »Kaum aus dem Knast raus, schon die nächste Straftat. Du kannst nicht lassen von kleinen Kindern ...«

Niklas sah seinen Vater voller Abscheu an. »Ich hab dir doch schon gesagt – ich habe nichts damit zu tun! Max hat den Kleinen über dieses Brett vorm Haus getragen und er ist ihm aus der Hand gerutscht und in den Wassergraben gefallen. Er muss mit dem Hinterkopf auf ein Rohr geknallt sein oder so was. Und dann hat er Wasser geschluckt.«

»Ach, jetzt schiebst du auch noch dem armen, kleinen Max die Schuld in die Schuhe. Du bist widerwärtig.« Alexander schüttelte missbilligend den Kopf. Alles, was er sagte, klang vollkommen herzlos. Der Tod des Kindes schien ihm nicht nur gleichgültig zu sein, sondern sogar ein willkommener Anlass, Niklas fertigzumachen.

»Nein, das tue ich nicht. Es war so! Wie ich's gesagt habe!« Seine Stimme wurde weinerlich.

Ich sah, dass Alexander grinste. »Was hast du denn überhaupt da zu suchen gehabt?«, fragte er und stellte sich so dicht vor Niklas, dass der Junge nicht mehr wusste, wohin er noch ausweichen sollte.

»Ich wusste, dass das Haus leer steht, und ich wollte dort übernachten. Ich war im oberen Stockwerk, als ich Max und Alina kommen gehört habe. Alina hat geweint. Ich habe aus dem Fenster geschaut und Max hat mich plötzlich gesehen und er hat einen Schrecken bekommen und ist gestolpert ...« Er brach ab und biss sich auf die Fingerknöchel.

Ich war näher an die beiden herangeschlichen, denn seine Stimme war immer leiser geworden.

»Du kannst einfach nichts richtig machen in deinem Leben«, sagte Alexander ruhig. »Ich glaube, du bist gut im Gefängnis aufgehoben. Niemand stört dich und du störst auch niemanden. Ich sollte jetzt die Polizei anrufen und ihnen klarmachen, dass sie dich gleich wieder mitnehmen können.« Er kramte in seiner Tasche und zog ein Handy hervor. Es musste ganz neu sein.

Niklas' Augen weiteten sich angsterfüllt. Er setzte sich auf die Oberkante des Geländers und klammerte sich mit den Händen rechts und links fest.

»Lieber spring ich, als noch einmal dorthin zu gehen!«, schrie der Junge nun.

Alexander steckte das Handy zurück in die Manteltasche. »Auch eine gute Idee«, sagte er und stieß mit seiner Brust gegen die von Niklas. »Darf ich dir behilflich sein?« Niklas schwankte leicht, rutschte dann vom Geländer herunter und versuchte, an seinem Vater vorbei auf das Parkdeck zurückzugelangen. Doch Alexander versperrte ihm den Weg.

Ich trat dicht hinter Alexander und schrie ihm ins Ohr: »Lass den Jungen in Ruhe.«

Alexander drehte sich langsam und mit erstauntem Blick zu mir um. »Oh, hallo«, sagte er charmant. »Dich habe ich ja ganz vergessen. Willst du mir helfen, den Mörder deines kleinen Neffen auszuschalten?«

»Ich habe nichts mit seinem Tod zu tun«, wimmerte Niklas und versuchte erneut, an Alexander vorbeizukommen.

Der warf sich nun mit voller Wucht gegen die Brust seines Sohnes, hielt seine Arme fest und beugte ihn immer weiter nach hinten über das Geländer. »Schnauze«, schrie er ihn an und schlug ihn rechts und links ins Gesicht.

Niklas schossen die Tränen in die Augen, aber er war unfähig, sich zu wehren.

»Ich will dich dort runterfallen sehen«, donnerte Alexander und die rote Ader an seiner Stirn schwoll an. »Ich will, dass du endlich die Konsequenzen ziehst. Los, spring!«

Niklas wimmerte und versuchte, sich am Geländer festzuklammern.

Alexander ließ ihn endlich los und trat einen Schritt zurück. »Los, mach schon, lass mich sehen, wie dein fetter Körper da unten auf dem Asphalt aufschlägt. Du willst doch gar nicht mehr leben. Was willst du schon machen mit deinem verpfuschten Leben?!«

Niklas sah aus, als überlege er, tatsächlich zu springen. Er hatte sich umgedreht und starrte in die Tiefe. Es war eine ganz reale Option. Er könnte sich fallen lassen. Er könnte seinem Vater entkommen. Aber zu was für einem Preis!

Mein Blick fiel auf eine knapp zwei Meter lange Metallstange, die an einem Abluftkamin lehnte. Mit einem Satz hatte ich sie erreicht und umklammerte sie nun. Sie war schwer. Ich könnte Alexander damit außer Gefecht setzen. Er stand weiterhin ganz dicht bei Niklas.

»So ist es gut«, zischte er ihm ins Ohr. »Du musst mit dem Gesicht voraus springen. Schließlich soll jeder sehen, dass du freiwillig gesprungen bist. Ohne meine Hilfe.« Er bückte sich und umklammerte die Beine des Jungen. Das Geländer reichte diesem kaum bis zu den Oberschenkeln. Ich hätte mit der Stange zuschlagen können. Ich hätte es tun sollen. Doch die schwere Stange war kaum zu manövrieren. Ich hatte Angst, statt Alexander Niklas zu treffen. Mir gelang es, sie zwischen den Körpern der beiden Männer hindurchzustoßen und ich versuchte so, sie auseinanderzubringen. Alexander sah mich erstaunt an und ließ tatsächlich von Niklas ab. Der drehte sich um und beobachtete mich verwirrt. Ich ging näher auf Alexander zu und stieß ihm die Stange vor die Brust. Er taumelte rückwärts, die Arme abwehrend erhoben, fing sich aber gleich wieder.

»Hau ab«, schrie ich Niklas zu, ohne Alexander aus den Augen zu lassen. Da keine Reaktion kam, blickte ich kurz zu dem Jungen. Niklas starrte mich mit offenem Mund an. Er wirkte wie paralysiert. Schockstarr. Plötzlich spürte ich, wie sich die Stange in meinen Händen bewegte, ganz anders, als ich es wollte. Ich schaute wieder zu Alexander, der nun das Ende der Stange mit seinen behandschuhten Händen umklammert hatte und sie in Niklas' Richtung dirigierte. Er schubste mich auf den Jungen zu, ohne dass ich mich wehren konnte. Ich hatte nicht genug Kraft, Alexander aufzuhalten, wollte die Stange aber auch nicht einfach loslassen – was dann geschehen würde, war mir klar.

»Niklas«, schrie ich über meine Schulter, bemerkte aber nur, dass sich der Junge nach wie vor nicht rührte. Dabei musste er doch erkennen, dass die Stange immer weiter auf ihn zukam, dass er hätte fortspringen müssen. Vielleicht ging auch alles viel zu schnell. Denn mit einem Mal spürte ich, die Hände noch immer um die Stange geklammert, chancenlos, ihre Richtung zu ändern, wie das Metall auf einen weichen Widerstand traf. Und wie sie sich dann immer weiter vorwärts bohrte, während ich mich gegen Alexanders Druck stemmte. Doch ich konnte ihn nicht aufhalten. Das zuvor eiskalte Metall schien nun meine Handinnenflächen zu verbrennen. Ich ließ los. Ich sah in Alexanders Gesicht und wusste nicht, wer dieser fremde Mensch war. Und dann kam der Schrei. Die Stange schlug polternd auf dem Parkhausdeck auf und rollte zur Seite. Ich drehte mich zu Niklas um, aber da war niemand mehr. Die Luft stand still.

»Du hast ihn umgebracht«, sagte Alexander ruhig. »Nur, weil du geglaubt hast, er hat deinen kleinen Neffen getötet. Dein Patenkind. Dabei war er es gar nicht. Was für ein bedauerlicher Irrtum.«

Ich drehte mich fort von ihm und stürzte zum Geländer. Ich klammerte mich daran fest und starrte in die Tiefe. Ich konnte ihn nicht sehen. Kahle Bäume versperrten den Blick auf den Asphalt. Einem Baum fehlten ein paar Äste. Abgeknickt. Irgendwo musste Niklas liegen. Irgendwo dort unten. Als ich mich abwandte, war Alexander verschwunden. Ich stand hier oben vollkommen allein.

26

Das Schlimmste war, dass mir niemand glaubte. Kein Mensch. Die Polizei sowieso nicht. Alles erschien so klar. Ich hatte ein eindeutiges Motiv. Kein Alibi.

Und Tobias, Monika und die beiden Kinder fielen als Zeugen aus. In ihrem Schmerz um Tim hatten sie Alexander nicht bemerkt.

Die Bilder der Todesnacht zu rekonstruieren, fiel mir sehr lange sehr schwer. Als ich das erste Verhör über mich ergehen ließ, sah ich wie durch dicken Nebel. Dass mir niemand glaubte, machte es nicht einfacher. Ich konnte nicht erklären, warum ich Niklas und Alexander nachgelaufen war. Es war ein Impuls gewesen. Vielleicht wollte ich bloß weg von dieser kleinen Leiche, die mir das Herz aussetzen ließ.

Besonders schäme ich mich dafür, dass ich im ersten Moment wirklich geglaubt hatte, Niklas wäre schuld an Tims Tod.

Wäre Niklas mein Sohn gewesen, hätte ich ihn lieben können? Wäre er mein Sohn gewesen, wäre er ein anderer Mensch geworden, weil ich ihn geliebt hätte. So meine Hoffnung. Was bringt einen Menschen dazu, sein Kind nicht zu lieben? Dass er selbst nicht geliebt wurde? Aber jeder Mensch hat die Chance, erwachsen zu werden und Dinge zu lernen, die ihm bisher fremd waren. Kann man das Lieben lernen? Vielleicht kann man es nur verlernen.

Die Gedanken wirbelten in einem fort, stießen sich gegenseitig um, setzten ganz aus. Und zurück blieben nur Bruchstücke, die sich so mühselig zu einem Ganzen fügten wie Splitter und Scherben einer Tonvase bei archäologischen Ausgrabungen. Immer blieben Löcher, die ich nicht zu schließen wusste. Und genau in diesen Leerstellen lag die Wahrheit und ich konnte sie nicht beweisen. Alexander gab den trauernden Vater, der die Katastrophe hatte verhindern wollen, aber zu spät gekommen war. Sie glaubten ihm. Und nicht mir. Im Nachhinein wurde mir klar, dass die Behörden kein Interesse daran gehabt hatten, in eine andere Richtung zu ermitteln. Sie waren froh, den Fall schnell abhaken zu können. Motiv und Möglichkeit zur Tat waren gegeben, was für ein Glück, da musste man nicht länger die knappe Personaldecke strapazieren.

Ich wurde nach zwei Wochen gegen eine Kautionszahlung, die ich dank meiner Rücklagen gerade so leisten konnte, aus der Untersuchungshaft entlassen. Mehrmals in der Woche musste ich mich beim nächsten Polizeirevier melden, wo man mich bald behandelte, als gehöre ich dazu. Ich hatte einen festen Wohnsitz, einen Job, es bestand keine Fluchtgefahr. Ich fuhr nach der Entlassung mit dem Bus nach Hause, als käme ich vom Einkaufen. Meine Wohnung war kühl, aber nicht einmal verstaubt, die Blumen nicht welk. Als sei gar nichts gewesen. Um irgendetwas zu tun, begann ich zu putzen. Die ganze Wohnung. Als könnte ich damit den Dreck der letzten Monate fortwischen, alle Spuren von Alexanders Anwesenheit beseitigen. Ich begann sogar, die Matratzenbezüge zu waschen. Ich brach die Aktion ab, als ich unter dem Bezug von Niklas' Matratze den Hefter fand, den ich vor Kurzem noch in seiner Sporttasche entdeckt hatte. Ich hatte gedacht, die Polizei hätte den Hefter nach seinem Tod beschlagnahmt, aber offensichtlich hatten sie ihn nicht entdeckt. Niklas musste gemerkt haben, dass ich seine Sachen durchstöbert hatte und er hatte wohl verhindern wollen, dass ich die Geschichte las.

Nun wurde mir klar, was er auf den vielen Seiten aufgezeichnet hatte in seiner kleinen, krakeligen Schrift, die etwas so Kindliches hatte, dass mir die Tränen kamen. Ich las mich fest und begriff zum ersten Mal das ganze Drama seiner Existenz. Und Alexanders Schuld daran. Nach der Schilderung von Lisas Tod brach ich ab. Es war zu viel. Einfach zu viel.

Ich legte den Hefter zu meinen Sachen. Ich hatte nicht den Eindruck, dass sein Inhalt die Polizei dazu gebracht hätte, neu zu ermitteln. Dass der Vater den Sohn nicht mochte, war kein Beweis dafür, ihn umzubringen.

Das Schlimmste steigerte sich in den folgenden Monaten, in denen ich auf den Prozess wartete, denn ich war zum Nichtstun verdammt. Ich konnte die Toten nicht lebendig machen. Ich konnte die Geschichte nicht umkehren. Ich konnte nicht mehr so tun, als sei die Welt gut, als könne sich alles zum Guten wenden. Und ich konnte keinen Trost finden. Nicht für mich und für die anderen erst recht nicht. Für die Überlebenden der Katastrophe. Ich konnte nicht vergessen. Ich wollte ihn anschreien: Du bist der Schuldige. Du hast uns alle ins Unglück gerissen. Erst mit deinem Schweigen. Dann mit deiner Tat. Aber meine stummen Schreie verhallten ungehört. Ich saß nur da und starrte in die Dunkelheit meines Zimmers. Dass jenseits der Mauern die Welt weiterging, war mir unbegreiflich. Warum konnte ich nicht für immer hier sitzen bleiben und endlich diesen einen bohrenden Gedanken stoppen: Warum habe ich nichts geahnt?

Spätestens, als ich ihn meiner Familie vorstellte, hätte ich doch etwas merken müssen. Ich tat es nicht. Bin doch ich an allem schuld? Mein Bruder sah das so. Monika? Monika sprach nicht mehr, mit keinem von uns, nicht einmal mit ihren Kindern. Dabei konnten die Kinder am wenigsten dafür.

Wonach ich ein paar Wochen später verzweifelt zu suchen begann, war die Tür zu einem neuen Leben, einem, das es mir möglich machte, mit all dem umzugehen. Ich tastete mich an der Wand entlang, aber da war nichts. Kein Mauerriss, nichts. Nur die Pinnwand mit den Fotos von vergangenen Ereignissen. Von unseren gemeinsamen Erlebnissen. Es war noch nicht lange her, dass ich von »uns« gesprochen und damit das Glück gemeint hatte. Das Glück, wie es sich auf der Oberfläche eines Fotos manifestierte, eines Schnappschusses. Ich halte die Kamera am ausgestreckten Arm weit von uns, wir schmiegen die Köpfe aneinander und lachen in den Sucher. Ich drücke ab. Das Glück, festgehalten auf einem Kamerachip, ein Stück Ostsee, ein paar Büsche, grüne Blätter im Hintergrund. Er mit verstrubbelten Haaren, ich mit verschmierter Schminke um die Augen. Ich hatte nicht einmal die Kraft, es zu zerreißen.

Die letzten Monate hatte ich nur auf die Bilder in meinem Kopf geblickt, die ich nicht sehen wollte, die mich in meine Träume verfolgten und mich schweißgebadet aufwachen ließen. Ich wollte keine schmerzverzerrten Gesichter mehr sehen, denen ich nichts erwidern konnte, geschweige denn helfen. Niemand hatte Interesse daran, dass ich ihm half. Sie wandten sich ab von mir, sie sagten, sie hätten keine Kraft, und die Zeit müsse erst Wunden heilen. Ich wusste nicht, wie lange meine Wunden nachwachsen und immer wieder aufbrechen würden.

Den Höhepunkt erlangte meine Bestrafung nicht mit der Verkündung des Urteils zu zwölf Jahren Haft. Der Höhepunkt wurde am Abend vor dem Prozessbeginn erreicht. Ich war den ganzen Tag mehr als nervös gewesen, war ziellos durch die Wohnung gelaufen, hatte mich auf nichts konzentrieren können, nichts essen, nicht schlafen. Reden wollte ich mit niemandem.

Als plötzlich das Telefon klingelte, erschrak ich so, dass mein Magen sich bemerkbar machte mit tosendem Ziehen. Ich schlich mich langsam an das lärmende Ungetüm. Es klingelte fünf Mal, bevor sich der Anrufbeantworter einschaltete. Eine Männerstimme dröhnte aus dem Kasten, im ersten Moment dachte ich, sie gehörte Ronald, der mir nie verziehen hatte, dass ich ihm seine Story kaputtgemacht hatte. Dass ich sie zu meiner Story gemacht hatte.

Erleichtert merkte ich, dass es nicht seine Stimme war, die meine Wohnung durchflutete. Doch nach einer Sekunde des Aufatmens wurde mir mit Entsetzen klar, dass ein völlig Fremder die Luft mit ekelhaften Worten tränkte. Sie krallten sich an den Wänden fest, sie gellten in meinen Ohren, sie vervielfachten sich wie ein Hall, der kein Ende findet, ein Echo, unendlich oft gebrochen. Die Worte sprachen vom morgigen Tag, sie beschworen erneut meine Schuld, sie verhöhnten meine Hoffnung auf Erlösung, sie beschuldigten mich des abscheulichsten Verbrechens, das ich doch gar nicht begangen hatte. Ich fühlte mich um Monate zurückversetzt, als ich nach meiner Entlassung aus der Untersuchungshaft beinahe täglich Schmähschriften im Briefkasten und Drohanrufe auf meinem Anrufbeantworter fand. Als man mich beleidigte und demütigte, ohne zu wissen, was wirklich geschehen war. Fast noch schrecklicher, geradezu ekelerregend jedoch waren diejenigen, die mich beglückwünschten, die in mir ein großes, leuchtendes Vorbild sahen, wenn es darum ging, das »unwerte Pack« und den »Abschaum« unserer Gesellschaft unschädlich zu machen. Nach einigen Wochen hatte ich mit viel Mühe eine neue geheime Telefonnummer erhalten, doch da trotz dieser Maßnahme der Terror erneut loszugehen schien, überfiel mich abgrundtiefe Verzweiflung, dieses Gefühl, dass es nie wieder irgendetwas Gutes in meinem Leben geben würde.

Ich ging schnell in die Küche, schloss die Tür hinter mir und setzte mich an den langen, braunen Holztisch. Seine Stimme konnte ich trotzdem hören, er war also noch in meiner Wohnung, dieser anonyme Eindringling. Und mit einem Mal überfiel mich eine Wut und ich schlug mit der flachen Hand auf die Tischplatte und die Schläge wurden rhythmisch und sie wurden laut und übertönten den Mann und ich schlug so lange, bis meine Hand schmerzte und mein Gesicht auf den Tisch sank, auf den harten, braunen Holztisch.

Nun war meine Küche um 45 Grad verrückt. Und doch bildete mein Gehirn alles ab, als wäre es richtig so. Nur der Bildausschnitt war verschoben. Was eben noch vor mir sichtbar gewesen war, war nun aus meinem Blickwinkel gerutscht. So hatte er es immer mit mir gemacht. Er hatte ausgewählt, was ich sehen durfte, und mir war nie aufgefallen, dass ich diesen Ausschnitt nicht selbst bestimmte. Er hatte sein Leben lang Übung darin. Und er selbst war sein bestes Trainingsobjekt.

Schlafen, dachte ich. Geh schlafen. Aber das Bett, mein Bett, so oft Seelentröster, Rückzugsort, Wiege, war kalt und abweisend wie ein morsches Holzfloß auf dem Ozean. Nicht ich warf mich von einer Seite zur anderen. Es warf mich. Wollte mich nicht dabehalten. Schickte mich zurück in die dunkle Welt. Ich stand in der Küche und brühte mir einen »Gute-Nacht-Tee« auf. Ich bezweifelte, dass er half. Ich setzte mich an den Küchentisch, pustete über den Dampf, der aus der dickbauchigen Teetasse quoll und öffnete den orangen Schnellhefter, dessen letzte Seiten ich nun endlich lesen wollte.

Ich kann mich nicht erinnern, wie lange sie nach ihr gesucht haben. Eine Stunde vielleicht. Ich bin sogar mit zu dem Unterstand gelaufen und hab so getan, als wäre ich noch nie dort gewesen. Nur so für mich habe ich gesagt, sieh an, ein Unterstand, ein Holzschuppen, da ist sie bestimmt nicht, dabei wusste ich doch, dass sie dort war. Aber irgendwie hat es mich beruhigt, mir das einzureden, weil, man konnte nicht sehen, dass irgendetwas Besonderes an dem Schuppen war. Dass dort ein totes Mädchen lag. Irgendwie habe ich dann sogar selber geglaubt, dass sie einfach weggelaufen sei. Der Papi hat immer wieder gefragt, ob wir uns gestritten hätten und sie deshalb fortgelaufen sei. Ich habe gesagt, nein, sie habe auf der Terrasse gespielt, als ich aufs Klo gegangen bin. Und ich hätte ihr sogar gesagt, sie solle bloß nicht weglaufen. Und dann habe ich noch gesagt, ich hätte vom Klo aus ein Auto gehört und ein Türenknallen.

Vielleicht würden sie dann glauben, jemand sei gekommen, um Lisa zu entführen. Die Berit hat gar nichts gesagt. Die ist auf dem Sofa gesessen, hat sich immer über den nackten Oberarm gestrichen, immer wieder und sich gewiegt. Die war wie gar nicht da. Papi ist nervös durch die Gegend gelaufen und irgendwann hat er dann die Polizei gerufen. Da habe ich Angst bekommen. Ich habe gemerkt, wie mein eines Auge immer gezuckt hat, ich konnte gar nichts dagegen machen, ich hab mir Wasser ins Gesicht geschüttet, aber es hat nichts geholfen. Ich dachte, so ein Kommissar, der sieht mir sofort an, was passiert ist. Der schaut mir nur tief in die Augen, und schon weiß er, was passiert ist. Aber dann kam gar kein Kommissar, sondern zwei normale Polizisten in Uniform und sie haben sich aufgeschrieben, was wir alle gesagt haben. Ich habe wieder gesagt, ich bin aufs Klo gegangen und die Lisa hat weiter auf der Terrasse gespielt. Und ich glaube, es klang sehr normal. Zumindest hat keiner nachgefragt. Sie haben gesagt, sie müssen jetzt eine Fahndung rausgeben und wenn die Lisa nicht auftaucht, dann müssen sie mit Suchmannschaften losziehen und mit Hunden und Hubschraubern und das sei sehr aufwändig und meist tauchen die Kinder vorher wieder auf. Dann fiel dem Papi ein, was ich über die knallende Autotür gesagt habe und dann hat der Polizist nachgebohrt, aber ich habe immer nur gesagt, ich habe nur die Autotür gehört und nichts weiter. Einer ist dann hoch ins Badezimmer gegangen und der andere nach draußen und hat seine Autotür zugeworfen und man hat das sehr leise gehört, da war ich ganz erleichtert und dann ist der Polizist auf die Terrasse gegangen und hat ein bisschen vor sich hingeredet und man hat ihn ganz deutlich gehört. Sie wollten dann wissen, ob ich keine Stimmen auf der Terrasse gehört habe, aber ich habe gesagt, nein, vielleicht ist die Lisa ja vors Haus gelaufen, als die Autotür geknallt hat, weil sie dachte, der Papi und die Berit seien zurück. Der Polizist hat zustimmend mit dem Kopf genickt und sich noch ein bisschen im Bad umgesehen und ich dachte plötzlich, er sieht jetzt bestimmt all den Dreck, den ich den Abfluss runtergespült habe, wie mit Röntgenaugen, und mein Herz hat geklopft und mein Auge hat wieder gezuckt.

Die Polizisten sind dann gegangen und später kamen dann sehr viele von ihnen zurück. Mit Hunden. Und dann sind sie losgezogen. Mein Vater ist mitgegangen und wollte, dass ich auch mitgehe, aber ich konnte nicht. Ich hatte Angst, dass ich immer auf den Unterstand starre und dass dann alle merken, dass dort etwas Besonderes ist. Also bin ich bei Berit geblieben. Das war eine gute Ausrede, dass ich bei ihr bleibe und sie beruhige. Keiner hat gefragt, wie ich sie denn beruhigen würde, und ich hätte es auch nicht gewusst. Aber sie hatte sowieso ein Beruhigungsmittel bekommen und saß auf dem Sofa und starrte vor sich hin, ohne etwas zu sagen. Nur einen Tee habe ich ihr kochen sollen. Weil ich sie aber gar nicht so angucken konnte, wie sie da so saß mit dem Tee, bin ich raus auf die Terrasse und habe gehorcht, ob ich etwas von der Suche höre. Vielleicht Stimmen, die aufgeregt rufen. Aber ich hatte zu viel Angst, tatsächlich etwas zu hören und so bin ich schnell wieder hineingegangen.

Und dann hat etwas später einer der Hunde laut gebellt. Sehr laut und ausdauernd. Und da wusste ich, dass sie sie gefunden haben.

Es hat vielleicht noch eine halbe Stunde gedauert, dann kam der Papi mit dem Chef der Polizisten zurück. Der Papi war im Gesicht verschmiert mit Erde und seine Fingernägel waren ganz schwarz. Und der Polizist hat nichts gesagt und der Papi hat sich zu Berit aufs Sofa gesetzt und sie in den Arm genommen und geweint. Da hat sie gewusst, was los war. Und der Polizist hat mich angeschaut, sehr nett eigentlich, und dann hat er gesagt, ich soll mal mit ihm auf die Terrasse kommen, er möchte ein bisschen mit mir reden. Ich hatte wieder furchtbare Angst und wäre am liebsten weggelaufen, aber der Polizist hat ganz ruhig mit mir gesprochen. Erst hat er mir erklärt, dass ich jetzt sehr tapfer sein müsse, weil meine Schwester tot sei und das ein großer Schock für meine Eltern wäre. Ich habe ihm gesagt, dass Berit nicht meine Mutter und Lisa nur meine Halbschwester ist. Oder war. Ich habe meine Stimme nicht erkannt, als ich geredet habe. Ich habe mich überhaupt gewundert, dass ich etwas sagen konnte. Dann hat der Polizist, es war ein anderer, als die, die mittags da waren, dann hat er jedenfalls das wiederholt, was ich mittags schon den anderen Polizisten erzählt hatte und er wollte wissen, ob es wirklich so gewesen war. Ich habe genickt und auf den Boden geschaut. Er hatte ganz staubige Schuhe an. Dann hat er über den Swimmingpool geschaut und gefragt, wieso da so viel Spielzeug drin rumschwimmen würde. Wieso die Barbie mit den lila Haaren darin schwimmt. Keine Ahnung, hab ich gesagt. Keine Ahnung. Lisa wird sie rein geworfen haben. Der Polizist hat mir tief in die Augen geschaut, als wolle er direkt in meinen Kopf gucken, um zu sehen, was ich denke. Ich konnte ihn nicht anschauen. Ich habe immer auf seine Schuhe geschaut. Er hat dann plötzlich gefragt, ob ich mich vielleicht mit Lisa gestritten hätte. Ob sie in den Swimmingpool gefallen sei. Ob ich ihr nicht geholfen hätte, herauszukommen. Da habe ich nichts mehr sagen können. Was hätte ich auch sagen sollen, wenn er eh alles wusste. Dann hat er gesagt, er würde sich gerne meine Schuhe anschauen und da war mir alles klar. Mir wurde richtig schlecht und ich habe zu zittern angefangen, denn mir war klar, dass meine Schuhe genauso staubig waren von der Erde wie seine. Ich hab dann gesagt, dass meine Schuhe nur schmutzig sind, weil ich im Holzschuppen nach Lisa gesucht hätte, dass ich vorher noch nie dort gewesen sei und nicht geahnt hätte, dass sie dort liegt. Und dann hat er ganz leise gesagt: »Woher weißt du, dass wir sie in dem alten Unterstand gefunden haben?« Da wusste ich nicht mehr weiter und die Tränen sind mir über die Wangen gelaufen und ich habe zu schluchzen angefangen und ich konnte gar nicht mehr aufhören. Der Polizist hat mir über den Rücken gestrichen und hat mich erst mal weinen lassen. Das fand ich sehr nett.

Als sie mich dann mitgenommen haben, war ich richtig erleichtert. Ich war froh, dass ich den Papi und die Berit nicht mehr sehen musste. Als der Polizist den beiden gesagt hat, dass er mich jetzt mitnehmen würde, da wollte sich der Papi auf mich stürzen und ich glaube, er hätte mich totgeprügelt, wenn sie ihn gelassen hätten. Ich hab ihn ja schon oft wütend gesehen – aber so hat er mich noch nie angeschaut. Da war nur Hass und Abscheu. Er hat nur noch gebrüllt, ich hab gewusst, dass du es warst, du Bestie! Du, Monster. Und dass ich nicht mehr sein Sohn bin, und dass er mich nie wieder sehen will und dass ich das büßen werde. Er hat gebrüllt, bis ich ins Polizeiauto gestiegen bin und wir weggefahren sind.

Ich glaube, es ist schon gerechtfertigt, dass ich eine Strafe bekommen habe. Ich hätte das mit Lisa nicht machen dürfen. Das war unrecht. Aber ich glaube, ich war es nicht allein. Ich glaube, mein Vater hat sie mit umgebracht. Natürlich nicht mit Absicht. Aber irgendwie glaube ich, wenn er nicht gewesen wäre, dann wäre das alles nicht passiert. Okay, dann hätte es mich und die Lisa auch nicht gegeben. Und vielleicht wäre das sogar besser gewesen.

Wäre es das? Ich konnte diese Frage nicht beantworten. Verstand ich nun alles besser? Auch hierauf wusste ich keine Antwort. Ich klappte den Hefter zu, fuhr mit den Fingern über seinen orangefarbenen Rücken. Buchstaben schimmerten hindurch. Und dann bemerkte ich, dass auf dem letzten Blatt, auf der Rückseite, noch ein paar Notizen standen, datiert auf Anfang Oktober, kurz nachdem er bei mir eingezogen war. Zitternd las ich weiter:

Nichts ist wirklich besser geworden, seit ich aus dem Gefängnis raus bin. Man macht mir klar, dass ich froh sein kann, ein Dach überm Kopf zu haben. Noch immer will mich niemand. Noch immer interessiert sich niemand für mich. Nein, das stimmt nicht. Dieser Fernsehfuzzi, der will was von mir. Er fragt und fragt. Ich glaub nicht, dass er mir helfen will. Aber vielleicht tut's mir gut, wenn ich ihm was von mir erzähle. Ich hab meine Aufzeichnungen hier nochmal gelesen. Ich verstehe mich jetzt tatsächlich besser. Die Geschichte hat lange vor mir angefangen. Vielleicht muss ich ihm alles erzählen. Nicht nur, wie's dazu kam, dass ich Lisa getötet habe. Vielleicht muss ich ihm sagen, was mein Vater alles erlebt hat, mit seinem Vater. Dass meine Großmutter sich umgebracht hat und der Opi es verschwiegen hat. Ich werde nicht erklären können, warum, aber es steht so in ihrem Abschiedsbrief. Es war mühsam, ihn zu lesen. Aber ich hab's geschafft. Vielleicht kann ich ihm aus dem Brief vorlesen, ja, es wird ein großer Film werden. Ein wichtiger Film. Ein superwichtiger Film. Die Menschen werden sehen, wie wichtig es ist, dass sie sich um ihre Kinder kümmern. Wenn ich mal Kinder hab ...

Hier brach er ab. Hektisch irrlichterten die Gedanken durch meinen Kopf. Er hatte mich belogen, als er sagte, er kenne den Inhalt nicht. Hatte er von Anfang an geplant, seinen Vater mit dem Brief zu demütigen? Und vor allem: Hatte er wirklich Ronald ein Interview gegeben? Hatte er die Abschiedszeilen seiner Großmutter gar vorgelesen? Wenn das ... Mein Herz raste. Ich fühlte mich, als hätte ich einen Liter Kaffee intravenös gespritzt bekommen. Ich griff nach dem Telefon, ich handelte rein mechanisch, folgte meinen Impulsen. Ronalds Mailbox sprang an. Ich brachte kein Wort heraus. Ließ das Telefon in seine Schale gleiten. Davon konnte ich mir die Hoffnung nicht zunichtemachen lassen, dass ich so kurz vor Prozessbeginn noch etwas in die Hand bekam, um Alexander dazu zu bringen, den Mord an Niklas zu gestehen. Denn das würde er tun, wenn er dafür die Gewissheit bekäme, dass er nicht schuld am Tod seiner Mutter gewesen war. Ich musste in den Sender fahren, musste nachsehen, ob ich das Material über Niklas fand.

Während ich mir etwas überzog, etwas Dunkles, damit ich nicht auffiel, klingelte erneut das Telefon. Ronald? Bis ich dort war, um abzuheben, sprang der Anrufbeantworter an. Ich wartete erst ab, wer es war. Noch so einen widerlichen Eindringling wie vorhin würde ich nicht verkraften.

Die traurigste aller Stimmen kroch in mein Ohr. Sie fragte, ob ich da sei, sie wolle mit mir sprechen, am liebsten vorbeikommen. Ich wunderte mich, dass Monika noch in der Lage war zu reden nach all den Monaten des Schweigens. Ich wollte mit ihr reden, ja, wirklich. Aber nicht jetzt. Ich würde mich bei ihr melden, wenn ich aus dem Sender zurück war.

Ich griff nach meiner Jacke, zog die erstbesten Schuhe über, sie waren zu dünn für die Jahreszeit, es war mir egal. Ich stürmte die Treppe hinunter, versuchte, mich zu erinnern, wo ich mein Auto geparkt hatte. Seit Wochen war ich nicht damit gefahren. Hoffentlich sprang es an.

Schnell erreichte ich auf den nächtlich leeren Straßen den Parkplatz des Senders. Erst als ich mich der Pforte näherte, kam mir mein Unterfangen sinnlos vor. Sie würden mich nicht einmal hineinlassen. Mein Betriebsausweis war inzwischen ungültig und ich war sicher, jeder Pförtner kannte die Anweisung, dass ich das Betriebsgelände nicht betreten durfte. Ich zog den Jackenkragen höher. Den Ausweis hatte ich bereits am Auto aus dem Portemonnaie geholt. Das Foto darauf kam mir fremd vor. Früher hatte ich es nie beachtet, es war einfach wie ein Schlüssel, um an meinen Arbeitsplatz zu gelangen. Ruhig, ruhig, sagte mir die Person auf dem Foto. Ich atmete tief ein. Den Kerl, der mir hinter der Glasscheibe entgegenblickte, hatte ich noch nie gesehen. Hübsch war er. Vielleicht Italiener.

»'n Abend«, sagte er, ich nickte, für eine Millisekunde scannte sein Blick den Ausweis, dann meinen tiefen Pulloverausschnitt. Routine, nichts weiter. Schon war ich durch. Aufatmen.

Wie vertraut hier alles war. Die Kantine lag dunkel zwischen dem aufragenden Schilf des Teichs und den Linden. In höchstens zwei oder drei Büros brannte Licht. Es würden nicht allzu viele Schneideräume besetzt sein um die Uhrzeit. Ich blieb stehen. Was wollte ich eigentlich tun? Ich konnte doch nicht in einen der Räume marschieren und erklären, dass ich mal eben den Server durchschauen müsste, ob da vielleicht noch ein Interview drauf war, das ... Aber genau das würde ich tun müssen. Es war meine einzige Chance. Okay, dachte ich, den ersten Zerberus hast du schon bezwungen. Schnell ging ich weiter. Ich öffnete die Tür zum Schnittkomplex, erleichtert, dass tatsächlich offen war. Donnernde Musik wie beim

Showdown eines Fernsehkrimis empfing mich. Nicht schlecht, so konnte ich vielleicht einen Überraschungsangriff starten. Wie ein Gespenst in der Tür stehen und Zutritt verlangen.

Bis auf eine Tür, die sperrangelweit offen stand und aus der die Musik dröhnte, schienen alle anderen Räume unbesetzt zu sein. In dem Moment, als ich den Kopf zur Tür hineinsteckte, brach die Musik ab, mitten auf ihrem Höhepunkt.

»Klasse«, sagte eine Männerstimme, die ich lange nicht gehört hatte, die mir aber einmal sehr vertraut gewesen war. Ich wusste nicht, dass Stefan doch noch hier arbeitete. Aber ich wusste sehr vieles nicht, was sich in den letzten Monaten hier abgespielt hatte.

»Nochmal anschauen?«, fragte die Cutterin. Es war Yvonne. Vielleicht würde es doch noch mein Glückstag.

»Darf ich mitschauen?«, fragte ich und hoffte, dass ich nicht zu devot klang.

Erschrocken fuhr Yvonne herum. »Chris!«, rief sie und auch Stefan sah mich irritiert an.

Ich versuchte zu lächeln und alles so selbstverständlich wie möglich aussehen zu lassen.

»Hast du gearbeitet?«, fragte Yvonne und im gleichen Moment wurde ihr die Unsinnigkeit ihrer Frage bewusst. Auf dem Tisch hinter ihr sah ich die Zeitung mit der grellen Schlagzeile: »Morgen Prozessbeginn! Was geschah wirklich auf dem Parkhausdeck? Hat sie – ein dicker roter Pfeil wies auf ein grauenhaftes Foto von mir – den Sohn ihres Geliebten ermordet?« Stefan hatte meinen Blick bemerkt und beeilte sich, die Zeitung in den Papierkorb zu werfen. »So ein Drecksblatt«, murmelte er. »Komm doch rein.« Seine Stimme klang fester. »Wie geht es dir? Nervös wegen morgen, oder?« Er zog einen Stuhl herbei und bot ihn mir an. Er war es, der nervös wirkte. Yvonne schwankte zwischen Neugier und Abwehr. Ich hob ein wenig hilflos die Schultern, wusste nicht genau, was ich sagen sollte.

»Können wir dir helfen?«, fragte Stefan. Röte krabbelte seinen Hals hinauf.

Plötzlich wurde mir klar, dass sie mich nicht verachteten. Dass ich einen Menschen umgebracht haben sollte, konnten sie sich nicht vorstellen. Schließlich kannten sie mich doch. Womit sie Probleme hatten, war ihr eigenes Schuldgefühl. Kein Mensch hatte in den zurückliegenden Monaten nachgefragt, wie es mir ging. Dabei war ich immer erreichbar gewesen. Jederzeit. Ich hatte in meiner Wohnung gesessen, gewartet. Auf den morgigen Tag. Wie in einer Luftblase. Und nie hatte jemand nach mir gefragt. Nicht ein einziges Mal. Und das wurde ihnen gerade bewusst.

»Ja«, sagte ich. »Ihr könnt mir helfen.« Und fast strahlten mich beide an, weil ausgerechnet sie es waren, die mir Gutes tun konnten.

»Ronald muss ein Interview mit Niklas geführt haben«, erklärte ich. »Ihr wisst schon, mit dem toten Jungen.« Sie nickten beflissen. »Wenn es dieses Interview noch irgendwo gäbe – das wäre schon ...« Ich brach ab.

Yvonne nickte hektisch. »Äh«, stammelte sie. »Können wir gerade noch den Schnitt hier – also, ich würd' das gerne noch schnell fertigmachen. Danach kannst du gerne ... Ist das okay für dich?«

Ihre Realität war genau die gleiche wie vor einem halben Jahr, als auch ich hier noch jeden Tag meinen Dienst angetreten hatte. Nichts hatte sich für sie geändert. Ich nickte verständnisvoll und die beiden wandten sich den Killerzellen zu, über die sie gerade einen Magazinbeitrag erstellten. Ich wartete und war ganz ruhig. Was waren schon fünf oder zehn Minuten, wenn man monatelang gewartet hatte? Ich beobachtete Yvonnes routinierte Handgriffe, wie ihre Finger über die Tastatur flogen, wie sie jeden Fehler, jeden Missgriff sofort erkannte und revidierte. Wie die Bilder auf dem Monitor stimmig wurden, sich ein Ganzes fügte aus ineinanderfließenden Sequenzen. Stefan, dessen Fußspitze nervös wippte, schien nicht in seinen Beitrag zurückzufinden. Immer wieder drehte er sich zu mir, lächelte mich an. Es war sicher aufmunternd gemeint. Dabei war ich gewöhnt an mein Schicksal. Trug die schweren Erinnerungsblöcke mit mir herum und hatte sie so zurecht geschoben, dass sie nicht bei jedem Schritt schmerzten.

»Okay«, sagte Yvonne und seufzte. »Dann wollen wir mal schauen – oder willst du selbst?«

Ich nickte, sie stand auf, ich setzte mich. Es war alles noch vertraut. »Hast du zufällig mit Ronald was zu jugendlichen Straftätern gemacht?«, fragte ich. Yvonne tat, als dächte sie nach. Aber ich wusste schon jetzt, dass sie nein sagen würde. Und sie hatte auch keine Ahnung, wer mit ihm das Thema bearbeitet haben könnte.

»Vielleicht lassen wir dich lieber allein?«, fragte Stefan.

Ich nickte erneut. Ich war froh, wenn ich nicht mehr spüren musste, wie sich ihre unsicheren Mienen in meinen Rücken bohrten. Ich hörte, wie sie sich flüsternd im Gang entfernten. Es war mir egal, was sie sagten.

Meine Chancen waren minimal. Ich wusste nicht, wann Niklas Ronald das Interview gegeben hatte – wenn es denn überhaupt stattgefunden hatte. Und noch viel weniger wusste ich, was Ronald damit angefangen hatte. Auf dem Server würde ich es nur finden – weiterhin vorausgesetzt, es war noch nicht allzu lange her und war noch nicht heruntergelöscht worden – wenn er es irgendwie bearbeitet, verwendet hatte. Ich hatte mehrere Festplatten zur Auswahl und bemühte mich, systematisch vorzugehen. Welchen Suchbegriff sollte ich eingeben? Niklas. Jugendliche Straftäter. Schwestermörder. Vernachlässigte Kinder. Totes Kind.

Die kleine Lupe, die den Suchvorgang anzeigte, drehte sich im Kreis. Plötzlich blieb sie stehen. Eine Datei wurde angezeigt. Als ich doppelklickte, zitterten meine Finger. Ein Clip wurde geladen.

Das Anfangsbild zeigte eine mir unbekannte Frau. Sie saß auf einem Sofa, im Anschnitt über ihrem Kopf war die Reproduktion eines Picassos oder Ähnliches zu sehen. Als säße sie in einem Hotelzimmer. Ich kannte diese Frau nicht. Sie hatte langes, feines Haar von einer undefinierbaren Farbe, ein schmales Gesicht, sie erinnerte mich an eine Balletttänzerin, so grazil wirkten ihre Bewegungen. Nur die scharfen Falten zwischen Nase und Mundwinkeln gaben ihr etwas Hartes. Passten zu ihrer schwarzen Kleidung. Sie hatte den Kopf auf die Hand gestützt, blickte nach unten. Ich drückte die Start-Taste. Die Frau räusperte sich. Dann sah sie in die Kamera.

»Sie müssen nicht in die Kamera schauen«, sagte Ronalds Stimme. »Sie können mich anschauen.«

Brav sah die Frau ein paar Zentimeter an der Kamera vorbei auf den unsichtbaren Befrager.

»Erzählen Sie mir, wie die Zeit war nach Lisas Tod. Nach der Verhaftung von Niklas.«

Wieder blickte die Frau nach unten.

»Lassen Sie sich Zeit.« So sanft konnte Ronald klingen.

Die Frau sah hinauf zur Zimmerdecke. Aus ihrer Hosentasche zog sie ein Taschentuch, das sie zerknüllte, in den Fingern knetete, vergaß. Schließlich senkte sie ihren Blick wieder.

»An die ersten Tage ...«, sagte sie und ihre Stimme klang weich und fest gleichermaßen. »... habe ich kaum Erinnerungen. Ich stand unter Beruhigungsmitteln. Es dauerte ja ein paar Tage, bis die Lisa beerdigt werden konnte. Erst war noch die Obduktion. Die ... das Kind musste überführt werden. All diese Dinge.« Nun liefen Tränen ihre Wangen herunter, sie beachtete sie nicht. Sie sprach ruhig weiter, sie lächelte sogar. »Noch bevor das Kind unter der Erde war, eigentlich ab dem Moment, als wir wieder in unserem Haus waren, ging es dann los. Reporter hatten sich mit Übertragungswagen vor unserem Grundstück aufgebaut. Sie klingelten. Sie warfen Zettel, die sie um Steine gewickelt hatten, in den Garten, mit Fragen darauf und mit Geldangeboten. Ich verließ das Haus überhaupt nicht. Mein Ex-Mann probierte, ihnen dadurch zu entkommen, dass er hinten durch den Garten schlich, zum Gartentor hinaus. Aber auch dort standen sie und bombardierten ihn mit ihren Fragen. Er schlug um sich, verscheuchte sie kurz, aber als er zurückkam, ging es wieder los. Einer versuchte, ihm ins Haus zu folgen. Mein Mann quetschte die Finger des Kerls in der Eingangstür ein. Der Mann hat Strafanzeige wegen Körperverletzung gestellt. Und in der Zeitung war zu lesen, dass Niklas und Lisa einen brutalen Vater hatten, der sie gequält hätte. Einmal überraschten wir einen, der sich an der Kellertür zu schaffen machte.«

Ihr Blick glitt für einen Moment in die Ferne. Sie war weit fort, irgendwo in der Vergangenheit. Sie räusperte sich und fuhr fort.

»Bei der Beerdigung wäre es uns beinahe nicht gelungen, auf den Friedhof zu gelangen. Sie hatten das Tor belagert, sie schrien, alle schrien sie, immer wieder: ›Wie fühlen Sie sich jetzt? Was denken Sie? Was fühlen Sie?‹ Die Polizei versuchte, sie fortzudrängen, aber es waren zu viele. Die Friedhofstore wurden hinter uns geschlossen, aber die Reporter quetschten sich durch die Büsche und Hecken, kletterten über Zäune und Mauern und veranstalteten ein Blitzlichtgefecht am offenen Grab. Ich konnte nicht einmal Blumen auf den Sarg meiner Tochter werfen, weil ich nicht wollte, dass man mich dabei fotografierte. Ich wollte nicht, dass die ganze Welt meinen Schmerz anschaut. Ich wollte ihr Mitleid nicht, das ja doch nur besagte: Gott sei Dank passiert uns so was nicht. Der Pfarrer hielt seine Rede im Eiltempo, ich glaube, die ganze Beerdigung hat gerade mal zehn Minuten gedauert. Dann wurde abgebrochen. Ein Hubschrauber drehte seine Runden dicht über uns. Auch darin saßen Reporter, die Fotos schossen. Man verstand nichts mehr, kein Wort. Mein Mann war die ganze Zeit komplett versteinert. Er sah nur zu Boden und rührte sich nicht. Ich glaube, er hatte Angst, dass er sonst jemanden in das Grab stoßen würde. Es waren nur meine Eltern da, mein Schwiegervater, aber ich weiß nicht, wie viel er von alldem verstanden hat. Er war ja zu dem Zeitpunkt schon recht senil. Na ja, und nach der Beerdigung wurde es nicht besser. Weil

Niklas geständig und noch so jung war, wurde der Prozess zeitnah angesetzt. Das heißt: nach kaum einem halben Jahr. Nicht, dass wir in der Zeit zur Ruhe gekommen wären. Uns wurde gerade klar, dass die Möglichkeit einer Trennung bestand. Also, dass wir uns trennen würden. Und dann ging es wieder los: wieder diese Reportermeute. Ständig klingelte das Telefon, Faxe kamen, unser E-Mail-Briefkasten war lahmgelegt. Mein Mann erhielt Drohanrufe von irgendwelchen Spinnern. Einer bot uns sogar an, dass er Niklas mit seinem Gewehr im Gerichtssaal erschießen würde. Es war ekelhaft.« Sie wischte mit dem zerknüllten Taschentuch über ihre Augen und streichelte dann mechanisch über ihren Bauch. Erst jetzt bemerkte ich, dass dieser deutlich gewölbt war. Ich freute mich für sie. Irgendwie hatte es Berit geschafft, dass das Leben weitergegangen war nach all dem. Ich hoffte, sie würde verraten, wie sie das zustande gebracht hatte.

»Ich glaube, wenn die Reporter nicht gewesen wären ...«, sagte sie und schaute Ronald wieder an. »... hätten wir eine Form des gemeinsamen Trauerns finden können. Aber so – keine Chance. Mein Mann zog sich total zurück, wollte nicht mit mir reden. Es fiel mir so schwer, auf ihn zuzugehen und doch habe ich es immer wieder versucht. Dann igelte er sich noch mehr ein. Auch auf meinen Vorschlag, zu einem Therapeuten zu gehen, hat er nicht reagiert. Ich tat das dann allein. Nach dem Prozess hat es keine vier Wochen gedauert, und mein Mann ist verschwunden. Ich wusste nicht, wo er hin ist. Erst dachte ich, er hat sich etwas angetan, aber dann habe ich bemerkt, dass er immer wieder hohe Beträge von unserem Konto abgehoben hat. Ich habe das Konto dann sperren lassen. Kurz darauf stand er vor der Tür. Kalt wie ein Eisberg. Er sagte, er wolle die Scheidung. Wir müssten das Haus verkaufen. Na ja, und dann kam der ganze Rotz. Das Haus war ja noch längst nicht abbezahlt. Dann die Anwaltskosten. Nicht nur Niklas stand weiterhin Unterhalt zu, sondern auch Alexanders schrecklicher Ex, dieser Jutta. Kurzum, wir waren total verschuldet. Und dann war klar, sein Vater musste in ein Heim. Der konnte nicht mehr alleine wohnen. Für den sollte mein Ex auch noch aufkommen. Von mir hat er natürlich verlangt, für alles Verständnis zu haben und ihn nicht auszunehmen …« Sie verstummte und ihr Blick wurde düster.

»Wie ist es ausgegangen?«, fragte Ronald.

»Ich bin ins Ausland gegangen. Ich habe genommen, was mir zusteht und bin fortgegangen. Ich habe einen neuen Mann gefunden. Ein neues Leben. Meinen Ex-Mann habe ich nie wieder gesehen. Es hieß, er habe einen neuen Namen angenommen, er sei in eine andere Stadt gezogen. Er hat wohl alle Kontakte zu seinem alten Leben abgebrochen. Inzwischen hoffe ich für ihn, dass es ihm gut geht. Ich hoffe, er hat Niklas verzeihen können. So wie ich …« Sie strich wieder über ihren Bauch, mitten in der Bewegung gefror das Bild. Mehr Material war nicht vorhanden. Ich starrte auf den Bildschirm. Ich konnte nicht mehr denken. Ich war so müde. Ich würde morgen einfach alles mit mir geschehen lassen. Wenn sie sagten, ich hätte Niklas in den Tod gestoßen, dann würde ich nicht widersprechen. Ich würde schweigen. Allein meine Fingerabdrücke waren auf der Metallstange gefunden worden. Die Überwachungskameras des Parkhauses waren abgeschaltet gewesen, es gab keine weiteren Zeugen. Nur Alexander. Und ich war sicher, dass sie ihm gerne glaubten, wenn er sagte, ich hätte seinen Sohn umgebracht, weil ich angenommen habe, er hätte zuvor meinen Neffen getötet, dieses kleine, unschuldige Baby. Meine Versicherung, Alexander hätte mich gestoßen, er hätte die Stange in meinen Händen dirigiert, ich hätte nichts tun können, alles wäre so schnell gegangen, hielten sie für eine schlechte Ausrede. Monika und Tobias würden keine verwertbaren Aussagen machen. Monika war ohnmächtig gewesen, Tobias hatte mit den Rettungsdiensten telefoniert.

Alexander hatte wohl behauptet, er sei nur am Haus meines Bruders gewesen, um sich mit Niklas zu treffen. Der habe ihn dorthin bestellt, weil er ihm hatte etwas geben wollen. Doch als er dort ankam, hätte er nur gesehen, wie ich schreiend hinter Niklas her gelaufen wäre. Er wäre mir dann nachgelaufen, hatte Alexander gesagt, nur leider, leider sei er zu spät gekommen, um das Schlimmste zu verhindern. Und nun war er ein Vater, dem man das Liebste auf der Welt genommen hatte – seine beiden Kinder. Erst Lisa, jetzt auch noch Niklas. Alles passte perfekt zusammen. Ja, natürlich, hatte er zugegeben, es hatte Unstimmigkeiten zwischen ihm und Niklas gegeben, früher. Aber er und sein Sohn seien auf dem besten Wege gewesen, diese auszuräumen. Er habe Niklas längst verziehen und erkannt, dass er sich mehr um ihn kümmern müsse. Nach dem ersten Schock des Wiedersehens hätte er Niklas angeboten, bei ihm einzuziehen, aber der Junge hätte das Angebot abgelehnt. Alexander habe immer das Gefühl gehabt, ich hätte versucht, mich zwischen Vater und Sohn zu stellen.

Meine Idee, meine mehr als vage Hoffnung, Alexander mit dem endgültigen Beweis für den Selbstmord seiner Mutter Viola das Geständnis abzukaufen, dass nicht ich, sondern er selbst seinen Sohn ermordet hat, schien nun für immer geplatzt. Es gab kein Videodokument des Abschiedsbriefes.

»Und? Gefunden, was du suchst?«, hörte ich eine Stimme hinter mir. Wie ein Fausthieb fuhr sie mir in den Nacken. Es war nicht Stefan, nicht Yvonne. Ronald grinste mir verächtlich ins Gesicht. Ich merkte, wie ich am Schneidetisch in mir zusammenfiel, ganz klein wurde.

»Ich war kurz davor, dass mir Niklas ein Interview gibt. Ich hatte ihn anschauen lassen, was Berit gesagt hat. Sie hat verstanden, dass ein Gespräch mit mir sie entlasten kann. Und dass sie Niklas verziehen hat, hat ihn tief beeindruckt. Es hat ihm Selbstvertrauen zurückgegeben. Aber dann kamst du und hast alles kaputtgemacht. Hast seinen Vater auf ihn gehetzt. Was für eine dämliche Idee! Hätte er sich mir anvertraut – ich hätte ihn besser beschützt.«

Ich fuhr hoch. Ich wollte ihm ins Gesicht spucken. »Hältst du dich für Gott?«, schrie ich ihn an. »Wenn du uns wirklich geholfen hättest, dann würde er vielleicht noch leben!« Ich sprang auf, griff nach meiner Jacke und wollte an ihm vorbeistürmen.

Er packte meinen Arm, sein Gesicht verzerrt, all die Bitterkeit trat hervor, die sich in ihm gesammelt hatte.

»Aber dich, Christine Winterall, werden sie morgen anklagen.« Es klang wie ein Fluch. »Und ich werde dabei sein.« Er ließ meinen Arm los und ich rannte, rannte, bis ich die Nachtluft kühl in meinem Gesicht spürte, bis ich an meinem Auto angelangt war und erschöpft auf den Sitz fiel.

Wie eine Besessene raste ich durch die Nacht, scherte mich nicht um die anderen, wenigen Autos, die noch unterwegs waren und stellte meinen Wagen, so nah es ging, vor meiner Haustür ab, mitten im Halteverbot, es war mir egal. In Bewegung musste ich bleiben, bis ich mein Bett in greifbarer Nähe wusste. Ich hastete den Bürgersteig entlang, eine alte, gebeugte Frau kam mir entgegen, verstört sah sie mich an, ich musste aussehen, als verfolgten mich Dämonen. Die alte Frau kam näher und näher und mit jedem Schritt wurde sie jünger. Sie richtete sich auf, machte sich größer und rief meinen Namen. Verwirrt blieb ich stehen. Erst jetzt erkannte ich meine Schwägerin.

»Monika«, rief ich und wollte mich wegducken. Hatte sie nur deshalb die Kraft aufgebracht, die Wohnung zu verlassen, um mir deutlich vor Augen zu führen, wie schlecht es ihr ging? Wollte sie mir sagen, was sei schon eine Gerichtsverhandlung gegen den Verlust eines Kindes?

Aber in ihren Augen sah ich keinen Hass, sie streckte mir ihre Hand entgegen, die ich reflexartig ergriff. Menschliche Berührungen waren selten geworden in den letzten Monaten. Warm umschlangen ihre Finger meine. Wir sahen uns an und uns rannen gleichzeitig wie auf ein Stichwort die Tränen aus den Augen. Wir umarmten uns, hielten uns aneinander fest, wärmten uns.

»Ich hab dich vermisst«, stammelte sie und mir wurde klar, dass sie mir als Einzige keine Schuld gegeben hatte.

»Ich hatte so Angst«, gestand ich. »Ich dachte, du würdest mich rausschmeißen, wenn ich bei euch auftauche.«

»Nein, nein«, flüsterte sie und strich mir so beruhigend übers Haar, als wäre ich ihre Tochter.

»Komm«, sagte ich und wir gingen gemeinsam die Treppe nach oben, als entstiegen wir der Welt.

Wir saßen nebeneinander auf dem Sofa, ich hatte uns einen Tee gekocht.

»Wie geht es dir?«, fragte ich endlich und hatte keine Angst vor der Antwort.

»Es gibt wieder Tage, an denen ich das Licht sehen kann«, sagte sie und starrte in die Teetasse. Dann stellte sie sie ab, griff nach der kleinen Handtasche, die sie neben sich stehen hatte und öffnete sie. »Aber ich bin gar nicht gekommen, um über mich zu reden. Weißt du, auch die Trauer kennt einen Alltag.« Sie hielt etwas in ihrer Hand, zog es aber noch nicht hervor. Stattdessen fuhr sie fort: »Ich habe dich vorhin angerufen, aber nur der AB schaltete sich ein. Ich hab mir fast gedacht, dass du nicht abnehmen magst, deswegen hab ich gedacht, ich komm einfach her.«

»Hast du lange auf mich gewartet?«

»Nein, und ich bin froh, dass ich dich getroffen habe. Vor zwei Tagen ist endlich das Haus verkauft worden. Ich bin eine Zeit vor dem Termin dorthin gegangen, um mich, ich weiß auch nicht, um mich zu verabschieden. Ich habe mich auf die halb fertige Terrasse gesetzt, da lag noch so ein Stapel Bretter herum. Ich saß da also und habe mich von dem Gedanken, hier einmal mit meiner Familie zu leben, endgültig gelöst. Und da fiel mein Blick auf diese Stufe, die von der Terrasse ins Wohnzimmer führt. Unter dieser Stufe hatte sich mittlerweile eine Spalte aufgetan, die ich noch nie bemerkt hatte, und da sah ich etwas. Ich hob es auf und fand dies hier ...« Sie zog den Gegenstand aus ihrer Tasche und hielt ihn mir entgegen. Der Goldfischaufkleber machte das Handy zu einem Unikat.

»Ich habe es aufgeladen, ich hatte ein passendes Kabel übrig.« Sie holte auch dieses aus der Tasche, legte es zum Handy. »Es sind ein paar Fotos darauf. Auch von ...« Sie schluckte, strich mit dem Finger über den Goldfisch. »Ich weiß nicht, ich dachte, vielleicht findest du etwas darauf, was dir helfen kann. Er hat auch einen alten Brief abfotografiert.«

Meine Hände zitterten. Ich schluckte heftig. Ich hatte das Gefühl, ich müsse mich gleich übergeben. Monika hielt mir meine Teetasse hin. Das heiße Getränk lenkte meinen Magen von der Übelkeit ab.

»Deine Mutter meinte, es könne etwas mit dieser toten Mutter von Alexander zu tun haben«, sagte sie und legte ihre Hand auf meinen Rücken, als ich mich über das Foto beuge. Ich nickte nur immer wieder, nickte und nickte und ich spürte selbst, wie meine Augen plötzlich strahlten, wie meine Mundwinkel zuckten vor unbändiger Freude, vor Hoffnung.

»Vielleicht«, sagte ich, »vielleicht hast du mir das Leben gerettet.«

Monika erklärte sich bereit, als Zeugin zu fungieren. Sie wollte bei mir bleiben, bis er käme. Plötzlich war alles ganz einfach. Ich wählte seine Telefonnummer, die tatsächlich noch immer in meinem Telefon gespeichert war. Der Anrufbeantworter sprang sofort an und ich formulierte kühl und klar mein Angebot. Den Abschiedsbrief seiner Mutter gegen sein Geständnis.

»Meinst du, er kommt?«, fragte ich Monika, nachdem ich aufgelegt hatte.

»Wenn dieser Brief, wie du sagst, sein Leben lang so schwer wog, wird Alexander sich die Chance nicht nehmen lassen, ihn zu bekommen. Um jeden Preis.«

»Er kommt, er kommt«, murmelte ich vor mich hin und Monika kochte uns frischen Tee.

»Und wenn er den Anruf nicht gehört hat?«

»Irgendwann muss er ja nach Hause kommen.«

Es wurde elf, es wurde halb zwölf. Immer wieder starrte ich aus dem Fenster auf die menschenleere Straße. Ich versuchte krampfhaft, weiterhin Zuversicht auszustrahlen. Um kurz nach zwölf schickte ich Monika nach Hause. Ihre feste Umarmung war der letzte freundliche Körperkontakt, den ich für eine sehr lange Zeit erhalten sollte.

Ob es etwas bringen würde, zu seiner Wohnung zu fahren? Im Laden nach ihm zu schauen?

Wenn wir uns erst vor Gericht träfen, hätte ich keine Chance mehr. Ich hätte nicht die Möglichkeit, alleine mit ihm zu reden.

Noch einmal raffte ich mich auf. Packte Niklas' Handy ein, schleppte mich müde zu meinem Auto und fuhr los. Zuerst sah ich im Laden nach, doch dort lag alles im Dunkeln. Dann nahm ich den Weg zu seiner Wohnung.

Seltsamerweise hatte ich nie darüber nachgedacht, wie Alexander die letzten Monate verbracht haben könnte. Ich stellte ihn mir vor, wie er sehr zufrieden war mit all dem, was geschehen war. Wie er wieder aufrecht ging, wie er in die Sonne blickte und pfiff. Wie seine Schuld von Tag zu Tag kleiner wurde und meine von Tag zu Tag größer. Ja, seine Trauer machte ihn regelrecht glücklich, gab ihm die Chance, sein Leben noch einmal von vorne zu beginnen. Allen Ballast hatte er abgeworfen, im wahrsten Wortsinne. Tags saß er in seinem Schmuckladen, abends öffnete er eine Flasche Rotwein, war allein, so wie er sich am wohlsten fühlte. Keine sozialen Bande hinderten ihn mehr daran, endlich glücklich zu werden. Nur manchmal nagte ein gewisser Kummer an seinem Herzen. Denn noch immer fehlte ihm die Gewissheit über die Ereignisse um den Tod seiner Mutter.

Vielleicht gelang es ihm, einen Kokon zu spinnen um diesen Kummer, so dass er nicht mehr rieb an seinem Herzen, sondern nur bei heftigen Bewegungen noch zu spüren war wie ein Wattebausch, der die Wange streift. Eine Berührung, mit der man durchaus leben konnte.

Vielleicht aber, und das war meine Hoffnung, würde er noch immer sein Leben geben für die Gewissheit. Zumindest sein Leben in Freiheit.

Ich sah die Polizei- und Feuerwehrautos schon, als ich in seine Straße einbog. Im ersten Moment glaubte ich, mich verfahren zu haben, so unwirklich sah alles aus. Aber dann musste ich mir eingestehen, dass ich meinen Augen durchaus trauen sollte. Vor Alexanders Haus herrschte Hektik und Aufruhr. Sanitäter legten Menschen Decken um die Schultern, Sankas fuhren mit Blaulicht in die Dunkelheit davon. Feuerwehrleute richteten Schläuche auf das Haus und spritzten gegen Flammen an, die aus den beiden oberen Stockwerken hervor loderten. Auch hinter Alexanders Fenstern brannte es lichterloh. Ich versuchte, irgendetwas herauszufinden, sprach Polizisten an, Sanitäter, Feuerwehrleute. Keiner wollte oder konnte mir etwas sagen. Nur so viel bekam ich durch umstehende Nachbarn mit: Eine alte Dame war zu Tode gekommen und einige Menschen im Krankenhaus. Wer genau, wusste keiner. Ob Alexander dabei war?

Ich sank auf die Motorhaube meines Autos und starrte hinauf in die züngelnden Flammen. Meine Hoffnung verbrannte hier. Morgen würde mich niemand retten.

23. April 2018, 21.00 Uhr

Es ist noch alles da. Die letzten SMS, die ich mit Niklas geschrieben habe und ein paar an seinen Vater, die nie beantwortet wurden. »Lass uns reden«, hat er ihm geschrieben, doch Alexander hatte sich seinem Sohn verweigert.

»Zeig her!« Er reißt mir das Handy aus der Hand und tippt ungeduldig darauf herum. »Du verarschst mich, oder? Wo soll denn da was sein?« Er wirft mir das altertümliche Telefon zu und ich habe Mühe, es aufzufangen. Beinahe fällt es herunter. Hektisch öffne ich den Ordner mit den Fotos darin, rufe das letzte auf – ein Bild, auf dem Alina und Max mit Tim zu sehen sind. Ich zittre so stark, dass ich beinahe nicht weiter klicken kann. Nicht nachdenken, rede ich mir ein und meine Finger gehorchen automatisch. Wie oft Niklas die Kinder fotografiert hat! Manchmal ist sogar Monika zu sehen, die trotz der Enge in meiner Wohnung entspannt aussieht. Endlich sehe ich einen weißen Hintergrund, darauf die verschnörkelte Schrift von Viola Bachinger, geborene Helin. Hoffentlich ist alles scharf zu erkennen, überläuft es mich heiß. Aber dann mache ich mir klar, dass ich Alexander diese Bilder schon einmal zeigen wollte. Und damals hatte ich die Zeilen auch nur von diesem Handy abgelesen. Ich klicke das Bild groß, zoome noch ein wenig heran und reiche ihm das Gerät. Er starrt darauf, tastet nach einem Stuhl hinter sich und lässt sich nieder. Er streckt das Bein aus, knetet mit einer Hand den Oberschenkel, als könne das die Schmerzen reduzieren, die er in jedem Fall haben muss. Seine Konzentration gehört dem Handybildschirm. Ich stelle mich hinter ihn, ich lese mit, er merkt es nicht.

»Mein liebster, kleiner Alexander«, beginnt sie. An die ersten Zeilen erinnere ich mich genau. »Ich bin feige und ich erwarte nicht, dass du mir das verzeihst.« Habe ich das eben laut gesagt? Er reagiert nicht.

Ich bin feige und ich erwarte nicht, dass du mir verzeihst. Ich habe lange überlegt, ob ich dich mithinübernehmen soll in das Land der Freiheit. Wie oft stand ich an deinem Bett, ein Kissen in der Hand, bereit, dein süßes Gesichtlein damit zuzudecken. Für immer. Doch der Gedanke, deinen Tod auch nur für die wenigen Minuten hinzunehmen, bis ich selbst in dieses Reich eingehe, erschien mir unerträglich. Und so habe ich beschlossen, alleine zu gehen. Ohne dich. Wenn ich nachher ins Wasser gleite, werde ich keine Angst verspüren. Ich werde eins werden mit dem See, werde ein Teil von ihm. Es gibt keine andere Möglichkeit. Wenn ich bleibe, ist nicht nur mein Leben ruiniert, sondern auch deins. Wenn ich bleibe, wird er uns beide immer weiter quälen. Bin ich erst einmal fort, wird er sich besinnen und wird dich behandeln, wie er es bei mir nie geschafft hat: wie einen Menschen mit einer Seele, mit Gefühlen, mit Wünschen und Gaben. Schließlich ist er dein Vater und du bist Fleisch von seinem Fleisch. Dein Kummer wird hoffentlich nur begrenzt sein, denn er wird ihn mildern, auffangen, verscheuchen. Wenn nur du ihm bleibst, wird er sich der Liebe entsinnen, die auch in seinem Herzen irgendwo einen Platz haben muss, und er wird sie dir schenken. In dieser Gewissheit gehe ich nun, mein Sohn, mein Alexander, und alles, was ich dir wünsche, ist ein besseres Leben ohne mich.

Ein hoher Ton taumelt aus seinem Mund. Erschrocken presst er eine Hand davor. Er starrt mich an, er sieht mich nicht. Dann steht er vom Stuhl auf, holt aus und das Handy donnert gegen die gesplitterte Scheibe der Balkontür. Mit einem Klirren fliegen Scherben zu Boden, in den ganzen Raum hinein, und die kalte Nachtluft umhüllt uns augenblicklich.

Ich weiß weder, was ich tun, noch, was ich sagen soll. Ich stehe unbeweglich da, als habe mich eine Eisschicht überzogen. Es ist still bis auf das Motorengeräusch eines beschleunigenden Wagens irgendwo draußen. Alexander knickt ein, er lässt sich auf die Knie nieder, das verletzte Bein leicht nach hinten gestreckt. Er stützt sich mit beiden Fäusten ab, merkt nicht, dass er in Scherben fasst.

»Bitte geh«, sage ich und weiß nicht, woher die Kraft dafür kommt. Hört er mich?

»Geh«, wiederhole ich. »Verschwinde aus meinem Leben.«

Das merkwürdige Geräusch, das nun den Raum füllt, kann ich nicht zuordnen. Doch Alexander dreht den Kopf in Richtung Tür. Die Türklingel. Ich versuche, in den Flur zu kommen, ich will sie öffnen, will Menschen hereinlassen, damit ich nicht länger allein sein muss mit diesem Ungeheuer. Doch er packt mich am Ellenbogen, hält mich auf, schlingt einen Arm von hinten erneut um meinen Hals und legt mir eine Hand auf den Mund.

»Pscht!«

Statt weiterer Klingelgeräusche ist nun ein Hämmern zu hören.

»Polizei! Machen Sie auf!«, höre ich lautes Rufen. Ich versuche, mich aus seinem Griff zu winden, doch er ist einfach zu stark. Er humpelt mit mir rückwärts ins Zimmer, ich bekomme kaum noch Luft, dennoch versuche ich, ihn zu beißen. Es gelingt. Ein Schrei entfährt ihm und das Pochen an der Tür wird lauter.

»Wir kommen jetzt rein«, ruft jemand. Mit einem heftigen Schlag fliegt die Tür auf, donnert gegen die Wand und prallt zurück.

Alexander zerrt mich weiter rückwärts, die Hand um meinen Hals gelegt, der Griff nicht mehr ganz so eng. Ich reiße an seinem Arm, will mich befreien, doch er ist einfach zu stark. Ich sehe zwei Waffen auf uns gerichtet.

»Lassen Sie die Frau los«, schreit einer der Polizisten, der andere sichert die Pistole, die am Boden liegt.

»Gehen Sie«, brüllt Alexander zurück. »Sonst springe ich mit der Frau.« Schon spüre ich die scharfen Glasreste im Rahmen der Balkontür an meinem Arm, die Holzplanken des Balkons unter den Füßen. Einer der Polizisten versucht, weiter auf ihn einzureden, doch Alexander geht gnadenlos rückwärts. Nein, das kann nicht das

Ende sein. Die Brüstung stoppt seine Bewegung. Eine Armlänge von uns entfernt der Polizist.

»Hören Sie auf. Lassen Sie die Frau«, schreit er und ich sehe die Angst in seinen Augen. Alexanders Griff wird wieder fester und ich weiß, dass ich bald bewusstlos bin, wenn er weiter meinen Hals zudrückt. Mit einem Mal ist diese Bewegung wieder da, die ich in der Haft geübt habe. Ich knicke in der Hüfte ein, plötzlich habe ich freien Raum und schlage ihm meine Faust zwischen die Beine, wieder und wieder. Alexander löst den Griff.

»Wenn du damit leben kannst«, zischt er stöhnend in mein Ohr und schubst mich fort. Ich falle gegen die Polizisten und dann ist da plötzlich nur noch Leere hinter mir. Ich sehe es nicht. Ich höre nichts. Aber ich weiß, dass er fort ist.

Ich fahre herum, umklammere das Geländer und starre hinab in die Schwärze der Nacht.

Eine Laterne beleuchtet seine gekrümmte Gestalt, um deren Kopf sich das Blut verteilt wie eine rote Kapuze.

»Kommen Sie«, sagt der Polizist und schiebt mich am Ellenbogen über die Glassplitter hinweg zurück ins Warme.

Zwei Wochen später

Der Geruch verblühter Tulpen lässt mich kurz die Luft anhalten, nachdem ich die Tür geöffnet habe. Genauso roch es im Wohnzimmer meiner Großmutter, wo meine Mutter sie knapp 24 Stunden nach ihrem Tod gefunden hatte. Diese süßlichen Verwesungsausdünstungen kombiniert mit dem Blumenduft hielten sich noch, nachdem ihre Leiche schon abtransportiert worden war.

Doch Ronald ist nicht tot.

Er blickt mich ernst an, als ich an sein Bett trete, und deutet wortlos auf einen Stuhl, den ich von dem winzigen Tischchen zu ihm hinüber schiebe. Lange habe ich überlegt, was ich ihm sagen soll, doch im Moment spüre ich nichts als die Erleichterung, dass er noch lebt.

»War noch nicht der richtige Zeitpunkt für mich«, sagt er und seine Stimme klingt heiser, vermutlich ist er länger intubiert gewesen.

»Wie geht es dir?«, frage ich. Nicht sehr originell, aber ich bin stolz, dass ich mich überhaupt ins Krankenhaus gewagt habe.

Er nickt. »Den Umständen entsprechend. Na ja, sagen wir: für die Umstände ganz gut. Mein Arzt glaubt, dass keine Schäden zurückbleiben werden und ich bald heim kann.«

»Du hast Glück gehabt.« Beinahe hätte ich seine Hand gestreichelt, aber so nah waren wir uns nie und werden es auch nie sein.

»Ja, und was für ein Glück! Nur ein paar Millimeter weiter und das Geschoss hätte mir das Hirn zerfetzt. Da wollte ich mich immer an den großen, schweren Themen abarbeiten und dann erwischt mich ein Streifschuss – das ist doch mal filmreif.«

Ich fühle, wie sich ein kleines Lächeln auf meine Lippen schummelt. »Guter Stoff für die nächste Doku?«

Er schüttelt den Kopf. »Lieber nicht. Wie geht es dir? Was habe ich da draußen alles versäumt?«

Vermutlich weiß er bereits ungefähr, was geschehen ist. Genau wie ich wurde er von der Polizei bereits befragt, das hat er mir vor ein paar Tagen in einer *Whatsapp*-Nachricht auf mein neues Handy bestätigt. Ich berichte ihm, dass nach Auswertung von Alexanders Handydaten ein Bewegungsprofil seiner letzten Tage hatte erstellt werden können. Es hat sich gezeigt, dass Alexander auffällig oft in Ronalds Nähe gewesen war, vermutlich, um ihn zu beobachten. Auch ein Foto von einem Treffen zwischen Ronald und dem Zeugen konnte auf seinem Handy sichergestellt werden. Wie Alexander zu der Waffe gekommen war, weiß noch niemand genau. Eventuell stammt sie aus dem Besitz seines Vaters.

»Schrecklich, dass der Zeuge sterben musste«, sage ich und wir starren einen Moment wie im stillen Gedenken auf Ronalds Bettbezug.

»Aber wie ist die Polizei darauf gekommen, dass Alexander Helin bei dir war?«

»Soweit ich verstanden habe, hat irgendwer in den Hochhäusern rund um die rote Stadt gesehen, wie er mich mit der Pistole bedrohte. Vielleicht sind auch trotz des Schalldämpfers irgendwem die Schüsse auf dich und den Zeugen aufgefallen, das weiß ich nicht genau. Jedenfalls hat dieser Jemand seine Beobachtung der Polizei gemeldet.«

»Stimmt – deshalb wurden wir auch recht bald aufgefunden.«

»Wenigstens für dich war es nicht zu spät.«

»Aber wie kamen sie auf deine Wohnung?«

»Sie haben gegen Abend auf dem Gelände, im Kies zwischen den Mauern, einen Autoschlüssel entdeckt. Er muss ihn verloren haben. Habt ihr mit ihm gekämpft?«

Ronalds Blick ging nach innen. Als spielten sich die Abläufe jenes Tages noch immer beständig auf seiner Retina ab.

»Er schlich sich von hinten an uns an, aber als er die Waffe entsicherte, bemerkten wir ihn und fuhren herum. Mein Zeuge rannte auf ihn zu, er schien keine Angst zu kennen, rannte mitten in Helin hinein. Der fiel um, riss den anderen aber mit. Er packte ihn am Hals und schoss ihm ohne Zögern in den Kopf. Ich wollte davonlaufen, mich zwischen den Mauern verstecken, aber Helin war plötzlich hinter mir und schoss. Was dann passierte – ich kann mich an nichts mehr erinnern. Vielleicht ist ihm bei dieser Aktion der Schlüssel aus der Manteltasche gerutscht.«

Ich nickte. »Jedenfalls fanden sie daraufhin Alexanders Wagen in der Nähe der roten Stadt. Die Halterabfrage ergab seinen Namen und dieser wiederum einen Verweis auf den Prozess gegen mich. Schnell hatten sie raus, dass ich an jenem Tag aus dem Gefängnis entlassen worden war, und da lag die Vermutung nah, dass alles irgendwie im Zusammenhang mit mir stand. Sie schickten die nächstbeste Streife, um nachzusehen.«

»Puh«, sagt Ronald nur. Wir schweigen eine Weile. Wir sind jetzt Schicksalsgenossen, dennoch spüre ich keine Komplizenschaft zwischen uns. Derselbe Mann hat uns beiden das Leben nehmen wollen. Uns verbindet, dass er es bei keinem von uns geschafft hat.

»Hat die Polizei eigentlich Erkenntnisse, wie Helin die letzten Jahre verbracht hat?«

»Der Polizist, der bezeugt hat, dass Alexander vom Balkon gesprungen ist, hat mir ein bisschen was erzählt.« Mich schüttelt es und ich würde seine Schilderungen am liebsten vergessen. »Er hat wohl bald nach dem Prozess gegen mich den Juwelierladen verkauft und eine kleine Wohnung gekauft. Von da an saß er eigentlich nur noch dort herum und hat dem Anwachsen des Müllbergs zugeschaut. An den Wänden hingen Dutzende Zeitungsartikel – über meinen Prozess, über den gegen Niklas. Sie haben auch Psychopharmaka gefunden, allerdings waren die meisten Packungen kaum angetastet.«

Ich sehe, wie es in Ronalds Augen blitzt. Sein Journalisteninstinkt ist schon wieder geweckt. Was für eine Story! Es scheint ihm tatsächlich gut zu gehen.

»Was willst du jetzt tun?«, fragt Ronald.

Darüber habe ich in den letzten zwei Wochen fast ununterbrochen nachgedacht. Das Ergebnis meiner Gedankenarbeit ist ausgesprochen dürftig.

Zu den wenigen Freunden – oder eher Bekannten – von früher ist der Kontakt während meiner Haftzeit vollkommen verloren gegangen. Sie leben alle ihre eigenen, gut eingerichteten Leben. Yvonne und Jan haben geheiratet und drei kleine Kinder bekommen. Anna ist nach Bolivien ausgewandert, um dort in einem Kinderprojekt zu unterrichten. Mein Bruder hat sich nach der Scheidung in die Arbeit gestürzt, hat wechselnde und viel zu junge Freundinnen und nur noch wenig Kontakt zu Monika, Alina und Max. Die drei sind nach Hamburg gezogen, Monika arbeitet in einem Verein für verwaiste Eltern. Max wird bald mit dem Studium anfangen und Alina steuert auf ein Einser-Abitur zu. Es geht ihnen gut, berichten meine Eltern, die die Enkelkinder gelegentlich besuchen fahren. Überhaupt reisen meine Eltern viel, solange es noch geht, sagen sie zwinkernd.

Wo ist mein Platz zwischen ihnen allen? Ich weiß es nicht. Ich weiß nur, ich muss, so schnell es geht, aus dieser Wohnung ausziehen, die schon am ersten Tag meiner Freiheit von seinen Spuren verunreinigt wurde. Auch wenn Alexander tot ist, kommt es mir vor, als stünde sein Geist täglich auf dem Balkon und starre hinein in mein kleines Zimmer im siebten Stock.

Nachdem die Polizeibefragungen ergeben haben, dass ich mich in keiner Weise strafbar gemacht habe – der Schuss wurde als Notwehr eingestuft –, hat meine Bewährungshelferin begonnen, alles in die Wege zu leiten, damit ich rehabilitiert werde. Natürlich gab es eine weitere Fassung der Audiodatei mit dem Geständnis des Zeugen vom Parkhausdeck und sie wurde als glaubwürdig bewertet. Ich habe eine gute Summe Haftentschädigung zu erwarten, sagt meine Bewährungshelferin. »Sie sind doch noch jung«, hat sie versucht, mich zu trösten. »Sie können nochmal ganz neu anfangen. Umschulen, durchstarten, eine Familie gründen.«

Letzteres werde ich unter keinen Umständen tun. Immerhin hat sich ein kleiner Verlag gemeldet, der meine Geschichte als Buch herausbringen möchte. Der erste Lichtblick in meiner neuen Wirklichkeit. »Schreiben Sie weiter«, hat mich der Verleger ermutigt. Und vielleicht ist es das, was ich am ehesten tun will.

»Ich glaube«, sage ich nun und mit einem Mal scheint mir der Gedanke so folgerichtig, dass ich irritiert bin, nicht früher darauf gekommen zu sein. »Ich glaube, ich werde ans Meer ziehen. Irgendwo an die Nordsee.« In ein Haus, füge ich in Gedanken hinzu, wo ich vom Schreibtisch aus das Wasser sehen kann. Und wo ich völlig andere Geschichten aufschreiben werde. Geschichten, in denen das Glück siegt über die Dunkelheit.